rororo

«Piernicola Silvis ist einer der besten italienischen Krimiautoren.» *(Gazzetta di Parma)*
«Distanziert und gleichzeitig sehr eindringlich geschrieben.» *(Corriere di Novara)*
«Man liest diesen psychologischen Thriller in einem Atemzug.» *(Il Messaggero di Ancona)*

Piernicola Silvis wurde 1954 in Foggia/Apulien geboren. Nach dem Jurastudium schlug er eine Laufbahn bei der italienischen Polizei ein. Daneben begann er zu schreiben. Heute lebt er mit seiner Frau und seinen beiden Kindern in Ancona. «Der Kindermörder» ist sein erster Roman; er wurde von der italienischen Presse begeistert aufgenommen.

Piernicola Silvis **Der Kindermörder** Thriller

Deutsch von Suse Vetterlein

Rowohlt Taschenbuch Verlag

Die Originalausgabe erschien 2006
unter dem Titel «Un assassino qualunque»
bei Fazi Editore, Rom

Deutsche Erstausgabe
Veröffentlicht im Rowohlt Taschenbuch Verlag,
Reinbek bei Hamburg, November 2007

Redaktion Christine Gräbe
Umschlaggestaltung any.way,
Barbara Hanke/Cordula Schmidt
(Foto: Plainpicture/Folio Images)
Satz Stempel Garamond PostScript (InDesign)
bei Pinkuin Satz und Datentechnik, Berlin
Druck und Bindung Clausen & Bosse, Leck
Printed in Germany
ISBN 978 3 499 24635 7

Für meinen Vater

Alle großen Leute sind einmal Kinder gewesen
(aber wenige erinnern sich daran).

Antoine de Saint-Exupéry

Von 1984 bis 2000 war Italien Schauplatz einer Mordserie, der zehn Kinder zum Opfer fielen.

Die Handschrift der Gewaltverbrechen wies auf einen gerissenen und effizient arbeitenden Täter hin. Um seine Identität aufzuklären, führte man umfangreiche Ermittlungen durch, doch keine der Strategien der Polizei erwies sich als erfolgreich. Der Aktionsradius des Täters erstreckte sich nämlich auf ein sehr großes und unübersichtliches Gebiet: auf das ganze Land.

Obwohl bekannt war, dass Italien die Statistiken in puncto Serienmorde im Ländervergleich inzwischen unbestritten anführte – und überregionale und lokale Zeitungen auch immer wieder darauf verwiesen –, wuchs die Nervosität von Presse und Öffentlichkeit ob der ständig zunehmenden Zahl der Verbrechen.

Ein besonders einfallsreicher Journalist nannte den Mörder «die Ratte», und diesen Spitznamen sollte er fortan tragen. In den Jahren, in denen er sein Unwesen trieb, gingen Hunderte von anonymen und nicht anonymen Hinweisen bei der Staatsanwaltschaft, der Kriminalpolizei und den Ermittlungsbehörden ein. Alle an den Ermittlungen beteiligten Gruppierungen wie die Abteilung für Gewaltverbrechen UACV, die Sondereinheit der Staatspolizei SCO sowie die der Carabinieri, die ROS, richteten interne Spezialeinheiten ein, deren einzige Aufgabe es war, den Serienmörder zu fassen. Erfolg gleich null, auch wenn man gelegentlich meinte, brauchbare Ergebnisse erzielt zu haben.

1995 kosteten die Verbrechen der Ratte sogar den Präfekten Claudio Barrasca, Kriminaldirektor der Abteilung für Öffentliche Sicherheit, seinen Posten; auch wurde eine nicht geringe Zahl von Beamten aus den Reihen der Staatspolizei sowie Carabinieri aus den Reihen der Militärpolizei wegen Unfähigkeit in den Innendienst versetzt. Aus naheliegenden Gründen gelangte die Öffentlichkeit zu der festen Überzeugung, dass sich hinter der Ratte jemand verbergen musste, der an einer Geisteskrankheit litt.

Dazu ist dreierlei anzumerken.

Erstens: Die Ratte war alles Mögliche, nur kein unzurechnungsfähiger Irrer.

Zweitens: Es gab jemanden, der alles herausfand, was es über den Mörder herauszufinden gab.

Drittens: Alles nahm an einem trüben Februartag des Jahres 1982 im Norden Deutschlands seinen Anfang.

1. Kapitel

Hamburg, 5. Februar 1982. Freitag

Hätte Emanuele Rode geahnt, was noch alles passieren würde, wahrscheinlich wäre er gar nicht erst an Bord der Boeing MD-80 der Lufthansa gegangen, die an diesem grauen Winterabend zur Landung auf dem Hamburger Flughafen ansetzte. Die Sonne war schon untergegangen, nun legte sich der trübe Himmel Norddeutschlands über die Stadt und hüllte sie in dichten Nebel. Ein Tag, den man getrost aus dem Kalender streichen konnte.

Während die Bewohner der Stadt trotz der Kälte in die eleganten Lokale am Alsterufer strömten, stiegen am Holzdamm eine zwergenhafte Gestalt mit auffällig harten Gesichtszügen und ein etwas stämmiger Kerl mit südosteuropäischen Zügen aus einem Golf. Die beiden schlugen die Kragen ihrer Lederjacken hoch, legten noch ein Stück zu Fuß zurück und betraten dann möglichst unauffällig das Café *Perle Istanbuls* an der Ernst-Merck-Straße, gleich gegenüber dem Hamburger Hauptbahnhof. Drinnen war es so verqualmt, dass ihnen die Augen tränten und sie die Gesichter der anderen Gäste kaum erkennen konnten. Auf den Tischen standen von Kippen überquellende Aschenbecher, die meisten Gäste tranken aus dickwandigen Gläsern Bier und rauchten.

Die beiden Männer durchquerten den Raum, und der Zwerg trat zu Pindar an den Tresen. Der junge Pakistani wusste sofort Bescheid.

«Ja, ja … komme», stieß er nervös zwischen den Zähnen hervor. Argwöhnisch musterte er die anderen Gäste, stellte das Bierglas, das er gerade abspülte, ab, und forderte sie mit einer Kopfbewegung auf, ihm zu folgen. Die zwei Männer – sie waren Türken – drängelten sich bis in das verdreckte Hinterzimmer durch, wo ihnen ein fürchterlicher Uringestank entgegenschlug. Pindar blieb vor einer Art Abstellraum stehen, legte seinen Zeigefinger an den Mund und signalisierte ihnen, mit beiden Händen gestikulierend, zu warten. Er öffnete eine knarrende Tür, und in der Finsternis machten die beiden Männer einen kleinen, in eine zerschlissene Decke gewickelten Körper aus. Mit einem Ruck zog der Pakistani die Decke weg. Darunter lag ein Junge, der schlief. Er hatte schwarze Haare, und seine glatte Haut war braun gebrannt. Er konnte nicht älter als fünf oder sechs sein. Ein Kurde.

«Betäubt?», fragte der Zwerg leise.

«Ja», antwortete der Pakistani flüsternd.

Voller Verachtung spuckte der Türke auf den Boden. Er grinste hämisch, zeigte dabei seine gelben, fauligen Zähne und hob den Jungen hoch, wobei er sorgsam darauf achtete, ihn wieder zuzudecken, und aufpasste, dass die Decke nicht wieder verrutschte, dann warf er ihn über die Schulter. Pindar brachte sie durch den Hinterausgang direkt zum Holzdamm, wo ihr Wagen stand.

Die beiden verabschiedeten sich und machten sich mit ihrem seltsamen Bündel davon, brutal warfen sie es auf den Rücksitz des Golf, bevor sie wieder losfuhren. Es war allerhöchste Zeit, die anderen warteten in einer Wohnung über einem der unzähligen Sexshops in St. Pauli schon auf sie – das Spektakel musste vorbereitet werden.

Einen Tag später, 7:10 Uhr

Emanuele Rode öffnete in dem freundlichen, gutgeheizten Zimmer Nummer 214 des Hotels Franziskaner, eines der besten der Stadt, unwillig die Augen. Er versuchte sich zu erinnern, wo er war, und stellte mit leichtem Unbehagen fest, dass er nicht in seinem eigenen bequemen Bett geschlafen hatte. Er stand auf, streckte sich träge in dem warmen Zimmer und trat nackt ans Fenster. Er war nachdenklich, denn wieder hatte er diesen Traum gehabt.

Um auf andere Gedanken zu kommen, schob er lustlos den Vorhang beiseite und sah aus dem Fenster. Er griff nach der runden Hornbrille auf der Kommode, um dem Treiben auf der Straße zu folgen. Bereits so früh am Morgen eilten zahlreiche fröstelnde Passanten dick eingemummt durch die Alsterarkaden mit den stilvollen Cafés und den historischen Ladengeschäften. Er putzte sich die Zähne, betrachtete sich im Spiegel und duschte – für das bevorstehende Ereignis wollte er gut gewappnet sein. Obwohl er gerade erst aufgestanden war, spürte Rode eine bleierne Müdigkeit auf sich lasten. Zuzuschreiben war das der Schlaflosigkeit, unter der er in letzter Zeit so oft litt. Während das Wasser seinen Körper hinablief, entspannte er sich bei dem Gedanken, dass er, wenn alles glattlief, in ein paar Stunden das Interview mit dem Bundeskanzler bereits hinter sich haben würde.

Emanuele Rode war einer der populärsten Journalisten Italiens. Er schrieb für den *Evento,* eine Tageszeitung aus Verona, die – obwohl sie nicht zu den Topblättern aus Mailand oder Rom zählte – doch den nötigen Zuspruch fand, um sich mit den einflussreichsten Printmedien des Landes messen zu können. Der *Evento* gehörte zur kleinen, aber feinen Gruppe der Zeitungen, die als meinungsbildend galten, und Rode war eine Ikone des seriösen und objektiven Journalismus. Unvorstellbar, dass er einen Auftrag annahm, ohne ein sehr genaues Ziel vor Augen zu haben, und um es zu erreichen, nutzte er seine Veranlagung zu effizientem Arbeiten, die es ihm erlaubte, nichts, aber auch gar nichts dem Zufall zu überlassen.

Er war berechnend, und mit seinen vierunddreißig Jahren hatte er seine Zukunft bereits bis ins Letzte durchgeplant, wobei er mit seinen Strategien und Entscheidungen bei seinen Mitmenschen nicht selten auf Unverständnis stieß. Das war aber eher sekundär; in seinem Leben war für die Gefühle anderer – wer auch immer das sein mochte – kein Platz. Er war rational genug, um selbst in heiklen Situationen nicht die Beherrschung zu verlieren. Er war ein Machtmensch, und umso wichtiger war es ihm, unter gar keinen Umständen den Eindruck zu vermitteln, dass er leicht aus der Fassung geriet. Von Zeit zu Zeit allerdings explodierte die unterdrückte Wut wie der Deckel eines Dampfkochtopfs. Das passierte aber immer nur im Privaten, nie in der Öffentlichkeit.

Um halb neun war er startklar, er trug Hemd und Anzug von *Armani*, die Krawatte von *Dior*. Rode war nicht gerade schlank, und er legte viel Wert auf gute Kleidung, die seiner Meinung nach auch sein von Natur aus ernstes und allzu glattes Gesicht interessant wirken ließ. Dunkle Markenanzüge – perfekt für einen Mann der Macht. Seine Freunde beschrieben ihn als «bleiern». Mao hat einmal gesagt, die politische Macht komme aus den Gewehrläufen. Unsinn, dachte Rode, er wusste genau, woher Macht kam, und sicher nicht aus einem Gewehrlauf. Bevor er das Zimmer verließ, putzte er seine Brille mit einem Papiertaschentuch und strich sich das Haar ordentlich nach hinten.

Er ging nach unten in den freundlichen, kleinen Speisesaal des Hotels, in dem moderne Strahler warmes Licht verströmten.

Rode dachte über den Traum der vergangenen Nacht nach. Seine vor ein paar Jahren verstorbene Mutter war ihm erschienen, hatte ihn umarmt, sein Haar gestreichelt und gesagt: «Emanuele … Emanuele … *Dio é con noi.* Gott mit uns, das weißt du doch, oder? Es ist dein Schicksal, mein Sohn.» Rode wusste, dass seine Mutter ihn Emanuele getauft hatte, weil es auf Hebräisch «Gott mit uns» bedeutete, und er erinnerte sich auch daran, dass sie ihrem Sohn eine glänzende Zukunft prophezeit hatte.

Dennoch war der Traum sehr seltsam. Nachdem sie ihm übers Haar gestreichelt hatte, spürte er einen starken Schmerz an seiner linken Seite und tastete danach. Er sah Blut an seinen Fingern und ein Messer in der rechten Hand der Mutter, die ihn noch immer freundlich anlächelte. Rodes Augen hatten sich plötzlich mit Tränen gefüllt.

«Mama … Mama … warum? Was hast du getan? Warum tust du mir weh?», fragte er weinend.

Die Mutter sah ihn mit ernstem und ruhigem Blick an, dann war sie verschwunden.

Er fragte sich, was der Traum wohl zu bedeuten hatte.

Er war nervös und beunruhigt. Er schenkte sich Kaffee ein, goss etwas warme Milch dazu und kostete ein Stück vorzügliches Schokolade-Mandel-Gebäck, eine lokale Spezialität. Der süße Geschmack linderte die Anspannung wegen des Traums und der bevorstehenden Verpflichtungen. Und noch etwas munterte ihn auf: der Anblick einer blonden Frau, die mit zwei Männern an einem Tisch saß, die Beine übereinandergeschlagen, sodass von ihrem Schenkel ein paar Zentimeter mehr zu sehen waren, als es sich gehörte. An diesem kleinen Detail blieb sein Blick haften.

Um zehn stand er völlig durchgefroren vor dem imposanten Chilehaus, einem der architektonischen Kunstwerke der Stadt, wo der internationale Kongress in Anwesenheit des Bundeskanzlers stattfinden sollte. Gerade wollte er den prunkvollen Eingang des Gebäudes betreten, als neben ihm ein Bus hielt und zwei Dutzend fröhliche Schulkinder ausspuckte. Ein blondes Mädchen trödelte und stieg zuletzt aus, verloren sah es sich um. Rode beobachtete die Szene, dann wischte er seine Gedanken weg.

Das Interview mit dem Bundeskanzler war auf elf Uhr dreißig festgesetzt worden, es war also noch reichlich Zeit; aber wenn ihm ein Termin besonders interessant erschien, war er ohnehin lieber früher da. Nachdem Rode die üblichen Formalitäten hinter sich gebracht und seinen Presseausweis erhalten hatte, wurde er um elf Uhr fünfzehn Uhr telefonisch angekündigt. Beamte des Bundeskriminalamts führten ihn in einen cremefarbenen, im Jugendstil eingerichteten Empfangsraum. Es war elf Uhr siebenundzwanzig.

Bevor Rode mit seinen Fragen begann, fixierte er für den Bruchteil einer Sekunde die Augen des Politikers. Er wusste, dass sein Blick eine widersprüchliche Faszination ausübte, wobei er selbst diese Besonderheit eher auf seine Kurzsichtigkeit zurückführte. Wenn jemand Schwierigkeiten hat, die Dinge in seiner Umgebung zu fokussieren, entsteht beim Gegenüber oft der Eindruck eines erloschenen Blicks. Der deutsche Politiker machte da keine Ausnahme, er fühlte sich unbehaglich in Rodes Gegenwart. Dieser rückte die Brille auf seiner Nase zurecht.

«Danke, dass Sie sich zu diesem Interview bereit erklärt haben, Herr Bundeskanzler.»

Emanuele Rode hörte sich nicht gerne selbst reden. Er fand, überflüssiges Gerede sei etwas für Alte oder Teenager: Ein Mann, der weiß, was er will, verliert nicht viele

Worte. Er handelt. Das Gespräch dauerte eineinhalb Stunden, danach hatte er Hunger. Endlich hatte er das Interview in der Tasche. Während er im Hotelrestaurant etwas aß, ging er es in Gedanken noch einmal Punkt für Punkt durch, um zu sehen, ob es noch einer Überarbeitung bedurfte. Anschließend zog er sich erschöpft auf sein Zimmer zurück und gönnte sich ein Nickerchen. Als er aufwachte, blieb er noch eine Weile liegen, starrte an die Decke und überlegte, was er am Abend tun sollte. Dabei bereitete ihm weniger die Abendgestaltung an sich Probleme, er wog vielmehr die möglichen Risiken seines Vorhabens ab. Er stand auf, ging ins Bad und putzte sich die Zähne. Als er startklar war, dick eingemummt, um der Kälte zu trotzen, betrachtete er sich mit ernster Miene im Spiegel. Gut, sagte er sich, dann machen wir jetzt einen Spaziergang in die Hölle.

2. Kapitel

Rode trat aus dem Hotel und winkte einem Taxi. Als der Fahrer – er war mittleren Alters und sehr zuvorkommend – ihn auf Englisch nach seinem Fahrziel fragte, sah er ihn verlegen an und antwortete:

«St. Pauli, bitte. Reeperbahn.»

St. Pauli war die Vergnügungsmeile, das Rotlichtviertel im Südwesten Hamburgs. Es war eine der Hauptattraktionen der Stadt, Ziel von Geschäftsleuten und Touristen auf der Suche nach dem Kick der etwas härteren Art.

Die Reeperbahn zog sich als lange, breite Straße durch das Viertel; bekannt wurde sie Anfang der siebziger Jahre, als sie, wie die Rotlichtviertel in Amsterdam, Kopenhagen und Stockholm, zum weltweiten Symbol der Grenzüberschreitung wurde. Hier war (fast) alles erlaubt. Die Filmemacher, die den Pornographiemarkt für sich eroberten, waren oftmals Dilettanten, die frei von jeder Moralvorstellung und jenseits aller Gesetze Hardcore-Pornos produzierten. Ihre Musterkollektionen umfassten Orgien, Vergewaltigungen, Sex zwischen Homosexuellen, Sex mit Tieren, Sex mit Kindern. Auch Folterungen fehlten nicht, meistens nachgestellt, zum Teil aber auch real. Zwangsläufig fanden mit der Zeit auch kriminelle Machenschaften und Kokainkonsum Eingang in die Pornowelt, und auf dem Kiez siedelten sich immer mehr türkische, slawische und italienische Kriminelle an.

1982 war St. Pauli eine Hochburg der Pornographie und Prostitution; selbst die besonders effiziente deutsche Polizei hatte es aufgegeben, die kleineren oder größeren

Verbrechen, die sich vor den Lokalen mit den drei «X» abspielten, weiter zu verfolgen. Hamburgs Rotlichtviertel war im Grunde zu einer Art Ghetto mutiert, in dem das Gesetz – ganz zu schweigen von der Moral – schlicht und ergreifend nichts galt.

Genau diesen Winkel der Erde wollte Emanuele Rode erkunden. Sein deutscher Kollege Kurt, mit dem er für den Abend verabredet gewesen war, hatte ihm nachmittags mitgeteilt, er habe eine Essenseinladung bekommen, die er unmöglich ausschlagen könne, und so war Rode also sich selbst überlassen. In den Tiefen seiner Seele hatte er immer den Hang zum Chronisten der Lasterhaftigkeit gespürt und fühlte sich magisch angezogen von ebensolchen Orten, wie es sie in Italien, wo man über derartige Dinge nicht einmal sprach, nicht gab. Zu seinen Charaktereigenschaften zählte die Risikobereitschaft, er liebte den Kitzel der Gefahr, und es faszinierte ihn, zu beobachten, wie weit Menschen gehen können. Einen anderen Beweggrund gab es nicht, zumindest glaubte er das.

Zu dieser Jahreszeit lag die Durchschnittstemperatur in Hamburg bei minus vier Grad, aber an diesem Abend waren es sicher um die sieben oder acht Grad minus.

Rode war gegen halb zehn in St. Pauli, der Taxifahrer setzte ihn am Millerntor ab. Die Feuchtigkeit und die Kälte waren unerträglich. Obwohl er seine Hände tief in den Taschen der dicken Lederjacke vergraben hatte, waren sie eiskalt. Bei jedem Atemzug strömten aus seinem Mund Dampfwolken. Die beleuchteten Schilder der Lokale waren im Nebel kaum erkennbar. Er war nun also auf der Reeperbahn. Irgendjemand hatte sie mal als die «skandalöseste und sündigste Quadratmeile der Welt» bezeichnet, erinnerte er sich. Rode schlenderte gemächlich und betrachtete die Gesichter der Passanten. Einige wirkten misstrauisch oder aufgewühlt, andere dagegen einfach nur verbittert und vom Leben gezeichnet. Die Leute, die hier verkehrten, waren nicht gerade von der feinen Art, dachte er. Er ging weiter, rückte seine Brille zurecht und sah sich erneut um. In der Ferne heulten die Sirenen der Dampfer, die gemächlich die Norderelbe entlangtuckerten, selbst sie klangen gedämpft und irreal. Die bunten Lichter der Amüsiermeile wirkten diffus und künstlich wie bei einer Filmkulisse. Alles erschien unwirklich.

Er musste aufstoßen, und ein seltsamer Schauer durchströmte seinen Körper.

Steif vor Kälte lief Rode weiter, er suchte und fand die Herbertstraße, betrachtete die Schaufenster, in denen die Prostituierten wie ausgestellte Waren saßen, und näherte sich einer Frau um die vierzig, die einsam rauchend auf einem Hocker saß. Aber da erregte eine andere Vitrine seine Aufmerksamkeit, vor der sich eine kleine Menschenansammlung gebildet hatte. Ein junges Mädchen in Dessous gab sich große Mühe, ihre intimsten Stellen besonders phantasievoll zu präsentieren. Aus den Augenwinkeln heraus musterte Rode die anderen potenziellen Kunden, einer von ihnen hatte angefangen, mitten auf der Straße zu masturbieren. Im Nu trat ein übel aussehender Kerl auf den Typen zu und starrte ihn kopfschüttelnd an, was wohl so viel heißen sollte wie: «So nicht! Wenn du die Ware willst, musst du dafür auch blechen!» Der Gesichtsausdruck des Typen war so gnadenlos, dass der selbsternannte Freier seine Hose im gleichen Augenblick auch schon wieder zuhatte. Rode ging auf die Reeperbahn zurück, vorbei an den Leuchtschriften der Sexkinos, den Werbetafeln der Eroscenter und der Peepshows. Plötzlich sprach ihn eine nasale Stimme an.

«Guten Abend.»

Rode drehte sich ruckartig um. Nichts.

«Wer ist da?», fragte er knapp auf Deutsch.

«Italiener, wenn ich nicht täusche. *Bene, bene,* ich reden wie Sie. *Buonasera, Signore.* Wenn Sie Kopf nach unten halten, Sie können mich sehen», fuhr die Stimme in gebrochenem Italienisch fort.

Ein Zwerg.

«Woher wissen Sie, dass ich Italiener bin?», fragte Rode und sah ihn argwöhnisch an.

«Sie vielleicht nicht glauben, *Signore*, aber meine Arbeit in St. Pauli hat aus mir Mann von Welt gemacht, wie ihr sagt.»

Rode musterte ihn genauer. Er hatte südosteuropäische Züge und einen dunklen Teint. Ein Türke, dachte er, wahrscheinlich ein Schlepper für irgendein drittklassiges Lokal.

«Türke?», fragte er.

«Natürlich, Italiener! Hier viele Türken.»

«Was wollen Sie?»

Der Zwerg sprach nun leiser, trat einen Schritt näher und setzte eine verschwörerische Miene auf.

«Ich will über Tiere sprechen mit Ihnen.»

Bode wurde hellhörig. Tiere?

«Sie lieben Tiere», fuhr der andere fort, «stimmt's, Italiener? Wir alle lieben Tiere, oder?»

Rode nickte gespannt. Was hatten Tiere mit Eroscentern und St. Pauli zu tun? Er sprach natürlich in Metaphern, schon klar. Rode sah ihn forschend an, um zu verstehen, worauf er hinauswollte.

Für einen Augenblick sah der Zwerg ihm direkt in die Augen, sein Blick erinnerte an den eines Reptils. Er flüsterte jetzt so sehr, dass seine Stimme heiser klang:

«Ich will sprechen über Welpen, kleine, hilflose Welpen.»

Rodes Muskeln spannten sich an, der andere deutete

sein Schweigen als Einwilligung und fuhr mit leiernder Stimme fort.

«Wie Sie wissen, *Signore*, manchmal Welpen sind ein bisschen ungehorsam. Manchmal wir müssen erziehen die kleinen Bestien.»

«Reden Sie nicht lange drum herum und sagen Sie mir, was Sie wollen», spielte Rode ihm den Ball zu. Er wollte es jetzt wissen.

«Mit ein paar Freunden wir sind Experten geworden, in Erziehung von Welpen. Und Sie können assistieren bei Unterrichtsstunde von uns.»

«Um was geht es genau?»

Der andere schwieg und sah ihn verschwörerisch an. Das Schweigen wog schwer, und Rode verstand.

«Wann?»

«Halbe Stunde vor Mitternacht, du bringst Geld, und ich bin hier, an diesem Ort, wenn …»

«Was kostet es?»

«Fünftausend Dollar.»

«Das ist nicht Ihr Ernst! Das ist ein enormer Betrag!»

«Es ist das Geld wert.»

«Aber …»

Der Zwerg verlor langsam die Geduld. Er trat zu Rode, sah sich kurz um, fixierte ihn fast schon aggressiv, und seine Stimme klang jetzt noch rauer. «Italiener», flüsterte er, «nur ein Mal im Leben, heute Abend! Ja? Ich bin Türke, hast du vorher selbst gesagt. Einzigartiges Schauspiel, starkes Schauspiel, hartes Schauspiel, Italiener. Nicht *pizza, mandolino, tarantella,* Italiener. Hast du verstanden, was du sehen wirst, oder? Weil dir gefällt und du hast Lust, aber du braver Italiener und willst nicht zugeben, oder? Das ist böse Sache, Italiener, sehr, sehr böse. Zu böse, wenn du verstehst, was ich will sagen. Ich lese in deinen Augen, dass du willst. Das weiß ich. Ich nicht umsonst sechzehn Jahre in St. Pauli und gelernt, wie böse Menschen sind. Du immer hast von Sachen geträumt, Italiener? Ja? Zeige ich dir. Dann nie wieder in Leben hast du solche Möglichkeit. Sechstausend Dollar. Ist guter Preis.»

Er sprach den Betrag besonders deutlich aus.

Rode durchfuhr ein Schauer. Der Türke wirkte irgendwie schadenfroh. In Rode rührte sich etwas, und er hatte da so eine Vorahnung, eine traurige Vorahnung.

Der Zwerg kniff die Augen zusammen. «Mach schon», schien sein Blick zu sagen.

Rode wurde leicht schwindlig. Er wusste, er hätte das Angebot nicht annehmen dürfen, er hätte weitergehen und diese Kreatur zum Teufel schicken sollen, aber er konnte nicht. Sosehr er sich auch anstrengte, er konnte es einfach nicht. Er spürte, er war an einem Scheideweg angelangt. Aber er hätte es nie zugegeben, auch vor sich selbst nicht. Kinder?

Er schloss die Augen. Gott möge mir vergeben, dachte er.

«Einverstanden.»

3. Kapitel

Nachdem Rode Hamburger Aalsuppe gegessen hatte, fand er sich pünktlich am Treffpunkt ein, den er mit dem türkischen Zwerg ausgemacht hatte. Unzählige Gedanken schwirrten ihm durch den Kopf. Aus Angst, dass die dubiose Verabredung eine Falle sein könnte, war er noch einmal ins Hotel zurückgeeilt, um sein Geld, die Schecks, die Kreditkarten und seinen Ausweis dort zu deponieren. Er wusste nicht, in was er sich da gerade verstrickte, und hatte so seine Bedenken, doch sein journalistischer Instinkt siegte immer.

Tief in seiner Seele wühlte ihn etwas auf, aber es blieb ein undeutliches Gefühl. Während seiner beruflichen Laufbahn hatte er sich schon bei anderen Gelegenheiten seltsam verhalten. Er hatte Fakten erfunden, die unschuldigen Menschen schadeten; er hatte sich mit Eltern von Mordopfern in Verbindung gesetzt und angesichts ihres Schmerzes so etwas wie Befriedigung empfunden. Das beunruhigte ihn, und er fragte sich oft, so auch an diesem Abend, was eigentlich in letzter Zeit mit ihm los war. Es war eine Art Drang, der außerhalb seiner selbst lag, als hätte er gar nichts damit zu tun. Rode wusste genau, wie ehrgeizig er war, doch er wusste ebenso gut, dass er keiner Fliege jemals etwas zuleide getan hatte. Ehrgeiz bedeutet nicht zwangsläufig auch Bosheit. In seinem Fall jedenfalls mit Sicherheit nicht.

Der Türke kam nur wenig zu spät und grüßte ihn mit einem kaum merklichen Kopfnicken.

«Ich habe nur das Geld bei mir, sonst nichts, keinen

Ausweis, keine Schecks», sagte Rode mit Nachdruck in der Stimme.

«Ganz ruhig, Italiener. Gehst du zur Mole und da rechts, dann gehst du an Flussufer bis Fischmarkt. Findest du große Lagerhalle. Ist alt, fast eingestürzt. Da wartest du auf mich.»

Eine Vorsichtsmaßnahme, dachte Rode.

«Keine Sorge, mir folgt keiner.»

«*Bene!* Sie auch keine Sorge. In zehn Minuten.» Der Zwerg drehte sich um und eilte davon.

Rode befolgte die Anweisungen, und kurze Zeit später stand er vor einer Lagerhalle, die früher einmal zu einer Werft gehört haben musste. Sie war zweistöckig und so groß wie ein Fußballplatz, die Fenster waren zerbrochen, der Putz bröckelte von den Wänden. Er zitterte vor Kälte. Plötzlich hörte er ein Motorengeräusch aus der Ferne, im Nebel tauchten zwei schwache Scheinwerfer auf, die sich langsam vorwärts kämpften und immer heller wurden. Es war ein kleiner Lieferwagen, ein Opel mit verdecktem Nummernschild, und in der Dunkelheit waren einige Personen darin zu erkennen. Der Wagen hielt in einiger Entfernung. Der Zwerg stieg aus, ging zu Rode und streckte ihm eine schwarze, schlauchartige Maske entgegen. Anstelle der Augen gab es zwei Schlitze. Der Zwerg musterte ihn.

«Ziehst du das an und kommst mit mir in Lkw», befahl er barsch.

Rode gehorchte und stieg in den Lieferwagen. Im Innern stank es fürchterlich nach Fisch, aber wenigstens regnete es nicht. Er zählte mindestens fünf weitere Leute, plus den Türken, allesamt maskiert. Keiner wagte zu atmen, auch er nicht. Ein Schauer kroch über seinen Rücken. Der Laster setzte sich zügig in Bewegung, fuhr in die Lagerhalle, umkurvte all den Unrat und erreichte schließlich eine Art Saal, von einer schwachen Glühbirne beleuchtet, die Wände baufällig, der Boden holprig. Beim Aussteigen schlug ihnen unerträglich feuchte, kalte Luft entgegen. Im Raum waren in Abständen von fünf oder sechs Metern Stühle aufgestellt. Der Zwerg forderte Rode und die anderen auf, Platz zu nehmen, dann sammelte er reihum das Geld ein. Zögernd gab Rode ihm die vereinbarten sechstausend Dollar und sah sich im Raum um.

Wie aus dem Nichts tauchten vier Gestalten in Lederjacken auf, sicher auch Türken. Sie waren von breiter, untersetzter Statur und wirkten nicht so, als redeten sie gerne. Die ausgebeulten Stellen an der rechten Hüfte deuteten darauf hin, dass sie bewaffnet waren. Zwei von ihnen verließen sofort den Raum, die anderen beiden blieben. Wachhunde! Sollte Rode jemals die Hölle beschreiben müssen, er wüsste sofort, wo er Inspiration finden würde.

Ein weiterer Wagen kam in die Halle gebraust, und Rode fiel auf, dass die anderen fünf sitzenden Gestalten nun schneller atmeten.

Man hörte, wie Autotüren eilig aufgerissen und gleich wieder zugeschlagen wurden, dann ein lautes Durcheinander, und schließlich tauchten zwei nervös wirkende Männer auf, die Türkisch miteinander sprachen und eilig irgendetwas Undefinierbares hinter sich herschleiften. Rodes Atem ging langsam. Er fragte sich, was die beiden da herumschleppten, oder vielmehr stellte er sich die Frage nicht – im Grunde kannte er die Antwort schon.

Im Scheinwerferlicht sah man einen kleinen Jungen, er war halb bewusstlos, und ein großes Pflaster klebte über seinem Mund. Er war fünf oder sechs Jahre alt, hatte schwarzes Haar und olivenfarbene Haut.

Rode spürte eine schwere Hand auf seiner linken Schulter. Es musste der Zwerg sein, dem unangenehmen Mundgeruch nach zu urteilen.

«Ich bin sicher, dass Sie Schauspiel mögen. Wir haben Fest für kleines Tier vorbereitet», sagte er. «Kleines Tier ist Kurde», fuhr der Zwerg mit seiner leiernden Stimme fort.

«Ein Fest?», murmelte Rode sichtlich angespannt.

«Jetzt du wirst sehen», gab der Türke zurück. «Uzul!», schrie er barsch und schickte ein paar Worte in seiner Muttersprache hinterher. Stück für Stück erschienen im Halbschatten die Umrisse eines großen, fetten, glatzköpfigen Mannes; er hatte sich zuvor im Hintergrund gehalten und kam nun auf Rode und den Zwerg zu. Er trug eine weiße Tunika, in der Hand hielt er eine große Tasche. Mit finsterem Blick, fast herausfordernd, starrte er Rode an.

«Uzul ist böse Person, sehr böse», erklärte der Zwerg, dabei wurde seine Stimme wieder heiser. «Er macht Fest für kleine Bestie.» Dann sagte er in einem trockenen Befehlston etwas auf Türkisch, und Uzul zog eine schwarze Kappe mit zwei Löchern aus der Tasche, die er sich über den Kopf stülpte. Er sah wie ein mittelalterlicher Henker aus. Rode war nicht wohl in seiner Haut, und seine Augen zuckten nervös hin und her. Auf ein Zeichen des Zwergs griff Uzul erneut nach der Tasche und zeigte Rode einen Gegenstand, der daraus hervorragte. Das Ding war lang und schmal.

«Was ist das?», fragte Rode.

Der Zwerg grinste und zeigte dabei seine verfaulten Zähne. «Das ist Machete. Ist Geschenk für kleine Bestie. Uzul beherrscht Machete gut.» Er zog die Waffe ganz heraus und reichte sie Uzul, der daraufhin wie ein großes Tier auf die taghell erleuchtete, schäbige Bühne trottete. Unter der weißen Tunika sah man das Fett an seinem Körper schwabbeln.

Während sich Uzul, als Henker verkleidet, mit der Machete in seiner riesigen Hand dem Kind näherte, verstand Rode plötzlich. Jeder Muskel, jede Nervenfaser, jede einzelne Sehne waren aufs extremste angespannt.

Kurz ging ihm durch den Kopf, dass er eines Tages einen Artikel über all das hier schreiben könnte, einem Journalisten passierte so etwas sicher nicht alle Tage.

Die beiden Wachen, die im Raum geblieben waren, drehten sich zur Seite – anscheinend zogen sie es vor, nicht hinzusehen. Die fünf Männer mit Maske dagegen starrten dafür umso aufmerksamer auf die Bühne und verfolgten jede einzelne Bewegung des Henkers. Ihr Atem war zu einem kaum vernehmbaren Röcheln geworden.

Rode war starr vor Anspannung und versuchte sich auf das Schauspiel zu konzentrieren. Am liebsten wäre er verschwunden, doch bevor er überhaupt darüber nachdenken konnte, begann ohne jede Vorankündigung, was der Zwerg als «Fest» bezeichnet hatte.

Es dauerte eine halbe Stunde. Rode bewegte sich nicht vom Fleck, er war angespannt, sein Kopf leer. Die Augen starr, die Pupillen glasig. Wie ein Roboter bewegte er Hände und Füße, immer wieder machte er eine Faust, um Blut in seine Hände zu pumpen. Er bemerkte, dass er erregt war. Verdammt, wie war das möglich? Er konnte doch jetzt nicht erregt sein, das war doch nicht normal!

Der Zwerg forderte die Zuschauer auf, aufzustehen, sie müssten so schnell wie möglich von hier verschwinden. Rode erhob sich leicht schwankend und stieg zusammen mit den anderen in den Laster, der auf der Stelle losfuhr. Die Männer, die dem Schauspiel beigewohnt hatten, schwiegen peinlich berührt. So langsam kam Rode wieder zu sich, allerdings quälte ihn jetzt eine fürchterliche Migräne. Seine Augen waren noch immer glasig und starr, die Pupillen geweitet. In seinem Kopf hallten die dumpfen Schläge der Machete und die Schreie des Opfers nach. Erneut stand ihm das Bild eindringlich vor Augen. Da war Uzul, er stand direkt vor ihm ... und wieder erregte es ihn.

An der U-Bahn-Station St. Pauli ließ man ihn aussteigen. Ein Platzregen hatte eingesetzt, und im Nu war Rode bis aufs Hemd durchnässt. In der U-Bahn, die ihn mitten in der Nacht zurück zu seinem Luxushotel brachte, spulte er noch einmal die scharfgestochenen einzelnen Bilder dieses verfluchten Abends wie einen Film vor seinem inneren Auge ab. Und wieder hörte er die Schreie des kleinen Jungen. Er dachte an nichts.

Es war ein Opferritual gewesen, das dazu diente, die perversen Gelüste von fünf Voyeuren zu befriedigen. Anständige Leute vermutlich, stinkreiche Manager oder Anwälte, mit netten Familien und blonden blauäugigen Kindern. Das vor allem aber dazu diente, Geld zu machen. Geld, das eine Handvoll Verbrecher erhielt, damit sie anderen vorführten, wie sie an einem infernalischen Ort das grausamste aller Verbrechen begingen. Wieder spürte er die Lust in sich aufsteigen, ohne jede Vorwarnung.

Er schämte sich vor sich selbst. Kinder hatten in seinen Phantasien immer nur eine vage Rolle gespielt, zwar ein durchaus reizvoller, aber dennoch ferner Gedanke. Und bei Blut hatte es ihn immer regelrecht geschüttelt, ja sogar geekelt – bisher zumindest.

Obwohl er aufgehört hatte zu rauchen, schnorrte er bei einem Inder, der vor ihm saß, eine Zigarette. Die Bahn fuhr für ein paar hundert Meter ratternd aus dem Tunnel hinaus. Rode steckte sich die Zigarette an, starrte nachdenklich aus dem Fenster auf die nächtliche Stadt und sog langsam den Rauch ein, das Nikotin strömte in seine Lungen und wieder heraus. Er wollte nur noch in Zimmer

214 zurück, duschen und ins Bett kriechen. Er rechnete kurz nach: sechstausend Dollar pro Person, mal fünf … dreißigtausend Dollar.

Ein ziemlich beunruhigender Gedanke schoss ihm durch den Kopf. Um ehrlich zu sein, waren es sechs Schaulustige gewesen, nicht fünf. Er war Teil der Gruppe, da brauchte er sich gar nichts vorzumachen.

Ein Psychiater hätte wohl festgestellt, Rode habe an diesem Abend ein psychosexuelles Trauma erlitten. Ein Philosoph dagegen hätte ganz einfach gesagt, in diesen dreißig Minuten habe sich seine normalerweise verborgene, dunkle Seite gezeigt. Ihm fiel der Traum der vergangenen Nacht wieder ein, seine tote Mutter, der Messerstich in die Seite, das Blut … Jetzt verstand er alles.

4. Kapitel

Der Flug nach Verona sollte am folgenden Nachmittag gehen, und nach einer nahezu schlaflosen Nacht spazierte Rode vormittags durch die Gassen der Altstadt Hamburgs. Er brauchte etwas Ablenkung, noch immer war er aufgewühlt und grüblerisch. Wegen der Kälte in seine dicke Jacke gepackt, mit ausnahmsweise nicht ganz so schwerem Kopf, schlenderte er durch die Stadt und sah gelangweilt in die schillernden Schaufenster mit allem möglichen Kram darin. Auch die Leute interessierten ihn nicht. Ein weißgrüner Opel mit der Aufschrift POLIZEI kam ihm entgegen, und sogleich überfiel ihn ein beklemmendes Gefühl. Ein Kind war ermordet worden, vielleicht hatte die Polizei schon die Ermittlungen eingeleitet … vielleicht wussten sie Bescheid und suchten ihn jetzt … Sein Name war im Hotel registriert, sie konnten ihn jederzeit finden, wenn sie nach ihm suchten! Rode blieb fast das Herz stehen, als der Streifenwagen an ihm vorbeifuhr, doch man würdigte ihn keines Blickes. Ruhig, ganz ruhig, sagte er sich. Sie wissen von nichts, sie wissen noch nicht einmal von einem ermordeten Jungen. Die Polizei setzt keinen Fuß in Hamburgs Rotlichtviertel, es ist ein Ghetto, da hat das Gesetz nichts zu suchen. Er fühlte sich beobachtet, von tausend Augen. Er war erregt.

Als er am Speersort entlangschlenderte, sah er eine Backsteinkirche, die sich würdevoll in den grauen Himmel reckte. Rode las das Schild mit den Erklärungen in mehreren Sprachen, die Kirche hieß St. Petri, tauchte 1195 zum ersten Mal urkundlich auf und war somit die älteste noch bestehende Kirche der Stadt. Nach allem, was er am Abend zuvor erlebt hatte, hatte er nun das dringende Bedürfnis, an diesem stillen Ort ein wenig zu sich zu finden. St. Petri und St. Pauli, Petrus und Paulus … Zum Glück war es in der Kirche warm. Zwei Frauen saßen in den Kirchenbänken und lasen in ihren Gebetbüchern, jede ganz für sich. In der heiligen Stille des kahlen und von ein paar Kerzen erleuchteten Ortes waren nur seine leisen Schritte zu hören. Langsam durchquerte Rode die Kirche bis zur Kanzel, da bemerkte er einen alten Mann, der auf einem Stuhl saß und für ihn unverständliche Worte auf Deutsch vor sich hin sprach. Rode war beeindruckt von der strengen Erscheinung. Der in Schwarz gekleidete Mann schien an einem tiefen Schmerz zu leiden, und Rode versuchte vergeblich, die Bedeutung seiner Worte zu verstehen. Gerade wollte er sich wieder zum Gehen wenden, als der Mann mit gebrochener Stimme drei Worte sagte, die er klar und deutlich verstand.

«Gott mit uns ... Gott mit uns …» Rode blieb wie angewurzelt stehen, drehte sich zu dem Alten um und sah ihn neugierig an. Sofort lief ihm ein kalter Schauer über den Rücken. Schnell wandte er sich zum Ausgang. Der Mann hob den Kopf in seine Richtung und neigte ihn zur rechten Seite. Seine Augenhöhlen waren leer. Er war sehr alt, und er war blind.

«Gott mit uns», sagte er mit leidender, doch entschlossener Stimme in Rodes Richtung. Die Worte schienen an ihn gerichtet.

«Bitte … was sagten Sie, bitte?»

«*Gott mit uns,* mein Lieber.» Seine Stimme war schmerzerfüllt.

Rode erinnerte sich wieder … Die Hand der Mutter, die mit einem Messer in seine linke Seite stach. «*Sì*, ja … Gott mit uns. Sagen Sie, kennen wir uns? Sagen Sie mir doch bitte, ob Sie mich kennen …»

Der Alte wiederholte den deutschen Satz noch einmal, faltete die Hände vor dem Gesicht, ohne ihn zu beachten, und nahm stattdessen sein Gebet wieder auf. Rode ging zu einer der beiden Frauen, die im Mittelschiff saßen, und sprach sie auf Italienisch an.

«Entschuldigen Sie ... Würden Sie mir bitte sagen, wie der Mann heißt?» Die Frau verstand nicht, Rode versuchte es mit Gesten und zeigte auf den Alten. Da begriff sie und sagte, der Mann heiße Kreuzberg, Pfarrer Thomas Kreuzberg. Rode bedankte sich und verließ nachdenklich die Kirche, immer wieder sah er sich um.

Am Nachmittag, als er im Taxi saß und in Richtung Hamburger Flughafen brauste, fühlte sich sein Kopf schwer an. Der Himmel ergoss sich nun in Strömen über die Stadt, stellenweise schien der Mercedes zum Motorboot zu werden. Er erreichte den Terminal, checkte ein und stieg schließlich an Bord der Alitalia-Maschine DC-9-AZ-2832. Ziel: Flughafen Verona, Villafranca.

5. Kapitel

Verona, 1982. Eine Woche später

Zurück aus Hamburg, fand Rode sich schnell wieder in die Arbeit und seinen Alltag ein. Sein Leben als Erfolgsjournalist war für ihn eine unersetzliche Quelle der Energie, und so hatte er sich in seiner ruhigen, sachlichen Art sofort an das Interview mit dem Bundeskanzler gesetzt. Das hektische Treiben von Managern war ihm verhasst, besonnenes Vorgehen war ihm weitaus lieber. Nun saß er an seinem Schreibtisch und betrachtete zufrieden die vierzehnte Seite, die noch in seiner elektrischen IBM-Schreibmaschine steckte. Der Beitrag war so, wie seine Leser ihn schätzten: bissig und doch unaufgeregt. Rode saß noch immer in der Redaktion des *Evento*, es war neun Uhr abends, und langsam spürte er seine Müdigkeit. Sein Kopf fühlte sich einfach nur leer an; die letzten Nächte hatte er nur wenig und außerdem schlecht geschlafen.

«Hey, Emanuele! Wie war's in Deutschland?»

Marco De Sani: Ressortleiter der Rubrik «Vermischtes», Spezialist für Adels- und Herrscherhäuser und für Leute, die sich gerne und oft fotografieren lassen, um hinterher die Fotografen zu verklagen. Die beiden gaben sich die Hand, Rodes war so verschwitzt, dass sich De Sani seine am liebsten irgendwo abgetrocknet hätte. Bei seiner Frage war Rode richtig zusammengezuckt.

«Eigentlich ganz gut. Ich habe zwar Kartoffeln und Aalsuppe gegessen, hab's aber überlebt. Ich bin gerade mit dem Artikel fertig geworden, Dario braucht ihn bis morgen.»

«Sag bloß, du hast keinen Hamburger gegessen!»

«Also ehrlich gesagt, das Essen da oben ist das Allerletzte. Mit ihrem widerlichen Aal und den Würstchen, die sie in sich hineinstopfen – die sind ganz schön arm dran. Wie wir.»

«Wer, wir?»

«Na, wir Italiener! Sind wir etwa kein armes, verblödetes Volk, Marco? Uns musst du doch nur ein paar idiotische Lügen auftischen, und schon hast du uns eingewickelt, wie ein hübsch verpacktes Weihnachtsgeschenk. Aber vielleicht ist es ja auch ganz gut, dass wir so blauäugig sind und den ganzen Mist aus den Zeitungen glauben», meinte Rode.

«Du bist ja gut! Du bist doch selbst bei der Zeitung, schreibst du nie dummes Zeug?»

«Nein, das tue ich nicht. Ich schreibe die Wahrheit. Ich bin kein Klatschreporter, sondern ein seriöser Journalist.»

«Bravo! Krieg ich ein Autogramm? Weißt du, von deinem Schlag gibt's nicht so viele.» De Sani schüttelte den Kopf: «Hast du heute Abend schon was vor?»

«Ich bin mit Lisa verabredet, wir gehen essen», sagte Rode schroff.

«Na, dann viel Spaß.»

Rode verabschiedete sich von De Sani und gab Vendromini, dem Chefredakteur, den Artikel zum Redigieren – eine reine Formalität, er wusste, sein Chef würde nichts verändern. Schließlich war er Emanuele Rode! Er trat aus dem Gebäude und ließ das rege Treiben in der Redaktion hinter sich, das pulsierende Leben im *Evento* sollte ruhig ohne ihn weiterlaufen.

Er verließ die Via Marconi, um Lisa abzuholen, und überlegte, in welches Restaurant er sie führen sollte. Ein paar Lokale fielen ihm schon ein, zwei davon kamen allerdings nicht in Frage, weil sie völlig überteuert waren. Schließlich entschied er sich für die *Grotta degli Apostoli,* in Verona ein Klassiker, gleich hinter dem Castelvecchio. Vorzügliche Küche und romantische Atmosphäre.

Trotz Regen und Kälte ging er zu Fuß. Sie wohnte in Veronetta, nicht weit von der Redaktion. Lisa Biasiolo, seine Freundin, war eine angenehme, elegante Erscheinung.

Anlässlich dieses besonderen Abends, des ersten gemeinsamen Abends seit seiner Rückkehr aus Deutschland, hatte sie beschlossen, sich ganz nach Emanueles Geschmack zurechtzumachen. Ihr schulterlanges blondes Haar trug sie offen, dazu ein enges, tief ausgeschnittenes dunkelgrünes Kleid, das ihre Taille betonte. An diesem Abend war es wirklich nicht verwunderlich, dass Lisa die Blicke der Männer auf sich zog. Gegen die Kälte trug sie einen dicken Pelz.

Sie nahmen Platz und bestellten *Consommé du Chef, Huitres à la Lyonnaise* und *Crêpe Suzette à l'Orange,* das Ganze gekrönt von einem trockenen französischen Weißwein, den sie beide sehr schätzten.

Sie redeten über dies und das, über sich und ihre Zukunftspläne. Lisa war eine junge Frau aus der guten Gesellschaft Veronas, Tochter eines Bankdirektors und einer etwas überdrehten Grundschullehrerin, die gerne knallige, schrille Farben trug. Ganz im Gegensatz zu ihren Kindern, die sich charakterlich zwar kaum ähnelten, aber beide einen schlichteren Stil vorzogen; vor allem Lisa konnte auffallende Kleidung nicht ausstehen. Sie studierte Jura in Padua, mit Noten, die sich sehen lassen konnten; nach dem Abschluss wollte sie Anwältin werden. Sie hatte ein hübsches, ebenmäßiges Gesicht und große dunkle, sanfte Augen. Sie war mittelgroß, und ihr Körper so wohlproportioniert, dass sie ständig dafür bewundert wurde.

Ihre Schönheit war ansonsten aber eher unauffällig, eine zarte Schönheit, die nur sehen konnte, wer ihr nahestand. Sich zur Schau zu stellen lag ihr nicht, egal, ob es sich dabei um ihren Intellekt oder ihren Körper handelte, aber weil sie Emanuele in aufreizender Kleidung besonders gut gefiel, tat sie ihm manchmal den Gefallen und trug enganliegende Sachen.

Den jungen Rode hatte sie Jahre zuvor kennengelernt, als er noch ein blutjunger Journalist am Anfang seiner Karriere war. Für Lisa war Emanuele perfekt: Er konnte gut reden, gut schreiben, gab sich kühl und schien keine Gefühle zu haben, außer für sie natürlich. Ein richtiger Mann eben! Und dann dieser Blick, der zwar nicht sinnlich war, sie aber dennoch erschaudern ließ. Rode war nicht schön, keineswegs, aber er faszinierte sie. Einige seiner Schrullen verdrängte ihr Verstand ganz einfach, und so nahm sie seine sporadischen Aussetzer nur in stark abgeschwächter Form wahr. Lisa träumte davon, ein Kind mit ihm zu haben, am liebsten ein Mädchen. Sie sah die rosaroten Babysachen schon genau vor sich, hielt es bereits in ihren Armen, streichelte und liebkoste es in Gedanken und stillte es liebevoll. Sie war längst bereit und fest entschlossen, von Emanuele Rode eine Tochter zu bekommen; sie mochte ihn, und außerdem – das wusste sie genau – würde er eines Tages ein einflussreicher Mann sein. Und ein guter Vater natürlich. Und ein liebevoller. Lisa wusste, er liebte Kinder, auf der Straße drehte er sich immer wieder nach ihnen um.

An diesem Abend hatte Rode Kopfschmerzen und war schlecht gelaunt, das hatte Lisa längst bemerkt. Seit er aus Deutschland zurück war, ging das jetzt schon so. Sie hatte keine Ahnung, was passiert sein könnte. Aber er reagierte ja immer gleich so ungehalten, wenn sie ihn bat, sich doch etwas zu entspannen.

Während des Essens wollte er wieder dieses Spiel mit ihr spielen, das ihn so anmachte und ihr so verhasst war. Eigentlich wollte sie seiner Bitte nicht nachkommen, aber weil er so angespannt wirkte, gab sich Lisa einen Ruck. Sie trank einen Schluck Wein und versuchte, ihre Hemmungen abzulegen. Sie öffnete das zum Kleid passende Jäckchen so weit, dass ihr Busen gut sichtbar wurde. Rode liebte erotische Momente dieser Sorte, und Lisa machte gute Miene zum bösen Spiel.

Sie rief nach einem Kellner, und als er näher kam, zuckte er beim Anblick ihrer Brüste kurz zusammen. Rode verfolgte die Szene, ohne eine Miene zu verziehen. Lisa fragte den Kellner irgendetwas, der schenkte ihr Wein nach. Sie trank langsam, blickte dem Mann dabei tief in die Augen und wusste ganz genau, dass ihr Freund sie gerade aufmerksam beobachtete und dass es ihn erregte.

Aber Emanuele wurde von etwas anderem abgelenkt.

Eine Familie hatte das Restaurant betreten, Vater, Mutter und zwei kleine Mädchen, ungefähr fünf und sieben Jahre alt. Interessiert folgte Rodes Blick den vieren. Seine Augen hafteten an den Mädchen, er bemerkte, wie sein Speichelfluss stärker wurde. Ohne jede Vorwarnung war in seinem Gehirn ein Schalter umgelegt worden. Lisa fiel Emanueles Interesse an den kleinen Mädchen auf, und während sie ihr Jäckchen wieder zuknöpfte, legte sie ihre Hand zärtlich auf die ihres Partners.

«Süß, nicht?», sagte sie und wies dabei auf die Kinder.

«Unglaublich süß», entgegnete Rode.

6. Kapitel

Nach dem Abendessen nahmen sie ein Taxi zu seiner Wohnung, einem karg eingerichteten Loft im dritten Stock eines Jugendstilhauses, Via Duomo 23, gleich hinter der Porta Pietra. Nicht weit entfernt floss die Etsch ruhig dahin, mit den vielen Lichtern, die sich im Wasser spiegelten und im Nebel verschwammen und deren Zauber nicht nur Romeo und Julia gebannt hatte, sondern auch Millionen von Verliebten und Liebespaaren auf der ganzen Welt. Es war ein Uhr nachts, als sich Rode, der die ganze Zeit am Grübeln war, einen Chivas mit Eis machte. Er öffnete die Flasche, goss den Whisky bewusst langsam ins Glas und betrachtete ihn im Gegenlicht; so erschlossen sich ihm Farbe und Klarheit am besten. Sie umarmte ihn, schweigend.

«Hör mal, Lisa … Tut mir leid wegen vorhin. Du kennst mich doch, ich sehe dir gerne zu, wenn du … Und ich …», flüsterte ihr Rode zu, während sein Blick aus dem Fenster hinüber zum Fluss glitt.

«Das ist schon okay, *Amore,* du musst dich nicht entschuldigen. Wenn es dir gefällt, tu ich es gerne.» Lisa war eine äußerst verständnisvolle Frau.

Rode musste wieder daran denken, was für eine Show sie vorhin abgezogen hatte, vor dem Kellner und dem Typen, der hinter ihnen saß und sie mit seinen Blicken regelrecht verschlungen hatte. Doch während sie miteinander schliefen, schweiften seine Gedanken zu den beiden Mädchen im Restaurant. Er sah sie wieder vor sich, die kleinen Körper, das braune Haar, die bronzefarbene Haut. Sein

Lustpegel sank rapide in den Keller. Auf einen Schlag war ihm Lisa fremd geworden, und er fühlte sich unwohl in ihrer Nähe.

Er war in Hamburg. Ein Schauer durchfuhr Rodes Körper, während sich in seinem Kopf wieder lebhaft die Bilder des Abends abspulten, den er ein paar Tage zuvor zusammen mit fünf anderen maskierten Männern erlebt hatte.

Lisa bemerkte sofort, dass mit ihm irgendetwas nicht stimmte, er war nicht bei der Sache. Rode sah, von unwirklichem Nebel umringt, wieder die Türken, den Zwerg und die Machete.

Er starrte sie an. Seine Pupillen waren geweitet, und er schwitzte.

«Ich werde dich töten», sagte er.

Sie sah ihn erschrocken an, ihre Erregung wich besorgter Fassungslosigkeit. «Emanuele ...»

«Ich bring dich um.» Rode legte seine Hände um ihren Hals und drückte zu. Lisa war zu Tode erschrocken. Seine Hände drückten immer weiter zu, und er spürte, wie seine Lust stieg. Lisa weinte und versuchte zu schreien.

Später, als Rode sich wieder beruhigt hatte, sagte sie schluchzend: «Emanuele, weißt du, was du bist? Ein verdammtes Schwein, ein richtiges Schwein ...»

«Bitte, verzeih, es tut mir leid. Ich weiß nicht, was in letzter Zeit mit mir los ist. Bitte verzeih mir, *Amore*», sagte er und starrte auf die Bettkante. Lisa trocknete ihre Tränen, dabei blitzte sie ihn wütend an.

Geistesabwesend küsste er sie. «Ich erkenne mich gar nicht wieder. Es ist, als würde in mir ein Schalter umgelegt werden. Bitte verzeih mir, bitte! Was du wohl von mir gedacht haben musst ...» Sein Gesicht war voller Schweißperlen. Er stand auf und ging ins Bad.

«Ich habe gar nichts gedacht, Emanuele. Nichts», erwiderte sie. In Wirklichkeit hatte sie sich sehr wohl ihren Teil gedacht, und nicht zu knapp!

Rode stand nackt vor dem Badezimmerspiegel und betrachtete den Schweiß auf seiner glänzenden Stirn und sein gerötetes Gesicht.

Mit leeren Augen starrte er sein Spiegelbild an.

Rode wurde an einem lauen Aprilnachmittag von *Tele Verona Libera* auf der Piazza Bra interviewt. Die Regie bestand darauf, dass der Journalist mit der Arena im Hintergrund aufgenommen wurde, damit war für eine effektvolle Kulisse gesorgt. Emanuele Rodes Meinung zählte, und nicht wenige interessierten sich für seine sozialen und politischen Ansichten. Auf der Straße zitierten die Leute, was er im Fernsehen in den Debatten sagte. Viele verfolgten gespannt seine vernichtenden Kommentare, die sonntags auf der Titelseite des *Evento* erschienen.

Im Laufe des Interviews verriet er sein persönliches Rezept, um die Leiden, an denen die Gesellschaft krankte, zu kurieren: Säuberung der Straßen von den Verbrecherbanden. Kampf der Korruption und der schädlichen Regierung. Freiheit für die Unternehmen, ein klein wenig *American Dream* und natürlich mehr Anreize für die anständigen und hoffentlich katholischen Leute! Schluss mit der *Mafia*, der *Camorra* in Neapel und der *'ndrangheta* in Kalabrien, Krieg den Bankräubern und Drogendealern! Und die Ausländer? Die sind herzlich willkommen, selbstverständlich, aber es sind zu viele. Da hätte man besser achtgeben sollen. Die Linksradikalen, die Kommunisten der Roten Brigaden und die Terroristen der *Prima Linea* bäumten sich gerade ein letztes Mal auf, die extreme Rechte war fast völlig abgetaucht, auch wenn die Gefahr für sporadische terroristische Aktionen – wie etwa der tragische Anschlag von Bologna 1980 zeigte – nach wie vor bestand. Man musste etwas unternehmen, und zwar schnell. Die *Democrazia Cristiana* zerschlagen, zusammen mit den freimaurerischen und mafiosen Strukturen, die sie unterstützten und de facto von jeher die Nation beherrschten.

Was man brauchte, war, laut Rode, frischer Wind. Es war allerhöchste Zeit, dass sich Politik und Gesellschaft des Landes einer radikalen Veränderung unterzogen.

Als er wieder zu Hause war, rief Lisa an, aber er wimmelte sie unter einem Vorwand ab. Er war so rastlos.

Er dachte an die Kinder, die er ständig sah, viele von ihnen waren wirklich hübsch! Seine Augen füllten sich mit Tränen. Er sah sich selbst als Kind in Treviglio, er sah seine Mutter, die ihn immer in diese perfekt gebügelten Hemden mit der lästigen Fliege steckte; die ihm vorschrieb, was er zu tun hatte und was er nicht durfte. Und seinen Vater, den das Zusammenleben mit einer Frau, die sich schlimmer aufführte als jede Rektorin eines Schweizer Internats, so sehr mitnahm, dass er sich – um den Klauen seiner Gattin zu entkommen – von früh bis spät in seinem Textilgeschäft einschloss, rauchte und sich einen feuchten Dreck um die Familie oder die Erziehung seines Sohnes kümmerte.

«Mama», flehte er mit weinerlicher Stimme, den Blick zur Decke gerichtet. Der Traum, den er das letzte Mal vor drei Monaten gehabt hatte, fiel ihm wieder ein, und er sah Pfarrer Kreuzberg, der in einer Hamburger Kirche *«Gott mit uns»* zu ihm gesagt hatte. Er konnte den Gedanken an den blinden Pastor einfach nicht aus seinem Kopf vertreiben. Er war sich sicher, dass der alte Mann ihn gemeint hatte, weil er wusste, was Rode am Abend zuvor getan hatte. Der Geistliche wusste von den Türken und der Abschlachtung des kurdischen Jungen, und er wusste auch, dass Rode vor den blutigen Überresten onaniert hatte. Er wusste es, ganz bestimmt wusste er es!

Acht Monate vergingen, und von jenem Tag an ertappte er sich viel zu häufig dabei, dass sein Interesse an Frauen zu Kindern übersprang. Der Sex mit Lisa war mittlerweile zur lächerlichen Farce eines Fetischisten geworden: Sie brauchte sich nur zu setzen, ihre Beine übereinanderzuschlagen, etwas zu trinken, während er sie dabei betrachtete und berührte. Sonst nichts. Nach und nach wusste er mit den Reizen der jungen Frau nichts mehr anzufangen.

Er musste aufhören, sich etwas vorzumachen. Er hatte eindeutig ein Problem, und das musste man angehen, es hatte keinen Sinn, sich davor zu verstecken. Er fing an, in öffentliche Parks und auf Jahrmärkte zu gehen, wo überall Kinder waren. Er konnte nicht anders. Er redete sich ein, dass er im Grunde gar nichts dafür konnte, wenn die Natur ihn so geschaffen hatte. Es gab Momente, in denen er damit haderte, wie er war; dann wieder akzeptierte er es und versuchte es zu rechtfertigen. Wenn er an die Zukunft dachte, wusste Rode natürlich, dass es für ihn nur zwei Möglichkeiten gab. Entweder er würde seine wahre Natur verleugnen und unter einer Persönlichkeitsspaltung leiden, oder aber er würde seinen Seelenfrieden finden und zu der Überzeugung gelangen, dass ein friedliches Zusammenleben mit seinem Problem sicherlich allemal besser sei.

In seiner Phantasie wandelte er gebannt durch Orte, die voller Blut waren, Krankenhäuser zum Beispiel, Krankenwagen, oder Metzgereien, in denen frischgeschlachtetes Fleisch hing. Diese tiefroten Tropfen … er stellte sich vor, wie sie auf seinen Körper platschten, in langsamem, gleichmäßigem Rhythmus. Bei dem Gedanken daran bekam er Gänsehaut. Manchmal gelang es ihm sogar, sein Problem zu verharmlosen – ich liebe Kinder, im Grunde will ich ihnen einfach nur nahe sein.

Ein Ort, an dem er besonders viele von ihnen antraf, war das Schwimmbad.

7. Kapitel

Rode war schon immer gern geschwommen, seiner Meinung nach war es der beste Sport überhaupt, die perfekte Kombination aus Kraft und gutem Stil. Um besser abzuschalten, schwamm er manchmal ein paar Bahnen im Sportcenter *Atletica Scaligera,* das Freunde von ihm betrieben.

An diesem Abend musste er feststellen, dass er für sein übliches Pensum viel zu erschöpft war. Er hatte nur wenige Bahnen geschafft, trotzdem half ihm die körperliche Anstrengung dabei, sich ein wenig von seinen Problemen abzulenken. Er kam aus dem Wasser, zog sich den Bademantel über und ging duschen. Als er sich gerade wieder anziehen wollte, kam ein Mann mit einem kleinen Jungen herein, und Rode griff nach seinem Bademantel. Der Mann schimpfte über den Gestank und die Hitze in den Umkleiden. Rode beobachtete sie. Wie der Mann seinem ungefähr zehnjährigen Sohn beim Umziehen half, ihm seine Kleidung, seine Unterhose auszog und ihm die Badehose anzog. Rode versuchte, in die entgegengesetzte Richtung zu schauen, aber es wollte ihm nicht gelingen. Er konnte dem Anblick des kleinen Jungen einfach nicht widerstehen, wie er nackt und ahnungslos mit seinem Vater herumalberte, während der fast umkam vor Hitze und so schnell wie möglich wieder hier raus wollte. Der Mann merkte gar nicht, wie Rode den Kleinen anstierte. Er öffnete den Bademantel, ließ ihn zu Boden fallen und stand nun völlig nackt da, gut sichtbar für den Jungen, den es verlegen machte, dass Rodes weit aufgerissene

Augen an ihm klebten. Da erst wurde auch der Vater aufmerksam.

«Was soll das? Ziehen Sie doch bitte Ihren Bademantel wieder an, na los!», sagte der Mann.

«Hören Sie, das ist eine Umkleide und kein Kloster!», keifte Rode zurück. Der Mann drehte seinen Sohn mit einem Ruck von ihm weg.

«Ist ja widerlich! Ich werde das dem Bademeister melden», sagte er, aber Rode hörte gar nicht zu. Er starrte den Jungen an.

«Das Problem schaffst du dir selbst, Emanuele, nicht die Gesellschaft», bemerkte Doktor Carlo Dorsi ernst. Der Psychiater saß in einem bequemen braunen Ledersessel, seine Praxis war elegant, viktorianischer Stil, und lag in der Via Pallone, in unmittelbarer Nähe zum Balkon der Julia Capulet.

Es war kurz nach Silvester 1983, und Rode hatte beschlossen, etwas genauer in sich hineinzuhorchen. Er wollte und musste endlich verstehen, warum er psychisch so verwirrt war, auch wenn sein Verstand die Antwort längst wusste, vor allem aber wollte er wissen, wer er jetzt eigentlich war. Er wollte diese neue Person kennenlernen, zu der er selbst geworden war und die er, wie ihm sehr wohl bewusst war, kaum kannte. Durch das große Fenster von Dorsis Praxis konnte man die verschneiten, ganz und gar weißen Straßen sehen. Der Schnee war am Nachmittag gefallen, und unwirkliche Stille hatte sich über Veronas Altstadt gelegt, selbst die lärmenden Autos und das Gehupe klangen gedämpft, als hätte man Watte in den Ohren.

Dorsi hatte sich auf die Freud'sche Psychoanalyse spezialisiert. Rode kannte den alten Mann mit den weißen Haaren und dem Monokel seit seiner Jugend, in der seine

Mutter ihn wegen einiger Verhaltensauffälligkeiten hatte untersuchen lassen. Dorsi hatte im Laufe seiner analytischen Tätigkeit so viel Weisheit angesammelt, wie es nur alten Menschen gelingt. Rode hatte absolutes Vertrauen in ihn, seine Diskretion und seine Ratschläge.

Der Psychiater räusperte sich und fuhr mit ernster Stimme fort.

«Hör mal, du musst dich vom Druck der Verantwortung lösen. Dein Ego sucht verzweifelt einen Ausweg. Anscheinend willst du einfach nicht wahrhaben, dass du so spezielle sexuelle Vorlieben hast.»

«Hören Sie, *Dottore,* aber ich ... ich hätte nie ...» Es war so schwierig, die richtigen Worte zu finden, um zu erklären, was er fühlte. «Was ich sagen will ... Vielleicht hatte ich schon immer eine kleine Schwäche für Perverses, aber ich hätte nie gedacht, dass es mich erregt, wenn ich die Beine kleiner Mädchen ansehe.»

Er lag auf einer Couch, und obwohl er langsam sprach, klang er aufgebracht. Sein Blick war gesenkt.

Die Stimme des Psychiaters war ruhig: «Mach dir keine allzu großen Sorgen. Viele haben solche Phantasien. Du bist nicht der Einzige, falls dich das beruhigt.»

«Aber *Dottore,* wie können Sie zum Beispiel hier sitzen und sich mit mir unterhalten, wo Sie doch wissen, dass ich eines Tages ... keine Ahnung, dass ich vielleicht eines Tages Ihren Enkelinnen mit seltsamen Gelüsten hinterherschauen könnte?», fragte Rode, immer noch ohne ihn anzusehen.

«Das ist mein Job. Wir Psychiater erforschen die finsteren Winkel in den Köpfen der Menschen. Wir sind dazu da, uns seltsame Dinge anzuhören, sonst wären wir doch nutzlos, findest du nicht? Weißt du, wie Sexualforscher deine Störung im Fachjargon nennen? Paraphilie, also eine sexuelle Ausrichtung auf ein Ersatzobjekt. Wie bei einem Fetischisten, der seine Sexualität ausschließlich als Verehrung, etwa eines Frauenfußes, erlebt. Du hast das natürliche, männliche Sexualobjekt, nämlich die Frau, durch ein alternatives Objekt ersetzt, durch Kinder. Das kann man fachlich sicher psychopathologisch einordnen, es heißt aber nicht, dass du entartet bist. Deine psychosexuelle Erkrankung stellt lediglich eine Abweichung von allgemeingültigen Moralvorstellungen dar, ist aber keine Geisteskrankheit. Ist deiner Meinung nach ein Mensch nicht normal, nur weil er zwei Meter groß ist? Keineswegs, er ist völlig normal. Wie soll ich dir das erklären ... Er unterscheidet sich einfach nur aufgrund seiner Körpergröße von den anderen, von der breiten Masse. Deswegen kann man das noch lange nicht als Anomalie bezeichnen. Bei dir ist das genauso, du bist normal, aber nicht gewöhnlich, verstehst du?»

Rode nickte. «Aber das Problem kann doch nicht nur in meinem Kopf entstanden sein!»

«Das sage ich ja, Emanuele, genau das. Um mit Freud zu sprechen: Das, was bei dir momentan abläuft, nennt man ‹Projektion›. Es ist eine Art, Verantwortung von sich zu weisen, so etwas wie Freispruch, den der Patient sich selbst erteilt. Du hältst dich für einen anständigen Menschen und denkst, dass diese ... massiven erotischen Phantasien nicht von dir kommen, sondern dass sie dir eingeimpft wurden. Du denkst, was gibt es Perverseres als eine Gesellschaft, die nur aus Schaufenstervitrinen und falschem Schein besteht? Und du kommst zu dem Schluss, die Gesellschaft, die krank ist, die zu nichts gut ist, hat dir diesen bösen Streich gespielt, du hast dir also nichts vorzuwerfen. Dich trifft keine Schuld. Du hast doch eine reine Weste, ist es nicht so?»

Rode nickte langsam.

Dorsi sah ihn ernst an. «Hör mal, Emanuele ... Hattest

du in letzter Zeit irgendein traumatisches Erlebnis? Vielleicht etwas, das mit Kindern zu tun hatte?»

Rode schwieg kurz. «Nein. Nichts.»

«Weißt du, das könnte unter Umständen wichtig sein. Wenn dir irgendetwas passiert ist – vielleicht hast du ja ein Trauma erlitten, hattest einen Schock, einen Albtraum –, dann musst du mir das unbedingt erzählen. Nach einem Trauma treten unterdrückte Lüste plötzlich an die Oberfläche. Ist dir in letzter Zeit irgendetwas in dieser Richtung passiert?»

«Nein, nicht dass ich wüsste.»

«Gut. Etwas anderes: Hast du zufällig Gewaltphantasien, hättest du zum Beispiel Lust, einem Kind etwas anzutun?», fragte er sachlich und beherrscht.

Rode war völlig aufgelöst: «Nein, ich bitte Sie! Das kann doch nicht Ihr Ernst sein! So etwas würde mir nie einfallen.» Seine Hände waren schweißnass.

«Versteh mich nicht falsch. Solange es nur bei deinen Phantasien bleibt, so pervers sie auch sein mögen, kannst du davon träumen, soviel du willst, und es ist auch nichts dabei, wenn es dich erregt. Solltest du aber Lust verspüren, es auszuprobieren, sähe die Sache ganz anders aus. Die meisten Leute, die ähnliche perverse Gedanken haben, können einigermaßen gut damit leben. Aber manchmal gibt es da den unwiderstehlichen Drang, diese extremen Begierden auch in die Tat umzusetzen ...» Dorsi hielt inne und musterte ihn forschend.

«Aber du wirst sie ja nicht umsetzen, stimmt's, Emanuele?»

«*Dottore,* glauben Sie mir, bis vor zwei Jahren war das noch nicht so. Gut möglich, dass ich mal Kindern hinterhergeschaut habe, aber ich habe das nicht so ernst genommen, es hat mich nicht weiter beschäftigt. Vielleicht geht es ja jedem so, sagte ich mir. Ich hätte nie gedacht, dass ich beim Durchblättern eines Familienmagazins mehr Lust empfinde als beim Durchblättern vom *Playboy*.»

Dorsi schüttelte den Kopf. «Das sind doch nur Phantasien, Emanuele, nur Phantasien.»

Acht Tage nach den therapeutischen Ratschlägen von Doktor Dorsi bestieg Rode die Boeing MD-80, Lufthansaflug 4511, Abflug vierzehn Uhr einunddreißig in Villafranca/Verona mit Flugziel Hamburg.

Er nahm sich ein Zimmer im Hotel Franziskaner und ging zur Reeperbahn, trotz der Kälte. Dabei nahm er genau denselben Weg, der ihn damals in die Hölle geführt hatte – wie er da jemals wieder herauskommen sollte, wusste er selbst nicht.

Diesmal traf er den türkischen Zwerg nicht. Er irrte wie ein Gespenst durch den Nebel und entschied sich schließlich, einen besonders trostlosen Sexshop zu betreten. Verschämt fragte er die Gestalt hinterm Tresen nach einem Video mit etwas härterer Kost, vielleicht mit ein paar Folterszenen. Der Angestellte hatte verstanden – ab und zu kamen solche Anfragen schon mal vor.

«Echte Folter?», fragte er ihn, denn die Kassette war ziemlich teuer. Rode akzeptierte den Preis, blätterte hundertfünfzig Dollar hin und ließ sie sich direkt ins Hotel schicken. In seinem Zimmer waren die Heizkörper gut aufgedreht, er wärmte sich also wieder etwas auf, schob die Kassette in den Videorecorder und sah sich den Streifen an. In dem Porno sah man zwei Personen, die ein ungefähr sechzehn Jahre altes Mädchen zuerst vergewaltigten, dann erschossen. Hinterher fühlte Rode sich schlecht, aber aufgegeilt hatte es ihn trotzdem. Alles in allem ein gutgemachtes Filmchen, auch wenn er Schusswaffen nicht besonders mochte – da war das Abschlachten mit Messern schon deutlich aufregender. Außerdem war es ihm bei solchen Videos lieber, wenn Kinder die Hauptrolle spielten.

Kenner nannten so was *Snuff Movies*. Er wusste, dass *Snuff*-Pornos in Umlauf waren, in denen Kinder erst vergewaltigt und dann getötet wurden; vielleicht hätte der Sexshop, in dem er vorhin war, solchen Stoff auch zu bieten gehabt. Aber er hatte sich nicht getraut, so direkt danach zu fragen. Der Journalist starrte bedrückt zu Boden. Er ekelte sich fürchterlich vor sich selbst, und es tat ihm leid um das süße Mädchen. Aber sein Trieb war stärker: Er beneidete die beiden Dreckskerle darum, dass sie den Kopf des Mädchens in die Luft jagen durften.

Als er wieder in Verona war, versuchte er es mit ein paar Prostituierten, aber es war sinnlos. Sex, der als ‹normal› galt, interessierte ihn nicht mehr. Er verkroch sich in seiner Wohnung. Was hatten seine Mutter, die Gesellschaft und die ganze verdammte, feige Welt bloß aus ihm gemacht? Sie hatten ihn zu dem werden lassen, was er jetzt war. Ihn traf keine Schuld.

Er dachte wieder an Hamburg, an die Machete. Der Henker war der Antichrist. Nachts, wenn er träumte, war oft er dieser böse Mann mit dem großen Messer in der Hand; wenn er dann aufwachte, war er erregt, gleichzeitig schämte er sich zutiefst.

Auch jetzt bildete sich Schweiß auf seiner Stirn, sein Atem wurde schwer. Er führte Selbstgespräche:

«Basta!»

Schwankend stand er auf und machte sich einen Scotch, den er in einem Zug hinunterkippte. «*Basta!* Das ist doch kein Leben. Das ist doch wirklich kein Leben, verdammt nochmal!» Mit dem Laken trocknete er seine Augen. Er wusste sehr genau, was er wirklich begehrte, auch wenn er darunter litt.

«Ich kann so nicht weitermachen. Es ist gelaufen, Scheiße, es ist echt gelaufen! Mein Leben ist gelaufen.» Sein Blick war starr. Erloschen.

Er betrachtete sich im Spiegel. Runder war er geworden, und die schütteren Haare wiesen unerbittliche Anzeichen einer Glatze auf. Seine dunkle Seite hatte gesiegt.

8. Kapitel

Sieben Tage waren seither vergangen. Jetzt war Rode mit seinem BMW in Turin, am nördlichen Stadtrand in der Nähe des Corso San Attanasio. Kurz vor einem Kinderspielplatz bog er im Kreisverkehr rechts ab und parkte seinen Wagen bei einer Druckerei, den Rest ging er zu Fuß. Der Himmel war grau an diesem Morgen, und es war kalt, aber wenigstens regnete es nicht. Er lief umher, bis er den Laden gefunden hatte, den er suchte. Auf einem verblassten Schild stand: MAURIELLOS MESSERHANDLUNG. Laut der Werbeannonce in den Gelben Seiten hatte das Geschäft ein reiches Sortiment zu bieten. Eine eingerostete Tür krächzte, Rode trat ein und sah die Wände, die voller Messer aller Art hingen. Der Mann hinter dem Tresen war groß und dünn, knochiges Gesicht, um die sechzig, weißes Haargestrüpp, ebenso weiße, dichte Augenbrauen. Er musterte Rode kurz, dann kratzte er sich am Kopf und sagte:

«Guten Tag. Kann ich Ihnen helfen?»

Rode äußerte sein Anliegen, und der Mann verschwand für ein paar Minuten nach hinten. Dann kam er zurück, zeigte ihm das gute Stück und pries es in höchsten Tönen, bis er Rode schließlich zum Kauf überredet hatte. In der Zwischenzeit hatte es zu regnen angefangen, Rode verließ den Laden und ging aufgewühlt, mit schnellen Schritten und dem typischen unergründlichen Ausdruck im Gesicht zu seinem Wagen zurück. Seine rechte Hand umklammerte das Päckchen. Eine Machete.

An Feiertagen gehen die Veroneser mit ihren Kindern gerne in den Tierpark, der zwischen der Porta Palio und der Porta Nuova im Grünen liegt. Der Zoo ist nicht besonders groß, beherbergt aber viele verschiedene Tierarten. Die Kinder haben einen Riesenspaß daran, Yogi Bär in echt zu sehen und Willi Koyote, der ausnahmsweise mal nicht auf Straußenjagd für seine Buletten ist.

Am Morgen des 13. Februar 1984 versuchte die Sonne mit ihren kläglichen Strahlen die Besucher des Zoos aufzuwärmen. An diesem Tag wirkten alle Tiere wie hungrige Kätzchen, die auf ihre tägliche Futterration warteten. Affen, Zebras und Nilpferde erweichten die Herzen der Kinder und ließen sie mit offenen Augen träumen. Auch die Hyänen, Braunbären, Pumas, Leoparden, Löwen und Tiger sahen harmlos aus, sogar die Krokodile. An diesem Morgen schienen selbst die gefährlichsten Raubtiere im Zoo von Verona friedlich.

Die Eltern hielten ihre Kinder an der Hand, und wenn diese zum Spielen davonrannten, behielten sie sie immer im Auge. Eine durchaus normale und nachvollziehbare Vorsichtsmaßnahme.

Beim Kängurukäfig hatte sich eine kleine Menschenansammlung gebildet. Das Weibchen hatte erst vor kurzem ein Kängurubaby zur Welt gebracht, das nun zur Freude aller Zoobesucher ständig aus dem Beutel der Mutter und wieder hineinkletterte. Tierbabys üben ja immer einen ganz besonderen Reiz auf Kinder aus, und so standen diese nun mit glänzenden Augen vor dem Käfig.

Moreno Luberti war fast sechs Jahre alt und hatte schwarzes, dichtes Haar. Er war ganz hingerissen von den tapsigen Bewegungen des kleinen Tieres und sah verträumt aus. Er warf seiner Mutter einen Blick zu. Sie unterhielt sich gerade angeregt mit einer Freundin, die sie zufällig getroffen hatte, und er wandte sich wieder dem

Känguru zu, das jetzt so albern herumhüpfte, dass er laut lachen musste. Als er sich wieder umdrehte, sah ein Mann mit Brille ihn an. Emanuele Rode. Der Kleine lächelte ihm zu. In seinem Alter konnte er nicht wissen, dass sich die Räuber in freier Wildbahn das Opfer aus der Herde aussuchen, das sich von den anderen unterscheidet, und oft genug trifft es dabei kleine Tierbabys. Rode starrte ihn an und trat langsam auf ihn zu. Währenddessen dachte er, das Schöne am Erwachsenwerden ist doch, dass man vergisst, selbst einmal ein Kind gewesen zu sein.

Zwei Tage später, am Abend des 15. Februar, herrschte in den Büros der Kriminalpolizei Verona – im alten Polizeipräsidium am Ufer der Etsch – reges Treiben. Die Polizei hatte eine Razzia veranstaltet, die Festgenommenen, Prostituierten und Dealer sorgten für das übliche Chaos. In diesem Durcheinander achtete keiner auf das Telefon, das nicht aufhören wollte zu klingeln. Doktor Paolo Mele, stellvertretender Leiter der Kripo, nahm den Hörer schließlich ab.

«*Dottore,* Sie werden verlangt. Es geht um den Jungen, anscheinend gibt es Neuigkeiten», informierte ihn die Telefonistin.

Der Beamte ließ sich das Gespräch geben.

«Was gibt's?»

«Ah, Doktor Mele? Hier spricht Cipollaro, Leiter der Bereitschaftspolizei Venedig. Arbeiten Sie an dem Fall mit dem Jungen, der im Zoo entführt wurde?»

Es ist so weit, dachte er.

«Ja», gab er zurück.

«Hören Sie, ein Penner hat eine Leiche unter der Autobahnbrücke Richtung Vicenza gefunden. Einen Jungen.»

«Ist es Moreno?»

«Ja, vermutlich. Es liegen uns keine anderen Meldungen über vermisste Kinder vor …», meinte der Beamte am anderen Ende der Leitung.

«Jesus! Ich komme sofort. Haltet euch die Journalisten vom Leib und rührt nichts an, bis ich da bin.»

«*Dottore,* machen Sie sich auf etwas gefasst … Es ist kein schöner Anblick», sagte Cipollaro abschließend mit finsterer Stimme.

Nachdem der Vizechef aufgelegt hatte, blieb er einen Moment lang reglos und nachdenklich stehen. Und wieder eine schlaflose Nacht. Und wer sagt es Marcella? O Gott, diese Stadt! Zornig schlug er mit der Faust auf den Tisch, nahm seinen Colt, Kaliber 38 *Special*, aus der Schreibtischschublade, steckte ihn in das Halfter und verließ schnell das Revier. Er bellte einem Polizisten in Zivil einen Befehl zu, gemeinsam gingen sie in die Garage, schnappten sich den Dienstwagen, einen weißen Alfa Giulietta, dann fuhren sie mit quietschenden Reifen los und folgten den Anweisungen, die über Funk aus der Einsatzstelle kamen. Ziel: A4, dritte Brücke, Richtung Ost.

Um elf Uhr waren sie da. Von weitem schon sahen sie unter einem Brückenpfeiler die Suchscheinwerfer der Feuerwehr und eine kleine Menschenansammlung. Mele befahl anzuhalten, und ein kräftig gebauter Polizeibeamter kam auf sie zu.

«*Dottore,* guten Abend. Cipollaro, wir haben vorhin telefoniert. Kommen Sie. Vorsicht, es ist rutschig.»

«Schon gut, Cipollaro, sehen Sie lieber zu, dass Sie mich endlich hinbringen!»

Der Boden war voller Schlamm und Pfützen, der stellvertretende Leiter der Kripo merkte, wie seine Füße versanken. Starr vor Kälte gingen sie ein Stück und erreichten schließlich die Stelle, wo sich die Menschentraube gebildet hatte. Energisch bahnte sich Mele einen Weg. «Ich bin von der Kripo, gehen Sie bitte zur Seite. Lassen Sie mich durch.»

Kaum hatte er sich durchgekämpft, sah er ihn: Auf dem Boden lag, wie eine alte Stoffpuppe, die man zwischen all die anderen Abfälle in den Dreck geworfen hatte, der nackte Körper eines Jungen, die Leichenstarre war bereits eingetreten. Der Kommissar schätzte ihn auf fünf oder sechs Jahre. Er wies Verstümmelungen an den Gliedmaßen und eine lange Wunde am Bauch auf, durch die die Eingeweide heraustraten. Das aschfahle Gesicht war zu einem Ausdruck des Entsetzens verzerrt. Moreno Luberti war sechs Jahre alt, als er zwei Tage zuvor von einem Unbekannten entführt wurde. Vielleicht war er dieses Häufchen, das da am Boden lag. Er musste nur noch identifiziert werden.

«Scheiße … Wer hat das bloß mit dir gemacht?», murmelte Mele. Dann wandte er sich an einen Beamten: «Wo bleibt die Spurensicherung? Immer wenn man sie braucht, ist keiner da, verdammt! Ist die Staatsanwaltschaft schon verständigt?»

Einen Tag später standen Morenos Eltern, Valerio und Marta Luberti, im Kühlraum des Leichenschauhauses Verona, bei ihnen waren der stellvertretende Leiter der Kriminalpolizei sowie einige Beamte. Die zwei konnten sich kaum auf den Beinen halten, ihre Blicke waren abwesend. Valerio, der beim *Banco Ambrosiano Veneto* arbeitete, war fahl im Gesicht und hatte gerötete Augen; Marta war wie in Trance, sie schluchzte und brachte kein Wort heraus. Sie konnte sich nicht verzeihen, dass sie nicht aufgepasst, dass sie sich mit ihrer Freundin über irgendeinen Quatsch unterhalten hatte, während ein Wahnsinniger ihren Sohn entführte.

Die Beamten führten sie zu der Metallbahre, auf der ein zierlicher Körper lag. Er war mit einem weißen Laken bedeckt. Wie immer in solchen Fällen waren bei der Identifizierung zwei Rettungssanitäter anwesend.

Der Gerichtsmediziner beobachtete die Lubertis. Kurz senkte er den Blick, dann sah er sie wieder an. Er sagte lieber nichts, und während er tat, was er tun musste, hielt er die Luft an. Der Beamte wechselte einen nervösen Blick mit seinen Kollegen und den Sanitätern, die reglos neben ihm standen und sich sichtlich unwohl fühlten. Behutsam hob er das Laken und legte den Kopf des Leichnams frei. Marta stieß einen kehligen Laut aus, wie ein verwundetes Tier, und warf sich auf den kleinen Körper; Valerio brach mit einem verzweifelten Stöhnen in die Knie. Sofort schritten die Sanitäter ein, zerrten die Frau von der Leiche weg und eilten Valerio zu Hilfe, der schluchzend auf dem Fußboden kauerte.

Paolo Mele, der schon so einiges gesehen hatte, war in einem zornigen Schweigen erstarrt. Die Identifizierung war durchgeführt: Bei dem tot aufgefundenen Jungen handelte es sich um Moreno Luberti, geboren am 27. Juli 1978, am 13. Februar 1984 aus dem Veroneser Zoo entführt und kurz darauf getötet.

Der stellvertretende Leiter der Kriminalpolizei verließ angespannt den Kühlraum, mit langsamen, bedächtigen Schritten trat er auf die Straße. Er betrachtete den trüben, grauen Himmel der Poebene und dachte an seinen Sohn, der vermutlich gerade mit einem Stofftier im Arm schlief, wie es Moreno sicher auch immer getan hatte – und nie wieder tun konnte.

Mele war ein ziemlich mürrischer Mensch, aber ein kluger Kopf. Als Sohn eines Anwalts aus Avellino hatte er nach dem Jurastudium ein Referendariat in der Kanzlei seines Vaters absolviert. Doch schon bald war er der Ansicht, dass man in diesem Beruf allzu oft mit seinem Gewissen in Konflikt geriet, und er sah Verbrecher einfach lieber hinter Gittern und nicht frei herumlaufen. Aufgrund seines von klein auf ausgeprägten Gerechtigkeitssinns hatte er schließlich die Arbeit in der Kanzlei aufgegeben, um sich als Kommissar im Polizeidienst zu bewerben. Er entsprach in allem dem Durchschnitt: Er war weder dick noch dünn, eins achtundsechzig groß und hatte das pausbäckige Gesicht eines rechtschaffenen Menschen. Nur in einem Punkt war er ganz und gar nicht durchschnittlich: Hatte er einmal einen Entschluss gefällt, war er unerbittlich.

Er versuchte hinter dem milchigen Dunst, der sich auch heute wieder über die Stadt gelegt hatte, ein Stück Himmel zu erkennen. Mit einem Taschentuch wischte er sich über die Augen und seufzte. Ein Kind! Er schwor sich und dem Universum über ihm ... selbst wenn nicht er die Ermittlungen leiten würde und selbst wenn es zwanzig Jahre dauerte ... er würde den Mörder fassen. Er würde dafür sorgen, dass der es bereute, überhaupt geboren zu sein!

«Ich schwör's», sagte er leise zu sich selbst. Bedrückt wandte er den Blick wieder nach unten und ging langsam auf die Lubertis zu, die, gestützt von Sanitätern und Polizisten, gerade aus dem Leichenschauhaus traten.

«*Dottore, Dottore,* ist die Leiche schon identifiziert?» – «Wie hat die Mutter auf die Nachricht vom Tod ihres Sohnes reagiert?» – «Tappen Sie noch völlig im Dunkeln, oder haben Sie schon einen Verdacht?» – «Geben Sie uns ein Interview? *Dottore! Dottore!*»

Der nächste Morgen. Mele betrat nervös sein Büro, nachdem er sich durch den Pulk von Journalisten vor dem Eingang des Polizeipräsidiums Verona gekämpft und diese mit einem schlichten «*No comment*» abgefertigt hatte. Er hasste Sensationsreporter ... Sie gehörten zu der Sorte von Dreckskerlen, die ohne zu zögern die Leiche des eigenen Vaters als Titelfoto hergeben würden, nur um ein paar Exemplare mehr von ihrem widerlichen Schundblatt zu verkaufen. Was er empfand, war Hass, der reinste Hass. Er schaltete den Fernseher ein.

Im Ersten gab es eine Programmunterbrechung, in der Paolo Frajese, der sonst die Abendnachrichten sprach, über die Neuigkeiten berichtete, von denen alle gehofft hatten, dass sie ausbleiben würden: «Es war Mord. Eben hat die Polizei mitgeteilt, dass gestern Abend gegen einundzwanzig Uhr unter einer Autobahnbrücke der A4, Verona–Vicenza, die verstümmelte Leiche des kleinen Moreno Luberti entdeckt wurde. Das Polizeipräsidium Verona hat keine weiteren Details bekannt gegeben. Und nun ein Beitrag von Maria Cavallo ...»

Mele wandte sich vom Fernseher ab, nahm den *Evento* und las, was Emanuele Rode dazu geschrieben hatte. Der Journalist verurteilte den Mord an Moreno in aller Schärfe und forderte die Behörden auf, verstärkt Ermittlungen anzustrengen, um den Mörder schnell zu fassen.

«Wie schreibt der Idiot eigentlich!», dachte der Beamte. Er hatte Emanuele Rode noch nie sehr geschätzt. Auf Pressekonferenzen saß er immer in der ersten Reihe, stellte aber keine einzige Frage. Und dann dieser ambivalente Blick.

Der Kommissar wurde in seinen Gedanken von Doktor Andrea Stromboli unterbrochen, dem Gerichtsarzt, der die Autopsie an Morenos Leiche durchführte.

«Und?», wollte Mele wissen.

Stromboli zögerte, bevor er antwortete. «Was soll ich sagen ... Er hat sehr gelitten. Das Schwein hat ihn erst verstümmelt, und bevor er verbluten konnte, hat er den Rest erledigt.»

«Dann hat der Junge also alles mitbekommen? Verdammte Drecksau!»

«Den Verletzungen nach hat der Täter fürchterlich gewütet. Scheint viel Spaß gehabt zu haben …»

«Weißt du, mit was für einer Waffe?»

«Nicht genau, vielleicht so etwas wie ein Beil, die Schnitte sind sehr scharf. Jedenfalls kein Messer, dann wären die Wundränder ausgefranst», erklärte er.

«Mit einem Beil hätte die Wunde am Bauch aber anders ausgesehen.»

«Eine Machete?»

«Eine Machete … schon möglich. Jesus, das reinste Gemetzel!»

«Kannst du dir vorstellen, wie der Junge gelitten hat?», fragte Stromboli, der noch nicht fertig war: «Und dann …»

Mele sah den Arzt schweigend an, aber die Frage in seinen Augen war deutlich: «Was denn noch?»

«Das Schwein hatte einen Orgasmus. Auf den Eingeweiden des Jungen haben wir Spuren von Sperma entdeckt.»

9. Kapitel

Neapel, 1985

Der Mond schien hell, und die Luft war frühlingshaft lau. Es war der Abend des 23. Mai 1985, und Gianni Carinola war glücklich: Nach diversen Schwierigkeiten mit seinen Eltern, in der Schule und mit Freunden hatte er es endlich geschafft, mit Maria allein zu sein, auf der Strandpromenade von Mergellina. Beide waren neunzehn Jahre alt und seit einiger Zeit ein Paar – allerdings, so fand Gianni, hätte sie ruhig etwas weniger mit seinen Kumpels flirten können. Deswegen stritten sie ab und zu, aber andererseits schmeichelten ihm die neidischen Blicke der anderen.

Eng umschlungen saßen sie da, schweigend, das Einzige, was sie hörten, waren das leise Klatschen der Wellen gegen die Felsen und in der Ferne Autos, die geheimnisvollen Zielen entgegenfuhren. Sie sprachen nicht, sondern verständigten sich durch leichtes Aneinanderpressen ihrer Finger, die dem anderen sagten: «Ich liebe dich so sehr.» Die Dunkelheit umschloss sie, und der frische Wind des Tyrrhenischen Meeres spielte sanft in Marias Haar. Sie betrachtete den Mond im Osten und blickte dann in die entgegengesetzte Richtung zu den Felsen.

Das Mädchen fuhr kurz zusammen. Gianni bemerkte, dass sie einen bestimmten Punkt zwischen den Felsen ins Visier genommen hatte.

«Eine Perücke, Gianni!», sagte Maria erstaunt und wies in die entsprechende Richtung. «Schau mal, da, auf dem Felsen.»

«Eine Perücke? Ich sehe nichts.»

«Guck doch hin, Dummkopf, dahinten liegt eine Perücke. Du brauchst wohl eine Brille!», neckte sie ihn.

Gianni stand auf und hüpfte zu der Stelle, er wollte sich die Sache aus der Nähe anschauen, mal sehen, wer von ihnen eine Brille brauchte. Als er die Stelle erreicht hatte, musste er Maria allerdings recht geben. In der Dunkelheit, Richtung Wasser, erkannte er etwas, das wie eine Perücke aus langem, hellem Haar aussah. Die fröhliche Neugier, die ihn hingetrieben hatte, wich ernster Sorge. Beunruhigt näherte er sich der Perücke. Er hielt kurz inne. Was war das? Erst als er fast darauf trat, begriff er.

Was wie eine alte, weggeworfene Riesenpuppe aussah, war eine Leiche. Jemand hatte sich an ihr vergangen, zumindest den Verletzungen nach zu schließen, die Gianni in diesem endlos scheinenden Schreckensmoment erkennen konnte. Schnell rannte er zu Maria, zerrte sie am Arm mit sich und erzählte atemlos, was er gesehen hatte. Endlich fand er eine Telefonzelle und rief die 113 an.

Wenige Minuten später hielt ein Streifenwagen mit Blaulicht an dem Ort, den der Junge am Telefon beschrieben hatte; der Suchscheinwerfer auf dem Dach wurde eingeschaltet und auf die Felsen gerichtet. Gianni ging sofort auf die zwei Polizisten zu, die aus dem Wagen stiegen, schilderte ihnen noch einmal den Fund und führte sie zu der Stelle. Zwischenzeitlich waren weitere Streifen eingetroffen. Zwei Polizisten beleuchteten den Körper mit ihren Taschenlampen. Vuono musste seinen Blick abwenden, sein Kollege Salvatore Contini ertrug den Anblick finster und schweigend.

«Das ist sie», meinte der eine.

«Wer, *sie*? Kennen Sie sie?», fragte Gianni aufgebracht.

«Donatella De Caro. Acht Jahre alt. Gestern Nachmittag wurde sie entführt, im Zentrum, hinter der Piazza del Plebiscito. Ihre Eltern hatten sie und ihre Zwillingsschwester für einen Moment aus den Augen verloren, und dann – vom Nichts verschluckt.»

«Und die Schwester?»

«Konnte entkommen.»

Rom, Zentraldirektion der Kriminalpolizei.
Am selben Abend

Noch immer wurde gearbeitet in den großen Räumen, die von grellem Neonlicht und blauschimmernden Monitoren hell erleuchtet waren. Piero Firmiani wollte gerade gehen, als Inspektorin Mara Sangiacomo ohne anzuklopfen – und sichtlich aufgebracht – sein Büro betrat. Einen Moment lang kreuzten sich ihre Blicke.

«*Dottore,* das Mädchen aus Neapel. Sie haben es vor zwei Stunden gefunden», berichtete sie und streckte ihm ein Telex hin.

Firmiani nahm es bedächtig entgegen und las es in aller Ruhe zweimal durch. Die Gelassenheit hatte er sich selbst verordnet und praktizierte sie seit seinem Dienstantritt, über Jahre hinweg kultivierte er sie, vor allem dann, wenn er mit schwierigen Situationen konfrontiert wurde, in denen andere oftmals den Kopf verloren. Je heikler die Angelegenheit war, desto besser gelang es Firmiani, ruhig zu bleiben – hinterher, wenn alles überstanden war, konnte er es dann selbst immer kaum glauben. Er nannte es seinen «Eisschleier».

Piero Firmiani war der Leiter der Abteilung B der polizeilichen Kriminaltechnik, die Morde mit besonderen Auffälligkeiten bewertete und analysierte, um über die Charakter- und Verhaltensmerkmale Täterprofile zu erstellen. Ein paar Jahre später sollte die Abteilung B zur

UACV, dem «Mordkommando», werden, das landesweit zur Analyse von Gewaltverbrechen eingesetzt wurde. Die Dienststelle war der Zentraldirektion der Kripo in Rom unterstellt und analysierte sorgfältig jeden Mord, bei dem der Verdacht bestand, dass es sich um einen Serienmörder handeln könnte, um die Kommissare bei ihren Ermittlungen umfassend zu unterstützen.

Hinweise wurden vom Innenministerium an die Kriminalpolizei weitergeleitet; die wiederum entschied, ob sie die Informationen der Abteilung B zur Analyse weitergeben wollte oder nicht. Es war gängige Praxis, dass das römische Büro im Stadtteil EUR automatisch über alle sexuell, manisch oder rituell motivierten Morde im gesamten Land informiert wurde.

«Noch eine unheimliche Begegnung der dritten Art», sagte Firmiani zu der jungen Kollegin. «Das sagt mir mein Gefühl. Wollen wir wetten?» Unheimliche Begegnungen nannten sie unter sich die Fälle, bei denen sie es mit Verbrechern zu tun hatten, die einzig und allein aus der Lust am Töten agierten. Dann wählte er die 212 des Haustelefons und landete beim elektronischen Datenarchiv.

«Sandri», meldete sich die Stimme am anderen Ende der Leitung.

«Sandri, *ciao,* ich bin's, Piero Firmiani. Könnten Sie kurz etwas für mich recherchieren?»

«Guten Tag, *Dottore.* Einen Moment bitte ... ich schließe das Dokument hier ... So, jetzt bin ich für Sie da. Geht es um eine Person oder um eine Tat?», krächzte Sandri in den Apparat.

«Eine Tat.»

«Okay, ich bin bereit.»

Firmiani strich sich nachdenklich durchs Haar, dann begann er langsam zu sprechen. Selbst innerhalb der Abteilung B gewöhnte man sich an bestimmte Dinge nur schlecht.

«Also, Sandri, wir suchen einen Mord aus der Vergangenheit, der einen ähnlichen Modus Operandi aufweist wie der von heute. Es geht um ein Mädchen, Donatella De Caro, acht Jahre alt.»

«In Ordnung, Chef», meinte Sandri knapp und bündig. Er war jetzt in der Datei «M» für «Mord», und tippte wieder. Der Techniker stellte weitere Fragen: «Zeit und Ort?»

«Neapel, heute Abend.»

Er gab die Daten ein.

«Können Sie mir den Modus Operandi beschreiben, *Dottore?*»

Firmiani warf einen Blick auf den Bericht, den Mara ihm gegeben hatte. «Ja ... Amputation der oberen und unteren Gliedmaßen.» Er sprach langsam und mit schwerer Stimme. «Schnittwunde am Bauch, vom Brustkorb bis zur Leiste. Eviszeration der Eingeweide und Verteilung der inneren Organe am Fundort der Leiche.» Firmiani war ernst.

«Madonna, ein richtiges Massaker ... Spuren sexueller Aktivitäten?»

«Nein, das heißt, wir wissen es noch nicht. Erst nach der Autopsie. Hören Sie, recherchieren Sie doch bitte die letzten drei Monate.»

Sandri tippte etwas in den Computer, drückte die ENTER-Taste, und der IBM begann zu arbeiten. Nach ein paar Sekunden erschien ein kleines Fenster auf dem Monitor: «0 Suchergebnisse».

«Negativ, *Dottore.* Nichts», gab Sandri seinem Vorgesetzten weiter.

«Gehen Sie mal sechs Monate zurück.»

Sandri tippte erneut etwas ein. Wieder nichts. Er sagte

es Firmiani, aber der blieb hartnäckig und wies ihn an, ein Jahr zurückzugehen.

«Nichts. Kein ähnlicher Mord im ganzen letzten Jahr.»

Firmiani wollte schon aufgeben, doch sein Instinkt trieb ihn zum Weitersuchen.

«Dann gehen Sie zwei Jahre zurück.»

«In Ordnung, *Dottore*», entgegnete der andere. Er gab «suchen» ein, dann «23. Mai 1983». Exakt zwei Jahre.

Jetzt erschien auf dem Monitor eine Meldung. Sandri rückte etwas näher, um sie besser lesen zu können.

«Da war etwas, *Dottore*», sagte er.

«Was?»

«Vor einem Jahr und drei Monaten, *Dottore*. In Verona, am 13. Februar 1984. So ... einen Moment ... hier haben wir's: Amputation der Gliedmaßen und Eviszeration.»

«Wer war das Opfer?»

«Ein Junge. Er hieß ... hier steht er: Moreno Luberti. Sechs Jahre alt. Aus dem Zoo entführt. Spuren sexueller Aktivität, Sperma in den inneren Organen.» Er stockte kurz. «So ein Schwein, nicht wahr, *Dottore*?»

«Allerdings. Ich danke Ihnen. Schicken Sie mir bitte alles gleich zu. Ich kann mich gut an den Fall erinnern», meinte Firmiani und beendete das Gespräch.

Dann sah er zu Mara und wandte sich wutentbrannt an sie:

«Hab ich's nicht gesagt? Jetzt geht das Ganze wieder von vorn los. Dieser Wahnsinnige steht auf Kinder. Ruf Giacomo, Nicola und Doktor Perticari an. Morgen früh geht's nach Neapel.»

Zwei Wochen nach dem Fund von Donatellas Leiche war im Hause De Caro die ohnehin schon unerträgliche Situation noch schwieriger geworden. Cristina, Donatellas Mutter, war noch immer im Cardarelli-Krankenhaus, Prognose ungewiss, Vincenzo, der Vater, hielt auch weiterhin nur mit Valium in hoher Dosierung durch und wurde von Freunden und Verwandten betreut, um einen möglichen Selbstmordversuch zu verhindern. Oft wandte sich Vincenzo an Sara – die andere Tochter, ebenfalls blond und überhaupt ein identisches Abbild ihrer Zwillingsschwester – und nannte sie «Donatella». Sie war jetzt seine einzige Tochter. Diese wiederum, noch immer unter Schock stehend, reagierte auf diese Art väterlicher Fürsorge mit einer Mischung aus Wut und Freude. Dadurch, dass er sie mit Donatella gleichsetzte, spürte sie noch viel stärker, dass sie ein Zwilling war, dass zwei Menschen ein einziges Wesen bilden konnten: sie und ihre Schwester, die sie nie wieder sehen würde. Doch dann kam die Wut ins Spiel, weil die Erinnerung ständig da war, und sie tat weh. *Du bist jetzt Donatella,* würden sie irgendwann zu ihr sagen, oder zumindest würden sich Mama und Papa das irgendwann einreden, als Trost. Aber sie war nicht Donatella. Donatella war tot.

Am Abend des 8. Juni hatte Vincenzo De Caro sich in seinen Sessel sinken lassen und starrte geistesabwesend auf irgendeinen Punkt an der Wand. Sein Blick war leer und fern, die Stille wurde nur von den metallischen Stimmen aus dem Fernseher in der anderen Ecke des Zimmers unterbrochen.

Sara starrte regungslos auf den Bildschirm.

«Papa», rief sie geschockt.

Vincenzo wischte sich die Tränen aus dem Gesicht – sie gehörten mittlerweile zum Alltag –, erhob sich schwerfällig und schlurfte zu seiner Tochter, die noch immer auf den Fernseher starrte. Ausdruckslos zeigte sie mit dem Zeigefinger auf den Apparat. Der Vater sah sie fragend an.

«Er», sagte sie.

«Wer, er?», fragte Vincenzo, kniff die Augen zusammen und wandte sich zum Fernseher. Er atmete schwer.

«Er.»

Vincenzo De Caro sah auf den Bildschirm; ausgestrahlt wurde eine politische Debatte über Pressefreiheit, an der ein berühmter Journalist aus Verona teilnahm.

«Er ist es», sagte sie wieder mit ausdrucksloser Stimme.

Vincenzo De Caro rief sofort die Polizei, die innerhalb weniger Minuten eintraf. Er erklärte ihnen, dass seine Tochter Sara, die Zwillingsschwester, die dem Mörder entkommen konnte, den Journalisten Emanuele Rode als den Mann erkannt habe, der Donatella entführt und getötet hatte. Dass der Täter möglicherweise identifiziert war, setzte ebenso rasche wie geheime Ermittlungen in Gang. Aufgrund des Alters der Zeugin stellte die Staatsanwaltschaft von Neapel eine geeignete Gruppe von Richtern, Polizeibeamten, Offizieren der Carabinieri und Kinderpsychologen zusammen, die das Mädchen ausführlich befragten. Am Ende der Gespräche mussten sich jedoch alle eingestehen, dass die Identifizierung Rodes auf recht wackeligen Füßen stand. Sie war lediglich der extremen Nervenanspannung des Kindes zuzuschreiben, bedingt durch die Ereignisse der vergangenen Wochen; einen hinreichenden Verdacht gab es nicht. Rode war ein anerkannter Reporter, beinahe schon Politiker. Es mochte ja sein, dass er dem Täter irgendwie ähnelte, aber Kinder sind nun einmal keine besonders zuverlässigen Zeugen, dachte Staatsanwalt Angelo De Filippis.

Jedenfalls musste Polizeileiter Gennaro Ippoliti, der ebenfalls bei den De Caros gewesen war, eines Nachmittags Ordnung in die Akte bringen. Er war ein Beamter vom alten Schlag. Bei einer Ermittlung sollte man nie sagen, dass etwas unnütz sei; früher oder später fiel immer jemandem ein, dass das vermeintlich Unwichtige plötzlich entscheidende Hinweise lieferte. Und so wurde die Seite mit der Aussage Sara De Caros zur Identifizierung des Mörders in der Akte abgeheftet. Selbstverständlich für die Zukunft, denn eines wusste Polizeileiter Ippoliti genau: Irgendwann würde dieses Blatt Papier irgendjemandem weiterhelfen.

10. Kapitel

In den darauffolgenden Tagen füllt sich das Haus De Caro mit lauter besorgten Menschen: Psychologen, Journalisten, Sozialarbeiter, Verwandte, Freunde, Polizisten und Carabinieri, die von weit her kommen. Sie alle wollen der Familie in dieser schweren Stunde beistehen. Sara betrachtet sie mit leicht spöttischer Miene, denn sie spürt, wie sinnlos diese Wohltätigkeitsveranstaltungen sind. Viele Polizisten befragen sie, immer wieder muss sie die letzten Stunden mit ihrer Schwester zu Protokoll geben, so wie auch zahlreiche Journalisten sich ein Bild von den letzten gemeinsam verbrachten Momenten machen, während es sie selbst jedes Mal von innen zerreißt, die Situation immer und immer wieder zu durchleben.

Von all den Leuten wird ihr einer immer sympathischer, ein höflicher junger Polizist der Kriminaltechnik, der einen Akzent spricht, der so ganz anders klingt als der ihrer Eltern. Eines Tages geht sie zu ihm, und mit der spontanen Direktheit, wie nur Kinder sie haben, tippt sie ihn leicht am Arm und verkündet, von nun an sei er Peter Pan und sie Glöckchen.

«Du musst immer klein bleiben, weil die Erwachsenen böse sind», sagt sie zu ihm. «Du darfst nicht groß werden. Du musst so bleiben wie Peter Pan.» Dann will sie mit ihm einen Spaziergang ans Meer machen, ganz in der Nähe, in Mergellina. Der Beamte begreift, dass es – angesichts der Feindseligkeit, mit der das Mädchen allen anderen gegenübertritt – vielleicht nur ihm gestattet ist, die Schmerzen über die verlorene Schwester zu lindern.

Und so sind sie von nun an auch für ihn Peter Pan und Glöckchen. Sie gehen lange an der Strandpromenade von Neapel spazieren, die kräftige salzige Brise umweht ihre Gesichter, und Sara erzählt ihm, dass der riesige und seltsame Berg da Vesuv heißt und dass er vor vielen, vielen Jahren mal Feuer und Asche gespuckt hat und dass er viele Menschen unter sich begraben hat, lebendig, und dass die Menschen aus zwei verschiedenen Städten kamen, nämlich aus Pompeji und aus Herkulaneum. Peter Pan lauscht ihren Geschichten interessiert, denn er ist sich sicher: Wenn es eine Möglichkeit gibt, dass sie eines Tages wieder ein normales achtjähriges Mädchen sein kann, muss er jetzt auf sie eingehen und sich in ihre Welt begeben.

Dann betrachten sie den Horizont, Sara wird auf einmal sehr ernst, hebt ihren hübschen Kopf mit dem blonden Haar und reckt ihn dem blauen neapolitanischen Maihimmel entgegen. Ihre großen blauen Augen röten sich und werden feucht, Peter Pan weiß, woran das Mädchen gerade denkt; er streichelt ihr übers Gesicht und trocknet ihre Tränen.

«Peter, weißt du eigentlich, dass Donatella jetzt da oben ist, im Paradies, und zu uns herunterschaut?», fragt sie schluchzend.

Der Polizeibeamte versucht, sich nichts anmerken zu lassen, was ihn große Anstrengung kostet, aber er kann sich doch jetzt vor Sara nicht gehenlassen, das würde alles nur noch schlimmer machen. Er sagt, ja, er weiß es, stimmt, Donatella geht's jetzt viel besser als uns, sie ist da oben im Himmel, bei Gott und all den Engeln, die sie auf den Wolken wiegen.

Um sie ein wenig aufzumuntern, spendiert er Sara ein Eis, und der Geschmack ihrer Lieblingssorten, Schokolade und Nuss, tröstet sie tatsächlich ein bisschen. Die beiden gehen zurück zu Sara nach Hause, und als sie im

Bett liegt, erklärt der Mann dem Vater, das Mädchen habe ihn «adoptiert» und ihm den Namen der Figur aus diesem Zeichentrickfilm gegeben und er sehe diese Vertrautheit als Ausweg, damit der Verlust der Schwester sie nicht völlig zerstöre. Der Vater hört schweigend zu, nickt und erlaubt ihm, seine Tochter, die einzige, die ihm geblieben ist, auf andere Gedanken zu bringen, mit ihr spazieren zu gehen, sich mit ihr zu unterhalten, natürlich nur so lange, bis der Beamte wieder zurück in seine Stadt und zu seinen Pflichten zurückkehren müsse.

Peter Pan erklärt Sara am nächsten Tag, dass ihre Freundschaft das Wichtigste auf der ganzen Welt sei und ewig dauern werde, Jahre, viele Jahre lang. In Saras Augen glänzen Tränen, sie wirft sich in seine Arme, ihre blonden Haare bedecken seine Brust.

«Für mich wirst du immer Peter Pan sein, immer!», sagt sie.

Sie verbringen viel Zeit miteinander, und das Verhältnis zwischen Sara De Caro und Peter Pan wird immer enger und vertrauter. Sie sehen sich im Kino einen albernen Film an, und immer, wenn der Hauptdarsteller eine Ohrfeige nach der anderen ins Gesicht bekommt, lacht sie von ganzem Herzen.

Danach gehen sie in eine Pizzeria und essen Pizza Napoletana, eine richtige, wie es sie in ganz Italien nicht gibt und auch sonst nirgendwo auf der Welt. Sara fragt, ob er mitkommt, sie will sich die Hände waschen. Sie gehen zusammen auf die Toilette, und das Mädchen steht vor einem riesigen Spiegel, der von einer Halogenlampe angestrahlt wird und ihr ihre ganze Gestalt zeigt.

Sie sieht ihr Spiegelbild an, wird auf einmal ernst, und Peter Pan weiß Bescheid. Sara mustert sich im Spiegel, ihre Augen wandern zu ihrem blonden Haar, der Nase, dem Hals, den Händen. Dann bleibt ihr Blick an den großen Augen haften, hellen, sanften Augen, und sie beginnt zu schluchzen – es ist Donatella, die ihr entgegensieht. Sie spürt, dass sie es ist, die sie anstarrt, als wäre sie vom Himmel heruntergestiegen, um ihr Hallo zu sagen. Sara De Caro tritt an den Spiegel und versucht ihn zu umarmen, so, als umarmte sie ihre Schwester, aber sie spürt nichts außer dieser kalten, glatten Fläche; darüber wird sie so wütend, dass sie wie wild mit den Fäusten auf den Spiegel einschlägt. Peter Pan, der bis dahin tatenlos zugesehen hat, eilt jetzt zu ihr und hält vorsichtig ihre Hände fest.

«Sara, komm, hör auf. Du tust dir weh.»

«Ich hasse ihn. Ich hasse ihn so! Ich will, dass er stirbt.»

Es vergeht eine Woche, in der Peter Pan und Sara spazieren gehen, plaudern, sich Filme anschauen oder einfach nur schweigen. Dann ist es so weit, der traurige Moment ist gekommen, man sagt sich Lebewohl.

Mit vielen Umarmungen und großen Versprechen, sich bald wiederzusehen, verabschiedet sich Peter Pan von der Familie De Caro, und weil Sara eine Sonderstellung hat, darf sie ihn nach unten zum Wagen begleiten – sie ist schließlich Glöckchen, und die kleine Fee darf alles! Peter Pan ist sehr still, Saras Augen sind tränennass. Als sie auf dem Bürgersteig stehen, ergreift er ihre Hand und führt sie in ein Spielwarengeschäft ganz in der Nähe, sie soll sich etwas aussuchen, zur Erinnerung. Sara schlendert zwischen den Regalen hindurch, plötzlich bekommt sie leuchtende Augen – das ist es! Wehmütig zieht sie eine kleine Stoffpuppe hervor, es ist Glöckchen, die ihr zuzwinkert und mit den kleinen dünnen Flügeln schlägt. Peter Pan kauft sie, lässt sie schön verpacken, und als sie draußen stehen, überreicht er dem Mädchen feierlich das Päckchen.

«Für dich, Sara», sagt er zärtlich.

Sie nimmt es entgegen, öffnet es, drückt die kleine Stoffpuppe an sich und küsst sie.

«Ich werde sie immer bei mir haben», sagt sie und sieht ihm dabei fest in die Augen.

Peter Pan ist gerührt. «Das ist gut», flüstert er.

Sara wirft sich in die Arme des Mannes, drückt ihn und sagt: «Du bist Polizist, stimmt's?»

Peter Pan nickt.

«Und du hast mich lieb, stimmt's?»

«Ja, ich hab dich lieb», versichert er ihr.

«Dann musst du mir eines Tages helfen», schluchzt sie und trocknet sich eine Träne. Dann erzählt sie ihm, dass sie Donatellas Mörder im Fernsehen gesehen hat und dass ihr keiner, wirklich keiner, glauben wollte. Aber weil sie sich ganz sicher ist, vertraut sie ihm an, es ist ihr größter Wunsch, ihn umzubringen. Peter Pan muss ihr etwas versprechen. Er muss ihr versprechen, dass er ihr dabei helfen wird.

«Wirst du das für mich tun, Peter? Wirst du mir dabei helfen, den Mann zu töten?», fragt die Kleine und sieht ihn mit großen, flehenden Augen an. Peter Pan begreift, dass es für das Mädchen der einzige Grund ist, für den es sich noch lohnt weiterzuleben. Er wird ihr also helfen – wie sollte er auch nein sagen!

«Okay, ich schwör's. Ich werde ihn wahrscheinlich nicht töten, aber ich werde ihn einsperren lassen, keine Sorge!» Er weiß, es wird nicht einfach sein, das Versprechen einzuhalten, aber er will es zumindest versuchen.

Wenn jemand ein besonders grausames Verbrechen begeht, schreit die Öffentlichkeit immer nach einem konkreten Hassobjekt. So geschah es auch nach den Morden an Moreno Luberti und Donatella De Caro. Ihn einfach nur als «Kindermörder» zu bezeichnen reichte bei weitem nicht aus. Da musste schon etwas anderes her. Der Täter musste ein Gesicht bekommen, man musste ein ganz abscheuliches Wesen schaffen.

So war es nicht verwunderlich, dass dem Killer nach dem Mord an Donatella in einem Leitartikel des *Evento* ein Spitzname der besonderen Art angehängt wurde: Das Blatt nannte ihn «die Ratte». Warum, verstanden die Leute nicht. Natürlich konnte keiner wissen, dass der Verfasser des Artikels als Kind von seinen Klassenkameraden immer «Ratte» genannt wurde. Aber wenn jemand schon «Rode», der Nager, heißt, ist das im Grunde ganz normal.

11. Kapitel

Rom, November 1987

Innenminister Giuseppe Di Ponza kam aus Kalabrien, Wahlkreis Catanzaro, und war zweiundsechzig Jahre alt. Er hatte leichte Geheimratsecken und eine mittelgroße Statur, wobei er etwas übergewichtig war, was seine Frau – in den sogenannten besseren Kreisen Roms als Dame von Welt bekannt – sehr störte. Dem Abgeordneten war durchaus bewusst, dass in einem schwierigen Land wie Italien in seinem Amt so einiges auf ihn zukommen würde; er hatte allerdings nicht geahnt, dass seine Ernennung zum Minister in eine so angespannte Zeit fallen würde. Noch immer lief dieser Kindermörder, den sie die Ratte nannten, frei herum, und die Leute hatten Angst. Er konnte sich nicht daran erinnern, dass andere Serienmorde in den letzten Jahren so viel Aufsehen erregt hatten. Klar, da war das «Monster von Florenz», aber das tötete Pärchen, die sich in toskanische Pinienwälder in der Nähe der Provinzhauptstadt zurückzogen. Wenn man diese Orte mied, konnte einem also gar nichts passieren. Die Ratte dagegen versetzte alle in Angst und Schrecken. Dieser Sadist tötet Kinder überall im Land, dachte der Amtsinhaber im italienischen Innenministerium. Die Öffentlichkeit übte Druck aus und erwartete auch vonseiten der Politik eine Reaktion auf die Verbrechen der Ratte. Die Ordnungskräfte wussten nicht mehr weiter, und nun lag es an ihm, eine Lösung dafür zu finden, oder zumindest etwas, das danach aussah. Deshalb sah er mit gewisser Sorge dem Besuch des Polizeichefs, Präfekt Giovanni Graziosi, entgegen, den er für diesen Vormittag zu sich beordert hatte. Als der Summer an seinem Schreibtisch aufleuchtete, fuhr er kurz zusammen, dann betätigte er den Türöffner. Die elegante Sekretärin mit den hübschen Rundungen betrat lächelnd den Raum und kündigte den Polizeichef an. Innenminister Di Ponza erhob sich, schüttelte ihm herzlich die Hand und ließ ihn Platz nehmen.

«Mein lieber Präfekt, die Lage wird immer ernster», begann er. «Nach den Morden an den beiden Kindern aus Verona und Neapel beschäftigt uns nun ein weiteres Verbrechen in Varese. Von überall her erreichen uns Forderungen nach höchsten Sicherheitsvorkehrungen, die Leute werden langsam nervös. Wie Sie wissen, ist das Problem mittlerweile zum Politikum geworden. Die Italiener erwarten eine Reaktion vonseiten des Staates, also von mir und von Ihnen!»

Graziosi war ein pragmatischer Mensch und mit seinen achtundfünfzig Jahren noch gut in Form. Er kam aus den Reihen der Polizei, nicht aus der Präfektur, die seiner Ansicht nach ohnehin zu viele wichtige Positionen im Innenministerium für sich beanspruchte. Er hatte in Kalabrien, Rom und Palermo gearbeitet und Mafiosi und Drogendealer höchstpersönlich festgenommen. Viele behaupteten, er sei das, was man «einen ganzen Kerl» nennt. Zu den Worten des Ministers nickte er nur ernst; auch für ihn war es nicht leicht, Forderungen nachzukommen, hinter denen starke soziale und politische Interessen steckten. Und obwohl er als Staatsbeamter einiges gewohnt war, nie vor elf Uhr abends nach Hause kam, nicht mal sonntags, war es auch für ihn ein schwieriger Moment.

«Diese Morde haben die Leute völlig verunsichert», stimmte er in seinem starken römischen Akzent zu. Sie sprachen ausführlich über die Ermittlungen in den drei Fällen, und am Ende musste der Polizeichef das traurige

Fazit ziehen, dass, abgesehen von ein paar vagen Verdachtsmomenten, die Nachforschungen nicht zu den erhofften Ergebnissen geführt hatten.

«Ich habe verschiedene Vermutungen über die Identität der Ratte gehört», sagte der Minister.

Präfekt Graziosi schüttelte den Kopf. «Ein Psychiater hat ein psychologisches Profil erstellt. Es weist auf einen ungefähr fünfzigjährigen Gynäkologen aus Verona hin, der unter einer Paranoia leidet, die ihn zum Killer macht. Aber wenn ich ehrlich sein darf, entbehrt diese These für mich jeder Grundlage.»

«Verstehe. Wir werden mal wieder an der Nase herumgeführt.»

Sie sprachen noch ein wenig über weitere phantasievolle Theorien. Minister und Polizeichef waren sich am Ende des Gesprächs in vielen Punkten einig.

«In Ordnung, Herr Präfekt», sagte Di Ponza. «Ich werde dem Ministerpräsidenten berichten, dass Sie schon sehr bald die Kriminalpolizei damit beauftragen werden, ein Ermittlungsteam zusammenzustellen, das sich ausschließlich mit der Ergreifung des Mörders beschäftigt. Den bisherigen Nachforschungen nach zu schließen, ist mit großer Wahrscheinlichkeit davon auszugehen, dass es das Werk eines Einzeltäters war. Sehen Sie das auch so?»

«Durchaus, Herr Minister. Auf jeden Fall wird die Abteilung B der Zentraldirektion der Kripo einige ihrer besten Detektive zur Verfügung stellen. In Kürze gründen wir ein Team aus Polizeibeamten und Psychiatern, das die Ordnungskräfte unterstützen wird, indem es ein psychologisches Profil des Mörders erstellt. Die Amerikaner praktizieren das schon lange und haben damit gute Ergebnisse erzielt.»

«Andere Aktionen?»

«Wir schicken Beamte in Gefängnisse und geschlossene

Kliniken für Kriminelle und befragen Psychopathen, die wegen ähnlicher Delikte angeklagt wurden, um die Vorgehensweise der Mörder zu verstehen. Sie werden in ihre Psyche eindringen, um ihre Gedanken besser nachvollziehen zu können. Wir werden mit Pädophilen und Sadisten aus den Vollzugsanstalten sprechen. Auch das könnte ein hilfreicher Ansatz sein.»

Der Minister nickte und räusperte sich: «Und es besteht keine Gefahr, dass sich einer der Beamten allzu sehr mit dieser Rolle identifiziert und irgendwann durchdreht?»

«Das Risiko besteht durchaus, Herr Minister, aber Psychologen werden sie betreuen. Noch genießen wir das Vertrauen der Öffentlichkeit, und solange wir in dieser Position sind, sollten wir ihre Vorteile auch nutzen. Wir kriegen den Täter schon, verlassen Sie sich darauf!»

«Ich danke Ihnen. Ich werde es dem Präsidenten ausrichten. Er weiß sehr wohl, dass die Lage immer angespannter wird, schließlich vermittelt jeder weitere Mord den Eindruck, dass die Ermittlungen ins Stocken geraten, weil es an Indizien und Präventivmaßnahmen fehlt. Der Mörder schlägt willkürlich zu, in allen Regionen, ohne jede Vorwarnung oder Regelmäßigkeit. Die Eltern haben Angst, sie fürchten, es könnte als Nächste ihre Kinder treffen, und so meiden sie überfüllte Orte, Kinos, Parks oder Cafés. Überlebensinstinkt und Panik gewinnen die Oberhand, aber das Ganze dauert immer nur zwei, höchstens drei Monate. Ist die erste Aufregung erst einmal abgeklungen, fühlen sich die Leute wieder sicher. Und genau das ist die psychologische Waffe, die den Täter so stark macht: die Zeit! Wenn sich alle wieder entspannt haben, schlägt er erneut zu. Jedenfalls werde ich auch den Kommandanten der Carabinieri hinzuziehen.»

Graziosi sah den Abgeordneten mit ernster Miene an. «Wir werden alles tun, um weiteres Unheil zu verhindern.»

12. Kapitel

Rom, Juni 1988

In der vornehmsten Ecke des Zentrums von Rom, fünfzig Meter vom Sitz des italienischen Parlaments entfernt, befindet sich das *Caffè Giolitti,* legendärer Treffpunkt der Abgeordneten. Diejenigen, die keine Lust auf den Mittagstisch im Parlament im Palazzo Montecitorio haben, gehen ein paar Schritte bis zum *Giolitti* und essen dort eine Kleinigkeit.

Es herrschte drückende Hitze, und die amerikanischen und deutschen Touristen liefen schweißüberströmt durch die Straßen des historischen Zentrums. In dem Jugendstilcafé saßen die Abgeordneten Sergio Di Giovanni, Girolamo Vignetti und Pierfrancesco Chiaravalle zu Tisch. Vignetti hatte ein paar Zeitungen vor sich liegen, die ihm seine Sekretärin herausgesucht hatte. Er blätterte im *Evento,* und sein Blick fiel auf einen Leitartikel Rodes.

«Dieser Rode legt ja eine perfekte Karriere hin.»

«Stimmt, steil nach oben. Ständig gibt er Interviews und äußert seine politischen Ansichten. Er erzählt den Leuten genau das, was sie hören wollen», pflichtete Di Giovanni ihm bei und nahm einen Schluck von seinem Merlot.

Jetzt schaltete sich auch Chiaravalle ein: «Also, wenn mir ein Politiker all das versprechen würde, was Rode verspricht, wäre ich ein sehr zufriedener Bürger. Vielleicht würde ich ihn sogar wählen, ihr etwa nicht? Aber das Problem ist doch, wenn er erst mal im Parlament sitzt, macht er dann seine Versprechungen auch wahr?»

«Warum nicht? Er würde es zumindest versuchen, da bin ich mir sicher», meinte Vignetti. «Er sieht zwar aus wie ein harmloser Bankangestellter, scheint aber ziemlich tough zu sein. Er engagiert sich politisch und sozial, ist medienpräsent, die Leute halten viel von ihm. Auch über den Wahnsinnigen, der Kinder abmurkst, hat Rode ein paar Sachen geäußert, die alles andere als dumm waren.»

«Denkt ihr, er wäre ein guter Politiker?», fragte Di Giovanni in die Runde.

«Stimmt. Komisch eigentlich, dass noch keiner daran gedacht hat, ihn ins Boot zu holen. Ich glaube, er wäre gar nicht mal so schlecht ... Drei Kaffee, bitte. Will jemand Wasser? Gut, dann nur drei Kaffee, danke», orderte Chiaravalle.

«Sollen wir's versuchen?», meinte Di Giovanni. «Wollen wir ihn kontaktieren?»

«Und wenn sich seine Ansichten nicht mit denen der Partei decken?», warf Vignetti ein.

«Das werden sie schon, keine Sorge, Vignetti», Chiaravalle lächelte ironisch. «Selbst wenn sie nicht übereinstimmen ... dieser Rode ist extrem ehrgeizig, wenn du verstehst, was ich meine. Der sorgt schon dafür, dass sie sich irgendwie decken.»

So beschlossen die drei Abgeordneten, ihn in die Politik zu holen. Am Nachmittag ging Vignetti während einer Arbeitspause ins Büro seiner Sekretärin, das sich in einem kleinen Altbau beim *Caffè Giolitti* befand. Von dem Telefon auf dem kleinen Schreibtisch aus rief er in der Redaktion des *Evento* in Verona an und ließ sich mit Emanuele Rode verbinden.

«Doktor Rode? Guten Tag, hier spricht Girolamo Vignetti, aus dem Parlament in Rom. Hören Sie, ein paar Kollegen und ich würden uns gerne mit Ihnen treffen, natürlich nur, wenn Sie möchten ... Über das Warum sprechen wir lieber, wenn wir unter uns sind ... Und? Ja, natürlich, wann immer Sie Zeit und Lust haben ... Schön, sehr schön ...»

Nach dem Gespräch drehte Rode seiner elektrischen Schreibmaschine den Rücken zu, erhob sich vom Tisch und ging ins Bad. Er betrachtete sich im Spiegel; er war aufgeregt, doch sein Gesichtsausdruck war wie immer derselbe: kalt und undurchdringlich. Erst kürzlich hatte sich Lisa von ihm getrennt, und jetzt war er allein. Endlich allein.

«Ja!», sagte er zu sich.

Und so begann der politische Aufstieg von Emanuele Rode.

Am Siebzehnten desselben Monats richtete sich – nach der Ermordung eines weiteren Kindes – der Staatspräsident mit einer auf allen Kanälen ausgestrahlten Rede an die Nation. Wie immer bei solchen Anlässen herrschte im Büro des Präsidenten große Hektik; die Techniker hantierten geschickt mit Kabeln und sonstigen Geräten herum, die anderen Parteifunktionäre überwachten das Geschehen, um für eine gelungene Livesendung zu sorgen. Der Präsident reagierte immer sehr sensibel auf die Gefühlslage der Nation, und auch jetzt, in diesen schwierigen Zeiten, hatte er das Bedürfnis, ein paar tröstende Worte an das Volk zu richten. Der Generalsekretär des Präsidenten, Präfekt Diomede Ajello, wartete, bis das Staatsoberhaupt fertig geschminkt war, kam dann zu dem Ergebnis, dass alles perfekt vorbereitet war, und wandte sich an den Premier: «Wir wären dann so weit, Herr Präsident. Wenn Sie auch bereit sind, können wir anfangen.» Als dieser zustimmend nickte, sagte der Regisseur: «Fertig? Kamera!», und die Aufnahmen begannen. Der Premierminister begann in ernstem, betrübtem Ton zu sprechen, und Präfekt Ajello flehte zum Himmel, dass alles klappte. Unwillkommene Zwischenfälle konnte es immer mal geben, außerdem war der Politiker auch nicht mehr der Jüngste.

«Meine lieben Mitbürgerinnen und Mitbürger.» Der Präsident sprach mit Bedacht, während er auf den Teleprompter neben der Kamera blickte, auf dem der Redetext lief. Das erweckte bei den Zuschauern den Eindruck, als würde er ihnen direkt in die Augen sehen. «Als Italiener und als Staatsoberhaupt sehe ich es als meine moralische Pflicht an, mich persönlich an Sie zu wenden, um Ihnen in diesen für unser Land so schwierigen Zeiten meine Unterstützung und meinen Trost auszusprechen. Heute geht es mir jedoch nicht um politische Themen, keineswegs! Vor gerade mal drei Tagen hat hier in Rom, nicht weit von den Regierungsgebäuden, ein niederträchtiger Mörder den kleinen Giacomino Di Sapio auf bestialische Weise getötet. Er war gerade mal zwei Jahre alt. Wir alle sind von dieser Schreckensmeldung zutiefst erschüttert, aber wir dürfen über der Trauer nicht vergessen, dass es zu den Grundsätzen unserer Rechtsordnung – die unmittelbar auf dem Römischen Recht gründet – gehört, dass der Schuldige eines Verbrechens der Justiz überstellt wird, um für seine Taten zu büßen, insbesondere dann, wenn es sich um ein so schwerwiegendes Verbrechen handelt. Als Präsident dieses Landes möchte ich Ihnen also Folgendes mitteilen: Vertrauen Sie den ermittelnden Behörden, den Richtern und Polizeibeamten. Den Carabinieri. Im Moment befasst sich der gesamte Fahndungsapparat der Republik mit dem Fall, und zwar sehr intensiv, das kann ich Ihnen versichern. Einziges Ziel ist es, dem Täter einen Namen und ein Gesicht zu geben. Als Präsident verspreche ich, dass der Staat, den zu vertreten ich die Ehre habe, alle ihm zur Verfügung stehenden Mittel nutzen wird, um dieses Ziel in Kürze zu erreichen. Und ich bin davon überzeugt, dass es uns gelingen wird. Damit die Mütter so schnell wie möglich wieder mit ihren Kindern sorgenfrei in öffentlichen Parks spazieren gehen können, damit Väter sie in Lunaparks bringen und dort ungefährdet spielen lassen können, ohne sich ständig in Acht nehmen zu müssen. Ich kann nicht behaupten, dass die laufenden Ermittlungen bisher zum gewünschten Ergebnis geführt hätten. Wahrlich nicht, ich bin Realist und will ehrlich zu Ihnen sein. Die erhofften Resultate blieben bisher bedauerlicherweise aus. Aber ich kann versichern, das Ganze ist nur noch eine Frage der Zeit. Die neuen Informationen, die mir vorliegen und die ich an dieser Stelle selbstverständlich nicht preisgeben kann, geben Anlass zur Hoffnung. Deshalb kann ich Sie alle nur bitten, uns zu vertrauen! Mit diesem Aufruf, meine lieben Bürgerinnen und Bürger, mit wenigen, aber aufrichtigen Worten, verabschiede ich mich als Staatsoberhaupt, als italienischer Staatsbürger, als Vater und Großvater von Ihnen und bedanke mich für Ihre Aufmerksamkeit.»

Im Oktober 1990 schrieb Rode für den *Evento* einen Leitartikel über die Ermordung eines weiteren – nunmehr fünften – Kindes. Er betrachtete das Foto des Opfers, das Michele Locascio hieß und aus Sizilien stammte. Die Leiche war ein paar Tage zuvor in Umbrien gefunden worden. Ein Gefühl höchster Erregung überfiel ihn, das er jedoch unterdrücken musste, sonst hätte er den Artikel nie zu Ende schreiben können, so gut kannte er sich mittlerweile. Um sich abzulenken, stand er auf, öffnete die Schublade unter seiner Olivetti und zog das Buch *Sexualität und Krankheit* des Sexualforschers und Psychiaters Enzo Lombardi heraus. Er erinnerte sich genau, wie erstaunt er gewesen war, als er vor geraumer Zeit die Definition des Autors von Serienmördern gelesen hatte. Er suchte das Kapitel und fand den Abschnitt, der ihn besonders interessierte. Der Autor sprach von «Nekromanie», von Tötungsbesessenen, Menschen, die beim Töten Lust empfinden. Oft würden diese mit Nekrophilen verwechselt, die das Verlangen spüren, den Geschlechtsakt mit Leichen zu vollziehen. Nekromanie stelle eine Paraphilie, also eine sexuelle Perversion dar. Wie ihm auch Professor Dorsi ein paar Jahre zuvor erklärt hatte, seien Perversionen nichts anderes als abweichende Formen des Sexualtriebs; abweichende Formen, die dessen Intensität steigerten. Natürlich gebe es, so der Autor weiter, unzählige solcher Störungen in unterschiedlichsten Formen, unschuldige und banale, wie etwa den Fetischismus, wie auch solche sadomasochistischer Natur. Offensichtlich sei, dass das Verlangen, einen Menschen zu Tode zu foltern, sicherlich die mit Abstand schlimmste Form darstelle. Der Autor wollte anhand seiner Ausführungen allerdings klarstellen, dass Nekromanen nicht geisteskrank seien, ganz und gar nicht. Sie litten lediglich insofern an einer dissoziativen Persönlichkeitsstörung, als ihre moralischen Vorstellungen von denen der Allgemeinheit abwichen. Nicht mehr und nicht weniger. Im Grunde seien sie also völlig normal und sich ihrer Handlungen durchaus bewusst, nur eben Opfer einer entgleisten Sexualität. Als Rode das las, war er erleichtert. Er war also nicht verrückt. Vielleicht ein bisschen gestört, aber kein Psychopath. Im Grunde wusste er das ja längst, aber jetzt hatte er auch noch die Bestätigung von wissenschaftlicher Seite.

Er hatte sich selbst freigesprochen, das lag in seiner Natur, und das Gefühl, dass er völlig normal war, gab ihm Mut und spornte ihn dazu an, ruhig weiter seinen Weg zu gehen – oder sich sogar noch zu steigern.

Auf dem Nachhauseweg dachte er, der Kampf hat begonnen. Eine kranke Lust überkam ihn bei dem Gedanken, allen Menschen seine perversen Gelüste zu zeigen, in der festen Überzeugung, dass es sicher unzählige gebe, die es ihm gerne nachtäten, aber den Mut nicht aufbrachten. Er wollte unbedingt, dass die anderen ihn in Aktion sahen. Er musste sich zeigen.

13. Kapitel

«Noch ein Stück Kuchen, Lele?»

«Nein danke. Ich bin satt», gab Rode mit ernster Stimme zurück. Es war November 1990, und seine Cousine aus Mantua hatte ihn zum Abendessen eingeladen. Das Essen lag schwer im Magen. Sie waren zu viert: er, Emma, ihr Mann Daniele und der kleine Luciano, fünf Jahre alt. Luciano war glücklich, das konnte Rode sehen. Es war ein netter Abend: schönes Haus, gute Musik und Gespräche, die ihn an früher denken ließen, an die Kindheit, als er und Emma immer miteinander spielten. Sie redeten über die Fußballweltmeisterschaft, über den Einfall der Iraker in Kuwait und über George Bush, der seinen Flugzeugträgern befohlen hatte, Kurs auf den Persischen Golf zu nehmen. Luciano rutschte unruhig auf dem Stuhl hin und her.

«Mama, ich muss mal», sagte er.

«Das fällt dir immer im richtigen Moment ein! Na gut, lass uns gehn», entgegnete sie.

«Nein, ich will, dass Onkel Emanuele mitkommt. Bitte, bitte!»

Rode senkte unmerklich den Kopf. «Na ja, wenn du unbedingt willst ...», sagte er zögernd.

«Bitte, Onkel, bitte, ja, ich will, dass du mitkommst!»

«Los, Emanuele, einem Kind sollte man nichts abschlagen. Es dauert ja nicht lange ...», meinte Emma.

Rode sah zu Boden. Sein Puls begann zu rasen. Komm schon, das ist doch *die* Gelegenheit! Nein, geh nicht, reiß dich zusammen, geh nicht mit dem Jungen aufs Klo!

Doch, schau ihm dabei zu, wie er sein Höschen herunterzieht, fass ihn an … Sei stark, wenigstens dieses eine Mal, lass es! Hör auf, den Perversen zu spielen, er ist dein Neffe, verdammt nochmal!

«Na gut», sagte er schließlich. «Los, ab ins Bad!», befahl er dem Jungen, es sollte scherzhaft klingen. Der kleine Luciano lief im Marschschritt voran, bis ins Badezimmer im ersten Stock. Rode spürte, wie ihm Speichel im Mund zusammenlief und die Anspannung sich bis in sein Gehirn fraß; er schluckte. Der Junge ließ Hose und Unterhose nach unten gleiten, setzte sich auf die Klobrille und verrichtete vor Rode sein Geschäft, der reglos vor ihm stand.

«Was guckst du mich denn so an, Onkel?»

«Ach, nichts … Ich musste nur gerade an meine Arbeit denken», antwortete er und starrte ihn noch immer an.

«So … fertig! Wischst du mir den Hintern ab?»

Und wieder der Speichelfluss, und wieder musste er schlucken, als er Klopapier von der Rolle nahm. In seinen Mundwinkeln sammelte sich der Speichel. Es war eine lange, gewissenhafte Prozedur.

«Habe ich viel Aa gemacht, Onkel?»

«Nein, warum?»

«Weil du beim Abwischen so lange gebraucht hast.»

Sie kehrten zurück zu den anderen, man plauderte über dies und das, bis Rode sich gegen Mitternacht auf den Weg nach Hause machte.

Nachdem er gegangen war, wandte sich Daniele irritiert an seine Frau: «Sag mal, hast du gesehen, wie Emanuele reagierte, als du meintest, ob er mit dem Jungen aufs Klo geht?»

«Warum?», fragte Emma.

«Er hatte so einen komischen Blick, der mir ganz und gar nicht gefiel.»

Seine Frau sah ihn neugierig an: «Wie meinst du das?»

«Er hat seinen Blick gesenkt, Emma», erwiderte Daniele.

«Na und?»

«Wenn jemand seinen Blick senkt, fühlt er sich unwohl, er ist verlegen.»

Emma war da ganz anderer Meinung: «Unsinn! Warum sollte er sich unwohl oder verlegen fühlen?» Dann hielt sie kurz inne. «Warte mal, willst du damit etwa sagen, Emanuele könnte mit dem Kleinen aufs Klo gegangen sein, um ...»

Daniele zuckte mit den Schultern: «Wer weiß? Könnte doch sein.»

«Du hast zu viele Filme gesehen! Wie kommst du nur darauf, dass sich mein Cousin an kleine Kinder heranmacht, und dann auch noch an meinen Sohn! Schlag dir das mal schnell wieder aus dem Kopf!»

«Hör mal, Liebling, Verrückte existieren nicht nur in Filmen oder Büchern oder in fremden Wohnungen. Die ...»

«Emanuele soll kleine Kinder begrapschen? Sag mal, spinnst du?», fuhr Emma ihm erbost ins Wort. Daniele ließ das auf sich sitzen, brummelte aber leise vor sich hin: «Kann ja sein, dass ich mich täusche ... Trotzdem stimmt da etwas nicht.»

In Rom EUR saß Piero Firmiani im Zentralbüro der Kriminalpolizei und las den Artikel im *Evento*. Der monatelange politische Druck und ständige Anspannung hatten den Beamten sichtlich erschöpft, und wieder einmal sinnierte er über die mageren Ergebnisse der Ermittlungen im Fall der Ratte, die er im ganzen Land koordinierte. Man schrieb das Jahr 1990, fünf Opfer hatte es gegeben, und der Mörder war noch immer auf freiem Fuß. Permanent trafen Hunderte von Hinweisen in den Polizeipräsidien, Kommissariaten und Telefonzentralen der Kripo und der Kommandozentrale der Carabinieri-Truppen ein. Es kam zu Situationen, die lächerlich gewesen wären, wären sie nicht aus der schieren Verzweiflung geboren. Da wurden Leute von der aufgebrachten Menge festgehalten, weil sie ein Kind eine Sekunde zu lange angesehen hatten. In Modena hatte ein Vater seinen dreijährigen Sohn an sich gedrückt und war von einer Biker-Gang in Nieten und Lederjacken so zusammengeschlagen worden, als wären sie die Rächer der verlorenen Kindheit. Bis sie ihren Irrtum erkannten, lag der Mann schon lange mit gebrochenen Rippen im Krankenhaus.

Ein klassischer Fall von Massenpsychose.

So sah es also aus, dachte der Polizeibeamte. «Und jetzt hat dieser Hurensohn auch noch einen Namen», schimpfte Firmiani vor sich hin. Das Telefon klingelte, er nahm ruhig den Hörer ab, um seine Anspannung in so etwas wie künstliche Ruhe zu verwandeln. Es war Claudio Barrasca, Leiter der Kriminalpolizei. Schweigend hörte Firmiani seinem Vorgesetzten zu, als wäre jedes Wort ein riesiger Felsblock, der auf ihn herunterdonnerte. Wie immer legte er größtmögliche Würde an den Tag und beließ es lediglich bei einem *«Sissignore»*. Dann stand er auf, verstaute einige Unterlagen in seiner Tasche, verabschiedete sich von Mara und seinen anderen Kollegen und verließ das Büro. Erst jetzt, auf dem Nachhauseweg, spürte er, wie wütend ihn das Telefonat machte, andererseits musste er Barrasca recht geben: Er hatte versagt. Im Fall Ratte gab es kein einziges, verdammtes Indiz. Nur stand er nicht gerne als Versager da. Dann fiel ihm ein, dass ihn seine Frau ein paar Tage zuvor gefragt hatte, ob er nicht Lust hätte, mit ihr ins *Cristallo* zu gehen, dort liefe *Alice*, der neue Film seines Lieblingsregisseurs Woody Allen. Allzu große Hoffnungen hatte sie sich nicht gemacht. Aber eigentlich könnte er jetzt ja mitgehen, und dieser Gedanke beruhigte ihn irgendwie – so einfach war das. Oft sind es gerade die einfachen Dinge, die einen glücklich machen, man muss sich nur mit ihnen zufriedengeben. Ich werde mich in Bescheidenheit üben, dachte er. Gut, sie haben mich abserviert. Aber manchmal haben schlechte Dinge ja auch ihr Gutes.

Im Winter 1991 war Sara De Caro vierzehn Jahre alt. Sie war inzwischen zu einem hübschen, aber traurigen Mädchen herangewachsen: Der Schmerz über den Verlust der Zwillingsschwester vor sechs Jahren war praktisch immer präsent. Sie hingegen wirkte abwesend, Gefangene ihres Traumas. Nichts, was für die anderen Mädchen in ihrem Alter wichtig war, interessierte sie auch nur im Geringsten. Geld, ihr Aussehen, Motorräder, Jungs – egal. Das alles war ihr so was von egal!

Eines Nachmittags klingelte das Telefon, Sara nahm gleich ab.

«*Ciao*, Glöckchen», sagte am anderen Ende der Leitung eine schöne männliche Stimme. Sara zuckte kurz zusammen, fasste sich jedoch gleich wieder.

«Aber … Peter, bist du das?»

«Ja, Sara, ich bin's. Freust du dich?»

«Du hast ja schon ewig nicht mehr angerufen. Wo bist du? Bist du hier in Neapel?»

«Nein, ich bin nicht in der Nähe. Wie geht's deinen Eltern?»

«Papa ist immer traurig, und Mama ist krank», antwortete das Mädchen.

«Was hat deine Mutter?», fragte Peter Pan.

«Weiß nicht, der Doktor sagt, sie hat so eine komische Krankheit. Ihr sind die Haare ausgefallen.»

Peter Pan spürte einen Stich im Magen. «Ist dein Papa da? Kann ich ihn kurz sprechen?»

«Ja, warte, ich hole ihn. Aber dann reden wir nochmal, okay?»

«Einverstanden.»

Sara rief nach ihrem Vater. Kurz darauf nahm Vincenzo De Caro den Hörer ab. Sie begrüßten sich, dann fragte er ihn: «Sara sagte, Ihre Frau sei krank. Kann ich irgendetwas für Sie tun?»

«Einen Moment, die Kleine steht neben mir. Sara, mach mir doch bitte einen Kaffee … Gut, jetzt ist sie weg.» De Caro machte eine lange Pause.

«Meine Frau hat einen Magentumor. Es fällt mir schwer, das auszusprechen, glauben Sie mir. Sie macht gerade eine Chemotherapie.» Der Mann sprach mit kaum hörbarer Stimme. «Die Ärzte sagen, er kommt vom Schmerz über Donatellas Tod. Sie ist in der Endphase. Es gibt keine Hoffnung mehr.» Seine Stimme brach. Der Mann am anderen Ende schwieg einen Moment lang.

«Ich weiß gar nicht, was ich sagen soll, Signor De Caro. Es tut mir aufrichtig leid. Bleiben Sie tapfer, bitte!», brachte er schließlich hervor.

«Das werde ich, machen Sie sich keine Sorgen. Ich tu's für meine Tochter.»

14. Kapitel

Gleich nach dem Tod seiner Frau fanden zwei Spaziergänger die Leiche Vincenzo De Caros, der sich an einem Baum im Wald in den daunischen Bergen erhängt hatte. Noch am selben Morgen war er verschwunden; einen weiteren Schicksalsschlag seiner vom Unglück verfolgten Familie hatte er einfach nicht verkraftet. Seiner Tochter hinterließ er einen kurzen Brief, den er mit zitternder Hand verfasst hatte, in einfachen Worten, die von Herzen kamen.

Meine Liebe,
bitte verzeih mir, wenn auch ich gehe, aber ich schaffe es nicht mehr! Mein Herz ist gebrochen. Ich bin kein Feigling, aber ich halte es einfach nicht mehr aus. Du hast so viele Stärken, und ich bin sicher, Du wirst es im Leben noch weit bringen. Onkel und Tante werden sich um Dich kümmern. Verzeih mir. Ich habe Dich immer sehr bewundert.

Dein Papa

Peter Pan, dem Saras Tante von den beiden tragischen Todesfällen berichtet hatte, rannte sofort zum Bahnhof und nahm den nächsten Zug nach Neapel, wo er am Hauptbahnhof in aller Eile in ein Taxi stieg, das ihn nach Mergellina zu den De Caros brachte.

Das Haus der Familie war von Nachbarn und Verwandten belagert. Im Wohnzimmer standen die beiden geöffneten Särge, aus einem Zimmer nebenan drang verzweifeltes Schluchzen. Eine Frau kam ihm entgegen.

«Wer sind Sie?»

«Ich bin ein Freund der Familie.»

Die Frau, eine magere Fünfzigjährige mit faltiger, welker Haut, räusperte sich.

«Ich bin Saras Tante. Folgen Sie mir.»

In der Küche saßen drei Frauen, die das Mädchen umarmten und wohlmeinend auf es einredeten. Als Sara ihn sah, streckte sie ihren Arm nach ihm aus, das Einzige, was sie hervorbrachte, war ein schwaches «Peter … Peter …».

Er trat zu ihr, nahm sie in den Arm, drückte sie fest an sich und küsste ihr Haar. «Ist ja gut, Glöckchen, jetzt bin ich ja da.» Sara klammerte sich an ihn, sie fühlte sich so unglaublich leer. «Mama und Papa sind nicht mehr da … sie haben mich alle alleingelassen … allein. Ich bin ganz allein!»

Am nächsten Tag konnte Sara auf Neapels historischem Friedhof immerhin schon weinen, als die Särge von Vincenzo und Cristina De Caro zu ihrer Tochter Donatella ins Grab gesenkt wurden. Peter Pan streichelte Sara übers Haar und flüsterte ihr zärtlich ins Ohr. Als Pfarrer Don Luigi zu ihr kam, um ein paar tröstende Worte zu spenden, trat der Polizist an die Tante heran.

«Werden Sie sich um Sara kümmern?», fragte er sie.

«Ja, sie hat ja nur mich.»

«Werden Sie es schaffen, *Signora*?»

Die Frau fühlte sich offenbar in ihrem Stolz gekränkt: «Es ist keine leichte Aufgabe, aber ich schaffe das schon!»

Peter Pan bat sie, sich bei ihm zu melden, wann immer sie Hilfe bräuchte, dann verabschiedete er sich von ihr und ging wieder zu Sara.

Die Luft duftete mild, die Stimmung auf dem Friedhof war bedrückend. Man spürte die Betroffenheit der Menschen, wie immer, wenn der Tod gegenwärtig ist.

Schluchzend wischte sich Sara die Tränen aus dem Gesicht und wandte sich an ihn: «Peter, letzte Nacht habe ich von Donatella geträumt. Ich habe sie umarmt und gefragt: ‹Wie geht's dir? Bist du zurückgekommen?› Da ist sie zusammengebrochen, und ich hab gesehen, wie ihr das Blut rausgeflossen ist, da, aus den Beinen. Ich habe gebrüllt und ‹Rache› geschrien.»

Peter Pan lief ein Schauer über den Rücken – sie weiß genau, was sie will, dachte er. Und sie hat einen Grund gefunden, warum sie weiterleben will.

Emanuele Rodes politische Karriere ging steil bergauf. Er knüpfte viele wichtige Kontakte, so langsam kannte man ihn, und die Leute unterstützten ihn bei seinem Kampf gegen Verbrechen und Korruption. Er selbst hatte mittlerweile gelernt, seinen hypnotischen Blick geschickt einzusetzen.

In den politischen Kreisen Veronas begann man Rode als potenziellen Bürgermeisterkandidaten ins Auge zu fassen, man präsentierte ihn als den perfekten Mann im Kampf gegen «grassierende Kriminalität, Pornographie, gegen Gewaltakte Pervertierter, unter denen nicht nur diese Stadt, sondern ganz Italien zu leiden hat – ganz abgesehen von der Selbstgefälligkeit einer Regierung, die ungefähr so energisch handelt wie ein Todkranker …», wie Rode es in einem Interview ausdrückte. Die Leute auf der Straße blieben stehen und riefen ihm zu: «Weiter so, Emanuele, wir sind auf deiner Seite.» Er begann seine Macht zu genießen, die langsam ihre wohltuende Wirkung entfaltete. Und da er ein ehrgeiziger Mensch war, hatte er durch den politischen Erfolg auch seine privaten Probleme besser unter Kontrolle.

Als Lisa, die unerwartet schwanger geworden war, Rode verlassen hatte, hatte er die Tatsache, sowohl sie als auch eine Tochter verloren zu haben, nicht allzu sehr bedauert. Sie hatten ohnehin nicht mehr miteinander geschlafen, und seine sexuellen Abarten waren der jungen Frau zuwider geworden. Da war er doch lieber allein, hatte er sich gesagt. Scheiß auf Lisa, scheiß auf die gemeinsame Tochter.

Im Laufe der Jahre war sein Gesicht immer runder geworden, und die wenigen Haare, die er noch hatte, wurden immer grauer. Sein Bartwuchs war nach wie vor spärlich, sodass er sich nur alle zwei bis drei Tage rasieren musste. Er trug den immer gleichen grauen Anzug mit weißem Hemd und dunkelblauer Krawatte – das Outfit eines Machtmenschen, ganz seiner Weltanschauung entsprechend.

1994 prägte er den Slogan RODE FÜR ALLE, der ihn seinen gesamten politischen Aufstieg über begleiten sollte. Ein ziemlich einfallsloses Motto, das seinen Wählern aber gut gefiel.

1995 spritzte sich Sara De Caro zum ersten Mal Heroin. Sie war achtzehn Jahre alt. Um an Geld zu kommen, hatte sie im *Mattino,* der Tageszeitung aus Neapel, eine Annonce aufgegeben, und so war sie schließlich mit einem Bankdirektor in einem Hotel in Caserta gelandet. Der Mann war über fünfzig, er konnte es gar nicht glauben, dass er tatsächlich mit einer Achtzehnjährigen Sex hatte, dazu noch so einer wie Sara. Natürlich hatte ihn das einiges gekostet, junge, hübsche Dinger haben ihren Preis, das wusste der Mann nur allzu gut. Aber es hatte sich allemal gelohnt.

Sie ging auf den Strich, um Heroin zu kaufen, alles andere war ihr egal – bis auf zwei Dinge: Sie wollte regelmäßig mit Peter Pan telefonieren, und sie musste sich unbedingt für ihre Familie rächen, die dieser Wahnsinnige ausgelöscht hatte.

Im selben Jahr wurde Rode zum Bürgermeister von Verona gewählt. Um sich bei seinen Wählern, die ihm zum Sieg verholfen hatten, zu bedanken, organisierte er für die Bürger der Stadt und all seine Mithelfer ein Fest in den Räumen der *Fondazione Cervasi.*

Während der Wahlkampfkampagne hatte ihn Lorenzo Fay, der politische Meinungsmacher der mailändischen Presse, angerufen.

«Du gehörst jetzt zu denen, die etwas zu sagen haben, Emanuele. Ein paar Politiker würden alles tun, um deine Sympathie zu gewinnen, das ist dir sicher nicht entgangen. Du bist mittlerweile so populär, dass einer deiner Leitartikel sie entweder zerstören oder ganz groß herausbringen könnte. Ein paar Sachen kriegt man schon mit, in der Welt der Politik. Das weißt du so gut wie ich, stimmt's?»

«Na ja, zugegebenermaßen … Ja, durchaus», entgegnete Rode. «Aber das interessiert mich eigentlich gar nicht. Im Grunde bin ich Idealist. In der Politik geht es mir vor allem um das Wohl der Menschen, und diese Machtspielchen sind mir ehrlich gesagt zuwider. Natürlich muss man hin und wieder realistisch sein …»

«Na ja, so schlimm ist es nun auch wieder nicht. Manchmal muss man eben ein Auge zudrücken und sich ‹die Nase zuhalten›, wie Montanelli sagt. Das ist ganz normal.»

«Ab und zu eine kleine Gefälligkeit … Stimmt, ich müsste mich mal um ein paar freundschaftliche Kontakte kümmern.»

Fay war da ganz seiner Meinung. «Natürlich, Emanuele, natürlich. Eine Hand wäscht die andere, nicht? Heute ein Abendessen in Rom, morgen ein Wochenende auf Sardinien – gar nicht mal so schlecht.»

«Weißt du, ich bin ein Mensch mit ganz bestimmten Wertvorstellungen, auf der anderen Seite bin ich aber auch sehr ehrgeizig. Komische Mischung, was?», gestand Rode ein. «Als wäre ich ständig auf der Suche nach etwas, das ich nie finden werde.»

Jedenfalls war Rode jetzt schon so weit, dass er durchaus den Innenminister – mittlerweile ein guter Freund von ihm – oder andere Senatsmitglieder anrufen konnte. Er machte ihnen klar, man müsse umgehend den Leiter der Kriminalpolizei, Claudio Barrasca, aufgrund offensichtlicher Inkompetenz im Fall der Ratte absetzen. Stattdessen schlug er Alessandro Carta vor, einen Polizeifunktionär seines Vertrauens, der ihm in jungen Jahren mehr als einmal nützliche Informationen zugeschleust hatte. Momentan war er Leiter der Verwaltungspolizei, eine durchaus wichtige Position, aber ziemlich langweilig. Carta war ein Mensch, wie Rode ihn mochte, weil er keine dummen Fragen stellte. In Wahrheit war seine überraschende Ernennung zum Kriminaldirektor allerdings an eine etwas merkwürdige Bedingung geknüpft: Rode sollte immer, und zwar umgehend, über den neuesten Stand der Ermittlungen im Fall Ratte informiert werden.

15. Kapitel

Im Zimmer roch es muffig. Der Junge lag auf einem weißen, blutigen Laken auf dem Boden. Der Mann knipste eine Lampe an, die Augen des Opfers öffneten sich kurz und füllten sich mit Tränen. Eine Hand kippte ihm ein Glas kaltes Wasser ins Gesicht, damit er wieder zu sich kam. Der Mann durchbohrte ihn mit seinem Blick, dann machte er sich an die Arbeit.

Er schaltete die Videokamera ein und schob eine Kassette hinein, bevor er sie auf den Tisch stellte. Der Junge verstand nicht recht, was das Gespenst da tat, aber es interessierte ihn auch gar nicht, seine Nase schmerzte viel zu sehr. Er hatte schreckliche Angst, aber er war sich sicher, dass sein Vater bald kommen und ihn befreien würde. Als die Kamera richtig eingestellt und positioniert war, trat der Mann in Aktion. Er war nackt. Das Kind sah sein rundliches, glänzendes Gesicht, überhaupt kam ihm das Gespenst ziemlich dick vor. Es trug eine große Hornbrille. Schweigend griff der Mann nach einer Tasche und öffnete sie mit übertrieben inszenierter Bedächtigkeit. Unter Tränen sah der Junge, wie die Gestalt ein langes, großes Utensil herauszog. Mit dem Gegenstand in der Hand kam der Mann auf ihn zu. Im Bruchteil einer Sekunde begriff Gerhardt Weberlutz, fünf Jahre alt, Österreicher, dass sein Vater nicht mehr kommen und ihn befreien würde. Er war das achte Opfer, und er ahnte nicht, dass er der Hauptdarsteller eines *Snuff Movies* war, unter der Regie eines Mannes, den sie die Ratte nannten.

Generell steht *snuff* für das Geräusch beim Ausblasen einer Kerze. Rode besorgte sich die Bänder aus allen möglichen Teilen der Welt: vom Rotlichtviertel in Amsterdam bis zu irgendeinem Dorf in Thailand oder Indonesien; von den Favelas San Paolos in Brasilien bis zu regierungstreuen Militärs in El Salvador, die mit Filmen handelten, in denen die Hinrichtungen politischer Gegner durch die Guillotine aufgezeichnet wurden, um dann die Bänder für ein paar Dutzend Dollar weiterzuverkaufen.

Das Material war schwer zu kriegen, und die Videos, aus der seine Privatsammlung bestand, hatten Rode eine Menge Geld gekostet. Er war mittlerweile ein richtiger Experte in Sachen Hardcore-Pornographie, in der nichts der Phantasie überlassen blieb. Er hatte die richtigen Adressen und Telefonnummern, später sollte er einer der fleißigsten Besucher von Internetseiten werden, auf denen man leicht an Filme mit Darstellung von Gewalt an Kindern herankam. Im Netz konnte er sich geschützt und absolut anonym bewegen.

Infolge des Krieges gab es in Ex-Jugoslawien einen regelrechten Boom solcher Videos. Dasselbe galt für Russland. Nach dem Fall des Eisernen Vorhangs hatte in der Russischen Föderation eine kopflose Nachahmung der westlichen Lebensart eingesetzt. Bei der hektischen Jagd nach Reichtum hatten einige Verbrecherbanden alle legalen Barrieren durchbrochen, und wenn die Lustobjekte gerade Kinder sein sollten, gut, dann würden sie die Ware auftreiben. Tot, lebendig, das sollte nicht das Problem sein.

In Kennerkreisen hatte sich herumgesprochen, dass in einem Außenbezirk Moskaus Filme produziert wurden, in denen Kinder vergewaltigt, gefoltert und getötet wurden. Rode hatte versucht, mehr darüber in Erfahrung zu bringen, musste jedoch bald feststellen, dass allzu neugierige Leute – zumal Journalisten – keine Chance hatten.

Wie gerne wäre auch die Ratte hingefahren, um gemeinsam mit anderen Menschen grausam zu morden und zu filmen. Er beneidete sie. Daher drehte er nun seinen ganz persönlichen *Snuff Movie* mit dem österreichischen Jungen. Leider durfte er sein Gesicht nicht zeigen, aber dafür war ja noch Zeit.

Als er mit Gerhardt fertig war, sah er auf das bereits frankierte Päckchen auf dem Tisch, das nun an eine Mailänder Adresse geschickt werden konnte. Die Ratte musste nur noch das Tape hineinstecken und nach Verona zurückfahren.

«Und, was hast du dir gestern Abend angeschaut?»

«Irgend so eine Komödie ... *Fantozzi im Altersheim*. Für den Mist habe ich auch noch Geld ausgegeben! Lass uns bitte über etwas anderes reden, okay?»

«Du hast recht, obwohl ja eigentlich eher wir bald eine komische Figur machen», gab Dalmassi zurück und öffnete ein Päckchen, das vormittags in der Nachrichtenredaktion des Fernsehsenders *TG5* eingetroffen war. «Wenn der Chef nicht mit seinen übertriebenen Forderungen aufhört, reiche ich wirklich Beschwerde ein und mache einen Heidenaufstand!» Er zog eine Videokassette aus dem Umschlag und überreichte sie Marella Bormi.

«Was ist das?»

«Keine Ahnung. Wahrscheinlich wieder von so einem psychotischen, innovativen Werbefilmer, der uns zeigen will, wie man einen guten Spot dreht. Schau doch bitte mal kurz rein und pack sie dann ins Archiv.»

«Ich kann sie ja auch gleich in den Müll werfen», schlug die junge Frau vor und nahm lustlos die Kassette entgegen. Sie ging in den Regieraum und schob das Band in das Gerät.

Einige Minuten vergingen. Dalmassi ging gerade das

Tagesprogramm des Senders durch, als er bemerkte, dass Marella vor ihm stand und ihn wie versteinert anstarrte, ohne zu atmen.

«Was hast du? Ist dir der Teufel über den Weg gelaufen?», scherzte er. Marella war bleich im Gesicht und zitterte. Dalmassi begann sich Sorgen zu machen. «Was ist denn los mit dir?»

Die Frau fing an zu weinen, die anderen Kollegen scharten sich um sie. «Was hast du, Marella? Was ist hier eigentlich los, verdammt nochmal!» Dalmassi war beunruhigt.

«Damiano ... komm mal mit ... Komm und schau dir das Video an», schluchzte sie. Dalmassi folgte ihr angespannt und sah es sich an. Er rief die anderen. Auch sie sahen es. Eine Frau fiel in Ohnmacht, andere schauten gar nicht erst hin. Und die, die den ganzen Film durchhielten, würden ihn bis an ihr Lebensende nicht vergessen.

Es war die Videokassette mit der Aufzeichnung, wie die Ratte den österreichischen Jungen folterte, bevor er starb. Der Mörder hatte die letzten Momente dieses kurzen Lebens aufgenommen und nach Mailand in die *TG5*-Redaktion geschickt. Aus nachvollziehbaren Gründen hütete sich der Sender davor, das Video in ganzer Länge auszustrahlen. Dennoch beschloss man, einige Sekunden des Anfangs zu zeigen.

Bei der Ratte sorgten allein diese paar Einstellungen auf dem Bildschirm für übermächtige Erregung. Er entschied über Leben und Tod seiner Opfer. Diese Macht hatten nicht alle: Er war Gott.

Als bereits der erste Hauch des bevorstehenden Frühlings 1998 in der Luft lag, waren innerhalb von vierzehn Jahren neun Kinder in monströsen Gewalt- und Blutorgien vom Sadistengott hingerichtet worden.

Im Februar 1984 hatte das Massaker an den unschuldigen Opfern begonnen. Und es war noch längst nicht beendet.

Rom, Forte Braschi,
Sitz des italienischen Militärgeheimdienstes SISMI
Juli 1998

Seit General Tommaso Adinolfi vom Ministerrat zum Leiter des militärischen Geheimdienstes ernannt worden war, widmete sich dieser überwiegend der Beobachtung kritischer Zustände im Land. Die übliche Vorgehensweise: Bevor man irgendwelche Schritte unternimmt, muss das Problem zunächst genau verstanden werden. Der Geheimdienst machte da keine Ausnahme. Draußen war es schwül, und die Klimaanlage lief auf vollen Touren. Tadellos gekleidet, ganz in Burberry, zog Adinolfi – ein eleganter Herr von siebenundfünfzig Jahren – genüsslich an seiner stets präsenten Pfeife und blätterte Aktenordner, Mappen, Zeitungsartikel und Notizen durch.

Gar nicht einfach, sich diese ganzen Informationen zu merken. Eben hatte er die Dokumentation über den ABM-Vertrag und die Vereinbarung über die Raketenabwehrsysteme aus dem Jahr 1997 durchgelesen. Die Arbeit als Spion war zwar nicht so aufregend, wie es immer dargestellt wurde, aber sehr sinnvoll. Deshalb hatte er sich auch über seine Nominierung durch den Ministerpräsidenten gefreut. Adinolfi war ein Mensch, der an sein Land glaubte.

Alfa – so der Deckname des Generals – nahm die Akte *Allgemeine endogene Problemfälle* zur Hand, ein ziemlich seltsamer Titel, der einfach nur für Kriminalfälle aus der Rubrik «Vermischtes» stand. Der Militärgeheimdienst

SISMI befasste sich mit Spionage und Gegenspionage und war somit nicht für innere Angelegenheiten zuständig, Verbrechensaufklärung fiel nicht in den Aufgabenbereich des Geheimdienstes. Aber die Leute vom SISMI steckten ihre Nase gerne überall hinein – das haben Geheimagenten ja so an sich.

Besonders dem Fall der Ratte wandte sich Alfa aufmerksam zu, der Kindermörder ging noch immer ungestört vor, obwohl landesweit nach ihm gefahndet wurde.

Zwischen den Hunderten von Seiten, die er in den letzten zehn Tagen durchgesehen hatte, war ihm zu dieser Geschichte etwas Interessantes aufgefallen; allerdings konnte er sich nicht an den Zusammenhang erinnern, auch nicht daran, in welcher Akte er darauf gestoßen war. Für den Bruchteil einer Sekunde hatte er das Bild seiner fünfjährigen Enkelin Angelica vor Augen.

Er wollte die Unterlagen noch einmal genauer durchsehen. Er drückte auf den Knopf der Gegensprechanlage, und Oberst Dante Carosi – Deckname Gamma –, Chef des Oberkommandos des Geheimdienstes, meldete sich: «Zu Befehl.»

«Würden Sie mir bitte die vollständige Akte zum Fall der Ratte zukommen lassen», befahl der Geheimdienstchef in autoritärem Ton.

«Schon unterwegs», gab Carosi zurück.

Der General unterbrach die Verbindung wieder, zog noch einmal an seiner Pfeife und sah aus dem Fenster. Er stand auf und trat zu dem edlen Bücherregal aus Mahagoni, dem er eine Flasche friaulischen Grappa entnahm. Er schenkte sich einen kleinen Schluck ein und leerte das Schnapsglas gedankenversunken in einem Zug. Dann stellte er es entschlossen auf dem Tisch ab und blieb mit halbgeschlossenen Augen einen Moment stehen, ohne sich zu rühren.

Eine Stunde später lag ihm die vollständige Akte zum Fall der Ratte vor. Der Geheimdienstchef las die wenigen Seiten, die ihn interessierten, durch. Zwischen den Dokumenten, die der SISMI natürlich alle archiviert hatte, befand sich eines, das seine Neugier weckte. Nach dreimaligem Durchlesen begann er zu grübeln. Schon seltsam, dass der Geheimdienst in diesem Fall über so detaillierte Informationen verfügte.

Auch wenn es noch einer gründlichen Überprüfung bedurfte, so war das schon mal ein ganz guter Anfang. Und zu wissen, wo man mit den Ermittlungen beginnen soll, ist immer gut. Nachdem er alle Namen gelesen hatte, hieß es jetzt, einen möglichst umfassenden und geheimen Plan auszuarbeiten, alles andere wäre sinnlos.

Ein paar Minuten lang hing er seinen Gedanken nach.

In seinem Alter und nach langjähriger Berufserfahrung hatte er gelernt, verantwortungsvolle Aufgaben erst nach ausgiebigem Nachdenken zu übernehmen. Alfa versuchte, möglichst jede persönliche Anteilnahme zu vermeiden und nicht an die Abscheulichkeit der Verbrechen zu denken. Das Vorgehen gegen die Ratte musste völlig objektiv erfolgen.

Aber während in den Hirnarealen, die für die Ratio zuständig waren, die richtige Entscheidung langsam heranreifte, überfiel ihn zeitgleich ein völlig irrationaler Gedanke, der ihm schließlich zu seinem endgültigen Entschluss verhalf: «Alles, was recht ist, aber keine Kinder!»

Der Leiter der SISMI tastete nach der Gegensprechanlage, zögerte jedoch kurz, bevor er den Knopf drückte. Er kannte sich: Wenn er eine Sache erst einmal anpackte, zog er sie auch durch, komme, was da wolle. Aber er war mittlerweile fest davon überzeugt, dass es richtig war und keinen Aufschub duldete. Er drückte auf den Knopf.

«Zu Befehl, *Signore*», meldete sich Carosi umgehend.

«Kommen Sie bitte, sobald es Ihnen möglich ist, in mein Büro», sagte Alfa ruhig, aber nachdrücklich.

«Ich bin gerade in einer Besprechung mit dem stellvertretenden Leiter des ägyptischen Geheimdienstes. Kann ich die noch abschließen?»

«Einverstanden. Nach dem Gespräch mit dem Ägypter kommen Sie sofort zu mir», sagte Alfa.

Der Oberst war erstaunt, dass Alfas Stimme so dringlich klang.

«Gibt es Probleme, *Signore*?»

«Wir müssen reden.»

16. Kapitel

November 2000

«Mama, ich geh kurz raus. Ich muss noch ein Schulheft kaufen.» Carolina Rossi war ein zwölfjähriges Mädchen.

Die Mutter entgegnete müde: «Hast du Geld? Warte, du könntest mir gleich noch ein paar Sachen mitbringen.»

«Mama, du nervst!» Im Kreis ihrer Freundinnen war Carolina für ihr freches Mundwerk bekannt. «Bin gleich wieder da! *Ciao*.»

Schnell rannte sie an jenem Morgen die Treppe des kleinen Mietshauses am Stadtrand von Verona hinunter und hopste auf die Straße.

Als sie sie überquerte, dröhnte wie aus dem Nichts heraus plötzlich ein Motor, dann hörte sie ein scharfes Bremsen. Im Bruchteil einer Sekunde fand sie sich zu Boden geschleudert, dann das Schrammen von Blech und ein fürchterlicher Schmerz. Sie schrie sich die Lunge aus dem Leib, aber als der junge Mann, der sie angefahren hatte, sein Motorrad, eine leichte 125er Maschine, wieder aufgehoben hatte, haute er ab.

Carolina lag am Boden, hielt mit beiden Händen ihren Kopf und brüllte. Auf der Straße hatte sich eine Blutlache gebildet. Jemand rief die 113, und zwei Einsatzwagen verließen umgehend das Polizeipräsidium, während sich vom *Borgo-Trento*-Hospital ein Rettungswagen auf den Weg zum Unfallort in der Via Carotti machte. Eine Menschenmenge hatte sich um den kleinen Körper herum gebildet, um Hilfe zu leisten, während man auf die Ambulanz wartete, die wenige Minuten später auch schon heulend angerauscht kam. Die Sanitäter brachten das Mädchen in den Wagen und fuhren sofort wieder in Richtung Krankenhaus los.

Vier Stunden später betraten zwei unauffällig wirkende Personen das Borgo Trento und gingen sofort zum Pförtner. Die Frau war ungefähr vierzig, sah jedoch älter aus, ihre Augen waren rot umrändert, und sie atmete schwer; der Mann, groß und kräftig, graue Haare, schien mit den Nerven völlig am Ende zu sein. Es war der 7. November.

«Guten Tag ... Wir sind Giovanna und Ruggero Rossi. Man hat uns eben angerufen, dass unsere Tochter einen Unfall hatte und jetzt hier liegt», sagte der Mann mit zitternder Stimme.

«Rossi? Einen Moment bitte», gab der Pförtner zurück und tippte etwas in seinen IBM. «Ja, sie liegt hier. Auf der Intensivstation, erster Stock, am Ende des Gangs.»

Carolina Rossis Eltern dankten ihm und liefen den mit warmem Licht beleuchteten, modernen Flur entlang, auf dem Menschen in weißen und grünen Kitteln von Zimmer zu Zimmer gingen und sich die Türen mit einem gedämpften Geräusch wieder hinter ihnen schlossen. Schließlich entkamen die Rossis dem Flurlabyrinth im Erdgeschoss und nahmen den Fahrstuhl. Vor der Intensivstation wurden sie freundlich von einem Mann empfangen, der auch ohne weißen Kittel wie ein Arzt aussah.

«Kein Grund zur Sorge. Carolina hatte ein schweres Trauma, aber sie wird es schaffen», begrüßte er sie. Roberto Fogliardi genoss als Arzt höchstes Ansehen und galt auf der Station als tragende Säule. Sein Haar war lang, grau und nach hinten gegelt.

Giovanna, die Mutter, wandte sich mit schwacher, flehender Stimme an ihn: «Was ist passiert, *Dottore*?»

«Sie wurde von einem Motorrad angefahren, der Fahrer

ist geflüchtet. Sie ist mit dem Kopf aufgeprallt, und ihr Oberschenkel ist gebrochen. Morgen wird sie operiert, aber keine Sorge, der Eingriff ist harmlos.»

«Aber, *Dottore* ...», stammelte Ruggero, Carolinas Vater.

Fogliardi machte ihm Mut: «Sie wird es schaffen, Signor Rossi, glauben Sie mir. Sie wird keine bleibenden Schäden davontragen. Die Narben werden mit der Zeit verschwinden, und falls nicht, gibt es immer noch die plastische Chirurgie.»

«Danke ... Wissen Sie, sie ist erst zwölf, und ... Sie verstehen schon. Können wir jetzt zu ihr?»

«Tut mir leid, das geht jetzt nicht, sie wird gerade versorgt, und es wäre nicht gut, wenn sie zu ihr gingen.»

Ruggero Rossi schien sich etwas beruhigt zu haben und fragte: «Ist sie bei Bewusstsein? Wie lange wird es dauern?»

«Ja, sie ist bei Bewusstsein. Vorhin hat sie die Augen geöffnet und gesprochen. Trotz des Schädeltraumas haben ihre mentalen Fähigkeiten nicht gelitten. In zwei bis drei Monaten ist sie wieder auf den Beinen», sagte Fogliardi abschließend. Dann verabschiedete er sich höflich von den Rossis und verließ den Vorraum.

Da Ruggero und Giovanna im Grunde nichts tun konnten, gingen sie – dank Doktor Fogliardi nun sichtlich ruhiger – zur Aufnahme, um die Formalitäten zu erledigen. Eine attraktive, dunkelhaarige Frau saß an ihrem Platz.

«Also ... Rossi», sagte sie und suchte den Namen im Computer. «Ah, hier! Carolina, nicht?»

«Genau», antwortete der Mann.

Sie begann mit der Dateneingabe, und während sie tippte, warf sie einen prüfenden Blick auf ihre lackierten Nägel.

«Ihre Tochter?»

Ruggero drehte sich zu Giovanna, die beiden wechselten einen kurzen Blick. Dann nickte Giovanna leicht. «Ja, sie ist unsere Tochter.»

Cinzia Roberti, die in dieser Nacht Dienst auf der Intensivstation hatte, betrachtete Carolinas Gesicht. Das Mädchen schlief. Es hatte eine Sauerstoffmaske über dem Mund, am rechten Oberarm die aufblasbare Manschette des Blutdruckmessgeräts, die Elektroden für das EKG hafteten am Oberkörper. Am linken Arm hing der Schlauch für die Infusion, die die Flüssigkeitszufuhr und den Blutzuckerspiegel konstant hielt.

Cinzia war müde und hätte sich gerne hingelegt, aber sie musste durchhalten. Nach Mitternacht herrschte absolute Stille, was sie nicht unbedingt wacher machte. Abgesehen von den leisen Atemzügen der Patienten war nur das Piepen der EKGs zu hören. Die Station war in hellblaues, mattes Licht getaucht.

Leise entfernte sie sich von den Betten und ging zur Schalttafel; von hier konnte sie die Vitalfunktionen der Patienten überwachen.

Piep … Piep … Piep …

Alles war ruhig.

Die metallischen, monotonen Geräusche der Geräte, dazu das hellblaue Schimmern tauchten alles in eine irreale Atmosphäre.

Es war Viertel vor zwei, als sie meinte, ein Stöhnen zu hören. Sie hob den Kopf und sah zu den Patienten. Nichts. Ihre Phantasie hatte ihr einen Streich gespielt, keine Frage! Andererseits war die Atmosphäre hier nicht gerade heiter, und obwohl sie tragische Momente zur Genüge kannte … Lieber erst gar nicht daran denken!

Um halb drei herrschte Totenstille, aber sie war noch immer unruhig.

Piep … Piep … Piep …

Viertel nach vier, noch immer alles ruhig. Cinzia versuchte sich abzulenken. Sie gähnte, dachte über dieses und jenes nach, über ihr Leben, den alltäglichen Trott.

Vier Uhr.

Die Diagramme des EKGs tanzten im Rhythmus, und der Nachtschwester fiel es schwer, die Augen offen zu halten. Sie grübelte … Warum verstand Nadia sie nicht, wo ihr Leben doch gerade so chaotisch verlief und sie so viel arbeiten musste, außerdem …

Im selben Moment hörte sie ein dumpfes Geräusch. Ruckartig hob Cinzia den Kopf und lauschte reglos. Es war ein menschlicher Laut, ohne Zweifel, ein Stöhnen oder so etwas in der Art. Sicher einer der Patienten. Sie wusste natürlich, wie ein Stöhnen klang, aber dieses hier war seltsam gewesen. Die Schalttafel deutete jedoch auf nichts Außergewöhnliches hin. Sie sollte besser mal nachsehen.

Da war es wieder. Diesmal klarer, auch länger. Ein ersticktes Geräusch, als hätte jemand Schmerzen. Cinzia erhob sich vorsichtig und ging zu den Patienten. Sie hatte Angst, das war nicht zu leugnen.

Piep … Piep … Piep …

In der absoluten Stille und im Halbdunkel ging die Pflegerin vorsichtig die einzelnen Betten ab. Alles normal, dachte sie. Kein Grund zur Panik. Schritt für Schritt sah sie nach jedem der Kranken – dem ersten, dem zweiten –, alles schien normal. Gianni, Luisa, Ahmed schliefen friedlich. Cinzia ging weiter, bis zu Carolinas Bett, vor dem sie stehenblieb.

Carolina hatte die Augen geschlossen, die Lippen waren wie zu einer Grimasse aufeinandergepresst. Cinzia nahm die Sauerstoffmaske ab, um sie besser beobachten zu können, und trat einen Schritt zurück.

Carolina stieß ein Röcheln aus.

Die Augen noch immer geschlossen, die Lippen noch immer zu einer Grimasse verzerrt.

Ihre Stimme klang rau: «... Bl...ut ...»

Cinzia stockte der Atem, aufmerksam musterte sie das Mädchen und sah, wie es sich die Lippen leckte, die Gesichtsmuskeln angespannt, die Augenbrauen nach oben gezogen. Cinzia bekam es mit der Angst zu tun.

Auf einen Schlag fiel die Spannung von dem Mädchen ab, der schmerzverzerrte Ausdruck in ihrem Gesicht verschwand wieder und entspannte sich. Sie schlief jetzt. Cinzia war erleichtert, wartete noch ein paar Minuten, und da es auch weiterhin ruhig blieb, beschloss sie, zur Schalttafel zurückzukehren.

Ihre Beine zitterten ein wenig. Sie hatte sich erschrocken; auf jeden Fall musste sie es Doktor Fogliardi melden. Was hatte Carolina gleich noch gesagt? Blut. Was hatte das wohl zu bedeuten?

17. Kapitel

«Es war vor zwei Tagen, während der Nachtschicht. Ich hörte, wie das Mädchen, das den Verkehrsunfall hatte, Carolina, wie sie stöhnte und im Schlaf redete. Das ist nichts Außergewöhnliches, ich weiß, aber … Irgendwie kam es mir so vor, als würde nicht *sie* reden, der Klang ihrer Stimme war verändert», sagte Cinzia. Dann fuhr sie fort: «Auch was sie sagte, war seltsam. Während sie stöhnte, hat sie ein paarmal ‹Blut› gesagt, und irgendwie schien sie zu leiden. Dann machte sie noch so komische Bewegungen mit der Zunge.»

«Das heißt?», fragte Doktor Fogliardi.

«Sie zog eine Grimasse, vor Schmerz, würde ich sagen. Dann leckte sie sich die Lippen, Sie wissen schon, wenn eine Frau …»

«Lust empfindet?», fragte Fogliardi, die Pflegerin war peinlich berührt, das war nicht zu übersehen.

Sie nickte. Der Arzt senkte kurz den Kopf, dann sah er sie an und fuhr mit ruhiger Stimme fort:

«Vorher hat mir Linda erzählt, dass sie letzte Nacht etwas Ähnliches gesehen hat. Die Stimme, die Grimasse, all das, was Sie mir gerade geschildert haben.» Linda arbeitete ebenfalls als Krankenschwester auf der Intensivstation.

«Und hat sie bei ihr auch geredet?»

«Ja. Sie hat ‹Blut, Blut› gesagt, zwei-, dreimal.» Der Arzt überlegte kurz. «Ich glaube, wir sollten nach der Patientin sehen», meinte er schließlich, erhob sich von seinem Sessel und ging zur Tür.

«Kommen Sie?», sagte er mit sanfter Stimme, während sie ihn besorgt ansah.

Sie verließen sein Büro, liefen ein paar Meter den geräumigen Flur entlang und betraten den Fahrstuhl. Fogliardi strich sein Haar glatt und drückte auf den Knopf für den ersten Stock, wo das Mädchen lag. Er sah Cinzia Roberti fest in die Augen, um sie zu beruhigen. Ein paar Minuten später standen sie am Bett von Carolina Rossi.

Das Mädchen sah sie mit leidender Miene an.

«Wie geht es dir, Carolina?», fragte Doktor Fogliardi freundlich.

«Mir tut alles weh.» Ihre Stimme klang weinerlich und schwach, sie krächzte wie ein Vögelchen. Fogliardi warf Cinzia einen vielsagenden Blick zu.

«Na ja, dich hat's schlimm erwischt, aber in ein paar Monaten bist du wieder topfit.»

Die Kleine runzelte besorgt die Stirn. «Bleibe ich jetzt für immer hässlich?»

«Meinst du, wegen der Wunden im Gesicht? Die verheilen schon, und falls nötig, führen wir eine kleine Schönheitsoperation durch ... Und wenn du achtzehn bist, kannst du für *Valentino* auf den Laufsteg, wirst schon sehen.»

Er macht das wirklich gut, dachte Cinzia.

Der Arzt schlug einen väterlichen Ton an: «Carolina, hör mal zu, ich muss dich etwas fragen. Träumst du nachts seltsame Dinge, hast du Albträume oder Ähnliches?»

«Nein.»

«Hast du neulich irgendwo Blut gesehen, oder einen Horrorfilm, du weißt schon, *Das Schweigen der Lämmer* oder so was in der Art?»

«Nein», wiederholte sie, erstaunt über die Frage. «Mein Vater hat mir verboten, den Film zu sehen. Aber eine Freundin hat mir ein bisschen davon erzählt.»

Sie blieben noch eine Weile, dann verabschiedeten sich

Fogliardi und Cinzia von dem Mädchen und gingen zurück ins Büro.

«Scheint alles völlig normal», meinte er nachdenklich zu der Krankenpflegerin, die zustimmend nickte. Dachte er vielleicht, sie und ihre Kollegin hätten sich das alles nur eingebildet?

Dann schlug Cinzia vor: «Es gibt nur eine Möglichkeit, *Dottore*. Sie müssen heute Nacht mit mir auf der Intensivstation bleiben, dann sehen Sie selbst, was Linda und ich Ihnen erzählt haben.»

Fogliardi wollte gerade antworten, als es an der Tür klopfte.

«Herein», sagte er.

Die Tür öffnete sich, und eine Frau um die dreißig kam herein, gebräunte Haut, dunkles, welliges Haar, das ihr Gesicht hübsch umrahmte und schwarze, lebendige Augen aufleuchten ließ.

«Doktor Fogliardi?», fragte die Frau mit ernster Stimme.

«Ja?»

«Ich bin Inspektorin Laura Virga vom Jugenddezernat des Polizeipräsidiums Verona.»

Fogliardi sah sie an. «Ah ...», rief er aus. «Guten Tag. Bitte nehmen Sie Platz. Was kann ich für Sie tun?»

«Auf Ihrer Station müsste ein Mädchen liegen, das vor drei Tagen überfahren wurde, der Fahrer war flüchtig ... Rossi, Carolina Rossi?»

«Ja, sie liegt hier. Wir sprachen gerade von ihr», bestätigte der Arzt.

«Ich ermittle in dem Fall. Ich müsste kurz mit dem Mädchen sprechen. Ist das möglich?»

«Signora Virga, wir haben Carolina bereits gefragt, ob sie sich an etwas erinnern kann, und sie hat verneint. Ich denke, es wäre übertrieben, noch weiterzubohren, vor allem angesichts ihres geschwächten Zustands und des erlittenen Traumas», gab Fogliardi zurück.

Laura Virga war kein Mensch, der leicht aufgab.

«Es wird nicht lange dauern, Doktor Fogliardi. Wir müssen entscheiden, ob der Fall zu den Akten gelegt wird oder nicht. Hat sie Ihnen gegenüber den Unfall erwähnt?»

Fogliardi atmete langsam, er wollte schon verneinen, als ihm eine Idee kam.

«Hören Sie, Signora Virga. Da ist etwas, das Sie vielleicht wissen sollten. Das Mädchen hat nachts Albträume. Ihr Verhalten ist dabei sehr auffällig und könnte für Ihre Ermittlungen von Interesse sein. Signora Roberti und ich», dabei sah er zu Cinzia, die Laura zustimmend zunickte, «haben eben beschlossen, das Mädchen nachts gemeinsam zu beobachten. Wenn Sie denken, es könnte Ihnen weiterhelfen, können Sie gerne assistieren.»

«Ich muss sie nur befragen, Doktor Fogliardi, und nicht die Schäden, die sie davongetragen hat, begutachten – das ist Ihre Aufgabe!»

Sturkopf, dachte Doktor Fogliardi. Aber so schnell gab auch er sich nicht geschlagen; er wollte sie unbedingt hinzuziehen.

«Schon, aber sehen Sie, Frau Inspektor, Carolina spricht von Blut, sie wiederholt immer dasselbe Wort, und sie tut das mit einer … wie soll ich sagen … mit einer gewissen Erregung in der Stimme. Der Klang verändert sich. Alles in allem sehr außergewöhnlich, und ich denke, es könnte für Sie durchaus von Interesse sein, sich ein Bild vom Verhalten des Mädchens zu machen», sagte Fogliardi abschließend.

Laura sah ihn an und rieb sich nachdenklich das Kinn. Anscheinend legte der Arzt großen Wert auf ihre Meinung, sie fühlte sich geschmeichelt.

«Gut, Sie haben mich überzeugt, Doktor Fogliardi», entgegnete die Polizistin mit fester Stimme. «Könnte durchaus von Interesse sein. Wann?»

«Heute Nacht, wenn Sie einverstanden sind.»

18. Kapitel

«Auch der ehrlichste Politiker klaut den Kindern ihre Süßigkeiten.» Diesen Satz hatte doch Gene Hackman in irgendeinem Film gesagt, meinte Rode sich zu erinnern, auch wenn ihm der Titel nicht mehr einfiel. Mit amerikanischen Filmen konnte er nichts anfangen, zu viel Schrott bekam man da vorgesetzt und zu viele nervige Klischees. Aber den Joke fand er gut, nah an der Wirklichkeit, auch wenn Rodes Verhältnis zu Kindern deutlich über Süßigkeitendiebstahl hinausging. Politik war – und er sprach schließlich aus eigener Erfahrung – noch schäbiger als gemeinhin angenommen. Seltsame Kompromisse und allzu rasche Entscheidungen waren gang und gäbe. Dabei ging es nur selten um die Republik Italien, dachte Rode. So war die Politik eben, ihre DNA war marode. Natürlich könnte noch etwas gerettet werden, nicht alles war verloren. Aber dazu brauchte man viel Geduld, und manchmal konnte selbst er die nicht aufbringen.

An diesem Abend war Rode besonders erschöpft und überreizt. Es war acht geworden, und von Feierabend konnte keine Rede sein. Er war allein in seinem Büro mit der historischen Einrichtung aus dem neunzehnten Jahrhundert, im ersten Stock des veronesischen Rathauses, müde trat er ans Fenster und betrachtete die Statue Dante Alighieris, die über der Piazza dei Signori thronte. Dann musste er sich wieder den profanen Dingen des Lebens widmen; er warf einen Blick in den *Corriere*. Tommaso Benetti hatte einen Artikel darüber geschrieben, dass Rode nun auch die Arena betreten hatte, um sich einen Sitz im

Parlament zu erkämpfen. Er behauptete, das politische Engagement des Bürgermeisters käme nur den Leuten aus seinen eigenen Reihen zugute, und forderte die Wähler auf, sich zu fragen, ob sie wirklich von einem Mann wie Emanuele Rode vertreten werden wollten, im höchsten Amt der italienischen Demokratie.

Rode sah in den Spiegel, der ihm schon seit geraumer Zeit das Bild eines reifen Mannes präsentierte. Er war zweiundfünfzig Jahre alt, im Lauf der Zeit waren seine Haare fast vollständig ergraut, mittlerweile bildeten sie nur noch einen Kranz um seinen Kopf, den er mit Gel vollschmierte, während er mit Make-up versuchte, die Glatze zu kaschieren. Auch im Gesicht war er runder und runder geworden, aber sein Markenzeichen, den erloschenen, ambivalenten Blick hinter der dicken Hornbrille, gab es nach wie vor, und mit der Zeit hatte er ihn immer gezielter einzusetzen gelernt.

Während seiner Amtszeit hatte er Verona gut regiert, und seine Partei erwartete, dass er Italien ebenso gut regierte. Die Leute jubelten ihm zu, und laut Meinungsumfragen war er der Favorit. Am 26. November würde die Wählerschaft endlich ihre Stimme abgeben und entscheiden, ob Emanuele Rode aus Treviglio den Sitz im Parlament erhielt oder nicht.

Das Telefon klingelte. Es war Garatti, sein Privatsekretär.

«Herr Bürgermeister, Signor Lami wartet draußen.»

Antonio Lami war Rodes *image maker* und sein Mädchen für alles; einer, der vom grünen Tisch aus das äußere Erscheinungsbild und die rhetorischen Fähigkeiten der Politiker und VIPs perfektionierte, die auf seine Erfahrung vertrauten.

«Gut, bitten Sie ihn herein.»

Selbstsicher wie immer betrat Lami den Raum. Er war

dreiundvierzig, nicht besonders groß, stämmig, was ihn wie einen Römer der Antike aussehen ließ – oder zumindest so, wie sich die Menschen von heute einen Bewohner des Alten Roms vorstellten. Sein Kinn war kantig, die Augen klein, aber ausdrucksstark, zuweilen sanft, zuweilen streng. Seine Stimme war tief und männlich, und von seinen Lippen schwärmten die Damen, die im Rathaus Veronas arbeiteten; nicht zu voll und nicht zu schmal, passten sie perfekt in sein wohlproportioniertes, ebenmäßiges Gesicht. Er verlor nicht viele Worte, die aber waren gesetzt und wohldurchdacht, ohne dass er dabei wild gestikulierte. Was er sagte, klang so unumstößlich und entschlossen, als wäre es in Stein gemeißelt. In jungen Jahren war er einmal Idealist gewesen, bis er anfing, für den Vorsitz des Ministerrats zu arbeiten. Schließlich hatte ihn jemand an Veronas Bürgermeister empfohlen, und so war er dessen Mitarbeiter, oder vielmehr so etwas wie sein Laufbursche geworden. Das graumelierte Haar trug er kurz, aber es war kein militärischer Haarschnitt. Eine Frisur, die als attraktiv galt. Mit Frauen hatte der sicher keine Probleme, dachte Rode. Im Grunde beneidete er ihn.

«Guten Tag, Herr Bürgermeister», begrüßte Lami ihn ehrerbietig.

«Guten Tag, Antonio. Bitte nehmen Sie Platz.»

Lami sollte ihm die letzten Meinungsumfragen der *RAI-Doxa* mitteilen. Roda lag wieder bei 42 % und konnte damit den Vorsprung gegenüber seinem direkten Gegner, dem Richter Davide Cittadini, vergrößern, der 31 % erreicht hatte. Die Werte des dritten Kandidaten, eines Milliardärs aus Soave namens Carlo Cescon, hatten einen leichten Einbruch zu verzeichnen und lagen jetzt bei 10 %.

«Und, wie läuft der Wahlkampf?», fragte er.

«Eigentlich ganz gut. Aber die Medien sollten die

schlechte wirtschaftliche Lage und die wachsende Kriminalität noch mehr unterstreichen», erwiderte Lami. So wurde Politik gemacht: Man musste dafür sorgen, dass die Bevölkerung Angst bekam, um ihr dann Sicherheitspakete aufzuschwatzen. Lamis Aufgabe war es, Journalisten zu kontaktieren, die Machtfragen recht «offen» gegenüberstanden und sich bereit erklärten, bestimmte, für Rode günstige Meldungen zu publizieren: etwa über das erbärmliche Wirtschaftswachstum oder die ergebnislosen Ermittlungen im Fall der Ratte. Sie besprachen noch Rodes Wahlveranstaltung in Montecchia di Crosara, auf der er die Wähler aus Davide Cittadinis Heimat dazu bringen wollte, ihm die Mehrheit in diesem Wahlkreis zu sichern.

Als Antonio Lami sich verabschiedete, war es zehn Uhr abends.

Rode fühlte sich einsam. Und begann zu grübeln.

Wann hatte er eigentlich das letzte Mal richtig lustvollen Spaß gehabt?

Das letzte Mal war im März 1998 gewesen. Sie war sehr hübsch, und mit ihren sechs Jahren redete sie wie eine Erwachsene, die schon viel vom Leben versteht. Umso besser, denn das hatte seine Lust nur gesteigert. Er dachte an Hamburg, vor achtzehn Jahren, an den Himmel, den metallfarbenen Himmel, und an den Jungen, der jetzt ungefähr vierundzwanzig wäre, wäre er noch am Leben. Er verlor sich in der Erinnerung. Wie viele Hoffnungen hatte er damals noch gehabt! Unzählige Pläne, Träume, eine Zukunft, Illusionen … Die Zukunft war jetzt zum Greifen nah, ein Traum wurde gerade wahr, nur noch ein kleiner Schritt trennte ihn von der Krönung seines Lebens: er, ein Abgeordneter! Oder sollte das etwa nur ein erster Schritt eines weiteren Aufstiegs sein? Vielleicht war das nicht das Ziel, sondern erst der Anfang.

Er goss sich ein Glas Wasser ein und fuhr den Computer hoch. Sofort leuchtete der Monitor hellblau auf, und New-Age-Klänge ertönten. Rode öffnete das Fenster der Remoteverbindung, und als er nach seinem Passwort gefragt wurde, tippte er «asterix» ein. Gleich darauf öffnete sich die Homepage von *Anonymizer*. Er war eingeloggt.

Er tippte «http://www.childporn.da.ru», und es erschien eine Liste von illegalen Websites, die er sorgfältig durchging. Das ganze Zeug kam aus Russland. Dann fand er, wonach er gesucht hatte; in etwas kleinerer Schrift stand da: «Kosovo – eine verlorene Kindheit». Er öffnete den Link, und auf dem Monitor tauchte eine Reihe von Bildern des Elends und der Verzweiflung auf, Flüchtlingslager, ausgezehrte Gesichter, weinende alte Frauen, erschöpfte Kinder, Panzer, Soldaten. Er öffnete das Fenster DEN MÄRTYRERN ZU EHREN, und es erschien eine Preisliste in Dollar, daneben standen Namen.

Er klickte auf JOVANKA und gab die Daten seiner *Nacardage 2000* ein, einer Kreditkarte der *National Bank* in Nassau, auf den Bahamas. Nie würde jemand herausfinden, wer hier online etwas überwiesen hatte, und zwar aus dem einfachen Grund, dass nicht einmal die Bank selbst den Kontoinhaber kannte. Nach diesem Prinzip arbeiteten die Geldinstitute in Nassau, deshalb hatten sie auch so viele Kunden. Man blieb völlig anonym.

Bilder erschienen, zunächst waren sie pechschwarz, dann wurden sie immer heller, dazu ertönte eine düstere Musik in Moll. Rode kannte die Website nur allzu gut, und sofort spürte er die Lust in sich aufsteigen. Seit ein paar Jahren hatten die Serben eine umfangreiche Produktion am Laufen, die leider schon wieder etwas nachließ. Der Kosovo war ein Geschenk des Himmels, dachte er.

Nach ein paar Sekunden war das Thema des Videos klar: Ein Dorf in Flammen, auf den Straßen ein paar Uniformierte zwischen Trümmern – den schwarzen Stirnbändern nach zu schließen, wahrscheinlich paramilitärische serbische Tschetniks, nahm Rode an –, die wie wild herumbrüllten und dabei aus einer Gefangenengruppe Frauen und Kinder auswählten. Rodes Atem ging schneller. Am Ende des circa zehnminütigen Videos empfand er leichten Abscheu darüber, was er eben gesehen und getan hatte, dennoch hätte ihn nichts in der Welt davon abhalten können. Der hohe Preis hatte sich jedenfalls gelohnt, fand er. Langsam trank er das Bier auf seinem Schreibtisch aus, öffnete die Schreibtischschublade, nahm *Ein guter Soldat* von Le Carré heraus und verabschiedete sich von Garatti und Lami, die noch in ihren Büros saßen. Dann ging er hinaus, die Tasche in der einen, das Buch in der anderen Hand und im Kopf den Gedanken, dass die wichtigste Folge seiner möglicherweise bevorstehenden Wahl ins Abgeordnetenhaus die parlamentarische Immunität wäre. Feine Sache, zweifellos.

19. Kapitel

Sara De Caro kämpfte nach einer unruhigen, schlaflosen Nacht noch mit der Müdigkeit; langsam öffnete sie die Augen und wälzte sich träge auf der Matratze. Sie versuchte den Nebel, der ihren Blick trübte, zu verscheuchen, nach und nach sah sie die Dinge im Raum schärfer. Sie setzte sich auf, nahm den Kopf zwischen die Hände und strich sich dann das Haar aus der Stirn. Sie räusperte sich, um einen freien Hals zu bekommen, und sah müde zur Uhr: ein Uhr, Mittagszeit. Sie gähnte, stand auf und schwankte im Halbdunkel durch ihre Fünfundsiebzig-Quadratmeter-Wohnung. Die Heizung war noch nicht an, allerhöchste Zeit, sich darum zu kümmern, dachte Sara schlotternd, und wie zum Trost umfasste sie ihre Schultern.

Sie ging ins Bad, wusch sich das Gesicht und betrachtete sich im Spiegel. Trotz allem war sie noch immer ein hübsches junges Mädchen mit reizvollen Rundungen und weichen Gesichtszügen, dem die Männer gerne hinterherschauten. «Du bist schön», sagten ihr alle, mit denen sie für Geld ins Bett ging, sie selbst fühlte sich als seelisches Wrack. Aber aufgrund ihres zarten Alters konnte von körperlichem Verfall natürlich keine Rede sein.

Von der Straße drang der Lärm quietschender Autobremsen, und Sara dachte, die Sonne steht bestimmt schon ganz hoch, während sie selbst noch immer am Gähnen war. Sie öffnete die Fensterläden, das gleißende Licht schlug ihr entgegen, und für ein paar Sekunden sah sie gar nichts. In diesem Außenbezirk Neapels war kein Vesuv zu erkennen, den gab es nur auf Postkarten. In ihrer

Wohnung gab es keine Mandolinen, auch keine fröhlichen Pizzabäcker mit Schnurrbart. Hier gab es nur Verzweiflung. Und Ekel.

Sie duschte, schlüpfte in einen alten Bademantel und zündete lustlos das Gas unter der Espressomaschine an. Sie trank den Kaffee, ging ins Wohnzimmer und setzte sich an den Tisch. Und wieder begannen ihr all diese Gedanken durch den Kopf zu schwirren, dieselben wie jeden Tag, seit ihrem achten Lebensjahr. Um sich abzulenken, schaltete sie den kleinen *Telefunken*-Fernseher auf dem Bücherregal ein. Sie stellte ihn leiser, zu viel Lärm ertrug sie nicht, sie wollte einfach nur ein paar bunte, bewegte Bilder sehen – auch eine Möglichkeit, den Tag zu verbringen, ohne in Versuchung zu kommen, mit alldem hier Schluss zu machen.

Nach ungefähr einer Stunde begann sie ihre Wohnung aufzuräumen, sie schüttelte die Tischdecke aus und wischte ein bisschen Staub. Die Schachtel *Durex* ließ sie schnell in einer Schublade verschwinden, dann setzte sie Nudelwasser auf.

Während sie wartete, bis es kochte, richtete sie ihren Blick nach oben und betete ganz in sich gekehrt zu Gott. Sara nahm sich jeden Tag etwas Zeit, um sich an die einzigen schönen Dinge in ihrem Leben zu erinnern: an ihre Familie, die nicht mehr lebte, an Peter Pan und an das Haus in Mergellina. Es tat so weh. Inzwischen war das zu einer festen Angewohnheit geworden, auf die sie nicht verzichten konnte. Ein geradezu zwanghaftes Verhalten, das wusste sie sehr genau, aber der Versuch, dagegen anzukämpfen, wäre noch schlimmer gewesen. Danach, nach ihren Lieben, tauchten in ihrem Kopf meistens ganz andere, weniger angenehme Bilder auf: wie sie und ihre Schwester entführt wurden, wie sie entkommen konnte. Und das Gesicht des Mannes im Fernsehen.

Er war es gewesen, da war sie ganz sicher. Aber die Erwachsenen, die Richter und Gelehrten hatten sie für ein kleines, dummes Mädchen gehalten, das aus lauter Verzweiflung heraus Sachen erfand. Doch Sara De Caro wusste sehr genau, dass das Arschloch – genannt die Ratte – in Wirklichkeit Emanuele Rode hieß und jetzt Bürgermeister von Verona war. Sie wartete nur noch auf eine letzte Bestätigung, um sicherzugehen, dass ihr Instinkt sie nicht täuschte; dann würde sie mit dem Mann abrechnen, der ihr alles genommen hatte, ihr ganzes Leben, auch sich selbst. Sie wusste noch nicht genau wie, aber sie würde es tun.

In der Wohnung war es unglaublich still.

Laura Virga fragte sich, ob es richtig gewesen war, Doktor Fogliardis Einladung zu dieser Art Geistersitzung anzunehmen. Aber sie hatte zugesagt und konnte keinen Rückzieher mehr machen. Sie kam ein bisschen früher als vereinbart beim Krankenhaus an.

Sie parkte und stieg aus, vom Parkplatz waren es nur ein paar Meter, bis sie in der hellbeleuchteten Eingangshalle des Borgo Trento stand. Sie ging die langen Flure entlang bis zur Intensivstation, wo Doktor Fogliardi und Cinzia, die Pflegerin, sie bereits erwarteten. Während der kurzen Begegnung am Vormittag war ihr Fogliardi ernst und besonnen vorgekommen; den Eindruck eines oberflächlichen Menschen hatte er ihr jedenfalls nicht vermittelt. Gar nicht mal uninteressant, was ihnen jetzt bevorstand, vielleicht könnte es tatsächlich ein Denkanstoß sein und sie in dem Fall weiterbringen.

Immerhin war ihr Leben bisher immer stark vom Zufall beeinflusst gewesen. Als sie achtzehn war, kam in Treviso jemand auf die dumme Idee, das Auto ihres Vaters zu stehlen. Der war Vollblut-Catanier, die perfekte Besetzung für die Rolle des sympathischen, temperamentvollen Sizilianers. In jungen Jahren hatte Calogero Virga im Zentrum des venetischen Städtchens eine Metzgerei aufgemacht. Laura Virga strahlte die gleiche Sympathie wie ihr Vater aus, hatte aber im Gegensatz zu ihm keinen sizilianischen Akzent, sondern sprach den aus Treviso. Damals begleitete sie ihn also aufs Revier, um den Diebstahl zu melden. Als die Beamten das junge Mädchen mit der bronzefarbenen Haut und den langen, dunklen Locken sahen, machten sie große Augen. Sie konnte sich noch gut an ihre Kommentare und ziemlich eindeutigen Blicke erinnern ... All diese Polizisten, die sie so angestarrt hatten, hatten sie schwer beeindruckt, auch die Dienstwagen und ihre eleganten Uniformen. Das Wort «Polizei» begann ihr zu gefallen, und seitdem wünschte sie sich nichts mehr, als eines Tages ihre Kollegin zu werden. Und so nahm sie 1993 an den Eingangsprüfungen für die Laufbahn im Inspektorendienst teil, mit Erfolg. Und jetzt war sie sehr zufrieden, dass sie hier war und mit dem Dienstausweis in der Tasche einem gewissen Doktor Fogliardi folgte, um herauszufinden, was nachts mit dem Mädchen los war, das ein unfallflüchtiger Typ angefahren hatte.

Schwungvoll, aber auf leisen Sohlen betrat Laura den Vorraum der Intensivstation. Nachdem eine Krankenschwester sie mit einem grünen Kittel, Mundschutz und sterilen Überzügen für die Schuhe ausgestattet hatte, wurde sie zu Doktor Fogliardi geführt. Sie sah ihn an, zwinkerte ihm zu und deutete ein Lächeln an.

«Inspektor Virga ...», begrüßte sie Fogliardi mit einem Nicken.

«Guten Abend, *Dottore*», gab sie zurück. «Hier bin ich.»

«Gut. Gehen wir.»

Laura folgte dem Arzt bis zur Schalttafel der Station. Es

herrschte absolute Stille, einzig unterbrochen durch das permanente, leise *Piep* der EKGs. Das Licht war schwach, hellblau, und es roch stark nach Desinfektionsmittel. Ungefähr zwanzig Personen lagen hier. Mit einer einladenden, galanten Bewegung des rechten Arms forderte Fogliardi sie auf, neben Cinzia Platz zu nehmen. Er trat zu der Beamtin, zeigte auf das Bett zu ihrer Linken und flüsterte ihr ins Ohr: «Das ist Carolina. Jetzt heißt es warten, eine, zwei, drei Stunden, ich weiß es nicht. Wir können uns gerne abwechseln. Wenn Sie wollen, können Sie ruhig ein wenig schlafen.»

Laura nickte, obwohl sie genau wusste, dass sie in diesem kalten, sterilen Umfeld ganz bestimmt nicht schlafen könnte. Mit gedämpften Stimmen unterhielten sie sich eine Weile, damit ihnen die nächtlichen Stunden nicht so endlos erschienen. Die Polizistin sah sich um. Das blassblaue, schwache Licht warf seltsame Schatten. Wäre sie hier allein gewesen, hätte sie sich bestimmt gefürchtet.

20. Kapitel

Eine Stunde nach Mitternacht wurde Laura langsam müde. Immer wieder fielen ihr die Augen zu. Als Doktor Fogliardi das bemerkte, ging er zum Kaffeeautomaten, zog drei Becher und reichte zwei davon den Frauen.

Um halb zwei war nur das leise, regelmäßige Geräusch der Beatmungsapparate, die an jedem Bett angeschlossen waren, zu hören.

Um zwei war alles ruhig, und Laura fiel es immer schwerer, sich wach zu halten. Cinzia schlief; Fogliardis Blick war wach, seine Augen zeigten kaum Spuren von Müdigkeit.

Piep … Piep … Piep …

Halb drei. Nichts.

Um drei Uhr war ein leises Jammern zu hören. Ruckartig richtete Fogliardi sich auf und horchte, die Inspektorin tat es ihm nach. Der Arzt rüttelte Cinzia wach.

Laura spitzte die Ohren. Klar und deutlich vernahm sie ein Röcheln, dann ein Seufzen und schließlich eine Art Winseln. Sie sah zu Doktor Fogliardi, der ihren Blick erwiderte.

Die Laute kamen aus der linken Saalhälfte, wo auch Carolina lag. Fogliardi erhob sich und steuerte auf ihr Bett zu, die beiden Frauen folgten ihm. Die für Laura ungewohnte Situation machte sie nervös.

Sie waren fast bei dem Mädchen angelangt, als sie einen tiefen Seufzer hörten.

Fogliardi, Laura und Cinzia blieben wie angewurzelt stehen. Der Laut kam tatsächlich von Carolinas Bett, aber er klang seltsam kehlig. Laura lief es eiskalt über den Rücken, Doktor Fogliardi dagegen blieb auch in Momenten wie diesem gefasst, schließlich war er Arzt und musste der Sache auf professionelle Art und Weise begegnen.

Laura ging zögernd weiter, den Blick starr auf das Bett gerichtet. Sie stand jetzt nah bei Carolina, im Halbdunkel konnte sie ihr Gesicht erkennen, die Anspannung darin und ihre geschlossenen Augen. Sie wich zurück.

«Die Grimasse, da ist sie wieder», flüsterte die Krankenschwester und zeigte auf das Gesicht des Mädchens. «Sehen Sie, *Dottore*.»

Carolinas dünne Lippen waren von Entsetzen gezeichnet, die Gesichtsmuskeln wie versteinert. Laura schien verängstigt, doch Fogliardi beruhigte sie und drückte fest ihren Oberarm. Er warf ihr einen vielsagenden Blick zu und murmelte: «Keine Sorge, wir sind im Krankenhaus, nicht in einem Horrorfilm.»

Carolina begann zu sprechen: «Ah … das ist gut, es ist gut … wenn Träume wahr werden … und Wünsche …»

Die drei beobachteten sie stumm. Die kindliche Stimme hatte jetzt einen tieferen Ton angenommen.

«… Und wenn man das tun kann, was man will … das tun kann, wonach einem gerade ist … ja … genau», sagte Carolina leise. Sie fuhr sich mit der Zunge über die Lippen. «Ah, ja … das Messer … das Messer … mit dem Messer hier werde ich dich abschlachten … ja … genau …»

Carolinas Stimme wurde lauter. Langsam hob sich ihr rechter Arm, dabei bewegten sich die Kabel, an denen sie angeschlossen war, und sie begann irgendwelche Gebilde in die Luft zu zeichnen, von oben nach unten. Immer noch war ihr Gesicht zu einer Grimasse verzerrt, immer schneller fuhr sie sich mit der Zunge über die Lippen. Laura sah Fogliardi eindringlich an, sie begriff einfach nicht, was der Patientin da gerade widerfuhr.

Plötzlich gab Carolina ein ersticktes Röcheln von sich. Langsam streckte sie den Arm aus, als hielte sie etwas in der Hand. Sie tat es noch einmal, dann ein drittes Mal. Fogliardi wich ein Stück zurück, den Blick fest auf die Szene gerichtet. Als Arzt musste er sich unbeteiligt zeigen, dennoch begann er zu schwitzen.

«Ah … ja … wie klein du bist … dein Herz … deine Hände … dein Magen …»

Schlagartig wich die Anspannung aus ihrem Gesicht, und der rechte Arm fiel wieder auf die Matratze. Carolinas Gesichtsausdruck entspannte sich, ebenso ihre Lippen.

Doktor Fogliardi sah die beiden Frauen an und gab ihnen mit einer Handbewegung zu verstehen, ihm zu folgen. Er verließ die Station und ging mit ihnen in sein Büro. Es war halb vier Uhr in der Früh.

«Da wäre zunächst einmal diese Stimme. Sie hat versucht, eine Männerstimme zu imitieren, so viel steht fest.»

Laura sah ihn müde und ironisch an, schüttelte ihr volles, dunkles Haar und meinte: «Wie beruhigend …»

«Wir sollten unsere ganze Aufmerksamkeit zunächst auf diese Stimme richten. Auch wenn uns das alles etwas merkwürdig vorkommt, müssen wir sachlich und nach wissenschaftlichen Kriterien vorgehen», unterstrich Fogliardi.

«Sie sah aus, als würde sie Lust empfinden», äußerte die Polizeibeamtin.

«Das ist richtig. Sie schien sich in einem Zustand sexueller Erregung zu befinden, und diese Lust hatte irgendwie mit Blut zu tun – bei einem Mädchen ihres Alters schwer zu begreifen!»

«Sie hatte Gewaltphantasien», präzisierte Cinzia.

«Nicht nur Phantasien, sie erlebte sie geradezu. Gestern

früh habe ich sie gefragt, ob sie Horrorfilme kennt oder ob man ihr Gewalt angetan hat.»

«Was hat sie geantwortet?», wollte Laura wissen.

«Nichts dergleichen. Katholische Eltern aus dem Veneto mit strengen moralischen Erziehungsgrundsätzen. Keine Erfahrungen mit Gewalt. Alles in bester Ordnung.»

«Woher kommen dann diese makabren Bilder?»

Fogliardi runzelte die Stirn. «Das ist ja das Problem», meinte er. «Es könnte sich um reine Phantasien handeln oder um ...»

«... verdrängte Erinnerungen», unterbrach ihn die Inspektorin und sah ihn dabei an.

Fogliardi stimmte ihr zu, erhob sich vom Sessel und trat ans Fenster. «Genau, Erinnerungen. Verdrängt und im schwarzen Loch des Bewusstseins vergraben.» Es war jetzt fast taghell. Der Arzt fuhr sich durch das graue Haar, nachdenklich betrachtete er die Etsch, in den Häusern an der Uferpromenade brannte noch kein Licht.

«Vielleicht etwas, das sie in ihrer Kindheit mal gesehen hat?», fragte Laura und kniff vor Müdigkeit die Augen zusammen.

«Schon möglich», gab der Arzt zurück.

«Aber warum dann dieses seltsame Verhalten, diese fast schon poetischen Worte?», fragte Cinzia. «Wenn sie in ihrer Kindheit etwas so Schreckliches gesehen hätte, müsste sie doch traumatisiert sein.»

«Stimmt. Vielleicht eine sadistische Veranlagung?», warf Laura ein.

Fogliardi schüttelte zweifelnd den Kopf, dann sah er auf die Uhr. Es war halb acht Uhr morgens.

Es musste etwas geschehen, sie durften keine Zeit verlieren. Er ging zum Telefon, nahm den Hörer ab, wählte eine Nummer und drückte auf die Freisprechfunktion.

«Hallo?»

«Signor Rossi?»

«Am Apparat … Mit wem spreche ich?»

«Guten Morgen, hier ist Doktor Fogliardi vom Borgo-Trento-Krankenhaus.»

Rossi erschrak: «Krankenhaus? Ist … Carolina etwas passiert?»

«Kein Grund zur Sorge, Signor Rossi. Ihre Tochter war heute Nacht nur sehr unruhig, und ich wollte Ihnen ein paar Fragen stellen.»

«Aber es geht ihr doch gut?»

«Ja, ja, machen Sie sich keine Sorgen. Hören Sie … Hatte Carolina in letzter Zeit Albträume?»

«Nein. Sie schläft mit uns in einem Zimmer, das hätten wir sicher mitbekommen.»

«Spricht sie nachts im Schlaf? Oder ist sie vielleicht Schlafwandlerin?»

«Nein, überhaupt nicht! Sie schläft ganz ruhig.»

«Hat Carolina als kleines Kind jemals Gewaltszenen miterlebt, Streitereien, Schlägereien? Fällt Ihnen irgendetwas dazu ein?»

«Sie machen wohl Witze! Meine Frau und ich verstehen uns gut. Gewalt oder Prügel gibt es bei uns nicht, nicht mal Schimpfwörter!»

Er ließ nicht locker. «Hat Carolina vielleicht woanders Gewalt erlebt?»

«Nein, *Dottore*, nie. Sie hatte eine glückliche Kindheit. Aber warum stellen Sie mir solche Fragen?»

«Ich danke Ihnen, Signor Rossi. Das wäre alles.» Er verabschiedete sich und blickte dann fragend die Polizistin an.

«Doktor Fogliardi», sagte Laura freundlich, aber bestimmt. «Wenn das Mädchen Zeugin einer Bluttat war, muss ich mehr darüber erfahren. Schließlich bin ich jetzt schon in die Sache involviert.»

«Natürlich, Frau Inspektor. Ich verstehe, es ist Ihre Pflicht.»

Die Beamtin wirkte etwas bekümmert: «Das Problem ist nur, ich habe keine Ahnung, wo ich anfangen soll. Haben Sie eine Idee?»

«Im Grunde ist es ganz einfach», antwortete Fogliardi mit einem Kopfnicken.

«Einfach?»

«Mit Hypnose. Wenn die Kleine in den Zustand hypnotischer Trance fällt, kann sie bis zu dem Zeitpunkt des traumatischen Erlebnisses zurückgehen und uns alles erzählen, was sie erlebt und sieht.»

Laura schüttelte müde den Kopf. «Daran hatte ich gar nicht gedacht», sagte sie. «Regressive Hypnose … Und die beherrschen Sie?»

«Nein, dazu bin ich nicht in der Lage. Medizinische Hypnose erfordert höchstes Spezialistentum. Dafür braucht man schon Psychoanalytiker und Psychiater, die sich mit diesen Techniken auskennen.»

«Und wer könnte uns da weiterhelfen?», fragte Laura erschöpft.

Der Arzt überlegte kurz, dann sah er Laura in die Augen. «Ich glaube, ich habe den Richtigen!», sagte er schließlich. «Ich kenne ihn noch vom Studium in Padua. Ich war im letzten Semester, er im ersten, und er hatte sich voll und ganz auf die Psychologie gestürzt. Je verwirrter jemand im Kopf war, desto mehr hat er sich reingekniet, um der Sache auf den Grund zu gehen. Ich hatte schon davon gehört, dass er sich auf Psychiatrie und Hypnose spezialisiert hat. Vor vier Jahren habe ich ihn dann auf einem Kongress in Wien getroffen, und er sagte mir, er sei jetzt Hypnosetherapeut.»

«Gut, wenn Sie ihn für geeignet halten, wird er es auch sein. Rufen Sie ihn doch an und bestellen Sie ihn her.»

Die Polizistin machte einen sehr entschiedenen Eindruck.

Fogliardi hob zweifelnd die Arme. «Versuchen können wir es. Immerhin ist er Professor für Psychiatrie an der medizinischen Fakultät in Padua. Und, wie ich schon sagte: Das hier ist die Realität, kein Film! Gut, dann wollen wir mal sehen ...»

Er tippte etwas in den Computer und öffnete sein persönliches Adressbuch.

«Ah, da ist er ja!», rief er. «Notieren Sie bitte die Nummer. 04961734632.»

Sie speicherte die Nummer in ihrem PDA, dann sah sie Fogliardi an.

«Fertig. Name?»

«Pozza. Professor Gregor Pozza», sagte der Arzt.

21. Kapitel

Padua

Prato della Valle, Paduas berühmteste Piazza, wurde 1775 vom Prokurator San Marcos in Auftrag gegeben und hat die ungewöhnliche Form einer Häkeldecke, eine zweifache Reihe mit achtundsiebzig Statuen paduanischer Berühmtheiten säumt sie, wodurch sie noch prachtvoller wirkt. Hinter der Piazza, gleich bei der Basilica di San Giusto, liegt ein Stadtviertel mit viel Grün und lauter kleinen Häusern aus dem achtzehnten Jahrhundert, die dem Stadtteil etwas Antikes und Elegantes verleihen. Auf der Via Cavalletto, einer langen Straße, die sich zwischen kahlen Platanen hindurchschlängelt, ging Professor Gregor Pozza in seinem schicken dunkelblauen Mantel langsam und gemächlich die letzten Schritte seines Wegs nach Hause. Bei der Nummer 88 blieb er stehen, nahm ein paar Stufen, zog die Schlüssel heraus und hörte das Schnappen des Sicherheitsschlosses. Es war angenehm warm im Haus, er schaltete das Licht an, schlüpfte aus dem Mantel und warf ihn über den Stuhl. Dann ging er zu dem kleinen Glastisch, auf dem das Telefon stand und hörte den Anrufbeantworter ab. Sofort begann eine ruhige, durch das Gerät jedoch krächzend klingende Stimme zu sprechen.

«*Ciao,* Gregor, ich bin's, Roberto Fogliardi, vom Borgo Trento aus Verona. Du erinnerst dich doch an mich? Hör mal, ich muss mit dir reden. Wenn du Zeit hast, ruf mich bitte zurück unter der 0416456789. Danke.» Ein Klick beendete die Nachricht. Pozza notierte sich die Nummer, setzte sich auf das hellblaue französische Sofa aus dem achtzehnten Jahrhundert und rührte sich ein paar Sekunden lang nicht. Natürlich erinnerte er sich an Fogliardi, seinen Kommilitonen, der ein so ernster, gewissenhafter und sensibler Mensch war. Er fragte sich, was er wohl für ein Anliegen hatte, wahrscheinlich wollte er einen psychologischen Rat wegen eines Patienten. Pozza sah in den Spiegel und hatte sogleich das dringende Bedürfnis, sich frisch zu machen. Er ging ins Bad, so konnte er den Rückruf noch um ein paar Minuten hinauszögern. Als er sich die Hände einseifte, dachte er, dass ihm überhaupt nicht nach Telefonieren und lustigem Geplänkel war, aber sich nicht zu melden wäre seinem alten Freund gegenüber nicht nett gewesen. Nachdem Pozza Hände und Gesicht gewaschen hatte, lockerte er den Hemdkragen, legte die Krawatte ab und zog das Jackett aus, das er in den Flur hängte. Er ging in die Küche, holte sich ein Bier aus dem Kühlschrank und trank einen kleinen Schluck. Der angenehm frische Geschmack hob seine Laune, und er beschloss, Fogliardi sofort zurückzurufen.

Er setzte sich an den Glastisch mit dem Telefon und wählte die Nummer. Ein paar Sekunden später hatte er eine weibliche Stimme am Apparat – vermutlich seine Frau, dachte er.

«Guten Abend, könnte ich bitte mit Doktor Fogliardi sprechen?»

«Wer ist denn da?»

«Gregor Pozza, ein Freund», erwiderte er leicht verlegen.

Die Frau sagte «Einen Moment bitte», man hörte, wie der Hörer abgelegt wurde, dann ein Tuscheln.

«Gregor! Das ist ja eine Ewigkeit her!»

«*Ciao,* Roberto, wie schön, mal wieder deine Stimme

zu hören. Wie lange haben wir jetzt eigentlich nichts mehr voneinander gehört?»

Zunächst redeten sie über alte Zeiten und den ganzen Unsinn, den sie als Studenten veranstaltet hatten. Dann kam Fogliardi auf den Punkt:

«Hör mal, Gregor, ich brauche deine Hilfe.»

«Hat ein schizophrener Paranoider es auf dich abgesehen?»

«Quatsch. Ich brauche dich als Hypnosespezialisten. Du hast doch nicht etwa damit aufgehört, oder?»

Als der Psychiater das hörte, umklammerte er den Hörer, schloss die Augen und presste die Lippen zusammen. Dann entspannte er sich wieder und sagte: «Nein, ich habe nicht damit aufgehört. Worum geht es?»

«Na ja, ein etwas kurioser Fall. Ein zwölfjähriges Mädchen hatte ein Schädeltrauma, und jetzt hat sie nachts immer äußerst seltsame Albträume. Sie redet von Blut, Gewalt, der Klang ihrer Stimme verändert sich. Ziemlich seltsam das Ganze.»

Pozza kicherte nervös. «Das klingt ja nach einem japanischen Horrorfilm ... vielleicht spielt sie euch nur einen Streich.»

«Ganz bestimmt nicht. Anfangs dachte ich das auch, aber mittlerweile bin ich sehr sicher, dass es kein Scherz ist», warf er ernst ein. «Tagsüber ist sie ein kleiner Engel, aber nachts verändert sie komplett ihre Persönlichkeit. Ich würde sie gerne einer Hypnose unterziehen, vielleicht sind wir dann schlauer.»

«Weißt du schon, was dahinterstecken könnte?», fragte er.

«Keine Ahnung. Ich dachte an unbewusste, verdrängte Erinnerungen. Ich weiß es nicht, ich bin kein Psychiater. Vielleicht erfahren wir mehr, wenn wir sie unter Hypnose stellen.»

«Einverstanden, Roberto, ich seh mal in meinem Terminkalender nach und rufe dich dann zurück.» Daraufhin verabschiedeten sich die beiden voneinander.

Pozza wählte gleich darauf eine andere Nummer. Eine ältere, ernste Stimme meldete sich.

«*Ciao*, Papa», begann der Psychiater.

«*Ciao*, Gregor. Was gibt's?»

«Ich muss mit dir reden.» Er machte eine Pause. «Ich brauche deinen Rat.»

«Ich bin gerade beim Abendessen, mit den anderen vom Club im *Marasca*. Geht es auch morgen?», fragte Niccolò Pozza.

«Nein, es ist wichtig. Sonst hätte ich dich nicht angerufen. Ich komme kurz vorbei.»

Niccolò Pozza schüttelte den Kopf und entgegnete mit ernster Stimme: «Gut, ich warte hier auf dich.» Was er jetzt wohl wieder hat, fragte sich der alte Mann.

Gregor Pozza zog sich schnell wieder an, schlüpfte in seinen blauen Mantel und verließ das Haus. Er stieg in den Volvo und fuhr in Richtung Via Altinate, Hausnummer 116, wo sich das *Marasca*, eines der elegantesten Restaurants der Stadt, befand. Er betrat das Lokal und fragte nach seinem Vater.

«Was gibt's, Gregor? Du wirkst ziemlich aufgelöst», sagte Niccolò Pozza, Rektor der Universität Padua, sobald er ihn sah.

Sein Sohn erzählte ihm von dem Telefonat mit Fogliardi und der Bitte, ihm zu helfen. Der alte Mann hörte aufmerksam zu.

«Weiß Fogliardi Bescheid?»

«Ich glaube nicht, Papa. Er lebt in Verona.»

Niccolò Pozza kratzte sich verdutzt am Kinn. «Und er erlaubt sich auch keinen schlechten Scherz mit dir, oder?»

«Nein, ausgeschlossen! Als er mich am Telefon gefragt hat, ob ich ihm als Hypnotiseur helfen könne, habe ich richtig gelitten, und wenn ich sein Angebot annehme, werde ich noch mehr leiden, so viel ist klar. Andererseits wäre es eine gute Gelegenheit, mich ein wenig nützlich zu fühlen, verstehst du? Ich weiß nicht, ob ich zusagen soll. Ich will nicht, dass alles noch schlimmer wird.»

Der Vater sah ihn eindringlich an: «Mach es, Gregor!», dabei klopfte er ihm aufmunternd auf die Schulter. «Häng dich rein! Deinem Selbstbewusstsein würde es guttun!»

«Und wenn ich gar nicht mehr in der Lage bin, eine Hypnose durchzuführen? Und wenn ich vor lauter Angst völlig blockiert bin? Wie stehe ich dann da?», sagte er stockend.

«Du bist Psychiater! Du weißt sehr genau, was im Kopf eines Menschen vorgeht, auch in deinem! Du wirst dich gut vorbereiten, Ruhe bewahren und dein Bestes geben», gab er zurück und warf dem Sohn dabei einen beschwörenden Blick zu.

«Aber er glaubt, dass ich …»

Niccolò Pozza duldete keinen Widerspruch: «Jetzt hör deinem Vater mal gut zu: Was immer der auch glauben mag, lass ihn ruhig in dem Glauben. Spiel ihm was vor, verstell dich ruhig! Falls nötig, kannst du ja immer noch ein paar Andeutungen machen, wenn alles vorbei ist. Fogliardi wird das sicherlich verstehen. Für dich ist es eine Herausforderung, aus der du als Sieger hervorgehen kannst. Apropos, Gregor …», er hielt kurz inne. «Wie läuft es denn sonst bei dir?»

Kaum merklich senkte er den Blick. «Nicht so gut.»

«Das ist nicht schlimm. Hör auf deinen Vater, setz alles auf diese eine Karte!»

Pozza sah zu dem Alten: «Du bist der Beste, Papa.»

«Hast du was von Jacqueline gehört?»

«Sie ist noch bei ihren Eltern.»

«Und Davide?»

Als er den Namen des Jungen hörte, spürte er einen Stich im Magen. Er beließ es bei einem Kopfschütteln.

«Fehlt er dir?», fragte der Vater mit ernster Stimme.

«Ziemlich.» Es brachte ihn immer in Verlegenheit, Gefühle zeigen zu müssen.

Vater und Sohn verabschiedeten sich herzlich voneinander, dann verließ Gregor das Restaurant und machte sich auf den Nachhauseweg, während Niccolò wieder zu den anderen siebenundzwanzig illustren Mitgliedern des *Padova Old Anchor Club* ging. Hoffentlich reitet er sich da nicht in etwas hinein, dachte er.

22. Kapitel

Am darauffolgenden Abend fuhr der Eurostar 1145, aus Padua kommend, pünktlich auf die Minute in den Hauptbahnhof Verona ein. Gregor Pozza stieg aus dem Zug und sah sich um, überall Gesichter, Frauen, Männer, Kinder. Er genoss das faszinierende Gefühl von Fremdheit, der Anwesenheit in einer fremden, gleichzeitig aber vertrauten Stadt, wie es Verona für ihn war. Die metallische Stimme aus dem Lautsprecher informierte über die Ankunft des Zuges: «Eurostar 1145, aus Venedig kommend, ist fahrplanmäßig auf Gleis 3 eingefahren.»

Pozza ging das kurze Stück bis zur Rolltreppe. Kaum war er vom Gleisbereich in die Bahnhofshalle gelangt, warf er unauffällig suchende Blicke in die Menge der Wartenden. Eigentlich müsste Roberto Fogliardi unter ihnen sein.

«Gregor, hallo! Gregor!»

Ruckartig drehte er sich in die Richtung, aus der die Stimme kam, und erkannte Fogliardi in Begleitung einer jungen Frau. Er ging ein paar Schritte auf ihn zu und umarmte seinen alten Studienfreund.

«Schau mal einer an ... Roberto! Wie geht es dir?»

Fogliardi musterte ihn von oben bis unten und setzte ein möglichst ironisches Gesicht auf. «Mir geht's gut, aber wie ich sehe, geht's dir noch viel besser. Wie machst du das nur? Hast du wirklich all die Jahre gelehrt, oder hast du dich einfrieren lassen? Unglaublich, gerade mal zwei, drei graue Haare! Schau mich an!» Dann blickte er zu Laura und wandte sich wieder an seinen Freund: «Gregor, ich möchte dir Inspektorin Virga vom Polizeipräsidium Verona vorstellen.»

Laura betrachtete Pozza aufmerksam und deutete ein Lächeln an, dabei kniff sie die Augen zusammen. Sie streckte ihm die Hand entgegen: «Laura Virga.»

Der Psychiater war ganz hingerissen von den langen schwarzen Haaren und dem dunklen Teint der Frau. Er streckte ihr ebenfalls die Hand entgegen. «Gregor Pozza, angenehm.»

Zügig gingen die drei in Richtung Ausgang. Fogliardi war sehr gesprächig, er fragte seinen Freund, wie's an der Uni laufe, wie's seiner Frau gehe und dem Sohn, lauter Fragen, die Pozza nervös, ihm regelrecht Angst machten, die er aber dennoch immer wieder mit «Alles bestens» beantwortete.

Nach einer Weile wechselte Fogliardi das Thema. «Ich habe dir ein Zimmer im *Due Cigni* reserviert, das ist zentral und nicht weit vom Krankenhaus, umgeben von allen Schönheiten, die diese Stadt zu bieten hat. Ich hoffe, es gefällt dir.»

«Ganz bestimmt.»

Nachdem sie in die Zivilstreife auf dem für Einsatzfahrzeuge reservierten Parkplatz eingestiegen waren, fuhr Laura konzentriert durch den abendlichen Verkehr Veronas in Richtung der würdevollen Allee Porta Palio. Während der Fahrt beobachtete die junge Frau Pozza einige Sekunden lang im Rückspiegel.

«Sind Sie aus Padua, Professor Pozza?», fragte Laura.

«Dort lebe ich, aber eigentlich kommt meine Familie aus Asiago.»

«Ich kenne die Ecke. Wunderschön da.»

«In Padua habe ich studiert, danach habe ich mich spezialisiert und bin dort geblieben. Mein Vater lebt auch da.»

«Ist er auch Psychiater?», wollte Laura wissen.

«Nein, er hat eine kleine Firma für Hydraulik-Zubehör.» Pozza strich sich über den Bart – nie im Leben hätte er zugegeben, dass sein Vater der Rektor der Universität war. Er schielte zu Fogliardi, um seine Reaktion zu sehen, und obwohl dieser Bescheid wusste, ließ er sich nichts anmerken. Wahrscheinlich dachte er, Pozza wolle sich seinem Vater gegenüber lieber diskret verhalten.

«Ich nehme an, du hast Hunger», unterbrach Doktor Fogliardi das Gespräch der beiden.

«Stimmt», meinte Pozza kurz und bündig.

«Gut, ich werde euch ein nettes Lokal zeigen. Schon mal was von *Arena Bar & Grill* gehört? Ist zwar immer viel Betrieb, aber man isst dort sehr gut.»

Laura antwortete zuerst: «Von mir aus gerne.»

«Perfekt», meinte Pozza.

Der Wagen steuerte also Richtung Stadtteil Veronetta, das Restaurant befand sich zwischen der Via XX. Settembre und der Via Trezza.

Sie verbrachten den Abend damit, in alten Zeiten zu schwelgen und herumzualbern, wie es alte Freunde gerne tun; mit viel Ironie gewürzt, zogen sich die beiden Ärzte mit Geschichten aus Studentenzeiten gegenseitig auf. Laura hörte schweigend zu, ab und an meldete auch sie sich zu Wort, um das Gesprächsthema auf den Fall Carolina Rossi zu lenken. Sie wollte die Sache möglichst bald klären, zum einen aus persönlicher Neugier, zum anderen, weil sie früher oder später ihren Chef über den Fortgang der Ermittlungen informieren musste. Pozza schien zwar an dem Fall interessiert, wich dem Thema aber immer wieder aus und wollte sich erst dazu äußern, wenn ihm das Mädchen im Trancezustand gegenüberstand. Als erfahrener Arzt hatte er es sich abgewöhnt, voreilig

Theorien über Dinge aufzustellen, die er noch gar nicht einschätzen konnte. In diesem Punkt musste Laura ihm zustimmen, denn nach diesem Credo handelten bekanntermaßen auch erfahrene Polizisten, um Fehler zu vermeiden.

Fogliardi wies seinen Freund dennoch darauf hin, dass er ihm, um einen ersten Eindruck zu bekommen, ein Video zeigen wolle, in dem das veränderte Verhalten des Mädchens ersichtlich werde.

Nach dem Essen setzte die Frau zunächst Fogliardi zu Hause ab, war dann also mit Pozza allein.

«Ich würde gerne zwei Dinge von Ihnen wissen, Professor Pozza», sagte Laura, während sie zügig und etwas nervös fuhr.

«Und das wäre?»

«Erstens: Bringt uns das wirklich weiter, wenn wir das Mädchen hypnotisieren?», fragte sie, während sie von der Piazza San Zeno in die Via Scarsellini bog.

«Zunächst müssen wir sehen, ob sie sich überhaupt hypnotisieren lässt und welchen Trancezustand sie erreichen kann. Erst dann ist eine Auswertung dessen, was sie uns sagen wird, möglich.»

«Dann ist es also gar nicht sicher, dass sie hypnotisiert werden kann?», fragte Laura neugierig.

«Genau. Nicht alle sinken gleichermaßen gut in einen Trancezustand, manche sind sogar völlig resistent gegenüber der Methode. Und wenn es einem doch gelingt, dann nicht immer in der gleichen Intensität, man muss jedes Mal anders vorgehen, um sich dem jeweiligen Patienten anzupassen.»

Laura versuchte, mehr Leichtigkeit in das Gespräch zu bringen. «Und ich dachte immer, um jemanden zu hypnotisieren, muss man sich nur vor ihn hinsetzen, ihn anschauen, irgendwas vor seinen Augen baumeln lassen, ihm vielleicht noch mit ruhiger Stimme etwas zuflüstern, und das war's. Im Fernsehen war das so!»

Da sie sich auf den Verkehr konzentrierte, hatte der Psychiater ausreichend Gelegenheit, sie eingehend zu mustern. Bei der kleinsten Erschütterung bewegte sich ihr Haar leicht, im Profil waren ihr hübsch gezeichneter Mund und die lebhaften, wilden Augen zu erkennen.

Laura spürte Pozzas Blicke auf sich. «Ist etwas, *Professore*?»

«Ich dachte gerade, genau deshalb wollte ich Arzt werden!»

«Das heißt?»

«Weil für mich Hypnose das ist, was sie sein sollte, also nicht etwas Magisches, sondern eine Therapieform, die auf Freud und Breuer gründet. Es handelt sich um Medizin, nicht um irgendwelchen Humbug eines Scharlatans», gab er ernst zurück.

In dem Moment erreichten sie das *Due Cigni,* und Laura hielt an.

«Und zweitens?», fragte er.

Laura drehte sich verdutzt zu ihm. «Was, zweitens?»

«Was Sie mich noch fragen wollten ...», sagte der Arzt.

Laura sah ihm direkt in die Augen. «Ach, stimmt ... Was mich noch interessieren würde, Professor Gregor Pozza – wie kommen Sie eigentlich zu Ihrem Namen, der so sehr nach transsilvanischem Vampir klingt?»

Pozza überlegte kurz. «Meine Mutter liebte Kafka ...»

23. Kapitel

Rode rückte seine Brille auf der Nase zurecht und sah Riccardo Chinneri auf eine Weise an, die keine Widerrede duldete. Chinneri war ein Anwalt aus Catania, und falls Rode die Wahlen am 26. November gewinnen sollte, auch dessen zukünftiger persönlicher Berater. Auf ihn war voll und ganz Verlass, außerdem kam es Rode sehr gelegen, dass seine süditalienische Herkunft bei vielen für Vertrauen und Sympathie sorgte.

«Denk doch mal nach, Emanuele», sagte er, während er langsam in Rodes Arbeitszimmer hin und her ging. «Meiner Ansicht nach konzentrieren wir uns zu sehr auf den Inhalt und viel zu wenig auf die Form, glaub mir. Vielleicht solltest du noch einmal das Image überdenken, das du den Leuten verkaufen möchtest. So werden schließlich auch Geschäfte gemacht, das ist dir doch klar, oder?»

Rode antwortete bedächtig: «Vielleicht hast du ja recht, aber weißt du, ich möchte nicht, dass es zugeht wie zu Zeiten der Ersten Republik. Ich habe keine Lust, den Leuten etwas vorzumachen. Du weißt doch, ich mag schönen Schein zu reinem Selbstzweck nicht, etwas Inhalt sollte schon dabei sein.»

«Aber warum nur? Es ist im Grunde doch egal. Eine anständige Pressestelle schmückt Meldungen doch auch ein bisschen aus und stellt sie in einen entsprechend geeigneten Kontext. Die Form – das ist es, was zählt! Was ist daran so schlimm? Die Leute schätzen es, wenn politische Ideen auf eine ganz bestimmte Weise präsentiert werden», gab er zurück.

«Die Form, sagst du …?» Rodes Ton blieb weiterhin ruhig. «Stimmt, wenn du heutzutage stinknormales Brot verkaufen willst, bräuchtest du für den Werbespot einen Ridley Scott, machen wir uns doch nichts vor! Ich war jahrelang Reporter. Aber ich verkaufe keinen Ramsch, Riccardo! Ich verkaufe diese verdammte Aufrichtigkeit, von der alle reden und an der es in den letzten Jahren so sehr mangelte.» Rode sah seinen Berater durchdringlich an.

Chinneri hielt inne und senkte den Kopf.

«Und … da ist noch etwas, das ich dir sagen muss.»

«Was?»

«Ich habe gehört, dass viele, sollten wir die Wahlen gewinnen, befürchten, unter der neuen Regierung würde der Presse ein Maulkorb angelegt», fuhr er fort.

Rode schüttelte den Kopf. «So ein Unsinn! Der Presse legen wir bestimmt keinen Maulkorb an. Höchstens denen, die so etwas behaupten.»

Chinneri sah ihn gedankenverloren an. «Ein Staatsmann kann kein Moralist sein.»

Rodes Augen schlossen sich müde zu zwei Schlitzen. «Wird Michele Giovannini die Verbindung zur Gesellschaft und zu den Gruppen, die uns unterstützen, festigen können?»

«Ja, ich denke, er wird gute Arbeit leisten», entgegnete Chinneri. «Er ist dreist und er ist clever, genau der Richtige für den Job. Und deine Berater haben wir auch gut ausgewählt. Die Beziehungen zur Regierungskoalition sollten kein Problem sein.»

«Der wäre sogar in der Lage, Gott auszutricksen … Marina Del Verde dagegen bereitet mir als Einzige ernsthaft Sorgen, Riccardo», sagte Rode und bemerkte, wie verschwitzt seine Hände waren.

«Nicht doch! Marina ist nicht nur ein Augenschmaus,

sondern auch schlau wie ein Fuchs. Sie ist zwar nicht die Sympathischste, das stimmt schon, aber sie wird für gute Kontakte zu Fernsehen und Presse sorgen.»

«Wir dürfen uns jetzt keine Fehler erlauben, Chinneri, nicht jetzt, wo wir so kurz vor dem Ziel sind. Wer für mich arbeitet, muss alles tun, damit ich in den Medien so präsent wie möglich bin. Und wenn ich erst mal gewonnen habe, werde ich mir einen Platz in der ersten Reihe reservieren, das Schauspiel genießen und zusehen, wie sich meine Gegner ein Loch in den Bauch ärgern.»

Während er redete, reifte in seinem Kopf langsam ein noch vager Gedanke heran. Voller Erregung überlegte er, wie sich die Wähler der aktuellen Regierung wohl verhielten, wenn ein paar Tage vor dem Urnengang etwas Schlimmes, etwas sehr Schlimmes passierte. Und wie die Polizei, ja der gesamte Exekutivapparat, im Dunkeln tappen und sich zum Idioten machen würde. Stopp – so etwas Dummes und noch dazu Perfides durfte er gar nicht erst denken. Er schämte sich dafür, überhaupt auf solche Gedanken zu kommen. Politik durfte nichts mit derartigen, für einen zivilisierten Menschen unwürdigen Strategien zu tun haben, nur um ins Parlament gewählt zu werden.

Er bekam Schweißausbrüche.

Gregor Pozza hatte recht gut geschlafen; jedenfalls fühlte er sich bestens, als er aufwachte. Nachdem er auf seinem Zimmer einen Cappuccino und ein Vollkorncroissant gefrühstückt hatte, zog er sich an und wollte gerade zur Verabredung mit der Inspektorin aufbrechen, als beim Hinausgehen sein Blick auf das Telefon fiel – und wieder konnte er nicht widerstehen. Er nahm den Hörer ab, wählte die Null, um eine externe Verbindung zu bekommen, und dann eine Telefonnummer. Eine Frau meldete sich.

«Jacqueline?», begann Pozza.

«Ciao.»

«Wie geht's?»

«Wenn ich sage, gut ...» Jacqueline machte eine Pause. «... wirst du mich fragen, was ich mit *gut* meine.»

«Stimmt.» Pozza wusste nicht, was er sagen sollte. Richtig lächerlich kam er sich vor. Er hätte nicht anrufen dürfen.

«Wo bist du?», fragte die Frau.

«In Verona.»

«Warum?»

«Ich arbeite an einem klinischen Fall. Ist Davide da?»

«Nein, er ist schon in der Schule. Außerdem, du weißt doch ... Gregor, du weißt doch, es ist nicht gut für ihn. Es tut ihm weh.»

Pozza wartete kurz, bevor er antwortete. «Er ist mein Sohn, Jacqueline! Diese Kleinigkeit vergisst du gerne.»

«Nein, die vergesse ich nicht. Aber Tatsache ist, dass ich nicht mehr deine Frau bin.»

«Falsch! Du *fühlst* dich nicht mehr als meine Frau, das ist ein Unterschied!»

«Bitte fang nicht wieder damit an.» Die Frau klang jetzt gereizt. «Fang nicht wieder damit an, ich bitte dich!»

«Gut, wie du willst.» Damit legte er auf, ohne ihr die Möglichkeit zu geben, sich zu verabschieden. Er biss sich auf die Unterlippe – er hätte nicht anrufen sollen. Jedes Mal ging es ihm hinterher schlecht. Aber die Tatsache, dass er seinen Sohn so gut wie nie sehen durfte und Jacqueline verloren hatte, machte ihm schwer zu schaffen.

Er verließ das Zimmer, ging hinunter in die Eingangshalle und trat auf die Straße. Er sah auf die Uhr: drei nach neun. Die Luft war eisig und durchdrungen von lautem Gehupe und Tropfen sauren Regens, langsam kroch auch die Kälte durch den Stoff seines Mantels. Laura Virga kam ihm entgegen.

«Guten Morgen, Professor Pozza.»

«Guten Morgen.»

«Hier steht mein Wagen … links …»

Sie stiegen in den Ford der jungen Frau, passierten ein paar Häuserblocks, immer in Richtung Stadtteil Borgo Trento, wo sich das Krankenhaus befand, in dem Carolina Rossi lag. Dann stiegen sie aus, betraten das Gebäude und steuerten auf das Arztzimmer von Fogliardi zu, der beschäftigt war.

«Wir haben ein paar Videoaufzeichnungen von Carolinas Albträumen. Ich denke, die sollten Sie sich vorher ansehen», sagte Laura.

«Gut, aber ich wäre dabei ganz gern allein – da kann ich besser nachdenken.»

Als hätte sie das überhört, öffnete Laura einen Schrank und zog eine VHS-Kassette heraus. Dann meinte sie: «Ich verstehe, dass meine Anwesenheit Sie ablenken könnte, aber wir müssen sie gemeinsam ansehen. Ich verstehe ja nicht viel von solchen Dingen, *Professore*, aber ich denke, es könnte sogar Sie überraschen.» Sie zeigte auf einen Sessel.

Pozza blieb anscheinend gar nichts anderes übrig, also setzte er sich wortlos.

Die Inspektorin schob die Kassette in einen *Sharp*-Recorder, schaltete den Fernseher ein und nahm neben Pozza Platz. Das Video startete. Auf dem Bildschirm erkannte er Fogliardi und Laura neben dem Bett des Mädchens; aufmerksam verfolgte er die Szene.

«Was denken Sie?», fragte Laura, als das Band zu Ende war.

«Schwer zu sagen. Ich glaube weder, dass es sich um Albträume handelt, noch denke ich an eine dissoziative

Störung. Das Mädchen sprach eindeutig in Trance. Alles in allem scheinen mir keine schizoiden Symptome vorzuliegen.» Pozza überlegte kurz. «Es könnte sich um eine Art Schlafwandeln handeln, allerdings wäre es dann nicht an ein bestimmtes Thema gebunden. Carolina spricht immer von demselben Erlebnis, nicht?»

«Eigentlich schon. Sie spricht von Blut, Blut, dann dieser Ausdruck von Lust auf ihrem Gesicht und die Stimme, die wie die eines Mannes klingt.»

«Das ist mir auch aufgefallen. Nun gut, Laura, dann müssen wir uns jetzt der Kleinen stellen. Wir sollten die Sache in Angriff nehmen», meinte Pozza.

Die Polizistin sah ihn an. «Ja, es macht keinen Sinn, noch weiter zu warten. Gehen wir zu ihr. Bitte folgen Sie mir.»

Sie durchquerten verschiedene Flure, schlüpften in Fahrstühle voller Ärzte, Pflegepersonal und Besucher und erreichten schließlich die Neurologie, in die man Carolina verlegt hatte. Auf Fogliardis Drängen hin hatte sie ein Einzelzimmer bekommen, nicht nur angesichts dieses äußerst speziellen Falls, sondern auch, um unerwünschte Folgen für andere Patienten zu vermeiden. Bevor sie das Zimmer betraten, tippte Pozza leicht auf den Arm der Inspektorin.

«Hören Sie, Laura, das Gespräch mit Carolina ist sehr wichtig für mich.»

«Das kann ich mir vorstellen», gab die junge Frau zurück und blickte ihm in die Augen.

«Nein, ich glaube, das können Sie nicht nachvollziehen. Hören Sie, wenn wir jetzt diese Tür öffnen, beginnt das Hypnotisieren bereits.»

Laura sah ihn fragend an.

«Hypnose ist eine Therapiemethode, die einem genau vorgegebenen Schema folgt. Um zu einem erfolgreichen

Ergebnis zu gelangen, muss man Schritt für Schritt vorgehen. Zunächst muss sich zwischen Patient und Arzt ein Klima des Vertrauens aufbauen. Das ist absolut wichtig, denn keiner lässt sich von jemandem in Trance versetzen, dem er skeptisch gegenübersteht.»

«Daran hatte ich gar nicht gedacht.»

«Dann kommt Phase Nummer zwei: die Strategie. Hier gibt es verschiedene Möglichkeiten. Man kann sich autoritär geben, indem man dem Patienten quasi verbietet, den Erfolg der Behandlung anzuzweifeln. Oder aber der Hypnotiseur erklärt ihm in allen Einzelheiten, was er tun wird. Er kann auch das starke Bedürfnis des Patienten nach Sicherheit ausnutzen … Dann wäre da noch die passive Strategie. Der Hypnotiseur versucht den Patienten davon zu überzeugen, dass er ihm völlig ausgeliefert ist und ohne ihn gar nichts machen kann. Kurzum: Man muss das ein bisschen austesten.»

«Haben Sie schon eine Idee, wie Sie bei Carolina vorgehen werden?»

Der Psychiater blickte sie an. «Nein, erst muss ich mit dem Mädchen ein paar Worte wechseln. Und, Laura …»

«Ja?»

«Sie haben ebenfalls eine wichtige Aufgabe. Sie müssen mich Carolina vorstellen und sollten dabei auch ein wenig schauspielern und mir die Bälle zuspielen, verstehen Sie? Bitte, nehmen Sie mir das nicht übel …», dabei breitete Pozza entschuldigend die Arme aus.

Sie hatte verstanden. «Aber nein, kein Problem.»

«Da wäre noch etwas Wichtiges, das ich vergessen habe», fuhr Pozza fort. «Ohne die Erlaubnis der Eltern dürfen wir Carolina nicht hypnotisieren.»

«Schon alles geregelt. Doktor Fogliardi hat das in die Hand genommen. Ich war dabei, als er mit den Rossis gesprochen hat – natürlich hat er nicht alle Details erwähnt.

Er hat sie davon überzeugt, dass ein paar Hypnosesitzungen helfen könnten, um das psychische Trauma zu überwinden», informierte ihn die Inspektorin.

Pozza nickte: «Sagen wir mal so … Lügen für einen guten Zweck. Gut, dann kann's ja losgehen.»

«Einverstanden», sagte Laura und öffnete die Tür.

24. Kapitel

Carolina lag in ihrem Bett und las; als sie Laura sah, setzte sie sich sofort aufrecht hin. «*Ciao,* Laura», sagte sie. Ihre Stimme klang weinerlich.

«*Ciao, Signorina,* wie geht's? Hast du gut geschlafen?»

«Ja, gestern haben sie mir eine Spritze gegen die Schmerzen gegeben. Tord... Tard...»

«Toradol. Das ist ein Schmerzmittel», warf Pozza ein – so konnte er sich dank seiner ärztlichen Kompetenz gleich ins Gespräch einschalten.

«Genau, das war's. Woher weißt du das?»

«Er ist Arzt, Carolina», erklärte Laura. Dann erinnerte sie sich an die Anweisungen, die er ihr gegeben hatte. «Er ist sogar Professor!»

«Du siehst gar nicht aus wie ein Professor», sagte die Kleine mit ernster Stimme.

«Weißt du, du solltest dich mal mit einem netten Menschen unterhalten, und Professor Pozza ...»

«Nenn mich doch bitte Gregor, Laura», unterbrach der Psychiater sie.

«In Ordnung ... also Gregor», sagte die Polizistin noch einmal und sah dabei erst zu Pozza, dann zu Carolina.

«Sag du doch bitte auch Gregor zu mir, Carolina. Bei Professor fühle ich mich immer gleich so alt.» Sein Blick schweifte zu Laura: «Einverstanden?»

Die Frau nickte. «Einverstanden.» Dann wandte sie sich der Patientin zu: «Wie geht es deinem Kopf, Kleines?»

«Er tut weh. Ich trau mich kaum, mich zu bewegen. Werde ich wieder gesund?»

«Ja! Die Ärzte sagen, dass du wieder gesund wirst, mach dir keine Sorgen.»

«Hör mal, Carolina», begann Pozza mit ruhiger, bedächtiger Stimme. «Weißt du, was Hypnose ist?»

«Hypnose? Das weiß doch jedes Kind!», rief das Mädchen empört.

«Und was ist es, Carolina? Erklär es mir.»

«Warum willst du das wissen?», fragte sie skeptisch.

«Gregor ist aus einem ganz bestimmten Grund hier. Er will verstehen, warum du nachts immer so schlimme Träume hast», schritt Laura ein.

«Aber ich habe doch gar keine Albträume, ich träume überhaupt nicht! Ich schlafe sehr gut», protestierte die Patientin.

«Carolina, vielleicht merkst du das nicht, aber du redest nachts im Schlaf. Doktor Fogliardi hat dir das ja schon erklärt. Gregor ist hier, um herauszufinden, warum du das tust und was du sagst.»

Carolina schnaubte resigniert. «Gut … Also … bei der Hypnose, da schaut ein Zauberkünstler jemandem tief in die Augen, der schläft dann ein, obwohl er wach ist, und macht alles, was der Mann will.»

«Hast du schon mal einem Hypnotiseur zugesehen?», fragte Pozza.

«Im Fernsehen und im Zirkus. Bist du ein Hypnotiseur?»

«Ich bin ein Gehirndoktor, Carolina», beruhigte er sie. «Ich versuche zu verstehen, was in den Köpfen der Menschen passiert. Dafür braucht man einen Arzt, und das bin ich.»

«Dann war das im Zirkus also nur ein Trick? Dann war das gar kein Doktor.»

«Es muss kein Trick gewesen sein, aber vielleicht haben die Leute dort Hypnose für ihre Show benutzt.»

Pozza merkte, wie heikel dieses Thema noch immer für ihn war.

«Verstehe», sagte Carolina mit überzeugter Stimme.

«Das sind Leute, die beherrschen ein paar Techniken und nutzen das aus, um Geld zu machen. Das, was wir machen werden, hat absolut nichts mit dem zu tun, was du im Zirkus gesehen hast. Du wirst nicht die Kontrolle über deinen Willen verlieren. Du wirst nicht zu einem Roboter, und lächerlich wirst du dich auch nicht machen – außerdem ist außer uns keiner anwesend. Bist du einverstanden?»

«Einverstanden.» Carolina nickte.

«Ich versuche es dir zu erklären. Also abends, wenn du ins Bett gehst, dann schläfst du doch irgendwann ein, richtig? Aber eigentlich stimmt das gar nicht. Bevor du einschläfst, gibt es nämlich eine Zwischenphase, die dauert nur ganz kurz. Denk mal nach», sagte der Arzt.

«Stimmt ...», gab das Mädchen zurück. «Manchmal weiß ich gar nicht, ob ich schlafe oder wach bin. Wenn mich jemand anspricht, antworte ich sogar, aber ich denke dann immer, es war im Traum.»

«Sehr gut! Genau in diesen Zustand werde ich dich versetzen und ihn mit der Zeit auch in die Länge ziehen. Man nennt das Trance.»

Laura schaltete sich ein: «So ähnlich wie bei einer Mutter, die tief schläft, aber bei dem kleinsten Geräusch ihres Babys aufwacht?»

«Genau so! Hast du das verstanden, Carolina?»

«Aber ... wenn ich das nicht kann? Ich weiß nicht, ob ich das kann, wach sein und gleichzeitig schlafen ...»

Pozza sah ihr fest in die Augen. «Ich werde dich dazu bringen, Carolina.»

«Aber ich habe Angst, ich weiß nicht ...»

«Du wirst schlafen.»

Die Kleine war verschüchtert. «Schon, aber ...»

Der Psychiater fixierte sie, während er sprach. Seine Stimme war ruhig und bestimmt, sein Gesicht unbewegt, seine Augen fest auf die Augen der Kleinen gerichtet.

«Ich werde dich hypnotisieren.»

Das Mädchen senkte – jetzt eingeschüchtert – den Kopf. «In Ordnung ...»

«Du wirst vor meinen Augen in Trance fallen.»

«Ja.»

Laura war beeindruckt. Pozza beeinflusste tatsächlich den Willen des Mädchens.

«Carolina, du musst jetzt genau das tun, was ich dir sage. Ohne Widerrede. Einverstanden?» Pozza sprach noch immer im ruhigen, bestimmten Tonfall, der keine Widerrede duldete.

«Leg jetzt deine Hände gegeneinander, drück sie ganz fest zusammen. Sieh mal ...» Dabei nahm er ihre Handgelenke und hielt ihre Hände fest.

«Verstehe», gab die Patientin zurück.

«Beweg sie nicht. Laura, ich brauche jetzt absolute Ruhe. Und jetzt hör mir genau zu, Carolina, kannst du dich konzentrieren?»

Sie nickte mit dem Kopf.

Pozza sprach mit langsamer, monotoner Stimme. «Schließ deine Augen und stell dir vor, um deine Hände ist ein Seil gewickelt. Deine Hände sind gefesselt.» Er hielt kurz inne, um dem Mädchen Zeit zu geben, sich die Situation vorzustellen. Carolinas Augen waren geschlossen, sie sagte keinen Ton.

«Gut. Ich zähle jetzt bis fünf, und du presst deine Hände immer fester gegeneinander, immer fester, immer fester. Wenn ich bei fünf angelangt bin, wirst du sie nicht mehr voneinander lösen können. Mach dir keine Sorgen, tu einfach, was ich dir sage.»

Carolina regte sich nicht, ihre Hände waren gegeneinandergepresst, die Augen geschlossen.

«Eins. Drück!»

Laura wandte ihren Blick nicht von der Kleinen ab.

«Zwei. Drück ganz fest und noch fester und noch fester und noch fester und noch fester.»

Vor lauter Anstrengung nahm das Gesicht des Mädchens einen anderen Ausdruck an.

«... Drei. Drück ganz fest zu, deine beiden Hände kleben aneinander. Vier. Deine Hände sind miteinander verbunden, stark miteinander verbunden, sie sind extrem stark miteinander verbunden.»

Carolina entwickelte eine geradezu krampfähnliche Kraft, ihre Hände zitterten so sehr, dass Laura schon dachte, sie müsste eingreifen und die Hypnose unterbrechen.

«Fünf. Sie sind so fest miteinander verbunden, dass, selbst wenn du versuchen würdest, sie zu trennen, sie verbunden blieben, und zwar so lange, bis ich dir befehle, sie zu lösen. Ist das klar?»

Carolina zitterte. «Ja. Ich kann sie nicht mehr lösen.» Sie war kurz davor loszuheulen. «Meine Hände, meine Hände, meine Hände!» Pozza sah, dass Laura eingreifen wollte; mit einem leichten Kopfschütteln hielt er sie zurück.

«Jetzt darfst du sie öffnen, langsam, ganz langsam. Öffne ruhig deine Hände, löse sie voneinander.»

Das Mädchen war völlig entkräftet, langsam löste es seine verschwitzten Hände. Sie begann zu schluchzen.

Pozza trat zu ihr, legte Daumen und Zeigefinger unter ihr Kinn und hob ihren Kopf.

«Das hast du gut gemacht, Carolina. Du hast genau so reagiert, wie ich es wollte.»

Die Kleine hob ihre Hand und berührte die Wange des

Arztes. Er küsste sie zärtlich auf die Stirn und verließ gemeinsam mit der Inspektorin das Zimmer.

«Sie ist bereit, sie vertraut mir. Wir können davon ausgehen, dass die Hypnosetherapie erfolgreich sein wird», sagte er.

«Ich bin beeindruckt. Ich hätte nie gedacht, dass so etwas funktioniert. Sie konnte tatsächlich ihre Finger nicht mehr voneinander lösen, unglaublich!»

Pozza sprach weiter: «Das ist ganz normal. Die Patientin ist äußerst empfänglich. Laura, hör mal, da ist noch etwas.» Er stockte. «Ich muss leider sehr direkt werden ...»

«Was ist?», fragte sie neugierig.

«Du hast gesagt, das eben habe dich beeindruckt. Aber was du noch sehen wirst, wird viel extremer sein. Falls nötig, werde ich sie in verschiedene Kindheitsstadien zurückversetzen, und du könntest ... also, du hast mich schon verstanden, oder?», meinte Pozza.

«Daran hatte ich auch schon gedacht», gab die Polizistin zurück. «Ich bin auf alles gefasst – ist schließlich mein Job.»

Sara De Caro näherte sich verstohlen dem Gässchen Vicolo San Giacinto, wo Mario, ihr Dealer, das Heroin verkaufte. Sie beobachtete ihn von weitem, wartete ein paar Minuten, bis ein abgemagerter junger Typ mit langen, fettigen Haaren, ausgemergeltem Gesicht und fauligen Zähnen auf sie zukam.

«Ist Mario schon da?», fragte er. Sie bejahte mit einem Kopfnicken.

«Hast du das Geld für den Stoff?», wollte er wissen.

«Ja», antwortete das Mädchen.

«Ah, warst heute Nacht also fleißig am Schuften ...» Der Typ stand dicht vor ihr, sein Mundgeruch schlug ihr entgegen.

«Halt's Maul, du Wichser, du kannst dich ja nicht mal auf den Beinen halten!», fauchte sie ihn an.

«Reiß dich mal zusammen», gab er zurück, dann gingen sie zu ihrem Dealer.

Mario verkaufte ihnen syrisches Heroin – womit es gestreckt war, blieb unklar –, und die beiden versteckten es in ihren Klamotten. Dann trennten sie sich. Sara schwitzte, und sie bekam Bauchschmerzen. Sie wollte so schnell wie möglich nach Hause. Dort angekommen, packte sie das Tütchen aus, erhitzte den Inhalt mit dem Feuerzeug in einem Teelöffel, zog die Spritze auf und setzte sich einen Schuss in den linken Arm. Sie wartete ein paar Sekunden, dann begann sie die Wirkung zu spüren.

Jetzt ging es ihr schon besser. Sie trat ans Fenster und sah in den Himmel, fixierte einen bestimmten Punkt in diesem wolkenlosen Blau. Mit einem Mal hörte sie auf zu denken.

Rode goss sich einen Schluck Cognac ein, dehnte seinen Rücken und setzte sich an den Computer. Er durfte ihn nicht einschalten, nein, er hätte es nicht tun sollen. Ein unwiderstehlicher Impuls durchzuckte seine rechte Hand, sie schien bereit, doch sein Gehirn blockierte sie. Er begann zu schwitzen. Wie gelähmt starrte er auf den Monitor. Er dachte an nichts. Dann drückte er auf die Starttaste. Er verfluchte sich selbst, während er zweimal auf Internet Explorer klickte, dann öffnete sich *Timenet*, die von ihm abonnierte Homepage. Er gab das Passwort «asterix» ein und ging auf VERBINDEN. Seine Selbstvorwürfe waren längst verflogen und hatten der Lust ihren Platz überlassen. Nach zwei erfolglosen Versuchen erkannte der Provider das Passwort und baute die Verbindung auf. Rode klickte auf MAILS, er befand sich nun in Outlook Express und prüfte die von ihm erstellte

Liste der Diskussionsforen. Er wählte *alt.binaries.erotica.bizarre*, daraufhin erschienen alle eingegangenen Nachrichten der Newsgroup. In der Liste suchte er nach der Nachricht, die ihn besonders interessierte – da war sie. Betreff: «Tender». Er öffnete sie: «I'm always tender with you. ynfre-uio@hotross.com». Rode klickte die angegebene E-Mail-Adresse an, schrieb «Das Übliche» und versandte die Nachricht. Dann ging er zurück zur Homepage von *Timenet*. Ein paar Minuten später öffnete er wieder Outlook und prüfte den Posteingang. Wie immer war die Antwort fast zeitgleich eingetroffen und nannte die URL-Adresse einer russischen Website, www.ingir-hhuy.da.ru, sowie eine Uhrzeit: Deadline um Mitternacht.

Die Zeitangabe deutete darauf hin, dass die Website noch vor Mitternacht offline gehen würde, das heißt, bevor dem FBI Zeit zum Ermitteln bliebe. Rode klickte umgehend auf den URL, die Seite öffnete sich, und auf deren Homepage erschien kyrillische Schrift:

СТАРОЙ – БАБУШКА – ВИДЕО
Old Granny Video

Dann, ein Stück weiter unten, eine Zahlungsaufforderung per Kreditkarte. Er tippte die Nummer seiner *Nacardage-2000*-Karte in das Kästchen, klickte auf OK und wartete. Gleich darauf erschien folgender Text:

Мальчик ты можешь там сказать «да» или «нет»; папа и мама тебе скажут «нет», потому что они тебя не любят не хотят, чтобы ты был своболным, чтебы ты летал как Петер Пан.
Им просто хочется, чтобы ты учился, мы, наоборот, покожем тебе только

Old Granny Video – ‹Großmütterchens Video›, dachte Rode. Vor einiger Zeit hatte er den Eingangstext auf der Homepage übersetzt. Er lautete: ‹Lieber kleiner Junge, bei uns hast du die Wahl, du kannst ja oder nein sagen. Mama und Papa werden nein sagen, weil sie dich nicht lieb haben, sie wollen nicht, dass du frei bist, dass du fliegst wie Peter Pan. Sie wollen nur, dass du fleißig lernst. Wir dagegen werden dir lauter schöne Dinge zeigen. Mit uns wirst du fliegen.›

Die Sätze klangen beruhigend und liebevoll, als würde eine Großmutter sie zu ihrem Enkel sagen. In Wirklichkeit waren sie an die Nutzer der Website addressiert, bei denen der Kontrast zwischen diesen Anfangszeilen und dem eigentlichen Inhalt des angebotenen Materials den Lustpegel steigen ließ. Perverses Geheuchel, dachte er, aber raffiniert.

Dann erschien auf Englisch:

Moskau – Neue Produktion
Preteen in action videos:

СНИРЕ *(snipe)*: Fotos, Videos, Schnappschüsse am Strand und im Fitnessstudio (400 $).

ПООЗЕ *(poose)*: Aktaufnahmen in unterschiedlichen Posen (700 $).

ПРИВАТЕ КОЛЛЕКТИОН *(private collection)*: Gewaltbilder von Animateuren (500 $).

СНООФ *(snoof)*: Vergewaltigungen, Tiere, Pissing, Shit, Real Bondage (1000–2000 $)

НЕКРОС *(necros)*: Tötung, Sex mit Leichen (5000–10 000 $).

NEW!: Für *snoof* und *necros* setz dich mit uns in Verbindung. Du kannst uns dein Wunschthema für

Videos nennen. Sag uns einfach, was du gerne sehen würdest, und unser Studioleiter wird das gewünschte Tape zusammenstellen. Und alles zum Preis von nur 4990 Dollar*.

* Mach dir keine Sorgen wegen der Bezahlung. Wir werden dir höchst vertrauenswürdige und diskrete Finanzgesellschaften in deinem Land nennen, bei denen du für den Erwerb unserer Produkte zinsverbilligte Darlehen aufnehmen kannst.

Dieses Ignorantenpack hat ja keine Ahnung, dachte Rode. Die bezeichnen *snoof* als Filme, in denen Kinder gefoltert, und als *necros* die, in denen sie umgebracht werden. Aber die eigentlichen *Snuff Movies* – die man mit einem «u» und Doppel-«ff» schreibt – sind Filme, die mit der Hinrichtung des Opfers enden. Können die sich nicht erst mal richtig informieren, bevor sie solchen Stuss verbreiten?

Seine Verärgerung über die Inkompetenz dieser neureichen Ex-Bolschewisten hielt allerdings nicht lange an.

Rode klickte auf HEKPOC *(necros)* und spürte sofort die Lust wie einen stark anschwellenden Fluss mit voller Wucht in seinem Körper aufsteigen. Das Video begann wie immer mit Ausschnitten aus einem alten russischen Film, in dem ein gutherziger alter Mann mit seinen kleinen Freunden auf einer Art fliegendem Teppich über die Dächer Moskaus schwebt.

Eine Irreführung. Gleich darauf begann das *necro,* das er bestellt hatte. Darin sah man zwei Kinder, das eine zwei oder drei Jahre alt, europäische Gesichtszüge, das andere war ein asiatischer Typ, nicht älter als sechs. Außerdem zwei weißgekleidete Männer.

Rode sah sich den Film bis zum Ende an. Die beiden Männer brüllten unverständliches Zeug auf Russisch, sie hatten den älteren Jungen vor der Kamera platziert und dann erwürgt, den anderen hatten sie gepfählt. Dann vergingen sie sich an den Leichen, erhoben gegen Ende eine Axt, als wollten sie damit auf die Körper einschlagen, brachen jedoch kurz vorher ab. Natürlich – um das Zerstückeln der Leichen sehen zu können, musste man ein anderes Video kaufen. Bastarde, dachte Rode, ihr denkt auch nur ans Geld!

Ein paar Minuten später hatte er sich wieder beruhigt und begann zu grübeln. Das war Satans Werk, keine Frage! Wenn Auschwitz für manche der Beweis dafür war, dass Gott nicht existierte, so waren für ihn *Snuff Movies* mit Kindern der Beweis dafür, dass Satan sehr wohl existierte!

Es war Montag, der 13. November, noch exakt dreizehn Tage bis zum Sechsundzwanzigsten. Er spielte den Film noch einmal ab – beim ersten Mal waren ihm einige Details entgangen.

25. Kapitel

«*Salve,* Pozza. Wie geht's?», fragte eine aufgeregte Stimme am Telefon.

«Ich bin in Verona», gab der Psychiater nervös zurück und hielt sein Handy ans andere Ohr.

«Wollten Sie nicht zu einer kleinen Unterredung bei mir vorbeischauen?»

«Ich bin beruflich hier. Der Rest dürfte Sie nichts angehen.»

Am anderen Ende der Leitung war ein Seufzen zu hören. «Damit eins klar ist, Pozza: Ich habe nicht vor, Sie ein Leben lang zu verfolgen, aber ich kann auch nicht auf etwas verzichten, das mir rechtmäßig zusteht! Ich möchte Sie also bitten, kommen Sie vorbei, sobald Sie können, und begleichen Sie Ihre Schulden!»

«Ja, ja … einverstanden. In ein paar Tagen, drei oder vier, später wird's nicht.»

«Und vergessen Sie nicht – Dezember ist Deadline», betonte der Mann entnervt.

«Gut, ich werde mich daran halten.» Sie beendeten das Gespräch, und Pozza legte sich angezogen aufs Bett. Er starrte an die Decke und dachte nach.

Laura Virga spähte in das Zimmer, in dem Carolina lag.

«*Ciao* … Darf ich?»

Die kleine Patientin bemühte sich, die Schmerzen, die sie bei der kleinsten Bewegung verspürte, nicht zu zeigen, und nickte. Laura trat ein, gefolgt von Doktor Fogliardi und Professor Pozza.

«Müsst ihr mich wieder hypnotisieren?», fragte sie besorgt.

«Ja, Carolina», entgegnete Pozza. «Es ist so weit.»

«Okay, aber …»

«Aber?», fragte Pozza.

«Kann ich vorher noch aufs Klo?»

Laura nickte. «Natürlich, geh ruhig.» Carolina stieg aus dem Bett, Pozza schloss in der Zwischenzeit das Fenster, dann löschte er das Neonlicht und knipste die Nachttischlampe an, die ein schwaches, beruhigendes Licht ausstrahlte. In der Ecke stand ein Wagen mit Medikamenten. Der Psychiater schob ihn an das Kopfende des Bettes und stellte die Nachttischlampe darauf. Er zog einen Stift aus der Tasche und befestigte daran einen Faden, den er mitgebracht hatte; das andere Ende des Fadens band er an den Arm der Nachttischlampe, sodass der Kugelschreiber ungefähr dreißig Zentimeter vor dem Gesicht der Patientin schweben würde. Carolina kroch zögerlich ins Bett zurück.

«Dann lass uns anfangen. Roberto, Laura, ich muss euch bitten, aus Carolinas Blickfeld zu treten. Und bitte absolute Stille während der Sitzung.»

«In Ordnung, Gregor», sagte die Inspektorin.

«Gut», erklärte auch Fogliardi. «Absolute Stille.»

Pozza setzte sich ans Kopfende des Bettes. Zur besseren Konzentration schloss er für ein paar Sekunden die Augen und drückte dabei die Hand des Mädchens, um physischen Kontakt herzustellen. Dann hob er den Kopf und sah sie an.

«Bist du bereit?»

«Ja.»

«Fangen wir an.»

Er sprach langsam, seine Stimme war tief und gleichmäßig.

«Carolina, konzentriere dich auf den Stift. Sehr gut. Folge ihm genau. – Hör auf meine Stimme. Wenn dein Blick abschweift, richte ihn wieder auf den Stift und lass ihn dort. – Leg dich hin und hör auf meine Stimme. Ich will, dass du dich entspannst.»

Carolinas Augen klebten an dem Kugelschreiber, der vor ihr schwebte und das Licht der kleinen Lampe reflektierte. Laura und Fogliardi sahen schweigend zu.

«Streck dich ganz aus. Während du den Stift ansiehst und meiner Stimme lauschst, entspannst du dich immer mehr. Deine Muskeln sind ganz locker, du wirst schläfrig.»

Es war, als wäre nur Pozza im Raum, der langsam weitersprach und die einzelnen Worte immer stärker voneinander absetzte. «Deine Augenlider werden schwer.» Carolina merkte, wie sich ihre Augen schlossen, Pozza legte sanft Zeige- und Mittelfinger auf ihr Gesicht.

«Konzentriere dich jetzt auf deinen Arm. Genau, er wird ganz schwer, wie aus Blei. Ich zähle bis fünf, und dein Arm wird immer schwerer.»

Carolina rührte sich nicht, Pozza fuhr fort:

«Du bist jetzt ganz ruhig und sehr entspannt. Stell dir vor, du läufst durch ein Zimmer und siehst eine Schüssel mit heißem Wasser, aus der Dampf aufsteigt. Du tauchst deine rechte Hand in die Schüssel, das Wasser ist kochend heiß. Ich berühre jetzt mit einer Nadel deinen Handrücken, und du wirst einen starken Schmerz verspüren.»

Pozza berührte mit seinen Fingern leicht Carolinas rechte Hand, mit schmerzverzerrtem Gesicht zog diese sie zurück. «Gut. Du trägst jetzt einen Handschuh, ich werde mit einer Nadel hineinpiksen, und du wirst nichts spüren.»

Pozza griff nach einer Nadel und pikte in die linke Hand des Mädchens. Keine Reaktion. Carolina senkte leicht den Kopf.

«Und jetzt träumst du, aber du wirst dich nicht an den Traum erinnern. Wenn du wieder aufwachst, musst du die Augen kurz zusammenkneifen.» Pozza wischte sich den Schweiß von der Stirn.

«Du schläfst jetzt, aber du wirst mir antworten, so, als würdest du im Schlaf reden, verstehst du?»

«Ja.»

Der hypnotische Trancezustand war erreicht, und er schien sehr tief zu sein.

«Wie heißt du?», begann Pozza mit der Befragung.

«Carolina Rossi.» Die Stimme des Mädchens klang metallisch und gefühllos.

«Wann bist du geboren?»

«Am 27. April 1988.»

«Wo?»

«In Verona.»

«Wen magst du lieber, deine Mama oder deinen Papa?»

«Beide gleich.»

«Bist du sicher?»

«Ja, weil sie mir alles kaufen, was ich mir wünsche.»

Eltern sind doch immer gleich, dachte Fogliardi.

«Carolina, was träumst du nachts?»

«Ich träume von einem aus meiner Klasse ... Er heißt Marco, und er rettet mich immer.»

«Wovor rettet dich Marco?»

«Vor den Bösen, den Monstern, vor dem Biest.»

«Welchem Biest?»

«Dem aus *Die Schöne und das Biest*.»

«Und was passiert in diesen Träumen?»

«Ich falle von unserem Balkon. Manchmal stirbt meine Mama. Oder ich träume, dass meine Katze krank wird.»

«Sind deine Träume farbig oder schwarzweiß?»

«Weiß nicht.»

«Hast du mal von Blut geträumt?»

«Nein, ich glaube nicht.»
«Und im echten Leben, hast du da schon mal einen Toten oder einen Schwerverletzten gesehen?»
«Nein.»
«Sag die Wahrheit.»
«Das ist die Wahrheit.»
Pozza erhob sich und schlich zu Laura und Fogliardi. Er nahm einen Zettel vom Tisch und schrieb:

Die Trance ist sehr tief. Wenn sie in ihrem Leben jemals etwas mit Blut gesehen hätte, hätte sie es uns jetzt gesagt.

Fogliardi las den Zettel und reichte ihn Laura – die Ratlosigkeit stand beiden ins Gesicht geschrieben. Pozza fügte noch etwas hinzu:

Ich versuche es jetzt mit regressiver Hypnose und werde sie in ihre Kindheit zurückversetzen. Das könnte etwas delikat werden …

Der Arzt und die Polizistin schüttelten beide den Kopf – nein, sie wollten nicht gehen, sondern auf jeden Fall bleiben. Pozza sah sie noch einmal eindringlich an, dann setzte er sich wieder zu Carolina, die reglos und mit geschlossenen Augen dalag.
«Konzentriere dich jetzt auf meine Worte. Ich möchte, dass du in der Zeit zurückgehst, zurück in deine Vergangenheit.» Seine Stimme klang sachlich, ohne Wärme. «Fangen wir mit gestern an. Was hast du gestern Morgen gemacht? Was hast du gefrühstückt, was gab's zum Mittagessen?»
«Gestern habe ich Joghurt gegessen, Magerjoghurt. Dann … eine Suppe und Pellkartoffeln», antwortete sie mechanisch.

«Jetzt gehen wir zurück zu dem Tag, an dem du deinen Unfall hattest. Kannst du dich sehen, während du mit mir redest? Was fühlst du? Versuch es zu beschreiben. Was hast du an?»

«Einen beigen Mantel mit Kapuze, Jeans und einen dunkelbraunen Pulli. Mir geht's gut, weil ich die Hausaufgaben schon gemacht habe … ich gehe über die Straße … dann … Ah, Mama! … Mama … Autohupen, ein Knall, ein Schrei, Schmerz …»

«Sehr gut, Carolina», lobte Pozza. «Und jetzt hör mir gut zu. Wir gehen noch ein Stück zurück. Du bist jetzt noch jünger. Deine Arme und Beine werden kleiner. Ich bin jemand, den du gut kennst und magst. Du bist neun Jahre alt. Kannst du dich sehen? Du bist neun. Beschreib mal, was du siehst.»

«Mama und Papa machen mit mir einen Ausflug ans Meer … wie der Ort heißt, weiß ich nicht mehr … Die Sonne scheint. Meine Mama hat mich lieb, mein Papa auch. Ich … bin glücklich. Girolamo ist auch da, mein kleiner Cousin, der mit den roten Haaren und dem lustigen Gesicht. Seine Eltern sind unterwegs, da haben wir ihn mitgenommen.»

«Du bist jetzt noch jünger. Dein erster Schultag. Kannst du dich sehen? Wer ist deine Lehrerin?»

Carolina wartete ein paar Sekunden ab, dann nahm ihr Gesicht einen leidenden Ausdruck an, und ihre Augen wurden feucht.

«Ja, ich sehe sie. Sie heißt Margherita … Ich habe Angst … ich hab dich lieb … Mama, wo bist du? Ich habe Angst, Mama, lass mich nicht allein …»

Laura beobachtete die Szene mit Sorge.

Pozza fuhr fort: «Wie alt bist du?»

«Fünf, fast sechs. Meine Freunde heißen Mario, Alfredo, Gabriele … Mama, wo bist du, Papa, Papa, bring mich hier weg … bitte, ich will nach Hause …» Sie litt richtig beim Sprechen.

«Hör zu, Carolina. Du bist jetzt noch kleiner. Deine Mutter hält dich im Arm. Du bist bei ihr. Siehst du sie? Was hat sie an?»

Carolina begann zu kichern. «Ich Fee, und Mama, Mama schön, mit große rote Kleid.» Sie sprach wie ein Kleinkind. Laura und Fogliardi starrten sie an, ein kalter Schauer lief ihnen über den Rücken.

«Wie alt bist du?»

Sie hob ihre rechte Hand und deutete mit ihren Fingern unsicher eine «drei» an.

«Wovor hast du Angst?»

«Vor Edgar, aus Haus bei *Aristocats* … vor Jäger aus *Bambi* und vor Girolamo, böse, böse …»

«Du bist jetzt noch kleiner, ganz, ganz klein, du bist gerade erst geboren, Carolina, du bist gerade erst geboren. Du bist bei deiner Mama. Sag mir, was du fühlst.»

Carolina schien glücklich, lutschte an ihrem Daumen und gab ein leises Gebrabbel von sich. Ihr Gesicht sah erstaunt und verzaubert aus. Plötzlich begann sie zu weinen. Es war ein verzweifeltes Weinen, beängstigend, sie brüllte, und Tränen liefen aus ihren halbgeschlossenen Augen. Als Laura das sah, wollte sie sie instinktiv umarmen.

Pozza nahm noch einen Zettel, auf den er schrieb:

Normalerweise führt die Regression bis zur Geburt zurück in einen Zustand absoluter Entspannung. Dieses Weinen hier ist sehr ungewöhnlich!

Er reichte ihn den beiden Zuschauern, wartete deren Reaktion ab und wandte sich dann wieder Carolina zu.

26. Kapitel

«Geh noch weiter zurück, du bist winzig, noch nicht mal geboren.»

Die Patientin wurde ruhiger, atmete tief ein und aus, ihr Gesicht wirkte heiter – sie war ein Embryo.

«Zurück, geh noch weiter zurück. Du bist in Mamas Bauch, du bist ein Fötus, ein Embryo.» Doktor Fogliardi und Laura Virga sahen sich ungläubig an. Carolina rührte sich nicht.

«Und jetzt geh noch ein Stück zurück, Carolina. Zurück, verstehst du? Carolina … hörst du mich?»

Sie rührte sich nicht.

«Geh weiter zurück, Carolina, das ist ein Befehl!»

Carolina schüttelte leicht den Kopf, ihre Lippen bewegten sich unmerklich. Der Mund verzog sich zu einer schmerzvoll verzerrten Grimasse. Die Inspektorin und Fogliardi starrten sich an.

Sie stieß ein tiefes, dunkles Röcheln aus, dann noch eins. Ihr Atem ging schwer, wie bei einem Kranken. Mit völlig veränderter Stimme begann sie zu sprechen.

«Ja … ja …»

Pozza ließ sich nichts anmerken. «Sag mir, was du siehst und fühlst.»

Carolina öffnete die Augen. Laura trat reflexartig einen Schritt zurück. Das Mädchen starrte geradeaus auf einen unbestimmten Punkt. Es schien sich tatsächlich um einen dieser Albträume zu handeln, weswegen sie den Psychiater um Hilfe gebeten hatten. Laura zog ein Diktiergerät aus der Tasche und drückte auf REC.

«Es geht mir schlecht … so schlecht … Was willst du von mir?», sagte sie mit leidender Stimme.

Pozza stellte fest, dass Carolina mit dieser veränderten Stimme keineswegs mehr wie ein zwölfjähriges Mädchen wirkte. Sie war seltsam, hatte sich komplett verändert. «Ich will dir nicht wehtun», versuchte er sie zu beruhigen.

«Blut … ich will Blut … töten will ich dich …», fuhr die Patientin fort, die Augen weit aufgerissen, ins Leere starrend, die Zunge, die sich schnell zwischen den Lippen bewegte.

«Ich gehöre zu dir, ich bin dein Freund, denn auch ich … töte gerne, genau wie du. Ich bin dein Freund, verstehst du?»

Sie röchelte.

Pozza bemühte sich, sie zum Sprechen zu bringen. «Und? Hat es dir gefallen, das ganze Blut zu sehen?»

«Sehr! … Die Zeitungen, in allen Zeitungen … Worte …»

«Das musst du mir erklären. Erzähl, was mir da entgangen ist … Komm schon, es macht mich an!», forderte der Psychiater sie auf.

«Weißt du, wie viele … Blutspritzer … überall … wenn … ein Fuß … eine Hand … mit einem Hieb … zerfetzt wird? Das fühlt sich gut an …», rief Carolina, dabei ließ sie ihre Hand langsam zwischen ihre Beine gleiten. «Weißt du, wie geil … das war … den Bauch aufzuschlitzen … von dem Kleinen, der … absolut nichts … kapiert hat! So viel Blut … in meiner Hand sein Magen …»

«Was hast du mit ihm gemacht?», fragte Pozza.

Carolina sprach langsam und deutlich drei Worte auf Deutsch aus: *«Gott mit uns … Gott mit uns …»*

Es wurde immer schwieriger, ihr zu folgen. Warum hatte sie dieses ‹*Gott mit uns*› gesagt?

Sie fuhr fort: «Ich habe seine … Füße … und die Hände … abgeschnitten … dann … habe ich seinen Bauch aufgeschlitzt und … alles herausgezogen, alles … dann habe ich dieses eklige rote Ding auf seiner linken Schulter abgeschnitten … Schlagzeilen … Schlagzeilen in den Zeitungen.»

Zeitungen? Blut? Pozza senkte den Kopf, er musste mal wieder an Davide denken – er spürte, wie sich sein Magen zusammenzog.

«Und was hast du dann getan?», fragte er.

«Ich hatte viel Spaß, allein … zwei, drei Schläge … vier … Gott, das ist … unbeschreiblich …»

Laura schüttelte ihre tranceartige Benommenheit ab, mit zitternder Hand schrieb sie etwas auf einen Zettel und reichte ihn Pozza.

Während Carolina sich auch weiterhin anfasste, las der Psychiater die Notiz.

Frag ihn, wen er umgebracht hat, warum und wie.

«Wer war das, mit dem du das alles gemacht hast?»

«Ein kleiner Junge … Milano, Maleno … irgend so ein Name in der Art …»

«Verstehe. Und warum hast du es gemacht?»

«Blöde Frage – weil ich darauf steh, ist doch klar! Ich steh auch auf Frauen … wenn … wenn sie ihre Beine übereinanderschlagen und dabei Sekt schlürfen …»

«Darauf steh ich auch. Hör mal, zurück zu dem Jungen …», sagte Pozza. «Wie hast du es gemacht, also, wie hast du ihn aufgeschlitzt?»

«Mir geht's so schlecht …»

«Antworte! Wie hast du ihn aufgeschlitzt? Mit einer Axt, einem Messer?»

«*Gott mit uns* … Einer Machete … Mir geht's so schlecht … wirklich schlecht!»

Schon wieder diese deutschen Worte! Warum? Pozza gab nicht auf. «Wer war der, den du kaltgemacht hast? Wie hieß er, wie alt war er?»

«Ich kann mich nicht an seinen Namen erinnern, hab ich doch schon gesagt … Maleno oder so … Hilfe … mir geht's so schlecht … Mama …»

«Wie alt war er? Los, sag es mir!», brüllte Pozza.

«Ich weiß es nicht … ich weiß es nicht.»

«Ich werde dich jetzt wecken. Du wirst ganz langsam aus deinem Trancezustand erwachen, ich zähle rückwärts von fünf bis eins. Wenn du wach bist, wirst du dich gut fühlen, ausgeruht, du wirst nichts Unangenehmes spüren, und es wird dir auch nicht schlechtgehen. Du wirst denken, du hättest geschlafen. Bist du bereit?»

Carolina war noch immer erregt, als er zu zählen begann.

«Fünf … vier …»

Das Mädchen wurde ruhiger, es schloss die Augen.

«Drei … zwei …»

Sie atmete normal.

«Eins … Wach auf, du kannst jetzt deine Augen öffnen. Du bist Carolina Rossi, zwölf Jahre alt. Wach auf, Carolina!»

Die Patientin öffnete langsam die Augen und kniff sie ein paarmal zusammen, wie er ihr anfangs gesagt hatte. Sie sah zu Pozza und den beiden anderen.

«Wie geht es dir?», fragte Laura zaghaft, nachdem sie mit zitternden Händen das Diktiergerät in der Tasche verstaut hatte.

«Mir tut der Kopf weh …»

«Kannst du dich an irgendetwas erinnern?», fragte Pozza.

«Nein», gab Carolina zurück. «Ich fühle mich, als hätte ich geschlafen.»

Fogliardi schaltete sich ein: «Du hast nichts Ungewöhnliches gesagt, Kleines. Überhaupt nicht. Warten wir das nächste Mal ab.»

Laura sah auf die Uhr. Es war vierzehn Uhr zwanzig, was bedeutete, dass das Experiment mehr als vier Stunden gedauert hatte. Sie gab dem Mädchen einen Kuss und verließ den Raum zusammen mit Fogliardi und Pozza.

«Apropos», meinte Fogliardi nach einer Weile. «Ich hatte ganz vergessen, euch zu sagen, dass ich morgen nach Seattle fliege. Für einen Monat, zu einer Fortbildung.»

«Was machen wir nur ohne Sie?», fragte Laura.

«Das ist sicher kein Problem. Ihr seid doch mittlerweile unabhängig. Mit dem Pass, den ich euch besorgt habe, könnt ihr im Krankenhaus ein und aus gehen, wie ihr wollt. Ich werde euch nicht fehlen – umgekehrt schon, ihr werdet mir fehlen!»

Die drei blieben auf dem Gang der Neurologie stehen und schwiegen ein paar Sekunden lang. Pozza betrachtete sie aufmerksam, es war nicht zu übersehen, dass ihnen dieselben Fragen durch den Kopf schwirrten wie ihm selbst.

Mit sorgenvollem Blick sah er beide an, dann fragte er: «Wer war das, der da sprach? Und warum hat er den Satz auf Deutsch gesagt? ‹*Gott mit uns*› war der Leitsatz der Nazis. Aber was hat das mit dem Rest zu tun? Und die Zeitungen? Was haben die damit zu tun?»

27. Kapitel

Als Paolo Mele die junge Frau sah, erhob er sich von seinem Schreibtisch, auf dem sich unzählige Akten und sonstiger Papierkram stapelten. «*Ciao,* Laura, was verschafft mir die Ehre? Bitte, setzen Sie sich doch.» Seit ein paar Jahren war Mele nun schon Leiter der *Squadra Mobile* im Polizeipräsidium, die für die allgemeine und organisierte Kriminalität zuständig war – konkret: Entführungen, Drogenhandel, Morde und andere Schwerverbrechen.

«Guten Tag, *Signore.* Wie ich sehe, geht es Ihnen gut», sagte sie.

«Ich kann nicht klagen. Und bei Ihnen?»

«Alles bestens.» Sie sah zu Pozza hinüber und fuhr fort: «Ich möchte Ihnen einen Freund vorstellen, Professor Pozza.» Pozza streckte Mele die Hand entgegen, der sie mit einem müden «Sehr erfreut» drückte. «Herr Pozza ist Psychologieprofessor an der Universität Padua. Er würde Ihnen gerne ein paar Fragen stellen – natürlich nur, wenn Sie …»

Gereizt unterbrach Mele sie und forderte die beiden auf, sich zu setzen: «Ja ja, schon gut. Was kann ich für Sie tun, *Professore?*»

«Zunächst mal vielen Dank, dass Sie sich die Zeit nehmen. Ich würde gerne Ihre Meinung hören. Ich denke, Ihre Erfahrung ist Gold wert und könnte mir in einem Fall weiterhelfen, bei dem ich momentan noch nicht so recht durchblicke», begann Pozza mit ruhiger Stimme. «Es geht um einen Mord, besser gesagt, um den Mord an einem Jungen.»

Mele wirkte plötzlich sehr ernst. «Einem Jungen?»

«Ja. Bis jetzt handelt es sich allerdings nur um eine Vermutung.»

«Fahren Sie fort», sagte der Leiter der Kripo.

«In diesem Fall wäre der Mord durch Abtrennung der Gliedmaßen verübt worden», sagte Pozza. Mele lief es kalt über den Rücken.

«Der Mörder könnte sich aus sexuellen Motiven an dem Opfer vergangen haben.»

Mele starrte Pozza an, der Psychiater wich dem Blick nicht aus. Instinktiv sahen sie gleichzeitig zu Laura. Wahrscheinlich dachten alle drei dasselbe. Schließlich war es Mele, der das Wort wieder ergriff:

«Unter allen Verbrechern, die heute ihr Unwesen treiben, gibt es nur einen, der zu so etwas fähig ist. Amputation der Gliedmaßen, der sexuelle Missbrauch ... Das ist seine Handschrift – die *signature* seiner Vergehen, wie moderne Kriminologen zu sagen pflegen. Wir alle wissen, um wen es geht.»

Pozza nickte. «Ja, daran habe ich auch schon gedacht. Das Problem ist nur, er hat viele Morde begangen, ich arbeite nur an dem einen Fall.»

«Der Mörder hat neun Kinder getötet. Wie heißt das Kind, über das Sie Informationen brauchen?», fragte der Kommissar.

«Ich weiß es nicht, wir haben keine genauen Angaben. Soviel wir wissen, könnte er Melanio heißen. Oder Emiliano. Irgend so etwas in der Art», meinte der Arzt.

«Ich will Ihnen was sagen. Als ich meinen Dienst hier antrat, beschäftigte ich mich mit dem ersten Mord, den dieser Dreckskerl – heute nennen sie ihn die Ratte – verübt hatte. Gewisse Dinge vergisst man nicht so schnell. Es war der 15. Februar 1984, und es war bitterkalt. Ich war gerade am Gehen, als mir die Telefonistin nach Dienstschluss mitteilte, dass man die Leiche des Jungen gefunden hatte, der ein paar Tage zuvor entführt worden war. Er hieß Luberti, Moreno Luberti.» Mele machte eine Pause. «Er war sechs Jahre alt, und wissen Sie, was er mit ihm gemacht hat?» Seine Stimme wurde laut. «Wissen Sie, was er mit ihm gemacht hat? Abgeschlachtet hat er ihn, bei lebendigem Leib, das hat er!» Er schlug mit der Faust auf den Tisch. «Ich sehe seine Eltern noch genau vor mir – am Boden zerstört.»

Pozza blickte zu Laura. «Moreno … Na klar, Moreno, das hat sie gesagt.»

«Hat wer gesagt? Von wem sprechen Sie überhaupt, Herr Pozza? Wenn Sie irgendetwas wissen, über das ich noch nicht informiert bin, dann möchte ich Sie bitten, mir das zu sagen, und zwar möglichst auf der Stelle. In solchen Fällen sollte man Geheimnistuerei tunlichst vermeiden.»

«Ich bin gerade mit einem klinischen Fall beschäftigt.»

Mele zuckte zusammen. «Dann könnte es sich bei Ihrem Patienten also um die Ratte handeln?»

«Nein, es ist ein zwölfjähriges Mädchen. Aber sie hat nachts im Schlaf Traumbilder und beschreibt in aller Ausführlichkeit und detailgenau eine Tat, die der von Ihnen erwähnte Mord zu sein scheint. Vielleicht hat sie in den Zeitungen etwas darüber gelesen, keine Ahnung. Ich versuche gerade, bei diesem Krankheitsbild besser durchzublicken – was nicht ganz einfach ist, um ehrlich zu sein. Daher bräuchte ich noch mehr Informationen über den Fall. Rational ist es kaum zu erklären, warum dieses kleine Mädchen so viele Details kennt.»

Mele hatte sich wieder beruhigt. «Ein kleines Mädchen?»

«Die Patientin war noch gar nicht auf der Welt, als Moreno Luberti ermordet wurde», fuhr der Psychiater fort. «Die Mordtat wurde, wie Sie selbst sagten, am 15. Februar

1984 begangen, aber sie ist Jahrgang 88. Daher können wir ausschließen, dass sie Zeugin war. Um ihr die Situation wieder zu vergegenwärtigen, behandele ich sie gerade mit regressiver Hypnose.»

Der Kommissar nickte – eine durchaus gängige Methode, dachte er. Meistens erweisen sich die Ermittlungen gerade bei schweren Verbrechen als geradezu unmöglich, und schließlich führen nur viel Erfahrung, eine Engelsgeduld und eine ganze Portion Glück zur Ermittlung der Täter.

«Könnte es nicht sein, dass das Mädchen etwas im Fernsehen gesehen hatte, das sie extrem beschäftigt und geprägt hat? Heutzutage bekommt man in Dokumentationen oder Filmen die unglaublichsten Dinge vorgesetzt.»

Pozza sah zu Boden.

«Schon möglich, aber ich denke, sie hat diese Art Albtraum nicht in ihrem normalen Leben erlebt beziehungsweise nicht in dem, was im Trancezustand ihr normales Leben war, also das der vergangenen zwölf Jahre. Als sie unter Hypnose davon erzählte, befand sie sich in einer noch früheren Phase. Daher denke ich, dass all das auf eine pränatale Programmierung zurückzuführen ist. Um ganz sicher zu sein, muss ich sie ein weiteres Mal hypnotisieren. Wären Sie dann noch einmal zu einem Gespräch bereit, *Signor* Mele?»

«Was spricht dagegen, es ist schließlich mein Job! Außerdem habe ich mit diesem Irren noch eine Rechnung offen. Nie werde ich die Augen des Jungen vergessen, als der Mitarbeiter des Leichenhauses das Laken hob. Bestimmte Dinge kann man nicht verdrängen. Ich *will* sie auch gar nicht verdrängen», erklärte er mit leiser Stimme.

«Haben die Ermittlungen bisher gar keine brauchbaren Ergebnisse zur Identifizierung der Ratte geliefert?», fragte Pozza.

Mele beugte sich vor, auf seinem Gesicht ein bitteres Grinsen. «Innerhalb der Abteilung der Gewaltverbrechen UACV war eine Spezial-Untereinheit gebildet worden – vergleichbar mit der SAM, wegen des ‹Monsters aus Florenz› damals –, aber viel gebracht hat das den Ermittlungen bisher nicht. Die Spezialeinheit hat einige Persönlichkeitsprofile des mutmaßlichen Mörders erstellt. Interessiert Sie das?»

«Warum sollte es mich nicht interessieren?», fragte der Psychiater, der durchaus mehr über das Thema wissen wollte.

«Weil es lauter Mist ist.»

«Ich würde gerne mehr darüber erfahren, wenn es Ihnen nichts ausmacht.»

«Wie Sie wollen. Einen Moment.» Der Leiter der Kripo öffnete seine Schreibtischschublade und zog eine dünne Mappe hervor. Er blätterte darin, bis er die entsprechende maschinengeschriebene Seite gefunden hatte.

«Sie wollten es ja so! Also, hören Sie gut zu. Die Ratte war in chronologischer Reihenfolge Folgendes: Ein paranoider Gynäkologe aus Verona um die fünfzig; ein Professor der Ästhetik an der Universität Rom; ein ... mal sehen ... ein Angestellter der Gemeinde Abbiategrasso; ein Notar aus Crotone ... Ah, der Friedhofsgärtner aus Bologna – diese These war so faszinierend, dass einer meiner Kollegen gleich ein Buch darüber schrieb, aber natürlich führte das nur zu Anzeigen. Soll ich weitermachen oder reicht Ihnen das fürs Erste?»

Pozza hatte verstanden. «Gut, vielleicht belassen wir es dabei. Und alle Vermutungen entbehren jeglicher Grundlage?»

«Das sagte ich doch schon, *Professore* – lauter Mist!» Er wartete kurz. «Brauchen Sie noch mehr Informationen?»

«Im Moment nicht, doch ich fürchte, ich werde noch

einmal auf Sie zurückkommen müssen. Haben Sie vielen Dank.»

Laura schaltete sich wieder ins Gespräch ein. «Hören Sie, *Signor* Mele, vielleicht ist es nutzlos, aber ich würde Ihnen das hier gerne geben. Es ist der Teil der Hypnosesitzung, der für uns von Interesse ist. Ich habe gestern Nacht den Bericht verfasst.»

Mele nahm das Blatt entgegen, dann blickte er den Psychiater an. «Wissen Sie, *Professore*, wir sind Kommissare, keine Richter oder gar Politiker. Wir sind uns nicht zu fein, uns die Hände dreckig zu machen, um einen Mord aufzuklären oder einen Dealer einzulochen. Man hat uns beigebracht, in einem Fall immer alles zu berücksichtigen.» Er faltete die Seite und steckte sie in seine Jackentasche.

«Ich muss Sie um einen weiteren Gefallen bitten», fuhr Laura fort. «Ich würde gerne einen Blick in die Mordakte *Luberti* werfen. Ich werde sie Ihnen so bald wie möglich zurückgeben.»

Der Kommissar überlegte kurz, dann sagte er: «Gut … ich denke, das ist in Ordnung.» Schwungvoll öffnete er wieder die Schreibtischschublade, zog eine dicke Akte heraus und überreichte sie Laura.

«Hier, für Sie! Es ist noch nicht verjährt. Der Mord an einem Kind verjährt nie …»

28. Kapitel

Valerio Luberti hielt die Hand seiner Frau Marta, schweigend standen sie vor Morenos Grab und beteten. Es hatte eben aufgehört zu regnen, die Luft war feucht. Wegen der Kälte schlug Valerio den Mantelkragen seiner Frau sanft nach oben, sie sah ihn an, und ihr Blick dankte ihm für seine Fürsorglichkeit. Er legte den Arm um ihre Schultern, Marta senkte den Kopf, dann beugte sie sich zu dem hübschen Grab aus weißem Marmor, in dem ihr einziger Sohn ruhte. Ihre Fingerspitzen berührten das Foto mit einem strahlenden Moreno, der ihr die Hand gab. Es steckte in einem kleinen, ovalen Silberrahmen, der oben am Grabstein angebracht worden war, und war schon ganz vergilbt, Zeit und Witterungseinflüsse hatten es ausgeblichen. Auf dem Foto sah der Junge so glücklich aus, es war eines der wenigen Dinge, die ihnen von ihm geblieben waren. Unter dem Bild, gleich neben den immer frischen Blumen, waren nur wenige Lettern in den Grabstein eingraviert:

MORENO LUBERTI
21. Mai 1978–15. Februar 1984

Die Frau zog ein weißes Stofftaschentuch aus der Handtasche und trocknete damit ihre Augen. Ihr Schluchzen war stumm, und während ihr die Tränen über das Gesicht liefen, sah der Mann sie an und streichelte ihr Haar. Ihr Blick war starr auf Morenos unbewegtes Gesicht gerichtet. Sechzehn Jahre nach seinem Tod war der Schmerz noch immer da und begleitete sie wie ein schwarzer Schatten, der nie von ihrer Seite wich.

Valerio berührte Martas Arm, sie verstand den Hinweis, es war Zeit, nach Hause zu gehen. Sie wischte sich mit der rechten Hand über die Augen, nickte und drehte sich zu ihrem Mann. Er hakte sich bei ihr ein, sie warfen ihrem Sohn eine letzte Kusshand zu und gingen zum Friedhofsausgang. Wie zwei Alte sahen sie aus, dabei waren sie noch nicht einmal fünfzig. Valerio hob den Blick zum Himmel. Er wusste, Moreno sah in diesem Augenblick zu ihnen herunter.

Die untersuchte Leiche weist eine langgezogene Wunde auf, der glatte Schnitt führt von der linken Brustwarze bis in die Mitte des Kreuzbeins …

Du hast ihm den Bauch aufgeschlitzt, dreckiger Bastard, dachte Laura, während sie den Obduktionsbefund las.

… der Schnitt hat die rektalen Muskeln beschädigt und eine Öffnung des Bauchfells bewirkt, die zu einem Heraustreten der Eingeweide führte, sowie zu einem Hervorquellen der Inhalte von Magen, Dünn- und Grimmdarm. Der Blutverlust war erheblich, vermutlich betrug er ein Drittel der gesamten Blutmenge und wurde …

Er war sechs Jahre alt. Sechs!

… neben der Beschädigung des Bauchfells – einer stark durchbluteten Membran – auch durch das Zerschneiden der Nierenarterie bewirkt. Eine genauere Untersuchung ergab, dass auch die Nerven des Bauchfells beschädigt wurden, was bei dem Opfer noch vor dem Herzstillstand zu heftigen Schmerzen geführt haben muss.

Du musst gebrüllt haben wie am Spieß, bis du fast ohnmächtig wurdest, Kleiner, dachte Laura. In ihren Augen standen Tränen.

Die beiden oberen Gliedmaßen wurden auf Schulterhöhe amputiert. Die Schnittkanten sind scharf, die Blutung war heftig. Auf die gleiche Art wurden auch die beiden Beine auf Höhe des Hüftgelenks abgetrennt. In der Mitte des linken Trapezmuskels ist eine circa vier Zentimeter lange Wunde zu erkennen, mit ausgefransten Rändern und zerstörtem weichem Muskelgewebe.

Laura stand auf und genehmigte sich einen Schluck Limoncello, den der Großvater eines Kollegen selbst gebrannt hatte.

Von dem wohlig warmen Geschmack des Likörs etwas gestärkt, machte sie es sich wieder auf dem Sofa bequem und nahm den Sektionsbefund zur Hand. Sie überflog ihn noch einmal und legte ihn dann in die Akte *Luberti* zurück. Die Ratte wollte ihn leiden sehen. Das Schwein geilte sich daran auf, zu sehen, wie der Kleine litt. *Weiches Muskelgewebe* … Was zum Teufel hast du mit der Schulter gemacht, verdammt nochmal?

«Du bist noch nicht auf der Welt, Carolina. Du bist ein Fötus. Zeig mir einfach durch ein Kopfnicken, ob du mich verstanden hast.» Pozza sprach mit ruhiger Stimme. Er war wieder ins Krankenhaus gegangen, um das Mädchen in Trance zu versetzen und sie einer weiteren Hypnose zu unterziehen; er wollte herausfinden, ob sie mit derselben Genauigkeit andere Delikte der Ratte beschreiben konnte. Laura saß schweigend in einer Ecke und beobachtete die Szene, in ihrer Hand hielt sie das eingeschaltete Diktiergerät in Richtung der Patientin.

Carolina nickte bejahend mit dem Kopf.

«Gut. Geh jetzt zeitlich ein Stück zurück, gehe über dich hinaus.»

Die Kleine zeigte keine Reaktion.

«Geh zurück, Carolina. Geh zu dem Zeitpunkt vor deiner Geburt, bevor alles da war», er erhob seine Stimme und gab ihr exakte Anweisungen.

Die Patientin begann zu schwitzen. Sie bewegte leicht den Mund, flüsterte ein paar unverständliche Worte. Fuhr sich mit der Zunge über die Lippen.

Sie riss die Augen auf.

«Ja ... ich gehe», murmelte sie.

«Hieß er Moreno? Der Junge, den du getötet hast, hieß er Moreno Luberti?»

«Ja ... Moreno.» Carolinas Gesicht hatte einen leidenden Ausdruck angenommen.

«Und jetzt erzähl mir von Donatella.» Pozza hatte sich über alle Morde, die man der Ratte zuschrieb, eingehend informiert.

Carolina flüsterte: «Donatella?»

Laura reichte Pozza die Mappe mit den Namen und allen wichtigen Informationen über die neun Morde der Ratte. Der Psychiater öffnete sie und las: «Ein blondes Mädchen mit blauen Augen. Sie hieß Donatella, Donatella De Caro. Erzähl mir von ihr.»

«Am Meer ... ich war am Meer ... in Neapel ... Schön, sie war so schön ...», sagte Carolina.

«An was erinnerst du dich?»

Carolinas Ton wurde vulgärer. «Sie waren zu zweit ... zwei ... sie waren identisch.»

Der Psychiater und die Inspektorin tauschten vielsagende Blicke – sie dachten beide dasselbe: Carolina wusste Bescheid. Tatort war Neapel; Donatella war nicht allein, sondern in Begleitung ihrer Zwillingsschwester.

«Hast du sie vor der Schule getötet?», fragte er bluffend.

«Nein … alles voller Leute … ich habe sie mitgenommen … und dann umgebracht … sie ist geflohen … die andere … aber dafür musste sie büßen … Und die Zeitungen … die ganzen Schlagzeilen … schreiben …», fuhr die Patientin mit dünner Stimme fort.

Natürlich, dachte Laura Virga. Natürlich waren da viele Leute! Es war im *Transatlantico*, damals eines der größten Einkaufszentren Italiens. Auch in diesem zweiten Mordfall der Ratte wusste Carolina bestens Bescheid. Laura gab dem Psychiater zu verstehen, er solle weitermachen, und Pozza wandte sich wieder an die Kleine.

«Warum hast du es getan? Sie war ungefähr so alt wie du jetzt.»

«Es … gefiel mir …»

«Was gefiel dir?», bohrte er weiter.

Carolina drehte langsam den Kopf in Pozzas Richtung, der reflexartig mit dem Oberkörper zurückwich. Sie starrte ihn an, die Augen weit aufgerissen, leblos, leer. Er bemühte sich, sachlich zu bleiben.

«Weil ich … ich … mag … Blut.» Sie sprach mit unterdrückter Stimme. «Ich mag es, den Bauch aufzuschlitzen und meine Hände darin zu vergraben … die Gedärme herauszureißen … mir in den Mund zu stopfen … die Hände abzuhacken … und … zuzusehen, wie weit … das Blut … spritzt … ich mag … ich mag es … Frauen anzusehen, die … die Beine übereinanderschlagen und dabei … l-a-n-g-s-a-m … aus einem Glas trinken. Es macht mich geil … sehr geil …» Ihr Körper begann zu vibrieren, rhythmisch, wie unter sexueller Hochspannung. Laura starrte sie an, sie konnte ihren Blick nicht losreißen.

«Warum?», fragte Pozza.

«Ich steh drauf … *basta* … Weiß nicht, warum.»

«Wie hast du es gemacht? Warst du allein, oder waren andere dabei? War es in einem Haus oder draußen?»

Das Mädchen stieß ein schwaches Röcheln aus, dann fuhr sie fort: «Nein … da war … keiner. Erst draußen, dann drinnen … zwischen den Bäumen.»

«Und jetzt erzähl mir von Carlo.»

«Wer … ist … Carlo?»

«Weißt du nicht mehr? Carlo, der Junge aus Varese. Streng dich an!», sagte Pozza beharrlich. Er erhielt keine Reaktion.

«Carlo Raimondo Levi, er war noch sehr klein, vier Jahre alt. Komm schon, versuch dich zu erinnern!»

Keine Regung. Das Mädchen starrte ihn an und sagte keinen Ton.

«Und der Zweijährige, Giacomo Di Sapio? Aus Rom.» Der Psychiater versuchte ihr mit ein paar Daten auf die Sprünge zu helfen.

Nichts. Carolina blieb stumm. Pozza verstand nicht recht.

«Na gut. Jetzt Michele, in Terni, weißt du noch?»

Keine Reaktion.

«Luisella Rossi, Cristina Lanzetti? Erinnerst du dich an sie?»

Nichts.

«Und der, der Deutsch sprach, Gerhardt, der Junge mit den roten Haaren? Und Maria Teresa Nonin aus Udine, kannst du dich an sie erinnern?»

Carolina gab keinerlei Zeichen von sich, kein Muskel bewegte sich – als wäre sie gelähmt.

Laura hätte die Sitzung am liebsten abgebrochen. Doch plötzlich setzte die junge Patientin wieder zum Sprechen an.

«Es war … kalt … die Männer … mit Kapuzen … der Henker …» Carolina begann sich anzufassen. «Er hatte

Angst … weinte … schrie in dieser komischen Sprache nach seiner Mama … seiner Mama, verstehst du?», sagte sie mit gequälter Stimme. «Bravo … bravo … schlitz ihm den Bauch auf … zerr die Würmer aus seinem Magen … los, Henker … mach schon!» Carolinas Körper zuckte, ihre Stimme wurde kehliger. *«Gott mit uns … Oh, Gott mit uns …»*

Pozza sah zu Laura. Das Mädchen schien einem Nervenzusammenbruch nahe, sie begann zu keuchen. Pozza fasste sie an den Schultern, er versuchte, seine Stimme zu kontrollieren, um die in ihm angestaute Spannung nicht auf sie zu übertragen.

«Ich werde dich jetzt wecken, Carolina. Bist du bereit? Ich werde von fünf bis eins zählen, danach wirst du wieder zu dir kommen. Bist du bereit?»

Die Kleine wälzte sich noch immer schnell hin und her. Der Psychiater begann zu zählen; als er fertig war, hatten ihre Zuckungen aufgehört.

«Wach jetzt auf. Du bist zwölf Jahre alt. Du bist Carolina Rossi aus Verona. Alles okay?»

Mit einiger Mühe öffnete die Patientin ihre Augen und kam allmählich wieder zu sich. Der Psychiater wechselte einen kurzen Blick mit Laura, dann musterte er das Mädchen eingehend. Die Polizistin sprach zuerst: «Wie geht es dir, Carolina? Bist du müde? Alles in Ordnung?»

Die Patientin nickte. «Mir geht's gut.»

Sie verabschiedeten sich von ihr, dann verließen Laura und Pozza die Neurologie des Borgo Trento. Der Psychiater sprach mit leiser Stimme.

«Warum wiederholt sie immer dieses ‹Gott mit uns›? Außerdem …»

Sie sah ihn fragend an.

«Außerdem liegt es ja wohl auf der Hand: Wenn sie unter Hypnose steht, ist es nicht sie, die spricht», meinte der Psychiater abschließend.

29. Kapitel

Als Mele den Bericht der ersten Hypnosesitzung gelesen hatte, stellte er fest, dass sich alles perfekt mit dem Fall Luberti deckte. Aber wie kann es sein, dass das Mädchen, diese Carolina Rossi, von bestimmten Dingen weiß?, fragte er sich. Hat sie davon gelesen oder es irgendwo aufgeschnappt, in der Zeitung, einer Talkshow oder im Internet?

Noch einmal überflog er die Seite. Ein Satz erregte seine besondere Aufmerksamkeit:

… Ich habe … alles herausgezogen, alles … dann habe ich dieses eklige rote Ding auf seiner linken Schulter abgeschnitten …

Was zum Teufel war dieses rote Ding auf der linken Schulter? Hier blickte er nicht durch, und er beschloss, dem genauer nachzugehen. Er suchte Virgas Handynummer in seinem Adressbuch, hob den Hörer und wählte.

Das Motorola der jungen Frau klingelte, als sie gerade mit Pozza im Auto saß.

«Ja?», sagte sie und drückte auf die Freisprechfunktion, damit er mithören konnte.

«Laura, ich bin's, Mele. Sie haben mir doch diesen Bericht über die nächtlichen Wahnvorstellungen des Mädchens gegeben, erinnern Sie sich?»

«Natürlich.»

«Also, da ist etwas, was ich nicht verstehe. Irgendwann erwähnt sie etwas Rotes auf der linken Schulter des Jungen, das sie abschneiden wollte. Was mag das sein, dieses rote Ding? Haben Sie eine Idee?»

Laura überlegte kurz, Pozza folgte aufmerksam dem Gespräch. «Nein, ich habe keine Ahnung. Mir ist die Stelle auch aufgefallen, aber ich weiß ehrlich gesagt nicht, was sie damit meint. Warum fragen Sie?»

«Ich kenne den Fall praktisch in- und auswendig, und die Bemerkung über etwas Rotes auf der linken Schulter des Opfers überrascht mich. An Derartiges kann ich mich absolut nicht erinnern. Da wollte ich nachfragen, ob Sie Genaueres darüber wissen.»

«Nein, ganz im Gegenteil, ich dachte, Sie könnten es mir vielleicht erklären», gab die Inspektorin zurück. Dann verabschiedeten sie sich mit dem Vorhaben, sich in den nächsten Tagen zu treffen.

Pozza schlug die Akte *Luberti* auf, die er sich von Laura hatte geben lassen, und begann zu lesen. Sofort galt sein ganzes Interesse dem Obduktionsbefund, schließlich hatte Carolina von nichts anderem geredet als von abgeschnittenen Gliedmaßen und aufgeschlitzten Bäuchen. Als er den Bericht aufmerksam durchgearbeitet hatte, kam auch er zu dem Schluss, dass sich die Beschreibungen der Patientin nur auf diesen Mord beziehen konnten.

Er legte sich für eine halbe Stunde hin. Um fünf Uhr nachmittags zog er einen dunkelblauen Anzug an, dazu eine schlichte amarantrote Krawatte, und ging dann runter in die Hotelbar, um etwas zu trinken.

Nun saß er an dem kleinen Tischchen des eleganten Cafés im *Due Cigni*, nippte an seinem Tee und ließ die Ereignisse der letzten zwei Tage Revue passieren, die er in eine Ordnung zu bringen versuchte. Er zwang sich, sich nur auf die Fakten zu konzentrieren, irgendwelche Theorien wären ohnehin wenig glaubwürdig.

Während Pozza nachdachte, nahmen zwei elegant gekleidete Damen an dem Tisch vor ihm Platz. Sie bestellten etwas, plauderten ein bisschen – die Frau, die ihm gegenübersaß, begann sich anscheinend für ihn zu interessieren. Sie war blond, hatte schmale Augen und ein kleines Muttermal auf der rechten Wange. Die Frau sah zu ihm hin, doch der Psychiater war mit seinen Gedanken ganz woanders.

Carolina durchlebte ihren Albtraum nur, wenn sie durch Hypnose in ein pränatales Stadium versetzt wurde, wobei sie sich in einen völlig anderen Menschen verwandelte. Sie redete von abgeschnittenen Beinen, abgetrennten Armen, vom Herausreißen der Eingeweide, von diesem roten Ding auf der linken Schulter des Opfers, wie Laura ihm kurz zuvor noch einmal in Erinnerung gebracht hatte.

Dann war da noch der Obduktionsbericht des Gerichtsmediziners, dessen Beschreibungen der Wunden Carolinas Äußerungen sozusagen bestätigten. Wenn man den Befund las, drängte sich die Annahme auf, dass das Mädchen bei Moreno Lubertis Ermordung am Tatort gewesen war. Leider war diese Theorie mehr als unwahrscheinlich, schließlich war Carolina zu dem Zeitpunkt noch gar nicht auf der Welt.

Die blonde Frau starrte Pozza noch immer an, doch er wich ihrem Blick aus, das Muttermal in ihrem Gesicht störte ihn irgendwie.

Dann hatte Carolina von einem Henker gesprochen, von erregten Männern und einem Jungen, der geschlagen wurde. Oft wiederholte sie diese deutschen Worte, *Gott mit uns*, und erwähnte einen gewissen Pfarrer Kreuzberg. Wie soll man da, bitte schön, noch durchblicken! Trotz seiner Berufserfahrung …

Er stockte. Er sah zu der blonden Frau – ja, natürlich!

Pozza musterte die Frau, die ihn so ins Visier genommen hatte, genauer und konzentrierte sich auf den kleinen roten Fleck in ihrem Gesicht …

Warum war er nicht gleich darauf gekommen? Zum großen Bedauern der Signora sprang er ruckartig auf, ließ den Barkeeper den Betrag auf seine Zimmerrechnung setzen und eilte zum Fahrstuhl. Er drückte auf den Knopf für den siebten Stock, verließ den Aufzug, lief den Gang entlang, schob seine Zimmerkarte in den Schlitz und trat ein. Er schloss die Tür hinter sich, dann nahm er das Dossier *Luberti* zur Hand. Obduktionsbefund … Obduktionsbefund … wo zum Teufel war er denn? Da war er ja, der Obduktionsbefund von Doktor Andrea Stromboli. Er überflog ihn, bis er die richtige Stelle gefunden hatte. Er las noch einmal nach – jetzt erinnerte er sich.

Zur Bestätigung seiner Vermutung musste er allerdings noch ein Telefonat führen. Er wählte die Neun des Hoteltelefons, und eine höfliche Stimme fragte:

«Rezeption, was kann ich für Sie tun?»

«Hören Sie, ich bräuchte eine Nummer aus Verona», gab Pozza zurück.

«Gern, *Signore*. Wenn Sie mir noch den Namen nennen und sich einen Augenblick gedulden würden», sagte der freundliche Rezeptionist.

«Ja. Luberti. Valerio Luberti.» Pozza hatte da so eine komische Vorahnung, warum, wusste er auch nicht – der sechste Sinn?

Während er auf den Rückruf des Herrn vom Empfang wartete, tigerte er im Zimmer auf und ab – vielleicht half das ja gegen seine plötzliche Unruhe –, rieb sich das Kinn, dann läutete das Telefon.

«Ja?», antwortete Pozza.

«Sie haben Glück, *Signore,* es gibt nur einen Valerio Luberti.»

«Wie geht's dir heute, Sara?», fragte der Priester leise.

«So wie immer, Herr Pfarrer», gab sie zurück.

Die Freundschaft zwischen Sara und Don Luigi war vor Jahren entstanden, als sie noch ein Teenager war. Schon damals hatte sie viele Probleme. Er war eine Art Bezugsperson für sie geworden, ein selbstloser Freund, der ihr zuhörte. Der Priester hatte sie aufgenommen und respektiert, mit der Zeit fühlte sie sich ihm immer mehr verbunden. In ihm hatte sie die Vertrauensperson gefunden, die es außer in Peter Pan nie gegeben hatte.

Das Dämmerlicht in der kleinen Kirche am Stadtrand – die um diese Uhrzeit, am frühen Nachmittag, völlig leer war – verlieh der Szenerie eine geradezu mystische Stimmung. Sara saß in der Sakristei und sah den alten Priester an, in ihren Augen lag Schmerz.

«Hast du in letzter Zeit Drogen genommen?»

Sara überlegte kurz, bevor sie antwortete. «Ja ... ich hab gedrückt. Ohne schaff ich es einfach nicht, Pater. Ich brauche mindestens zweimal am Tag einen Schuss.»

«Und woher kommt das Geld?»

«Das Geld? Sex, Männer ...», antwortete sie und warf dabei nervös ihr langes blondes Haar über die Schulter.

«Du tust es also noch immer?», haspelte er.

«Was bleibt mir denn anderes übrig? Soll ich etwa Verkäuferin werden? Ich kann mich ja nicht mal auf den Beinen halten.» In ihrer Stimme lag Hohn.

Der Pfarrer hörte ihr zu, es war ihm nicht unangenehm – er hatte schon so viele Geschichten gehört, ihn wunderte gar nichts mehr.

«Sara, ich kenne dich von klein auf, und du weißt, wie gern ich dich habe. Ich bitte dich, sei nicht so rastlos! Du darfst nicht verzweifeln. Und du kannst mir immer alles erzählen, das weißt du», sagte Don Luigi mit väterlicher Stimme. Das junge Mädchen berichtete, was in der letzten

Zeit passiert war, der Pfarrer hörte ihr mit ernster Miene zu, bis sie ihn in einem ganz bestimmten Anliegen um Hilfe bat. Don Luigi schwieg eine Weile. Sie erwartete eine Antwort von ihm, während er in einen Gewissenskonflikt geriet – ich bin Priester, dachte er, ich muss tun, worum Sara mich bittet. Ich hätte ihr ja auch so geholfen. Und im Halbdunkel dieser Kirche am Stadtrand antwortete Don Luigi Martullo mit gramerfüllter Stimme: «Ja, ich werde es tun.»

«Hallo?»

«Guten Abend ... Bin ich richtig bei Luberti?»

«Wer ist am Apparat?» Es war eine Frau, ihre Stimme klang bleiern. Pozza dachte, dass sie vermutlich nicht mal beeindruckt wäre, wenn er ihr erzählte, dass die Welt gleich unterginge.

«Guten Abend, *Signora*. Ich bin Professor Gregor Pozza von der Universität Padua. Sie sind ...»

«Signora Luberti», sagte die Frau.

Es war nicht einfach, mit einer Mutter zu sprechen, deren sechsjähriger Sohn einem Wahnsinnigen zum Opfer gefallen war, auch wenn seitdem sechzehn lange Winter vergangen waren.

«Ich arbeite zusammen mit dem Polizeipräsidium Verona an dem Fall Ihres Sohnes.»

Es kam keine Antwort.

«*Signora,* ich verstehe, dass es für Sie nicht leicht ist, darüber zu sprechen, aber ich bin Psychiater und müsste Sie etwas sehr Wichtiges fragen. Es könnte der Gerechtigkeit dienen», insistierte er.

«Warum interessiert sich ein Psychiater für Moreno? Was hat er denn angestellt?»

Sie redete, als wäre er noch am Leben.

«Kein Grund zur Sorge. Ich müsste nur wissen, ob

Ihr Sohn einen Leberfleck oder etwas Ähnliches auf der Schulter hatte.»

«Warum interessieren Sie sich dafür, ob mein Sohn irgendwelche Flecken auf dem Körper hat?», fragte die Frau.

«Es ist wichtig, *Signora*. Hören Sie, hat Moreno zufällig ein ... Muttermal auf seiner linken Schulter?» Pozza bemühte sich, im Präsens zu sprechen, um sich ihr anzupassen, um dieselbe Sprache zu sprechen.

Marta Luberti begann leise zu schluchzen.

«Ja ... er hat ein Muttermal.» Pozza hörte zu, er rührte sich nicht.

«Wo genau?»

«Da, wo Sie sagten ... Auf der linken Schulter.»

«Ist es auffällig, *Signora* ... dieses Muttermal? Ich meine, ist es gut zu sehen?»

Die Frau wartete eine Sekunde, dann fuhr sie schluchzend fort: «Es ist zwei, drei Zentimeter groß, nichts Besonderes. Aber ... warum wollen Sie das wissen?»

«Ich sagte doch schon: um für Gerechtigkeit zu sorgen. Gibt es außer Ihnen und Ihrem Mann jemanden, der dieses Merkmal kennt?»

«Nein, ich glaube nicht.»

«Denken Sie genau nach, Signora», bohrte Pozza weiter. «Haben Sie es jemals irgendjemandem gegenüber erwähnt? Gegenüber der Polizei oder der Presse?»

«Nein. Ich habe es nie erwähnt. Das interessiert doch keinen.»

«Ich danke Ihnen, Signora Luberti. Ich danke Ihnen vielmals.»

Pozza legte auf, er saß an dem kleinen Schreibtisch des Hotelzimmers und versuchte, seine Gefühle einigermaßen unter Kontrolle zu bringen.

30. Kapitel

Das Hauptquartier von Emanuele Rodes Wahlkampfmaschinerie lag im Zentrum Veronas, Via Garibaldi 45, der Straße, die zum Ponte Garibaldi führt. Früher war in dem Gebäude einmal ein großes Kaufhaus gewesen. Am Eingang, gleich bei der Drehtür, hing das Spruchband RODE FÜR ITALIEN – WAHLEN 2000. Darunter stach einem sofort das Motto ins Auge: ITALIEN – AUF IMMER UND EWIG. Drinnen herrschte reges Treiben: aufgeregte Wahlbeobachter, die jederzeit gerne von 0,5 % mehr Stimmen gegenüber den Rivalen berichteten; extrem beschäftigte Damen in weißen Blusen, eleganten Hosenanzügen und mit beschwingtem Gang; schick gekleidete Männer mit vertrauensvollem Lächeln, souverän zwischen Computer und Handy switchend.

Zehn Tage vor der Wahl am 26. November saß Rode an seinem Schreibtisch im Büro; vor ihm stand Antonio Lami, der ihn mit ernster Miene ansah.

Rode nahm die Brille ab und spielte mit den Bügeln.

«Ich mache mir ein wenig Sorgen, Antonio. Wochenlang lag ich vorn, zehn Punkte vor Cittadini und fünfzehn bis sechzehn vor Cescon. Und jetzt sind es gerade mal noch vier Punkte Vorsprung vor beiden. Ich kann ihren Atem schon im Nacken spüren.»

Der sieht ja richtig schwarz, dachte Lami.

«Wie denken Sie darüber? Glauben Sie, die Umfragewerte könnten kippen? Cittadini legt gerade einen unglaublichen Endspurt hin. Da frage ich mich schon, was zum Teufel hier eigentlich los ist.» In Rodes Stimme lag Resignation.

Lami versuchte möglichst gelassen zu klingen: «Das sieht nur so aus. In Wirklichkeit liegt der Abstand bei mehr als sieben bis acht Punkten.»

«Ich verstehe nicht …», fuhr Rode ihm gereizt ins Wort.

«Die neuesten Umfragen der großen Fernsehsender zeigen, dass der geringe Vorsprung gar nicht auf eine Stimmungsveränderung in der Bevölkerung zurückzuführen ist. Man hat nur ein neues Verfahren bei den statistischen Erhebungen eingesetzt. Befragt wurde nicht mehr nach dem Zufallsprinzip, sondern eine repräsentative Auswahl der Gesamtwählerschaft. Das ist etwas völlig anderes.»

Rode versuchte, Ruhe zu bewahren. «Wochenlang habe ich meinen Wählern erklärt, Umfragen interessierten mich nicht, weil sie gar nichts aussagen. Aber dann waren die Umfragen sehr günstig für mich, und ich habe gesagt, gelobt sei der, der sie erfunden hat. Ich lag mit einem ordentlichen Vorsprung ganz vorn – was blieb mir also anderes übrig?» Seine Hände waren schweißnass. «Da konnte ich mir so etwas auch noch erlauben. Aber jetzt? Soll ich Ihrer Ansicht nach schon wieder meine Meinung über Wahlumfragen ändern? Wie ein Schizophrener mein Fähnchen in den Wind halten?»

Für Lami war es ein Kraftakt, dem Mann vernünftiges Denken nahezubringen. Es war nicht zu übersehen, wie erschöpft und gestresst er war. «Machen Sie sich keinen Kopf, es läuft doch alles bestens! Die Zeitungen reden viel, wenn der Tag lang ist. Und ich bleibe dabei: Wahlprognosen sagen nicht viel aus.»

«Sie glauben also ernsthaft, dass all die großen Institute nichts zu melden haben!», schnaubte Rode gereizt zurück. «Lami, Sie müssen wissen, dass …»

Doch der andere schnitt ihm das Wort ab.

«Wissen Sie eigentlich, dass Sie gemäß unserer letzten

Umfragen bei Schwulen und Lesben verloren haben? Das fällt zwar kaum ins Gewicht, dennoch sind es verlorene Stimmen.»

«Wie bitte?», rief Rode überrascht.

«Ja. Äußern Sie sich doch in Ihrer nächsten Rede entsprechend zu Homosexuellen, Einwanderern und anderen Minderheiten. Vielleicht auch zu Süditalienern ... Es wählen schließlich alle, nicht nur die Manager aus Mailand.»

«Süditaliener ... Ich bitte Sie, Lami, kommen Sie mir nicht mit denen!», platzte Rode in seiner sarkastischen Art heraus. «Diese Jammerlappen, Nichtsnutze, die ... die sich so gerne als Opfer sehen!»

«Ich halte es für äußerst unwahrscheinlich, dass alles, was in diesem Land schiefläuft, den Süditalienern in die Schuhe geschoben werden kann. Ich fühle mich geradezu verpflichtet, Sie darauf aufmerksam zu machen, dass Sie diesen Punkt noch einmal überdenken sollten, Herr Bürgermeister.»

«Sie haben mich auf die Süditaliener angesprochen, und ich habe Ihnen gesagt, was ich davon halte. Und wo wir schon dabei sind – ich möchte Ihnen nicht vorenthalten, dass meine Meinung über Norditaliener auch nicht gerade die beste ist. Diese aufgeblasenen Heuchler, die ihr Geld in die Schweiz schaffen und dann auch noch Moralpredigten halten.» Er wurde richtig wütend. «Machen wir uns doch nichts vor, Lami! Dieses Volk ist, im Norden wie im Süden, über Jahrzehnte durch einen mafiosen Wohlfahrtsstaat zugrunde gewirtschaftet worden. Sind wir uns wenigstens darin einig?»

«Ja, natürlich. Aber so schlecht steht es um Italien nun auch wieder nicht», erwiderte Lami. «Jetzt ist genau der richtige Zeitpunkt für eine neue Regierung in diesem Land, die es erlöst und die Vergangenheit endgültig hinter sich lässt. Stark wird sie sein, nicht korrupt, und sie wird aus Ministern mit neuen, jungen Gesichtern bestehen.»

«Eine Regierung, die das Land erlöst?», meinte Rode kopfschüttelnd. «Die berühmte Neue Republik? Ich bitte Sie, lassen Sie uns doch sachlich bleiben! Rechts, links – die sind doch alle gleich, lauter Karrieristen, denen es um Macht und leichtverdientes Geld geht.»

«Vielleicht übertreiben Sie ein wenig, Sie sollten nicht alles über einen Kamm scheren. Außerdem muss ein Politiker auch praktisch veranlagt sein, realistisch! Er muss auch von denen gewählt werden, die er nicht gerade liebt.»

«Ja, stimmt, vielleicht übertreibe ich. Aber nur zum Teil. Ich will Ihnen mal was sagen, Lami: Nehmen wir etwa die politische Klasse – Sie kennen Sie nur allzu gut, stimmt's? Sie arbeiten für mich, insofern dürfte ich Ihnen da nichts Neues erzählen. Also, im Grunde sind das doch alles skrupellose Ehrgeizlinge, denen es am Arsch vorbeigeht, wer für sie gestimmt hat. Solange sie nur einen Sitz im Parlament haben. Wir stehen für ‹den neuen Fortschritt›, Unternehmer, Richter, Polizeipräsidenten, Oberstleutnants, alle in unserer Hand … Wir tauschen Beamte und Schulräte aus, wenn uns das nützt, der Staat ist uns dabei doch völlig egal. Wir spielen mit ihnen Karten, vielmehr: Wir machen Tauschgeschäfte. ‹Lieber Kollege, wenn ich dir den Polizeipräsidenten X vom Hals schaffe, gibst du mir dann dafür Richter Y?› Ein großartiges Schauspiel! Und wenn wir nicht mächtig genug sind, um sie als Freunde zu gewinnen, kaufen wir sie uns eben. Heutzutage nennen sich Untersuchungsrichter GIP, Richter für Vorverhandlungen – und als solche sind sie es, die über das Schicksal eines Angeklagten entscheiden. Wissen Sie, es gibt da so einige, die in unseren Diensten stehen. Und ganz nebenbei bemerkt: Wer zieht uns denn aus dem Schlamassel, wenn wir einen Prozess am Hals haben, wegen der klitzekleinen Gefälligkeiten, die wir uns gegenseitig erweisen? Wir brauchen die GIP, wir haben sie dringend nötig! Wir haben sie uns gekauft, Lami! Entweder mit Geld oder durch Erpressung, das spielt keine Rolle. Das ist die nackte Wahrheit. Neue Republik? Ein Politiker – egal, was für einer – ist immer der, der den Kindern ihre Süßigkeiten klaut. Gene Hackman hatte schon recht in diesem Film da.»

Lami sah ihn an. «Warum sind Sie dann überhaupt in die Politik gegangen?»

Rode musterte seinen Mitarbeiter und versuchte, seine Stimme möglichst fest klingen zu lassen. «Ich hasse sie alle, so viel steht fest! Ja, warum bin ich dann in der Politik? Weil *ich* anders bin. Weil *ich* kein gewöhnlicher Mensch bin. Wahrscheinlich verdiene ich genauso viel oder noch mehr Verachtung wie alle anderen auch, aber in meinem politischen Wirken werde ich alles tun, damit dieses widerliche Volk um mich herum ein sorgenfreies Leben führen kann. Die Meinung der Leute interessiert mich nicht sonderlich, ich weiß auch so sehr genau, dass ich auf der richtigen Seite stehe. Wenn es nach mir ginge, könnten die Wahllokale ruhig abgeschafft werden. Sie werden sowieso nutzlos sein, wenn ich erst einmal an der Macht bin, denn ich werde mein Bestes geben. Jedes Problem werde ich lösen. Das traue ich mir zu, weil es schon seinen guten Grund haben wird, dass ich jetzt hier stehe, wo ich stehe. Ich bin ein zutiefst – ich unterstreiche – ein zutiefst gerechter Mensch.»

Nach dem Telefonat mit Moreno Lubertis Mutter gingen Pozza tausend Gedanken durch den Kopf; Stück für Stück schien sich der Fall zu einem Ganzen zu fügen.

Erstens: Im Autopsiebericht von Doktor Stromboli war von einer vier Zentimeter langen Wunde im zentralen Bereich des linken Trapezmuskels die Rede, aus dem weiches Muskelgewebe entfernt worden war.

Zweitens: Als sich Carolina im Trancezustand befand, hatte sie von *diesem ekligen roten Ding* auf Morenos linker Schulter gesprochen, also von einem Muttermal, was Signora Luberti dann ja auch bestätigt hat.

Drittens: Valerio und Marta Luberti hatten der Polizei gegenüber diesen Fleck auf der Schulter nie erwähnt, auch Mele wusste nichts davon.

Als sich Pozza all die Ereignisse und seine Ermittlungsergebnisse bewusstmachte, reagierte er in einer für einen Psychiater ziemlich untypischen Weise: Er bekam eine Gänsehaut. Er rief Laura an und bat sie, möglichst schnell ins Hotel zu kommen. Sie entgegnete, sie würde sich beeilen.

Er wartete unten in der Eingangshalle. Sie musste umgehend von seinen neuen Entdeckungen erfahren.

«Herr Rode, das ist Marcellino, mein Sohn», sagte Lucilla, eine seiner Wahlhelferinnen, die einen rothaarigen Knirps mit Sommersprossen an der Hand hielt.

Rode sah ihn sich an.

«Was für ein hübscher Junge, Lucilla! *Ciao,* Marcellino.»

Sie freute sich über das Kompliment. «Er ist noch nicht mal vier und spricht schon perfekt, wissen Sie? Komm, Marcellino, sag dem Bürgermeister guten Tag.»

Rode näherte seine Hand langsam dem Gesicht des Jungen und streichelte ihn – ein bisschen zu lang. Die Berührung löste ein seltsames Gefühl in ihm aus. Für einen Moment hatte er ihn richtig lieb, unschuldig und niedlich, wie er war. Wie gut die junge Haut roch! Er atmete den Duft ein, die süße Reinheit, die sie verströmte … Noch immer berührte er ihn und starrte ihn mit leeren Augen an. Plötzlich, als hätte er eine Halluzination, sah er ein paar Tropfen Blut aus seinen Augen rinnen und spürte seine glitschigen Eingeweide in der Hand. Er wurde bleich, schluckte, schnell nahm er seine Hand von Marcellinos Gesicht.

«Alle Achtung, wirklich ein reizendes Kind! Ich … ich muss jetzt gehen, entschuldigen Sie. *Ciao*», schickte er etwas verlegen und nervös hinterher.

Lucilla blieb stumm zurück. In den wenigen Sekunden, in denen der Mann ihren Jungen gestreichelt hatte, hatte sie irgendetwas Seltsames wahrgenommen. Sie hatte ein ungutes Gefühl.

Rode eilte in die Abteilung «Werbung und Medien» seines Wahlkampfbüros. Sollte er tatsächlich Abgeordneter werden – und aller Wahrscheinlichkeit nach würde er das in zehn Tagen auch sein –, könnte er sich nie wieder lustvoll an einem Kind vergreifen: zu viel Überwachung, zu viele Leute, die ihn kannten, zu viele Termine. Ein zu großes Risiko.

Aber er brauchte es, dringend, zumindest ein letztes Mal! Ein letztes Mal noch, dachte er, überwältigt von diesem Gedanken. Wie die letzte Zigarette eines Lungenkrebspatienten, wie der letzte Schluck Whiskey eines an Leberzirrhose Erkrankten.

Er hatte sich schon einen Plan zurechtgelegt und wollte auf seine Art die Wahl ins italienische Parlament feiern. Die letzten Takte seiner persönlichen Symphonie würden episch sein. So viel war klar: Dem eigenen Schicksal kann man nicht entrinnen.

Er steckte sich eine Zigarette an und wischte sich die feuchten Hände in der Hosentasche ab.

Um neunzehn Uhr fünfzig betrat Laura Virga die Hotelhalle des *Due Cigni*, sie trug einen grauen Mantel, darunter ein dunkles Samtkleid, das ihren Körper betonte.

«Du siehst gut aus», sagte Pozza, verbeugte sich und gab ihr einen Handkuss. Sie errötete leicht. «Danke», erwiderte sie.

Sie hatte sich für das *Scalaccia* entschieden, es lag bei der Arena und zeichnete sich durch gute italienische Küche aus. Sie stiegen in den Wagen der jungen Frau, fuhren einige Kilometer durch den abendlichen Verkehr und erreichten schließlich das Restaurant in der Via Roma 32.

Beim Eintreten wurden sie sogleich zum Tisch geführt, den Laura reserviert hatte. Bei einem höflichen, eleganten Kellner bestellten sie Spaghetti mit Hummer, *Scaloppine alla Sorrentina* und Tiramisu.

«Lebst du allein?», fragte Pozza nach einer Weile.

«Ja. Es gab zwar schon ein paar Männer, du weißt schon ... aber nichts Ernstes. Ich habe wohl einen etwas ausgefallenen Geschmack», sagte Laura und sah ihm dabei fest in die Augen.

«Ich nehme an, du möchtest jetzt ... auch gerne mehr über mich erfahren.»

«Ja, ehrlich gesagt, es würde mich freuen, wenn du etwas über dich erzählen würdest», gab die Polizistin zurück.

«Laura, es fällt mir schwer, darüber zu reden. Es ist so ... also meine familiäre Situation ist nicht gerade glücklich, verstehst du?» Er machte eine Pause. «Meine Frau lebt nicht mehr bei mir.»

Sie kniff die Augen zusammen. «Seid ihr geschieden?»

«Ja und nein. Aber würde es dir etwas ausmachen, wenn wir heute nicht darüber reden?»

«Wenn dir das den Abend verdirbt – einverstanden, dann lass es lieber. Du erzählst es mir, wenn dir mal danach ist.»

Der Psychiater nickte erleichtert und berichtete ihr von

seinen Recherchen am Nachmittag: wie er die Wunde am linken Trapezmuskel mit dem von Carolina erwähnten «roten Ding» in Verbindung gebracht hatte, das sich als gewöhnliches Muttermal entpuppt hatte.

«Und noch etwas, Laura ... Ich denke, wir sollten uns noch einmal alle Zeitungsartikel von damals über den Mordfall Moreno Luberti genauer ansehen, um herauszufinden, ob die Presse jemals eine Wunde an der linken Schulter des Jungen erwähnt hat.»

«In Ordnung, Gregor. Ich kümmere mich morgen darum. Aber warum interessiert dich das?», fragte sie.

«Ich habe da so eine Idee. Allerdings müssen da erst noch ein paar Sachen überprüft werden», beendete der Psychiater das Gespräch.

31. Kapitel

Laura Virga saß im Archiv des Präsidiums Verona und nahm sich die Tageszeitungen vor, die sie vor sich liegen hatte. Sie begann mit dem *Corriere della Sera*: TOT UND BESTIALISCH GESCHÄNDET – KÖRPER DES KLEINEN MORENO LUBERTI GEFUNDEN, von Filippo Galla. Aufmerksam las sie den Artikel durch. Dann nahm sie den *Messagero* zur Hand: VERONA: SCHRECKLICHES ENDE EINES SECHSJÄHRIGEN, von Matteo Corinna. Der *Evento* titelte: ERMORDET!, von Emanuele Rode. Rode – der Bürgermeister, der fürs Parlament kandidiert, dachte sie. Die Zeitung *Tempo*: DAS GRAUEN VON VERONA: SECHSJÄHRIGER ZERSTÜCKELT, von Caterina Cerase. *Gazzetta del Mezzogiorno*: VERONA: JUNGE ZERHACKT AUFGEFUNDEN, von Claudio Di Lello.

Als es Mittag war, hatte sie siebenundzwanzig Artikel über den Mordfall gelesen, aber nicht gefunden, wonach sie gesucht hatte. Erschöpft gab sie die Zeitungen zurück, verließ die Bibliothek, zog ihr Handy aus der Tasche und wählte zögernd Pozzas Nummer. Ein paar Sekunden später meldete sich die tiefe Stimme des Psychiaters: «Hallo?»

«*Ciao,* Gregor, ich bin's.»

«Und?»

«Nichts. Kein Hinweis auf die Wunde oder einen roten Fleck.»

Einen Moment lang sagte Pozza nichts.

«Bist du sicher?»

«Absolut. Die Zeitungen haben nie etwas darüber geschrieben. Rein gar nichts.»

«Okay. Hör mal, Laura, ich habe noch einmal über den Fall nachgedacht und muss dir unbedingt ein paar Dinge sagen. Wir müssen uns sehen. Ich komme zu dir.»

«Nein, Gregor, ich komme zum *Due Cigni*, wir können ja im Hotel etwas essen.»

«Gut. In einer Stunde erwarte ich dich in der Eingangshalle.»

Eine Stunde später saßen sie sich gegenüber. Pozza strich sich über den Bart. «Überleg doch mal, Laura: Ein zwölfjähriges Mädchen aus Verona wird Opfer eines Verkehrsunfalls. Nachts redet sie im Traum von einem Mord, der sich vor sechzehn Jahren ereignet hat. Sie weiß alles über den Fall, über den genauen Hergang, einfach alles. Richtig?»

Laura nickte.

«Sie erinnert sich auch an ein Detail, an eine seltsame, scheinbar unwichtige Kleinigkeit. Sie spricht von diesem hässlichen ‹roten Ding› auf Moreno Lubertis linker Schulter. Wie kommt es, dass Carolina diesen Fleck kennt? Wie kann es sein, dass sie bestimmte Sachen weiß, die nur den Eltern des Jungen bekannt sind?»

«Stromboli, der Gerichtsarzt, der die Autopsie an Morenos Körper durchgeführt hat, wusste auch davon.»

«Ja, stimmt, er wusste von der Wunde, aber nicht, woher sie kam. Er dachte, sie sei zufällig entstanden, weil der Täter so gewütet hat … Morenos Mutter hat mehrmals betont, sie habe das Muttermal ihres Sohnes nie gegenüber jemandem erwähnt. Kurzum: Keiner, wirklich keiner, konnte von diesem Detail wissen. Richtig?», rief Pozza.

«Aber …», warf sie stockend ein. «Aber Carolina weiß davon!»

«Ja, Carolina weiß davon», fuhr der Psychiater fort. Er

senkte den Kopf, sein Gesicht wurde ernst. «Lass uns die Dinge doch mal beim Namen nennen: Nur zwei Personen wissen von dem roten Fleck auf der linken Schulter. Die eine ist Morenos Mutter, die andere ist …»

Laura Virga fehlten die Worte, ihr Blick war starr auf ihn gerichtet, sie atmete flacher.

«Genau, Laura. Die andere ist die, die ihn mit einer Machete zerstückelt hat – der Mörder.»

«Aber Carolina ist vier Jahre nach dem Mord zur Welt gekommen, sie kann also unmöglich der Täter sein!», protestierte Laura.

«Wenn Carolina unter Hypnose steht, ist sie der Mörder: die Ratte.»

«Entschuldige mal … Nichts für ungut, aber das ist doch gar nicht möglich, wie soll denn das gehen? Irgendwie verstehe ich überhaupt nichts mehr.» Laura war skeptisch.

Der Psychiater sah sie verständnisvoll an und schüttelte den Kopf. «Vielleicht gibt es dafür eine Erklärung. Hast du schon mal etwas von Metempsychose gehört? So Fälle wie: Textilarbeiter aus Buenos Aires schläft unter einem Baum ein, und als er wieder aufwacht, spricht er perfekt Altgriechisch. Du weißt schon … frühere Leben, die Seele, die nie stirbt, die aber in einen anderen Körper schlüpft, wenn der Mensch, in dem sie vorher war, stirbt, und so weiter und so fort.»

«Verstehe. Willst du damit sagen, Carolina ist die Reinkarnation der Ratte?», meinte sie ungläubig und sah ihn mit besorgter Miene an. «Weißt du, ich denke, du solltest dir etwas mehr Ruhe gönnen. Ich verstehe ja …»

«Danke, nicht nötig, Laura! Und behandele mich bitte nicht, als wäre ich verrückt geworden. Selbst wenn man an Metempsychose glaubt, würde es den Fall nicht erklären. Carolina kann aus zweierlei Gründen heraus nicht die Reinkarnation der Ratte sein. Sie ist 1988 geboren, während dieser Wahnsinnige den letzten Mord zehn Jahre später verübt hat, nämlich am 21. März 1998.» Pozza hielt kurz inne, dann fuhr er fort. «Das heißt, als Carolina auf die Welt kommt, ist die Ratte noch am Leben. Es kann sich also beim besten Willen nicht um Metempsychose handeln, denn die zwingende Voraussetzung der Reinkarnation ist, dass ein Körper stirbt, während ein anderer geboren wird. Außerdem ist das alles Unsinn! Ich denke, die sogenannten unerklärlichen Vorfälle, die immer wieder Diskussionen über dieses Phänomen hervorrufen, lassen sich wissenschaftlich erklären.»

Die Äußerungen des Psychologen hatten Laura verstummen lassen.

«Versteh mich nicht falsch! Ich will damit nicht sagen, dass man Reinkarnation rational erklären kann, sondern nur, dass die Fälle, bei denen die Leute an Reinkarnation glauben, in Wahrheit biologische Ursachen haben.»

«Ich nehme an, du hast bereits eine Vermutung, wo diese biologischen Ursachen liegen könnten», sagte sie.

«Ich kann verstehen, dass es dir schwerfällt, meinen Gedanken zu folgen. Ich will's mit einem Beispiel versuchen. Also, du bist eine junge Frau, die bei Männern gut ankommt, stimmt's?»

Sie kniff die Augen zusammen. «Kann schon sein, ja, aber was tut das zur Sache?»

«Von wem hast du deine Haare?»

«Von meinem Vater.»

«Und diese funkelnden Augen?»

«Ich glaube, von meiner Oma mütterlicherseits.»

«Und dein Temperament?», fragte er weiter.

«Gregor, was soll das? Was hat das mit dem Fall zu tun?»

«Bitte antworte, Laura, es ist wichtig. Von wem hast du dein Temperament?», drängte er weiter.

«Von Mama. Meine Mutter war eine starke Frau», antwortete sie resigniert, sie verstand noch immer nicht, worauf er hinauswollte.

«Das ist genau der Punkt. Die Lösung unseres Problems heißt ‹Genetik›. Wie du siehst, hast du deine Augen und Haare von deinen Verwandten geerbt. Doch das Temperament hast du auch geerbt, nämlich von deiner Mutter, stimmt's?», fuhr Pozza fort.

«Sprich weiter», forderte sie ihn interessiert auf.

32. Kapitel

An diesem Novembernachmittag läutete Paolo Meles Telefon um fünfzehn Uhr fünfzehn. Der Leiter der Kriminalpolizei starrte auf den Apparat und blieb zunächst gelassen. In all den Jahren, die er in diesem Büro verbracht hatte, hatte er gelernt, dass ein Anruf ausreichte, um ihm einen schönen Tag oder ein Wochenende mit der Familie zu verderben. Oft genug kam es vor, dass jemand von der Telefonzentrale ihm ganz aufgeregt mitteilte: *Commissario? Eine Leiche wurde gefunden*, oder: *Jemand ist entführt worden*, und er musste alles stehen- und liegenlassen. Er hatte sich ja selbst für den Job entschieden, schon klar, aber im Gegensatz zu den Anfangsjahren seiner Karriere missfielen ihm diese unvorhergesehenen Zwischenfälle mittlerweile immer mehr. Und in aller Regel begannen sie mit einem Anruf.

Er hob mit pochendem Herzen ab.

«Mele», sagte er.

«*Ciao*, Paolo. Wie geht's?»

Doch kein Ärger, dachte er erleichtert, nur Michele Resta, der Leiter der Abteilung Organisierte Kriminalität vom Einsatzkommando SCO Venedig.

«*Ciao*, Resta. Was ist los? Ich hab viel zu tun.»

«Gibt's was Neues?», fragte Resta. Ab und zu rief er an und fragte wie ein Lokalreporter, dem die Themen ausgegangen sind, nach Neuigkeiten. Die SCO koordinierte lokal die Einsätze der Kriminalpolizei, schickte aber keine Männer auf die Straße. Sie kam also nicht an Informationen «aus erster Hand», wie es so schön heißt; an die kamen nur die Leute aus dem Polizeipräsidium, die draußen zwangsläufig mehr als genug Impressionen sammelten.

«Du kommst mir vor wie einer dieser rasenden Reporter, die uns von früh bis spät belagern. Frag die doch nach Neuigkeiten, diese Idioten wissen eh immer mehr als wir!», meinte Mele sarkastisch. «Na sag schon, was willst du denn hören?»

«Weiß auch nicht ... Gestern habe ich mit Cecchi gesprochen, dem Kollegen aus Florenz, ich wollte ein paar Informationen über das Monster aus Florenz, aber aus ihm war nichts herauszukriegen.»

«Cecchi? Ist der letztes Jahr nicht zum Polizeipräsidenten befördert worden?»

Resta lachte höhnisch. «Cecchi und Polizeipräsident? Komm schon, Paolo, der wird nie und nimmer Polizeipräsident! Dem ist doch seine Karriere egal, und um Kontakte nach Rom kümmert er sich auch nicht. Den interessiert das alles reichlich wenig!»

«Richtig so! Wir sollten uns ein Beispiel an ihm nehmen. Typen wie er wollen Verbrecher hinter Gitter sehen und nicht, dass sie frei herumlaufen, fröhlich Leute entführen und mit Drogen dealen. Grüß ihn schön von mir.»

«Mach ich. Hör mal, dann hast du also nichts zu berichten? Was gibt's Neues von der Ratte?»

«Der Ratte? Warum erkundigst du dich nicht bei der Fahndungseinheit in Rom? Ihr seid doch derselben Zentraldirektion unterstellt.»

«Wenn du mich fragst, führen die in Rom die Ermittlungen nur noch auf dem Papier durch – trotz des politischen Drucks. Die sind mit ihrem Latein am Ende! Im Endeffekt sind es immer die Einsatzkommandos, die die Fälle lösen», schnaubte er.

«Wie ich sehe, hast du begriffen, wie der Hase läuft. Hier bei uns hat dieser Irre nur 1984 zugeschlagen, danach nicht mehr! Andere Neuigkeiten habe ich nicht, außer dem Todesfall von gestern, mit der alten Frau, aber das habe ich dir ja schon als Fax geschickt. Haben sie's dir nicht weitergeleitet?», fragte Mele und trommelte dabei nervös mit einem Stift auf den Schreibtisch.

«Doch, doch, haben sie. Na dann … bis die Tage.»

Plötzlich fiel Mele wieder ein, was Laura Virga ihm erzählt hatte.

«Warte! Vielleicht habe ich doch etwas über die Ratte – aber ich befürchte, das ist auch wieder irgend so ein Schwachsinn.»

«Lass mal hören. Bei dem bisschen, was wir in der Hand haben, ist uns jeder Schwachsinn willkommen.»

«Gestern waren eine Inspektorin des Jugenddezernats und ein Psychiater aus Padua bei mir und berichteten von einem Mädchen, das nachts Albträume hat, in denen es sich an die Morde der Ratte erinnert.»

«Es erinnert sich an die Morde der Ratte, was soll das heißen?», fragte Resta neugierig.

«Das Mädchen spricht im Schlaf, von Blut, Verstümmelungen und solchen Sachen, und offenbar rekonstruiert sie dabei exakt den Mord an Moreno Luberti», berichtete Mele.

Am anderen Ende der Leitung herrschte ein paar Sekunden Schweigen, dann fragte Resta: «Und wer ist dieses Mädchen?»

Mele setzte seine Brille auf und las: «Eine gewisse … ah, hier: Carolina Rossi aus Verona, zwölf Jahre alt.»

«Zwölf?», murmelte der Leiter der SCO verwundert. «Und wie soll sie in ihrem Alter von dem Mord wissen?»

«Eben! Deswegen meinte ich, kompletter Schwachsinn! Sie könnte allerdings irgendwo davon gehört oder gelesen haben.»

«Und der Psychiater? Was hat der damit zu tun?»

«Er ist Hypnosespezialist, zumindest behauptet er das von sich. Sie haben sie hypnotisiert, um mehr darüber herauszufinden. Er heißt Pozza.»

«Und zu welchem Ergebnis sind sie gekommen?»

«Logischerweise zu einem ziemlich mageren … So, das war dann auch schon alles», sagte Mele.

«Und warum interessiert sich die Kripo nicht für den Fall?»

Mele verlor langsam die Geduld. «Das Mädchen hatte nur einen Unfall, sie ist mit dem Kopf aufgeprallt, und das Jugenddezernat hat sich der Sache angenommen. Die zuständige Inspektorin befragte die behandelnden Ärzte, dabei erfuhr sie von der Sache mit den Albträumen. Zufrieden?»

«Wo wohnt diese Carolina Rossi?», wollte Resta wissen.

«Hier in Verona, im Borgo Venezia. Aber sie liegt noch immer im Krankenhaus.»

«Warte mal, warte, man kann ja nie wissen in solchen Fällen. Gib mir bitte den Namen der Inspektorin und des Psychiaters, dann werde ich …»

«Jetzt reicht's aber, verdammt nochmal! Na gut, schreib schon auf.»

Resta notierte sich die Namen, die der Kollege ihm durchgab, verabschiedete sich und legte auf. Ein paar Minuten überlegte er, kritzelte rautenförmige Figuren auf einen Zettel, dann drückte er auf den Knopf der Gegensprechanlage. Als sich die Telefonzentrale meldete, ließ er sich mit dem Kriminaldirektor in Rom verbinden.

Wenige Sekunden später hatte Resta bereits die Sekretärin des Direktors am Apparat.

Er stellte sich vor, bat die Dame, ihn zu verbinden, dann vernahm er die ernste Stimme des Präfekten Alessandro Carta, Leiter der Zentraldirektion der Kriminalpolizei. Die

Begrüßung war ziemlich unterkühlt. Wie immer, wenn er mit seinem Vorgesetzten sprach, war er etwas nervös, und wie immer versuchte er, das zu verbergen. Er berichtete, das Präsidium in Verona arbeite gerade an einer Sache, die mit der Ratte zu tun habe, auch wenn die Sache vermutlich nicht von maßgeblicher Wichtigkeit und vielleicht in keinster Weise von Interesse sei, wie er sich ausdrückte.

Zu seiner eigenen Überraschung hörte ihm Carta jedoch sehr aufmerksam zu.

Der Polizist gab dem Direktor also die wenigen Informationen weiter, die er von Mele erhalten hatte, und nannte ihm die Namen, die in dieser bizarren Geschichte eine Rolle spielten. Carta schrieb alles in sein persönliches Notizbuch. Nachdem sich der Zentraldirektor der Kripo von Resta verabschiedet hatte, las er alles noch einmal durch und fragte sich, ob es wohl angebracht sei, Rode zu informieren. Besonders wichtig waren die Informationen eigentlich nicht.

Andererseits hatte Rode ihn damals, als er sich für seine Beförderung zum Zentraldirektor der Kripo stark gemacht hatte, gebeten, ihn immer über den neuesten Stand der Ermittlungen im Fall Ratte zu informieren, sozusagen als Gegenleistung – natürlich nur, wenn Zeit dafür wäre und es nicht gegen das Dienstgeheimnis verstoße. Er hatte es immer sehr zu schätzen gewusst, wie aufmerksam Rode den Fall verfolgte, gleichzeitig hatte er sich gefragt, warum er sich so sehr dafür interessierte. Etwas seltsam war ihm das schon vorgekommen.

Wie auch immer – es kostete ihn ja nichts, ihm den Ermittlungsstand mitzuteilen. Er schlug also sein Adressbuch auf, suchte nach dem Rathaus von Verona, wählte die Telefonnummer und wartete. «*Ciao,* Emanuele, störe ich?»

Rode verneinte, während er auf den schwarzen Monitor starrte; höflich und distanziert hörte er ihm zu.

Carta berichtete von Meles eigenartiger Geschichte im Zusammenhang mit der Ratte, und als Emanuele Rode den Spitznamen vernahm, wurden seine Augen glasig.

Am Ende des Telefonats war Rodes Blick müde, doch eine seltsame Leichtigkeit durchströmte seinen Körper. Ein Schauer kroch über seinen Rücken. Vor ihm lag ein Zettel, darauf schrieb er drei Namen: Carolina Rossi, Laura Virga, Gregor Pozza. Er bat Carta um einen kleinen Gefallen, den dieser ihm sofort gewährte.

33. Kapitel

Pozza sah Laura eindringlich an. «Wir müssen also davon ausgehen, dass nicht nur physische, sondern auch psychische Eigenschaften durch Vererbung von einem Individuum auf ein anderes übertragen werden können. Wenn also auch das Temperament und der Charakter ...»

«Ist das nicht dasselbe?», warf die Polizistin ein.

«Nein, das sind zwei verschiedene Dinge», gab er zurück. «Also, wenn auch Temperament und Charakter genetisch übertragbar sind, warum sollten dann nicht auch die Erinnerungen des Vaters, der Mutter oder des Großvaters auf dieselbe Art übertragen werden können? Die Erinnerungen eines Vorfahren?» Seine Stimme klang ein wenig aufgeregt.

«Erinnerungen?»

«Genau. Das Gedächtnis eines Menschen könnte auf genetischem Weg an seine Nachkommen weitergegeben werden. Du hast doch selbst gesagt, du hättest die Haare von deinem Vater und die Augen von deiner Großmutter geerbt. Du hast aber auch gesagt, charakterlich würdest du deiner Mutter ähneln.»

«Ich kann mich aber nur an mein eigenes Leben erinnern, Gregor.»

«Ist ja nur Spekulation. Ich habe darüber aber auch schon einmal etwas in einer Fachzeitschrift gelesen – wir sollten diesen Punkt also zumindest in unsere Überlegungen mit einbeziehen.» Pozza sah auf die Uhr. «Lass uns gehn, Laura», sagte er dann. «Wir haben einen Termin.»

Doktor Enrico Vallacci, Direktor des Forschungsinstituts für Genetik in Verona, war ein streng aussehender alter Herr mit weißem Haar und einer Adlernase. Das Institut befand sich in der Via Pallone, gleich neben der Arena. Das Arbeitszimmer, in dem er Laura und Pozza Platz nehmen ließ, war spartanisch eingerichtet, das Mobiliar schlicht, die Wände kahl.

Die Inspektorin und der Psychiater musterten ihn eingehend.

«Interessantes Thema, würde ich sagen. Verzeihen Sie, Herr Kollege, aber ich werde bei null anfangen müssen und zunächst einiges an Grundwissen erläutern, da ich davon ausgehe, dass Signorina Virga sich aus naheliegenden Gründen bisher noch nicht eingehend mit Genetik beschäftigt hat», begann Vallacci.

Pozza atmete tief durch.

«Wir werden nun zweierlei tun: Zunächst klären wir, wie Erinnerung entsteht und was Vererbung ist. Danach führen wir beide Elemente zusammen, um eine Antwort auf Ihre Frage zu finden.» Er räusperte sich. «Also, unser Gehirn besteht aus ungefähr zehn Milliarden Nervenzellen, die durch unzählige Verbindungsstellen, den sogenannten Synapsen, miteinander verknüpft sind. Bekommt das Gehirn von außen eine Information, dann erfolgt an genau diesen Stellen die Erregungsübertragung von einer Gehirnzelle zur anderen durch eine Art elektrischen Impuls.» Doktor Vallacci hielt beim Sprechen die Fingerspitzen aneinander. «Die elektrische Erregung läuft durch sämtliche Verästelungen und löst ihrerseits wieder elektrische Impulse an anderen Verbindungsstellen aus. Diese Signalübertragungen hinterlassen ihre Spuren», fuhr er fort. «Und genau diese Spuren bilden die Erinnerung. Je stärker, je intensiver ein Gefühlszustand ist, desto tiefer gräbt sich die Erinnerung …»

«Ich dachte, das Gedächtnis befinde sich in einem ganz bestimmten Teil des Gehirns», unterbrach Laura ihn.

«Nun, das glauben viele, aber es stimmt so nicht. Gedächtnisspuren bilden sich im gesamten Gehirn, dank der elektrischen Impulse, die sich von einer Zelle zur nächsten übertragen und an den Synapsen Veränderungen bewirken», gab Vallacci unbeirrt zurück.

Dann erklärte er, dass diese Mechanismen, die das Nervensystem regulieren, im genetischen Code des Menschen, der DNA, verankert seien.

«Um nun auf das zu kommen, was Sie eigentlich interessiert, müssen wir uns die Vererbung psychischer Charaktereigenschaften genauer vornehmen. Psychische Charaktereigenschaften entstehen in den zehn Milliarden Zellen, aus denen das Gehirn besteht. Und die Synapsen, also die Kontaktstellen zwischen zwei Neuronen, sind ebenfalls Teile dieser Zellen. Und wie bei allen anderen Zellen auch …»

«… kann deren Bauplan über die DNA von einem Individuum zum nächsten weitervererbt werden», warf Laura ein.

«Exakt.»

«Aber wenn das so einfach ist, warum haben dann Sie, Doktor Pozza oder ich keinen Zugriff auf die Erinnerungen unseres Vaters oder unserer Mutter? Wie erklären Sie sich das?»

«Ganz einfach. Wie ich bereits sagte, sind Erinnerungen nur ein Abfallprodukt, ein Ausschuss der Gehirnaktivität. Und als Abfallprodukt haben sie nichts mit dem psychischen Leben des Nachfolgers zu tun, sie sind bedeutungslos. Doch das ist genau der Punkt: Die Erinnerungen unserer Vorfahren sind in irgendeinem Teil unseres Gehirns versteckt, so viel ist sicher, auch wenn wir nicht wissen, wo. Ein äußeres Ereignis könnte ausreichen, um sie an die Oberfläche zu bringen, beispielsweise …»

«… ein Schädeltrauma», führte Pozza den Satz zu Ende.

«In der Tat. Ein leichter Schlag auf den Kopf an der richtigen Stelle könnte genügen. Auch wenn ich denke, dass das nicht ausreichen würde, um das ganze Gedächtnis eines Vorfahren hervorzuholen, sondern nur Erinnerungen, die im Zustand äußerster emotionaler Aufregung entstanden sind.»

Laura hakte nach: «Im Grunde, Doktor Vallacci, behaupten Sie doch gerade, dass die Erinnerungen der Eltern an die Kinder weitervererbt werden können.»

«Ja, im Grunde ist das der Kern. Dieses Phänomen hat auch einen Namen, man spricht von ‹genetischer Erinnerung›, darüber wurde auch schon viel geforscht, aber …»

«Aber?», fragte Pozza.

«Nun ja, es fehlen empirische Überprüfungen. Theoretisch ist das alles möglich, aber wir wissen es nicht sicher, wir können es nicht beweisen, weil es sich in der Praxis nie bestätigt hat», sagte der Genetiker. «Kurzum: Sie sollten also wissen, dass das Phänomen vonseiten der Wissenschaft nicht offiziell anerkannt wird. So viel dazu. Nutzen Sie die Informationen, die Sie als wichtig erachten.»

«Natürlich», sagte Pozza. «Haben Sie vielen Dank.»

Sie unterhielten sich noch ein paar Minuten, dann wollten sie nicht länger stören. «Vielen Dank, Doktor Vallacci, Sie haben uns sehr geholfen.»

«Wann ist Carolina geboren?», fragte Pozza Laura. Sie waren wieder auf dem Revier, um noch einmal den Stand der Dinge zu klären.

Laura überlegte kurz. «Am 27. April 1988, glaube ich.»

«Genau. Und wann wurde der Mord an Donatella De Caro verübt? Am 23. Mai 1985. Da war Carolina also noch gar nicht auf der Welt. Wann wurde das dritte Opfer der Ratte getötet?»

Laura öffnete ihre Tasche und zog einen Zettel mit Notizen hervor. «Mal sehn ... Carlo Raimondo Levi wurde am 3. November 1987 ermordet. Also auch vor Carolinas Geburt, aber von diesem Mord spricht sie nie.»

«Ist vielleicht komisch, aber eine Erklärung gibt es dennoch. Carolina kommt im April des darauffolgenden Jahres zur Welt. Eine Schwangerschaft dauert neun Monate. Wenn wir also von April 88 neun Monate zu ihrer Zeugung zurückgehen, hätte die demnach im ...»

Die junge Frau rechnete kurz nach. «... August 87 stattgefunden. Verdammt, dann hat ja ...»

«Eben!», entgegnete der Psychiater. «Verstehst du? Carolina Rossi war zur Zeit der Ermordung von Levi bereits gezeugt worden, auch wenn sie natürlich erst später geboren wurde. Daher kann sie die Erinnerung an diesen Vorfall gar nicht geerbt haben, denn als Carlo Raimondo Levi getötet wurde, hatte sich Carolina bereits als Fötus in der Gebärmutter eingenistet. Die Erinnerungen des Mörders, die er an Carolina weitergegeben hat, enden bei Moreno Luberti und Donatella De Caro.»

«Deswegen spricht das Mädchen auch immer nur von diesen beiden Delikten und nie von den anderen – sie hat nur die Erinnerung an diese beiden Ereignisse geerbt», sagte Laura.

«Genau so ist es.»

«Unglaublich ...»

«Vielleicht. Aber da es genetisch durchaus möglich ist, müssen wir uns fragen: Wer hat seine Erinnerungen an Carolina weitergegeben? Wenn wir den finden, haben wir die Ratte!», rief Pozza.

«Jesus! Also, wenn das so ist, dann ist es ja nur logisch, dass ...»

«Stimmt! Unglaublich, ich dachte gerade genau dasselbe!»

34. Kapitel

Bei Rodes Wahlparty dröhnten *Viva l'Italia* von De Gregori und *Una notte in Italia* von Fossati aus den Lautsprechern. Im Takt der Musik jubelten die Leute dem Kandidaten zu und pressten sich gegen die Polizeibeamten, die vor der Bühne standen. Überall hingen Fahnen, und der Speisesaal des kleinen Hotels *Palleschi*, zwischen unzähligen Antiquariaten in der Via Sottoriva gelegen, war zum Bersten voll. Selbst die Sachlichkeit der Art-déco-Einrichtung vermochte es nicht, das Gegröle der Anhänger von Emanuele Rode zu dämpfen oder ihnen einen Hauch von Kultur zu verleihen.

Mit selbstgefälligem, aber auch leicht besorgtem Blick betrachtete er sie. Sein Wahlsieg war keineswegs unwahrscheinlich, dessen war er sich durchaus bewusst, aber im Moment gingen ihm immer nur drei Namen durch den Kopf: Carolina Rossi, Laura Virga und Gregor Pozza. Inmitten des Trubels dachte er über sein Problem nach und kam zu dem Schluss, dass die Angelegenheit, von der Carta ihm da berichtet hatte, kein Anlass zur Sorge war.

In seiner Tasche vibrierte das Handy, er zog es heraus und erkannte auf dem Display die Nummer des Leiters der Kriminalpolizei. Um dem Lärm zu entgehen, verließ er schnell den Saal und nahm das Gespräch an.

«Emanuele, ich habe die Informationen, die du brauchst», begann der Präfekt. Rode machte sich auf einer Stoffserviette ein paar Notizen, sie beendeten das Telefonat, und Rode starrte auf die Serviette. Jetzt wusste er schon ein bisschen mehr, zwar nicht viel, aber es könnte ausreichen. Laura Virga: eine harmlose Polizistin sizilianischer Herkunft, die bisher immer nur mit Scheidungsfällen und verwahrlosten Minderjährigen zu tun gehabt hatte. Gregor Pozza: ein Psychiater, den dumme Gerüchte ruiniert hatten und der mit schweren familiären Problemen zu kämpfen hatte. Schließlich ein Mädchen, das im Schlaf sprach: Carolina Rossi, geboren am 27. April 1988 in Verona. Er las noch einmal das Geburtsdatum und überlegte kurz.

Dann wurde er aus seinen Gedanken gerissen, die Leute riefen nach ihm, und er sinnierte nicht weiter darüber nach, sondern faltete die Serviette zusammen und steckte sie in die Tasche, während sein Blick bereits wieder die Masse blendete. Aus den Boxen ertönte Francesco De Gregoris Stimme, die in voller Lautstärke «*Viva l'Italia*, Italien soll nicht sterben!» sang.

Als die Veranstaltung gegen neunzehn Uhr dreißig zu Ende war, kehrte Rode zurück ins Rathaus, um sich seiner Arbeit zu widmen, die er wegen der Wahlfeier hatte liegenlassen. Er versuchte etwas Ordnung in seine Sachen zu bringen. Im Tresor der kleinen Kammer hinter seinem Büro bewahrte er persönliche Unterlagen auf: Zeitungsartikel über die Ratte, die er mit übertriebener Achtsamkeit hütete; ein Blatt mit handgeschriebenen Notizen zu Internetseiten von *XLDL*-Internetseiten, *X Legs and Drinking Lips*; Websites zu Fotogalerien mit jungen Mädchen, die die Beine übereinandergeschlagen hatten, aus Sektflöten schlürften oder sich in einem Lokal vor den verwunderten Blicken aller Anwesenden auszogen und nackt vor Kellnern und Gästen herumhüpften.

In einem der Fächer lag eine Videokassette äußerst kompromittierenden Inhalts, die außer ihm nie eine Menschenseele zu Gesicht bekommen sollte.

Das Läuten des Telefons unterbrach ihn. Garatti, sein

Sekretär, kündigte einen Anruf des britischen Botschafters an. Rode kehrte an seinen Schreibtisch zurück, das Gespräch dauerte nur ein paar Minuten. Gegen zweiundzwanzig Uhr ging er nach Hause, wobei er die Unterlagen auf dem Tisch im Hinterzimmer vergaß.

Zehn Minuten später bat Antonio Lami, der noch immer im Haus und mit den neuesten Umfrageergebnissen beschäftigt war, seinen Kollegen Garatti, ihm das Arbeitszimmer des Bürgermeisters zu öffnen, da er dort eine Mappe vergessen hatte. Der Sekretär schloss auf, und Lami sah zwischen den Unterlagen auf dem Schreibtisch nach. Als er nicht fand, was er suchte, ging er ins Hinterzimmer und sah die Akte neben dem geöffneten Tresor liegen. Außerdem lag dort neben einem Buch auch die Videokassette mit einem weißen Etikett, auf dem «ICH» geschrieben stand. Er nahm sie und betrachtete sie genauer. Er entdeckte auch ein paar Zeitungsartikel und handgeschriebene Notizen zu Internetseiten, die er kurz überflog.

Dann ging er zurück in sein Büro und schob die Kassette in den Videorecorder. Der Film dauerte ungefähr eine Dreiviertelstunde, danach schaltete er den Fernseher aus, nahm die Kassette aus dem Gerät und legte sie genau dorthin zurück, wo er sie gefunden hatte. Dann schaltete er in seinem Arbeitszimmer den Computer ein und ging ins Internet.

An diesem Abend war die Luft feucht, die Bürgersteige und Straßen von Verona waren nass. Pozza war der einzige Fußgänger auf der Piazza delle Erbe, die von Autos und Taxis angestrahlt wurde. Von weitem sah er die große Statue Dante Alighieris auf der Piazza dei Signori und darunter das leuchtende Schild der *Pizzeria Marechiaro*. Er fühlte sich nicht wohl in dieser Stadt, wie ein Fremder kam er sich vor. Von Davide hatte er schon seit längerem nichts mehr gehört, dann diese Sache mit Carolina Rossi, in die er hineingeschlittert war und nicht mehr herauskam; schließlich Lauras vage Annäherungsversuche – von Tag zu Tag wurde sie netter und zutraulicher. Aber Pozza hatte keinen Kopf für solche Sachen, Frauen interessierten ihn momentan nicht.

Er überquerte den Corso Porta Borsari, lief ein Stück auf der linken Straßenseite entlang und betrachtete die Schaufenster von *Marzio* und *Louis Vuitton*. Nicht gerade der perfekte Abend, um allein zu sein, dachte Pozza. Er hatte Lust zu reden, sich mitzuteilen, was gar nicht seine Art war, am liebsten mit jemandem, der nichts von seiner Vergangenheit wusste.

Er blieb stehen, griff nach seinem Handy und sah es unentschlossen an, dann wählte er die Nummer. Es dauerte ein paar Sekunden, bis sich die Verbindung aufbaute, dann erreichte ihn Lauras Stimme. Es war halb zehn, sie war sicher schon auf dem Nachhauseweg, dachte er und fürchtete, sie könnte ihn zum Teufel jagen.

Trotz der späten Uhrzeit nahm Laura seine Einladung aber an. Sie war bereits in ihrer Wohnung und hatte sich umgezogen, nun zog sie sich in aller Eile wieder etwas anderes an, ging zu ihrem Wagen und fuhr schnell in Richtung Zentrum. Am Telefon hatte sie abschließend gesagt: «Ich kenne ein nettes Lokal, in dem man sich gut unterhalten kann. Warte auf der Piazza delle Erbe auf mich.»

Als Laura Virga den Platz erreichte, sah sie den frierenden Pozza auf dem Bürgersteig stehen. Sie ließ ihn einsteigen, und ihr fiel auf, wie bedrückt er war. Sie meinte, sie würde gerne ins *SOB's* gehen, dort esse man gut und es würde Bossa Nova live gespielt. Pozza gefiel die Idee, und die junge Frau steuerte mit ihrem Ford die Via del Fante an.

Sie aßen eine Kleinigkeit und redeten viel. Irgendwie fühlte sich der Psychiater in Lauras Nähe sehr wohl. Sie fragte ihn ein wenig nach seinem Leben, seiner Ehe, nach Davide … seine Antworten waren reserviert und eher ausweichend. Dann versuchte Pozza das Thema zu wechseln.

«Wir müssen Ruggero Rossi überführen», sagte er. «Wir müssen versuchen, ihn aus der Reserve zu locken.»

«Weißt du, ich bezweifle ernsthaft, dass er tatsächlich die Ratte ist. Mir ist ja schon so einiges untergekommen, und ich wundere mich über gar nichts mehr, aber dieser Mann wirkt so herzensgut – der ist kein Mörder! Ich …»

«Laura, Carolinas Vater ist der Einzige, der die Erinnerungen der Ratte an sie weitervererbt haben kann. Du hast ja keine Ahnung, wozu das Gehirn eines Menschen fähig ist.»

Laura sah ihn an. «Einverstanden, Gregor, wir werden es versuchen, aber jetzt entspann dich erst mal, ich glaube, das würde dir guttun. Ich habe den Eindruck, dass du ernsthaft unter einem Problem leidest, einem tiefen Schmerz, und ich würde gerne etwas mehr über dich erfahren. Also wenn du reden willst … ich höre dir gerne zu.»

Die Liveband aus Rio de Janeiro gab eine jazzige Version von *The Girl from Ipanema* zum Besten. Früher oder später sollte er ohnehin mit jemandem über sein Problem sprechen. Die Musik war betörend, Lauras Blick in dem dämmrigen Licht erwärmte sein Herz. Sie zeigte aufrichtiges Interesse, dachte Pozza; sie zeigte Interesse, weil sie sich Sorgen um ihn machte. Die Atmosphäre im Lokal, das milde Licht, diese Musik, all das regte ihn zum Sprechen an.

«In Ordnung, Laura», sagte er. «Bist du bereit? Du wirst jetzt etwas hören, was du sicher nicht erwartet hättest. Vor ein paar Jahren – 1995, um genau zu sein – war ich ein gemachter Mann, wie man so schön sagt. Ich lehrte an einer der renommiertesten Universitäten, in Padua. Ich war freiberuflich tätig, überaus erfolgreich, verdiente gut. An Frauen fehlte es mir nie, kurzum: Es lief alles blendend.»

«Verstehe …», sagte Laura.

«Eines Tages sucht mich eine junge Frau auf, eine Patientin namens Jacqueline mit somatischen Angstsymptomen. Sie will sich einer Psychoanalyse unterziehen, um ein Problem zu bewältigen, das ihr Panikattacken und Schlaflosigkeit bereitet. Sie ist also ein paar Monate bei mir in Behandlung, macht Fortschritte, es geht aufwärts. Na ja, und dann … dann verlieben wir uns ineinander.» Er brachte den Satz kaum über die Lippen, zog die Wörter in die Länge. «So was kommt vor, nicht? Sie ist geheilt, wir werden ein Paar und heiraten. Irgendwann kommt Davide zur Welt, unser Kind … mein Sohn.» Pozza sprach stockend.

«Klingt doch wunderbar», gab Laura zurück und ermunterte ihn zum Weitererzählen.

«Ja, schon, ich fand es auch wunderbar. Doch dann, keine Ahnung, wie es dazu kommt, geht unter meinen Kollegen plötzlich das Gerücht um, ich hätte meine Fähigkeiten als Hypnosetherapeut dafür genutzt, Jacqueline gefügig zu machen, ihren Willen zu beeinflussen. Sie ist eine schöne Frau, weißt du … Kurzum, der Skandal schlägt immer höhere Wellen, sogar eine kleine Lokalzeitung berichtet davon, Jacqueline und ich geraten langsam in Panik, oder besser gesagt, sie gerät in Panik.»

Laura sah ihn erstaunt an. «Warum?»

«Weil sie sich einredet, dass an dem bescheuerten Gerücht etwas dran ist. Sie glaubt, ich hätte ihr durch Hypnose ihren freien Willen geraubt, ihre Entscheidungsfreiheit und all so ’n Quatsch. Aber Laura, ich schwöre dir, das alles ist nicht wahr! Sie hat sich in mich verliebt, weil sie sich ganz einfach in mich verliebt hat, und *basta*!»

«Verstehe ...» Mit einem Kopfnicken forderte sie ihn auf, weiterzuerzählen.

«Jedenfalls hat sie eine Krise. Das Fernsehen und die Zeitungen bauschen das Ganze weiter auf: ‹Karrieregeiler Professor hypnotisiert Patientin, um sie flachzulegen.› Es war grauenhaft.» Pozza holte tief Luft. «Um es kurz zu machen, das Rektorat erfährt davon, was alles nur noch komplizierter macht.»

«Klar.»

Pozza klang verbittert: «Nein, Laura, so klar ist das nicht, es ist nämlich noch viel schlimmer: Der Rektor ist mein Vater.»

«Was?»

«Was ich dir neulich gesagt habe, war gelogen, verzeih.» Er machte eine Pause. «Auf der einen Seite wären da also meine Kollegen und die Medien, die mich anklagen; auf der anderen Seite steht mein Vater, der über mein zukünftiges Schicksal bestimmen muss. Noch mehr Schande über mich und meine Familie. Die Presse spricht von Vetternwirtschaft, von Unantastbarkeit und ähnlichem Zeug. Also treffe ich eine Entscheidung, um meinen Vater nicht in Schwierigkeiten zu bringen.» Pozza sah die junge Frau an, nervös strich er sich über den Bart. Sie wartete.

«Ich packe meine Sachen und gehe. Ich verlasse den Lehrstuhl an der Uni. Mein Leben, die Dozentenstelle, meine Studenten, alles futsch!»

Laura schüttelte den Kopf. Mit der rechten Hand berührte sie ihn am Jackenärmel.

«Aber das ist erst der Anfang. Jacqueline zieht aus, die Sache hat sie völlig fertiggemacht. Mein Sohn, Davide, folgt seiner Mutter, und ich stehe allein da. Die totale Katastrophe, nicht? Das ist aber noch nicht alles.»

Pozza hielt kurz inne. «Auch meine Patienten halten sich jetzt von der Praxis fern. Ein Psychotherapeut, der Patienten hypnotisiert, damit sie tun, was er will, flößt den Leuten nicht gerade Vertrauen ein.»

Pozzas Stimme klang erschöpft, er sprach langsam. «Ich stehe also ohne Arbeit da. Die Tage wollen und wollen nicht verstreichen, ich schlage die Zeit damit tot, indem ich den Blättern vor dem Haus beim Verwesen zusehe. Mein Leben wird mir unerträglich. Alles, mein Sohn, der Job, mein Diplom sind nur noch vage Erinnerungen an ein früheres Leben.»

Die Erinnerung lastete schwer auf ihm, er senkte den Kopf und hörte auf zu sprechen. Sein Schweigen war drückend, während die beschwingten Töne des Bossa Nova ihm unter die Haut gingen. Er sammelte wieder Kraft und fuhr fort: «Na ja, jedenfalls habe ich jetzt keinen Cent mehr und lebe von dem, was mein Vater mir zusteckt. Ich mache Schulden und habe Gläubiger, die mir auf die Pelle rücken. Der reinste Albtraum! Einer, er heißt Mirko, ruft ab und zu an, er verfolgt mich regelrecht. Ich bin am Ende, manchmal kann ich nicht einmal mehr schlafen.» Er sah sie an.

«Jetzt bist du geschockt, stimmt's?», fragte der Arzt. «Bitte entschuldige. Ich hatte nicht den Mut, dir die Wahrheit zu sagen. Aber dann hielt ich es nicht mehr aus, ich musste es dir einfach erzählen.» Er senkte den Kopf und stützte ihn in die Hände. Dann fragte er: «Glaubst du … glaubst du etwa auch, dass ich das alles gemacht habe?»

Laura Virga sah den intelligenten Mann, der da vor ihr saß, eingehend an; ihre unerbittlichen Polizistenaugen, die schon so einiges gesehen hatten, füllten sich einen Moment lang mit Tränen. Sie sagte nichts, sondern setzte sich neben Pozza auf die Bank. Und während die Akkorde von *Desafinado* durch das Lokal schwebten, legte sie sanft ihre Hand auf seine Schulter.

«Nein … das glaube ich nicht.»

Im Raum roch es nach Desinfektionsmittel, Sara saß schweigend vor dem Arzt und starrte auf die kahlen, weißen Wände des Behandlungszimmers. Doktor Guido Renzetti, Assistenzarzt auf der Infektionsstation des Cardarelli-Hospitals Neapel, nahm den Befund, auf dem «Nummer 45288» geschrieben stand, und öffnete ihn.

Fünf Minuten später verließ Sara verwirrt den Raum. So richtig umhauen konnte sie zwar nichts mehr, aber verwirren, das schon! Das Schicksal hatte sich gegen sie verschworen. Der Arzt hatte gesagt, sie könne sich noch glücklich schätzen, sie habe zwar das Virus und könne es auch übertragen, würde aber selbst nicht erkranken.

Um die Zeit bis zu ihrem nächsten Freier zu überbrücken – er war auf einundzwanzig Uhr angesetzt – ging sie in eine Bar, schnappte sich eine der herumliegenden, zerknitterten Zeitschriften, setzte sich an den Tresen und bestellte einen Espresso. Sie schlug das Magazin auf und blätterte ein bisschen herum. Ein Artikel über gesellschaftliche Trends erregte ihr Interesse; in einem etwas frivol gehaltenen Ton ging es dabei um die bevorstehenden politischen Wahlen, um die zukünftigen Herrscher und die schönen, jungen Damen an ihrer Seite. Darunter Fotos und Namen: Francesco Dal Bon, Gianni Sanza, Emanuele Rode, Giampiero Bersetti, Giulio Grancassa und andere Newcomer.

Ein paar Sekunden lang betrachtete Sara die Gesichter. Damen? Sie wusste ganz genau, dass Emanuele Rode sich nur für Frauen interessierte, wenn sie extrem jung oder tot waren! Nervös schlug sie die Zeitschrift zu und kippte hastig den Espresso hinunter, den ihr der Kellner in der Zwischenzeit hingestellt hatte.

Sie nahm den Klinikbefund, den sie neben sich auf den Hocker gelegt hatte, und während sie das tat, kam ihr eine Idee. Sie schlug die Akte mit der Aufschrift ABTEILUNG INFEKTIONSKRANKHEITEN auf … Eine nur vage Idee, die im Moment noch alles andere als ausgereift war. Aber immerhin eine Idee, über die es sich nachzudenken lohnte.

35. Kapitel

Um halb neun betrat Laura Virga das Revier, setzte sich an ihren Schreibtisch und schaltete den Computer ein. Sie klickte auf den Ordner DOKUMENTE / GEMEINDE, gab das Passwort «virgaquvr3418» ein und suchte nach dem Stichwort EINWOHNERVERZEICHNIS. Sie klickte es an, und die leere Zeile, in die man den gewünschten Namen eintragen konnte, erschien. Sie gab «Ruggero Rossi» ein, drückte auf ENTER und wartete, bis der Computer die Daten ausspuckte. Dann öffnete sich ein Fenster mit den gesuchten Informationen.

Nachname:	Rossi
Vorname:	Ruggero Francesco
Geburtsdatum:	22. Mai 1940
Geburtsort:	Arzignano/ Vicenza
Wohnort:	Via Bedetti 330, Verona
Verheiratet mit:	Giovanna Calligaris, geb. am 4. Januar 1943, Udine. Wohnort: siehe oben.
Nachkommen:	Carolina, geb. am 27. April 1988, Verona. Wohnort: siehe oben.
Beruf:	Immobilienmakler

Das ist er, dachte sie. Das ist Carolina Rossis Vater.

Sie überlegte kurz, wie sie am besten vorgehen sollte. Eigentlich würde sie jetzt ins Auto steigen und zu den Nachbarn der Rossis fahren, um ein paar Informationen über die betreffende Person einzuholen, und anschließend die Immobiliengesellschaft, für die er arbeitete, befragen. Aber sie hatte keine Zeit. Nur um auf Nummer sicher zu gehen, überprüfte sie etwaige Vorstrafen, aber wie sie schon geahnt hatte, war das Ergebnis negativ – er hatte sich nie etwas zuschulden kommen lassen.

Aber da war noch etwas, das einer sofortigen Überprüfung bedurfte. Mit ihrem Passwort loggte sie sich ins Rechenzentrum des Innenministeriums ein, daraufhin erschien in großen Lettern ABTEILUNG ÖFFENTLICHE SICHERHEIT. Sie klickte auf AUFENTHALTSORTE, dann auf LANDESWEIT. Sie gab den Zeitraum ein, also die Jahre, in denen die Morde verübt worden waren, die man der Ratte zuschrieb. Noch einmal gab sie «Ruggero Rossi» und seine Meldedaten ein und drückte die ENTER-Taste. Innerhalb weniger Minuten würde der Rechner alle italienischen Hotels auflisten, in denen die Person mit diesem Namen zwischen 1984 und 1998 zu Gast gewesen war. Wenn er die Ratte war, müssten ein paar Spuren zu den Aufenthaltsorten führen, in denen der Mörder zugeschlagen hatte.

«Tag, Frau Virga, lang nicht gesehen. Gibt es Probleme?» Franco Sarti, ihr Chef, stand plötzlich vor ihr.

«Nein, nein, *Dottore*, alles bestens. Ich bin doch gerade an dem Fall mit dem Mädchen, das von einem Motorrad angefahren wurde, erinnern Sie sich? Da bleibt mir kaum mehr Zeit für die andere Arbeit», antwortete Laura.

«Gibt's was Neues?»

Sie überlegte schnell – irgendetwas musste sie sich aus den Fingern saugen. «Ja, durchaus ... wir haben einen Teil des Nummernschildes von dem Motorrad, von dem sie überfahren wurde, und verfolgen gerade diese Spur.»

«Gut, Virga, gut. Weiter so!», entgegnete Sarti und zog sich wieder zurück. Laura war stolz auf sich – der Chef hatte den ganzen Mist tatsächlich geschluckt –, dennoch machte sie sich Sorgen. Sie vernachlässigte ihre sonstigen Aufgaben, und auch wenn die Spur, die sie verfolgten, wichtig war, war sie keineswegs sicher, dass sie das Richtige tat. Aber jetzt waren sie schon so nah an der Ratte dran – um nichts in der Welt würde sie jetzt das Handtuch schmeißen.

Ein neuer Schriftzug auf dem Monitor riss sie aus ihren Gedanken: SUCHVORGANG BEENDET. Sofort klickte sie mit der Maus auf ÖFFNEN, und auf dem Bildschirm erschien eine ganze Reihe von Städten und Daten. Laura las:

4. September 1985 – Bergamo
26. Oktober 1986 – Catania
15. Februar 1987 – Bari
3. November 1987 – Perugia
10. April – Velletri
17. Oktober 1990 – Salerno
4. Mai 1992 – Reggio Emilia
20. März 1993 – L'Aquila
30. Juni 1994 – Pescara
20. Januar 1996 – Neapel
14. Juli 1998 – Matera

Damit der Rechner sofort mit seiner Suche nach eventuellen Übereinstimmungen der Angaben beginnen konnte, gab Laura in einem Extrafenster noch einmal die Daten ein, die den Taten der Ratte entsprachen. Sie drückte auf ENTER und wartete. Ein paar Sekunden später spuckte der Computer das Ergebnis aus.

4. September 1985 – Bergamo
26. Oktober 1986 – Catania
15. Februar 1987 – Bari

3. November 1987 – Perugia
10. April – Velletri
17. Oktober 1990 – Salerno
4. Mai 1992 – Reggio Emilia
20. März 1993 – L'Aquila
30. Juni 1994 – Pescara
20. Januar 1996 – Neapel
14. Juli 1998 – Matera

Laura spürte, wie ihr Adrenalinspiegel in die Höhe schoss. Der Rechner hatte die Daten herausgefiltert, die in beiden Listen auftauchten, nämlich in der mit den Hotels, in denen Rossi gewesen war, und in der Liste mit den Tagen, an denen die Ratte zugeschlagen hatte. Lauras Aufregung legte sich jedoch sofort, da die Städte nicht übereinstimmten.

Eine wirklich positive Bestätigung wäre es nur gewesen, wenn neben dem 3. November 1987, dem Tag, an dem Carlo Raimondo Levi getötet wurde, auch Varese gestanden hätte, die Stadt, in der sich der Mord ereignet hatte. Stattdessen stand da Perugia, Hunderte von Kilometern entfernt. Die Polizistin überprüfte den zweiten Punkt: 17. Oktober 1990, Ermordung von Michele Locascio, Terni. Aber laut Computer hielt sich Rossi an dem Tag in Salerno auf. Auch in diesem Fall lagen die beiden Städte einige hundert Kilometer auseinander. Laura recherchierte weiter und sah, dass sich Rossi am 20. Januar 1996 in Neapel und nicht in Mailand aufhielt, wo Gerhardt Weberlutz ermordet worden war.

In drei von neun Fällen hatte Ruggero Rossi an Orten genächtigt, die schlicht und ergreifend viel zu weit entfernt vom Tatort lagen – er konnte also kaum die Ratte sein. Folglich musste Laura daraus schließen, dass Carolinas Vater nicht der Mörder war, wie Pozza und sie angenommen hatten. Es war praktisch unmöglich.

Bevor sie jedoch ganz aufgab, wollte sie noch einen weiteren Versuch wagen. Sie griff zum Telefon, rief in der Zentrale an und ließ sich nacheinander mit den Polizeipräsidien in Perugia, Salerno und Neapel verbinden.

Sie sprach mit einem Revierleiter des Präsidiums in Perugia, einem für Salerno zuständigen Inspektor und schließlich mit dem stellvertretenden Polizeipräsidenten Gianfranco Spalvieri von der Mordkommission Neapel. Sie fragte alle drei, ob sie jeweils etwas über den Grund von Ruggero Rossis Aufenthalten in den entsprechenden Städten am 3. November 1987, 17. Oktober 1990 sowie dem 20. Januar 1996 herausfinden könnten.

Während die Kollegen recherchierten, rief Laura Pozza auf dem Handy an.

«*Ciao,* Gregor.»

«*Ciao,* Laura. Tut mir leid wegen gestern Abend. Es ist nur ... Ich bin ein bisschen durcheinander wegen all der Dinge, die ich durchgemacht habe, verstehst du? ... Jedenfalls ...», stammelte er, während er im Schneeregen die Via Mazzini entlanglief.

«Kein Problem. Tut doch gut, wenn man sich mal aussprechen kann! Hör mal, weswegen ich anrufe ... Ich habe ein bisschen in Sachen Papa Rossi recherchiert. Er hat nichts mit der Sache zu tun. Er ist nicht die Ratte. Rein mathematisch ausgedrückt: hundertprozentig nicht!», teilte sie ihm enttäuscht mit.

«Wie bitte? Er ist nicht die Ratte?»

«Nein. In mindestens drei Fällen war er viel zu weit vom Tatort entfernt.»

«Bist du sicher?»

«Ich lasse gerade drei Reisen von Rossi überprüfen; die Kollegen aus den drei Städten, die die Suchmaschine ausgespuckt hat, kümmern sich darum. Aber ich glaube, es steht außer Zweifel – Computer täuschen sich nie!»

«Verflixt, und ich war mir so sicher! Okay, wir bleiben trotzdem dran. So schnell geben wir nicht auf. Ich bin gerade auf dem Weg zu Carolina, ich will sie noch einmal hypnotisieren», sagte Pozza in entschlossenem Ton. «Ein paar Punkte muss ich nochmal überprüfen.»

Sie verabschiedeten sich in der Absicht, später noch einmal zu telefonieren, wenn Laura die Rechercheergebnisse der drei Polizeipräsidien vorlagen. Pozza winkte einem Taxi. «Zum Borgo-Trento-Krankenhaus bitte», wies er den Fahrer an.

Als er vierzig Minuten später im Krankenhaus ankam, klingelte sein Handy. Es war Laura, die ihm mitteilte, dass die Kollegen aus Perugia und Neapel zurückgerufen hatten. In Perugia hatte man herausgefunden, dass Ruggero Rossi an einem Kongress für Immobilienmakler teilgenommen hatte, während er in Neapel auf einer Beerdigung war – eine Tante seiner Frau Giovanna war gestorben.

«Das ist der Beweis, Gregor, ich habe mich nicht getäuscht – Carolinas Vater hat mit der ganzen Sache nichts zu tun.»

36. Kapitel

Als Pozza Carolina Rossi so im Bett liegen sah, die Augen halb geschlossen, überkam ihn ein Gefühl von Zärtlichkeit. Er hatte sie wieder hypnotisiert, so konnte er sie im Trancezustand aufmerksam beobachten. Ihm fiel auf, dass ihre Haut noch blasser als sonst war und ihre Augen müde aussahen. Im Dämmerlicht des Krankenzimmers herrschte absolute Stille, die nur durch das langsame Atmen des Mädchens und den *Pieps* des EKGs unterbrochen wurde. Pozza zwang sich zu äußerster Konzentration, die Sitzung war schließlich sehr wichtig. Er schaltete den Laptop ein.

«*Ciao,* wie geht es dir?», begann der Arzt.

«Gut ... Mir geht's gut. Das ist so schön ... weißt du ... einem Kind ... in ... einem Haus ... auf dem Land.» Sie sprach leise.

«Ich muss dich ein paar Sachen fragen», fuhr der Psychiater mit fester Stimme fort.

«Ja ... ich steh auf ... ganz spezielle Dinge», sagte sie und setzte ihr fieses Grinsen auf, das Pozza schon allzu gut kannte.

«Ich brauche deinen Namen», sagte er ruhig.

Die Patientin fuhr hoch: «Meinen ... Namen? *Gott mit uns.*»

«Was bedeutet das?», setzte er wieder an. «Was heißt *Gott mit uns*?»

Sie hatte Mühe beim Sprechen, warf den Kopf hin und her.

«Meinen ... Namen?»

Es war fast zwei Uhr nachmittags, und Pozza fühlte sich matt.

Er startete erneut einen Versuch, seine Stimme klang vertrauensvoll. «Erklär es mir. Erklär mir, was *Gott mit uns* bedeutet. Komm schon!»

«Das ist mein Name …», gab Carolina müde zurück. Pozza verstand nicht recht. Er strich sich über den Bart und rückte näher an sie heran. «Wie heißt du?», fragte er, doch die Patientin schwieg. «Ich habe dich gefragt, wie du heißt!», er hatte jetzt einen härteren Ton angeschlagen.

Carolina Rossi beließ es bei ihrer mühsam herausgepressten Antwort: «Du … hast … nichts verstanden … nichts! Ich habe dir … meinen Namen … schon gesagt.» Pozza war mittlerweile wirklich erschöpft.

Sie schien geradezu körperlich zu leiden, und dem Psychiater riss langsam der Geduldsfaden. Abrupt näherte er sich dem Gesicht des Mädchens, er war jetzt keine zwanzig Zentimeter entfernt.

«Du tötest kleine Kinder!»

Carolina wurde unruhig. «Nein …»

«Doch, du tötest Kinder, das weiß ich! Ich will wissen, wie du heißt», drohte Pozza und versuchte, weiterhin konzentriert zu bleiben, damit das Gespräch nicht kippte.

Carolina tat keinen Mucks, sie hielt den Atem an, war reglos. Dann begann sie wieder ruhig und regelmäßig zu atmen, Gregor Pozza lief es kalt über den Rücken.

Auf einen Schlag riss sie die Augen auf. Langsam richtete sie sich auf, sie saß jetzt im Bett, drehte ihren Kopf zum Psychiater und stieß unmerklich einen glucksenden Ton aus. Pozza wich zurück.

«Wie heißt du?», fragte er.

Carolina ließ sich nach hinten plumpsen und sagte keinen Ton mehr.

So etwas ist mir ja noch nie untergekommen, dachte Pozza, sinnlos, sich noch weiter zu quälen, und so beschloss er, sie zu wecken. Er vollführte die Prozedur und zählte bis fünf.

Carolina wurde wieder zum zwölfjährigen Mädchen. Er drückte sie an sich und küsste ihr Haar, während die Kleine sein Gesicht streichelte.

«*Ciao*», sagte er zu ihr.

Nachdem Pozza seiner Patientin zum Abschied zärtlich über den Kopf gestrichen hatte, verließ er das Zimmer und rief Laura Virga an. Er berichtete ihr, was Carolina ihm unter Hypnose gesagt hatte.

«*Gott mit uns*, dieser verdammte Leitsatz der Nazis, den Carolina ständig wiederholt. Ich weiß auch nicht, aber irgendwie habe ich das Gefühl, der deutsche Satz ist wichtiger, als es scheint. Jedes Mal, wenn ich sie in ihrem Trancezustand nach ihrem Namen fragte, antwortete sie mit diesen drei Worten, verstehst du? Sieht fast so aus, als würde es sich bei dem deutschen Ausdruck tatsächlich um ihren Namen handeln.» Laura erwiderte nichts, sie grübelte darüber nach, was das wohl zu bedeuten hatte, was Pozza ihr da gerade erzählte.

«Ich habe eine Idee», rief er. «Laura, versuch doch, ein Buch aufzutreiben, in dem italienische Namen erklärt werden, und sieh nach, ob einer aufgeführt ist, der *Gott mit uns* bedeutet. Wer weiß, vielleicht haben wir ja Glück.»

Laura sagte: «Wird gemacht», und verabschiedete sich vom Psychiater.

Sie saß gerade im Büro und kämpfte sich eher unkonzentriert durch ein paar Akten, die ihr der Chef hingelegt hatte – ein Fall mit Verdacht auf familiäre Gewalt, bei dem es viele Zweifel und so gut wie keine Beweise gab. Sie ließ ihr Gehirn nach der Methode arbeiten, die sie auf der Polizeischule in Nettuno gelernt hatte: «Wenn ihr es mit einem scheinbar unlösbaren Fall zu tun habt», pflegte der Dozent für Ermittlungstechnik immer zu sagen, «müsst ihr jede Möglichkeit in Betracht ziehen, auch wenn sie noch so abwegig erscheint. Die Realität übertrumpft oft die Phantasie. Und eins könnt ihr mir glauben: Ich sage das nicht, weil es so in den Büchern steht, sondern weil ich es nach zwanzig Jahren Erfahrung mit Mördern und Vergewaltigern genau so erlebt habe.»

Sie zündete sich eine Zigarette an, ging langsam im Raum auf und ab und suchte nach Wegen, das Durcheinander in ihrem Kopf zu entwirren.

Dann verließ sie das Büro, sagte, sie brauche dringend einen Kaffee, aber statt in die Bar ging sie in die Bibliothek. Sie wappnete sich für die Annäherungsversuche des Angestellten, schenkte ihm ein strahlendes Lächeln und fragte: «Darf ich kurz an den Computer?»

«Gregor, ich war im Internet und habe den deutschen Spruch eingegeben. Laut Suchmaschine heißt dieses *Gott mit uns* auf Italienisch ‹*Dio è con noi*›.» Laura und Pozza schlenderten durchs Zentrum.

«Das wusste ich», bestätigte Pozza, «wie gesagt, es war der Leitsatz der Nazis.»

«Dann habe ich noch weiter recherchiert und herausgefunden, dass es einen italienischen Namen gibt, der ‹Gott mit uns› bedeutet.»

«Welcher?», fragte Pozza aufgeregt.

«Emanuele. Er kommt aus dem Hebräischen.»

«Dann …»

«Dann könnte dieser Dreckskerl also Emanuele heißen», sagte die Polizistin ernst. «Allerdings sehe ich keinen Zusammenhang zwischen Carolina und jemandem mit diesem Namen, der außerdem mit der Presse zu tun hat. Ihr Vater hat jedenfalls nichts damit zu tun. Aber dieser Emanuele … aus welcher dunklen Ecke ihres Lebens mag der bloß kommen?»

«Ich weiß es nicht», gab Pozza zurück, er war noch immer ganz durch den Wind. «Ich verstehe überhaupt nichts mehr.»

Laura betrat eine Bar, er folgte ihr, und sie setzten sich an den Tresen. Vertrauensvoll stützte sie ihren Ellbogen auf sein Knie.

«Ich bin jemand, der – wenn nötig – bis zum Äußersten geht. Und ich fürchte, das sollten wir jetzt tun.»

«Das heißt?»

«Wir geben nicht auf. Wir müssen weitere Ermittlungen über Carolina anstellen. Man kann nie wissen, vielleicht ergibt sich ja etwas Neues», sagte Laura und suchte in den Augen des Arztes nach Zustimmung. «So schnell geben wir nicht auf!»

Pozza stimmte zu: «Du hast recht. Die Sache ist so absurd, dass wir jetzt tatsächlich alle Möglichkeiten ausschöpfen sollten. Ich hätte nie gedacht, dass der Spruch von Hitlers Truppen der Schlüssel zu dieser Geschichte sein könnte.»

37. Kapitel

Fröstelnd betraten sie das Rathaus. Das Einwohnermeldeamt befand sich im dritten Stock. Sie liefen ein paar Gänge entlang, an verschiedenen Büros vorbei. Vor einer Glastür blieben sie stehen, und die junge Frau klopfte an. Ein sehr großer, fröhlich wirkender Mann öffnete ihnen.

«Hey, Laura, so eine Überraschung! Was machst du denn hier?» Der Mann unterbrach sich, als er Pozza bemerkte – er war es nicht gewohnt, Laura in Begleitung eines Mannes zu sehen, und es war offensichtlich, dass er nicht allzu erfreut darüber war.

«*Ciao,* Samuele. Das ist Gregor Pozza, ein Freund von mir.» Dann wandte sie sich an Pozza. «Samuele ist der Leiter des städtischen Einwohnermeldeamts.» Der Psychiater erwiderte den Gruß.

«Ich muss dich um einen Gefallen bitten», begann sie. «Wir würden gerne einen Blick auf eine Meldebescheinigung werfen.»

Samuele Stocchino hatte nichts dagegen einzuwenden und führte sie zum Hauptrechner. Er rief das entsprechende Verzeichnis auf und fragte nach dem gewünschten Namen. Laura nannte ihn, und wenige Sekunden später erschien der komplette Eintrag zu Carolina Rossi: Name des Vaters, der Mutter, Geburtsort, Geburtsdatum, Blutsgruppe, Religion. Laura wollte sich schon wieder abwenden, als Stocchino sie auf etwas aufmerksam machte.

«Warte», sagte er. «Schau mal, ganz unten steht *LS*.»

«Was heißt das?», fragte die Polizistin.

«*Livello Superiore.* Es existieren weitere Daten höchst

sensibler Art, Stufe II», gab Stocchino nachdenklich zurück.

Pozza meldete sich zu Wort: «Was sind das für Daten?»

«Vertrauliche Daten», sagte der Beamte. «Daten, an die man nur mit einem speziellen Ausweis herankommt.»

Laura erhob sich vom Stuhl. Sie wusste um ihre körperlichen Reize, schon des Öfteren hatte sie sie bewusst eingesetzt, um bei einem Mann etwas zu erreichen. «Und hast du so einen?», fragte sie ihn.

Stocchino schien etwas verwirrt. «Ja, als einer der wenigen. Aber wenn ich dir helfe, könnte ich Schwierigkeiten bekommen. Weißt du, das Einloggen wird registriert, und aus welchem Grund sollte ich ...»

Laura spürte instinktiv, dass sie der Wahrheit ziemlich nah waren. Sie durfte sich diese Gelegenheit jetzt keinesfalls entgehen lassen, nur, weil der Leiter des Einwohnermeldeamts dummerweise Bedenken hatte. Keinesfalls durfte sie das!

«Wir arbeiten gerade an einem Mordfall. Ich glaube, einen besseren Grund gibt es nicht.»

«Aber ...»

«Komm schon, Samuele. Tu uns den Gefallen und hilf uns! Lass dich doch nicht so bitten.»

Verlegen sprang Stocchino schließlich auf. «Okay, okay, du hast gewonnen. War ja sowieso klar ...» Er griff in seine linke Hosentasche und zog eine Plastikhülle hervor, in der eine weiße Magnetkarte mit einer eingravierten Nummer steckte. Er hielt sie vor das optische Lesegerät, und auf dem Monitor erschien in großen Lettern STUFE II, gefolgt von BENUTZERNAME UND PASSWORT EINGEBEN. Stocchino gab seine Daten sowie die Identifikationsnummer ein und drückte die ENTER-Taste. Auf dem Bildschirm öffnete sich ein weiteres Fenster.

Am 27. April 1988, um drei Uhr morgens, wird am Eingang des Borgo-Roma-Hospitals in Verona ein Säugling ausgesetzt. Das Krankenhauspersonal findet das kleine Mädchen und versorgt es daraufhin. Am 15. September desselben Jahres wird das Kind von Ruggero Rossi und Giovanna Calligaris adoptiert. Die Adoption …

Pozza drehte sich langsam zu Laura, und ihre Blicke sagten alles, sie verstanden sich auch ohne Worte.

Jetzt war alles klar. Völlig klar.

Gegen Mitternacht läutete im Zimmer 311 des Hotels *Quattro Stagioni* in Cortina d'Ampezzo das Telefon. Emanuele Rode hob ab, er war genervt. «Wer spricht da?», fragte er.

«Lami.»

«Antonio? Wissen Sie eigentlich, wie spät es ist?»

«Ich dachte, Sie seien noch wach. Sollen wir morgen reden?»

«Nein, nein … Was gibt's?»

«Ich habe erfahren, dass uns der *Club dei 100* unterstützen wird.» Zu den Mitgliedern des *Clubs dei 100* zählten die größten Unternehmer Italiens, die großen Einfluss auf die Wählerschaft ausübten. «Ein Freund vom *Corriere della Sera* hat mir heute mitgeteilt, dass Edgardi, der Präsident der *Risi-Cecchinato*, Turrisi, Präsident von *Benfatti Ottica* und Steli von der *Banca Atlantica d'Investimento* beabsichtigen, unseren Wahlkampf zu sponsern. Eine gute Nachricht, wie ich finde.»

Rode gähnte, seine Begeisterung hielt sich in Grenzen. «Sicher … eine gute Nachricht.»

«Aber das ist noch nicht alles. Cescon versucht, den Skandal für sich zu nutzen. Er hat verkündet, sollte er gewählt werden, würde er die Waffenlager der *Gladio*-Organisation finden. In der jetzigen Situation ist das der reinste politische Selbstmord.»

«So ein Idiot! Wie kann man nur so blöd sein? Eine der wenigen, einigermaßen akzeptablen Dinge, die dieses Land noch hat, sind schließlich die guten, alten, abtrünnigen Geheimdienste. Die haben wir im Namen einer unnützen und kranken Demokratie verloren, die sowieso nur irgendwelche Versager mit Geld zuschüttet.»

Die Information beruhigte ihn jedenfalls, nachdem er den ganzen Tag damit beschäftigt gewesen war, sich um die Wahlparty und die Wähler aus Belluno zu kümmern. In ein paar Tagen würden dieser ganze Zirkus und das peinliche Gedöns endlich vorbei sein. Aber so ist Politik nun mal, banal und verlogen.

In Gedanken versunken, dachte Rode auch an seine letzte Gelegenheit. Er musste zuschlagen, und zwar so schnell wie möglich, nicht erst nach den Wahlen. Irgendwo bei Verona, die Gegend schien ihm geeignet. Während seiner Wahlkampftour hatte er in einem Wald eine kleine Lichtung gesehen, wie für ihn geschaffen: ein ruhiges Plätzchen, viele Bäume, ideal für seine Aktion. Hier würde seine persönliche Totensymphonie enden, an diesem grünen Fleck, in der Poebene bei Verona.

Mit dem Laken wischte er sich seine schweißnassen Hände ab.

Am nächsten Morgen um sieben Uhr in der Früh war Laura bereits auf den Beinen.

Adoptiert!

Sie hatte kaum geschlafen, so aufgewühlt war sie, nachdem sie davon erfahren hatten. Der Tag, den sie vor sich hatte, war alles andere als ruhig. Pozza und sie waren zu dem Schluss gekommen, eine erneute Suche nach

Zeitungsartikeln über den Fall Ratte wäre angebracht. Nachdem der Mörder etwas mit der Presse zu tun haben musste, wäre dies ein durchaus sinnvoller Schritt. Sie schlüpfte in engsitzende, ausgeblichene Jeans, ließ einen weiten weißen Pullover an ihrem nackten Oberkörper hinuntergleiten und steckte die Beretta 92 SB 9 Parabellum ins Halfter. Dann warf sie sich eine schwarze Lederjacke über die Schulter und verließ das Haus.

Eine Stunde später betrat sie in ihrem typisch energischen, herausfordernden Gang die Bibliothek.

«*Ciao,* Laura», begrüßte sie der junge Bibliotheksangestellte und musterte sie von oben bis unten.

«*Ciao,* Fernando.»

«Brauchst du etwas?»

«Hast du ein paar Artikel über die Ratte?»

«Ja, so viele du willst – leider», sagte er. «Was genau suchst du?»

Laura nannte ihm die Tage, an denen die Morde verübt worden waren, damit Fernando die entsprechenden Ausgaben heraussuchen konnte. Dann verschwand er, erschien ein paar Minuten später mit einem Stapel Zeitungen und übergab sie der jungen Frau. Laura setzte sich an einen Tisch und begann zu blättern. Schließlich fand sie die Artikel, nach denen sie gesucht hatte. Sie las sie aufmerksam durch, suchte sich die Seiten heraus, die sie Pozza zeigen wollte, stapelte wieder alles ordentlich aufeinander und gab sie dem Bibliothekar zurück, der sie für sie kopierte. Schließlich stand sie auf, ging an Fernando vorbei und winkte ihm zum Abschied zu. Schnell verließ sie die Bibliothek; es gab noch etwas äußerst Wichtiges zu recherchieren – bei Giovanna und Ruggero Rossi.

38. Kapitel

Laura brauchte nur zehn Minuten von ihrer Wohnung zu den Rossis, denn zum Glück war an diesem Spätvormittag im Zentrum kaum Verkehr. Sie parkte und steuerte auf den Eingang des Mietshauses zu. Sie wusste, dieser Besuch war unumgänglich und von entscheidender Bedeutung, um die Nebelschleier, die sich um den Fall Ratte gelegt hatten, zu lichten. Sie läutete, nannte ihren Namen, und mit einem Klicken sprang die Tür auf. Die Polizistin ging das Treppenhaus bis zur Wohnung von Carolinas Eltern hoch, man bat sie herein und forderte sie auf, in dem schlichten, ordentlichen Wohnzimmer Platz zu nehmen. Nach anfänglichem höflichem Plaudern über Carolinas Gesundheitszustand, der sich zusehends besserte, kam Laura auf das Thema zu sprechen, das ihr eigentlich am Herzen lag.

«Signora Giovanna», begann sie. «Ich müsste Sie ein paar Sachen zu Carolina fragen. Es könnte sehr hilfreich für unsere Ermittlungen sein.»

«Ah ... Gut, fragen Sie ruhig», schaltete sich der Mann mit freundlicher Stimme ein.

«Die Angelegenheit ist etwas delikat, aber eben auch sehr wichtig. Ich bräuchte Ihre Hilfe.»

Das Ehepaar sah sich besorgt an. Laura fuhr fort:

«Ich muss Sie leider fragen, ob ... ob Carolina tatsächlich Ihre Tochter ist, also Ihre leibliche Tochter. Sie wundern sich vielleicht ... ich habe dafür vollstes Verständnis, aber es ist wirklich von ausschlaggebender Bedeutung.»

Ruggero Rossi drehte sich zu seiner Frau, die schweigend am Wohnzimmertisch saß. «Wie haben Sie das herausgefunden?», fragte er.

«Eine etwas heikle Angelegenheit, ich kann Ihnen dazu leider nichts sagen. Bitte haben Sie Verständnis.»

«Wie bitte? Sie kreuzen hier einfach auf und behaupten, Carolina sei nicht unsere leibliche Tochter! Aber weil sie ja von der Polizei sind, sagen wir Ihnen die Wahrheit. Der Dank dafür ist, dass Sie uns nicht einmal verraten, wie Sie das herausbekommen haben! Ich finde das nicht gerade korrekt.»

Eine Lösung musste her, schnell! Offensichtlich waren Ruggero und Giovanna Rossi nicht bereit, etwas über die wahre Herkunft Carolinas zu erzählen, die für sie mittlerweile mehr als eine Tochter war. Aber Laura brauchte noch mehr Informationen, außerdem konnte sie jetzt schlecht kehrtmachen. Also bluffte sie.

«Gut, ich werde Ihnen die Wahrheit sagen, Signore Rossi. Ich dürfte das eigentlich nicht, ich unterliege beruflich der Schweigepflicht. Wir haben erfahren – in diesem Punkt müssen Sie allerdings verstehen, dass ich Ihnen nicht sagen kann, wie –, dass Carolinas leiblicher Vater einen hysterischen Anfall hatte und seine Tochter wiederhaben will.»

Ruggero und Giovanna tauschten alarmierte Blicke, Laura sah die reine Angst in ihren Augen. Ruggero schüttelte den Kopf.

«Was will dieser Mann? Er hat sie als Säugling ausgesetzt – was erwartet er denn? Sie ist jetzt unsere Tochter, und wir geben sie nicht mehr her, niemals!»

Laura Virga hielt ihre Emotionen im Zaum, sie blieb weiterhin sachlich, wie jemand, der nur seinen Job macht.

Ruggero Rossi begann zu erzählen.

«Den Namen ihres Vaters kennen wir nicht, aber wir

wissen, wer die Mutter ist. Sie wissen ja, wie solche Sachen laufen … Vor ein paar Jahren kam die Neugier, wir wollten mehr Informationen über unsere Tochter, und so haben wir von der Frau … also von ihrer leiblichen Mutter erfahren, dass sie das Ergebnis eines One-Night-Stands war», fuhr Ruggero Rossi fort.

Laura nahm Block und Stift zur Hand, ein paar Sekunden lang sagte keiner etwas.

Giovanna Rossi brach schließlich das Schweigen. Langsam sprach sie einen Vor- und Nachnamen aus, die Laura Virga mit schneller, sicherer Handschrift in ihren Notizblock schrieb.

Als Laura die Wohnung der Rossis verlassen hatte, zog sie ihr Handy aus der Tasche und rief auf dem Revier an, um umgehend eine Adresse recherchieren zu lassen. Ein paar Minuten später gab ihr der Kollege die Daten durch, und sie wählte Pozzas Nummer.

«Hey», begrüßte sie der Psychiater. «Wie lief's?»

Die Stimme der Ermittlerin klang euphorisch. «Sehr gut. Sie wissen nicht, wer der Vater ist, aber ich habe den Namen der Mutter.»

Es war drei Uhr nachmittags, und Emanuele Rode fuhr die Viale Trieste entlang. Noch sieben Tage bis zu den Wahlen. Er trug eine Wollmütze und spürte, wie seine Schläfen pochten.

In der Nähe von San Bonifacio hielt er an einer Art Lichtung, parkte – der schicke Wagen würde keinem auffallen, die Gegend hier war voller schicker Schlitten – und stieg aus. Schwer atmend streifte er auf den Waldwegen umher, doch das, wonach er suchte, konnte er nicht finden, zu wenige Leute trieben sich hier herum. Erst als er wieder in Richtung Auto ging, erblickte er ihn. Er war ungefähr fünf oder sechs Jahre alt. Ein kleines Mädchen war bei ihm, es hielt die Mutter auf Trab, eine ziemlich fade und depressiv wirkende Frau, die in der Bar beim Picknickplatz eine *Cola light* trank.

Rode rückte seine Brille zurecht und musterte kurz seine Beute; das Kind spielte mit einem Zweig, der wie eine Steinschleuder aussah. Er musste nur warten, bis sich das Mädchen entfernte. Er fühlte, wie seine Erregung stieg. Der Junge drehte sich um und kreuzte seinen Blick. Und wieder verfluchte er sich selbst, verfluchte seine Mutter, die so ein Wesen wie ihn zur Welt gebracht hatte, so eine Ratte, eine widerliche Ratte. Aber so war es nun mal, dagegen konnte er nichts machen, er war geboren, um Böses zu tun. Er spürte, wie ihm der Schmerz, den er den armen Leuten verursachen würde, aus jeder einzelnen Pore kroch, und weiter hinein, in sein Gehirn, er berauschte ihn komplett.

Alle würden sich fragen, was dem Jungen, der im Wald bei San Bonifacio verschwunden war, wohl passiert war, und er würde die Antwort kennen: Ich habe ihn, und ich werde mit ihm machen, was ich will. Er musste ihn haben, diesen kleinen Jungen, unter allen Umständen! Töten wollte er ihn, mit seinen sterblichen Überresten Liebe machen, sich mit seinem Blut beschmieren, das wollte er. Er war seine Beute. Seine letzte.

Rode hatte einen Flashback. Er sah seine Mutter. Der Stich mit dem Messer in die Seite – das Zeichen, dass es sein Schicksal war, etwas aus den Tiefen seines Bewusstseins zu reißen. An jenem Tag war es passiert, vor vielen Jahren, in Hamburg.

39. Kapitel

Sara De Carlo stieg aus dem Bett und sah den Mann mit dem fetten Bauch an, den sie noch nie zuvor gesehen hatte und auch nie wieder sehen würde. Er war verschwitzt, sein Körper unbehaart, vielleicht hatte er sich rasiert.

Das Handy klingelte – nicht gerade der beste Moment für ein Gespräch, aber sie ging dennoch ran.

«*Ciao,* Sara», ertönte Peter Pans Stimme.

«Peter, *ciao*! Mein Gott ...»

«Warte, ich muss dir etwas sagen.» Der Mann klang ernst.

«Was denn?»

«Ich habe wichtige Neuigkeiten. Ich muss mit dir reden.»

«Aber bitte nicht jetzt», flüsterte sie, damit der Fettwanst, der sie anstarrte, nicht mitbekam, wie aufgewühlt sie war. «Ich rufe dich später zurück ... ich kann gerade nicht.»

«Verstehe. Am Telefon ist es sowieso schlecht. Ich komme zu dir, sobald ich kann. Bis später.»

«Einverstanden. Ich freue mich», erwiderte Sara.

Peter Pan knallte den Hörer auf.

Der Freier sah sie betreten an, zog Unterhose und Hose hoch und schnallte seinen Gürtel fest, was die Speckfalten noch betonte. Er legte ihr drei Hundert-Euro-Scheine hin, schlüpfte in sein Hemd, schob den Knoten der blauen Krawatte hoch und zog Jackett und Mantel an. Er verabschiedete sich von Sara mit einem gestotterten *«Ciao»* und verließ die Wohnung.

Als sich die Tür hinter ihm schloss, machte Sara drei Kreuze und sagte: «Amen.»

Dann verstaute sie das Geld in einer Schublade und hüpfte schnell unter die Dusche.

«Scheiße, gestern Nachmittag ist ein kleiner Junge entführt worden. Wusstest du das nicht?», sagte Facco, einer der Kripo-Inspektoren, zu Laura Virga, nachdem er sich in der Bar einen Espresso bestellt hatte. Ihr war aufgefallen, dass die Stimmung auf dem Revier nervös war, und sie hatte ihren Kollegen nach dem Grund gefragt.

Nun hatte es Laura die Sprache verschlagen.

«Ein Junge?», fragte sie und strich nervös ihren Rock glatt.

«Ja, fünf Jahre alt. Er wurde gestern in einem Wald bei San Bonifacio entführt. Er heißt Paolino Da Sona.»

Laura sah ihn schweigend an.

«Wir dachten natürlich sofort an die Ratte, auch wenn es viele andere Theorien gäbe», fuhr Facco fort. «Aber unter diesen Umständen gibt es wenig Grund zu zweifeln.»

Laura nickte. Zweifel hatte sie nicht. Daher eilte sie nach dem Kaffee sofort ins Büro und rief Pozza an.

«Gregor, er hat wieder zugeschlagen», begann sie mit aufgeregter, schriller Stimme, kaum dass der Psychiater abgenommen hatte. In aller Kürze klärte sie ihn über die Vorfälle der vergangenen Stunden auf und sagte dann entschieden: «Jetzt reicht's! Wir müssen ihn fassen.»

Er war um zwölf Uhr mittags mit Laura verabredet, in der Via Carducci 12 in Veronetta. Sie hatte ihm mitgeteilt, hier wohne Carolina Rossis leibliche Mutter. Vom *Due Cigni* in diesen Stadtteil waren es zehn Minuten zu Fuß, sodass Pozza auf ein Taxi verzichtete. Er ging zügig unter der blassen, kalten Herbstsonne, das gelbe Laub der mittlerweile kahlen Platanen eines öffentlichen Parks raschelte unter seinen Füßen. Sein Handy klingelte.

«Pozza, wo sind Sie?» Es war Mirko, der Gläubiger.

«In Verona», gab der Psychiater trocken zurück.

Mirko erinnerte ihn an seine Schulden, doch mit einem Mal fasste Pozza einen Entschluss.

Seine Antwort war nein. Ein wütendes Feuer flammte wieder in ihm auf. Lange würde er das nicht mehr mitmachen, sagte er ihm. Auf die Proteste des Gläubigers gab Pozza nur trocken zurück: «Ach, machen Sie doch, was Sie wollen, aber rufen Sie mich nie wieder an! Ich melde mich schon bei Ihnen, dass das ein für alle Mal klar ist!» Dann legte er auf.

Er traf sich mit Laura in einer Bar; sie lag in derselben Straße wie die Wohnung von Carolinas leiblicher Mutter. Die Polizistin trug eine schwarze Lederjacke, einen weißen Pullover, die langen schwarzen Haare offen.

«Wir müssen uns ranhalten», sagte Laura. «Der Dreckskerl hat den entführten Jungen aus San Bonifacio in seiner Gewalt. Jesus, jede Minute zählt!»

«Was haben die Rossis gesagt? Wie heißt Carolinas echte Mutter?»

«Lisa Biasiolo, sie wohnt hier in der Via Carducci», gab sie zurück. Dann sah sie ihn an. «Was hast du?», fragte sie, als sie merkte, dass irgendetwas nicht stimmte.

«Ich habe Mirko zum Teufel geschickt, und meine Schulden noch dazu!»

«Und jetzt?»

«Ich werd's schon schaffen», sagte er. «Aber jetzt müssen wir uns erst mal um die Ratte kümmern.»

Rasch gingen sie zur Hausnummer 12, auf dem Klingelschild des alten Gebäudes lasen sie BIASIOLO L. Sie tauschten einen schnellen Blick, dann drückte Pozza auf den goldenen Klingelknopf.

Kurz darauf krächzte eine Frau aus der Gegensprechanlage, Laura nannte ihren Namen und wurde heraufgebeten.

Signora Biasiolo war um die vierzig, eine Frau von gediegener Eleganz, die ihrem Alter durchaus entsprach.

Pozza und Laura redeten nicht lange um den heißen Brei herum, sie durften keine Zeit verlieren. Feinfühligkeit und Entschlossenheit – darauf hatten sie sich zuvor geeinigt.

«Sagen Sie, *Signora*. Haben Sie eine Tochter?», fragte Laura ganz direkt. «Wir sind vom Jugenddezernat.»

Signora Biasiolo wurde hellhörig. «Eine Tochter? Warum wollen Sie das wissen?»

«Das erklären wir Ihnen später. Verzeihen Sie unsere Direktheit, aber wir wissen, dass sie im April 1988 geboren wurde. Ist das richtig?»

Die Frau fühlte sich bedrängt. Sie holte tief Luft. «Aber … wie … wie haben Sie …»

«Seien Sie ganz beruhigt», schritt Laura schnell ein. «Wir wissen, dass Sie sie einem Krankenhaus anvertraut haben.»

Lisa Biasiolo erbleichte, sie sagte nichts, doch ihr Schweigen war eine Bestätigung.

«Helfen Sie uns einfach, damit machen Sie es uns allen leichter. Glauben Sie mir, wir machen das nicht zum Spaß», sagte Pozza.

«Ist ihr … etwas passiert?»

Laura beruhigte sie. «Nein, Ihrer Tochter ist nichts passiert. Aber wir müssen unbedingt wissen, wer der Vater ist.»

«Der Vater?» Ihre Stimme klang verändert. «Kommen Sie mir nicht mit dem! Der weiß von nichts. Er hat sich nie für sie interessiert.»

«Hören Sie», schaltete sich Pozza wieder ein. «Wir wissen, dass dieser Mann, also der Vater, sie sucht. Er wird ihr etwas antun!» Pozza warf Laura einen vielsagenden Blick zu, die diesen erwiderte.

«Ich …»

«Lassen Sie mich noch deutlicher werden. Ist Ihre Tochter das Ergebnis eines One-Night-Stands …», bohrte Laura weiter, «… oder einer Beziehung?»

Die Frau senkte den Kopf.

«Also, Lisa, ich höre. Es kann sich nur noch um Stunden handeln, bis er sie findet. Los! Mein Gott, jetzt reden Sie doch endlich!» Laura war richtig wütend geworden. Lisa Biasiolo fuhr sich übers Kinn, dann brachte sie leise hervor:

«Ja … Es war ein Unfall. Kann passieren.»

«Natürlich», sagte der Psychiater. «Dann wissen Sie also, um wen es sich bei dem Vater handelt?» Er fixierte ihre Augen.

«Nein, das weiß ich nicht», sagte sie schließlich und berührte dabei ihr linkes Ohr. Sie lügt, dachte der Psychiater – die Sprache des Körpers dagegen lügt nie.

«Na los, Lisa!» Laura wollte ihr auf die Sprünge helfen. «Strengen Sie sich an, versuchen Sie sich zu erinnern. Machen Sie irgend…»

Pozza schnitt ihr das Wort ab: «Sie nehmen uns doch auf den Arm!»

«Nein! Ich kann mich wirklich nicht erinnern. Ich lüge Ihnen nichts vor.» Die Biasiolo wirkte nun entschlossen. Dann stand sie auf.

«Gut. Ich glaube, ich habe Ihnen schon genug Zeit eingeräumt. Wenn Sie mich jetzt entschuldigen, ich habe zu tun.» Die beiden hatten verstanden und erhoben sich. Doch Pozza ließ nicht locker. «*Signora,* ich bitte Sie, wir tun das nur zu …»

«Ich bringe Sie zur Tür. Hier entlang, bitte.»

«Lisa», sagte Laura. «Tun Sie das nicht, ich bitte Sie. Es ist wirklich äußerst wichtig, verstehen Sie das denn nicht? Falls Sie uns doch noch weiterhelfen wollen und Ihnen zum Vater Ihrer Tochter etwas einfällt, rufen Sie mich an. Hier ist meine Visitenkarte.»

Die Frau nahm sie entgegen und verabschiedete die Polizistin mit einem festen Händedruck.

Als sie die Treppe hinunterliefen, war es Laura, die zuerst etwas sagte.

«Und, was denkst du?»

«Sie hat gelogen», gab Pozza trocken zurück. «Sie weiß genau Bescheid.»

«Wieso bist du dir da so sicher?», wollte Laura wissen.

Pozza antwortete in voller Überzeugung: «Körpersprache! Wir können jemandem die größten Märchen auftischen, aber unsere Gestik lügt nie.»

«Das heißt?»

«Dir ist das vielleicht nicht aufgefallen, aber beim Sprechen hat sie Kinn und Ohrläppchen berührt. Und weißt du warum? Weil sie gelogen hat. Wenn wir lügen, berühren wir unser Gesicht, um uns zu trösten.»

«Wenn ich's mir genau überlege, könntest du recht haben. Als wir gingen, hat sie meine Hand ganz fest gedrückt, wie jemand, der eigentlich auf deiner Seite steht, aber Angst hat, es zuzugeben. Willst du damit sagen, dass die Biasiola weiß, wer der Vater ihrer Tochter ist?»

«Wir werden wohl noch einen weiteren Versuch starten müssen, Laura, aber dann mit einer ziemlich guten Ausrede.»

40. Kapitel

Um acht Uhr abends feierten in Colognola ai Colli, einem hübschen Dorf, nur ein paar Kilometer von Verona entfernt, ungefähr achtzig Personen – lauter Polizisten und ehemalige Polizisten – im Restaurant *Da Amerigo* die Verabschiedung eines Kollegen in den Ruhestand.

Es war ein lauter, fröhlicher Abend, aber nicht für alle.

Mele machte sich Gedanken; während alle annahmen beziehungsweise befürchteten, die Entführung des Jungen aus San Bonifacio sei der Ratte zuzuschreiben, bezweifelte er das. Nur ein einziges Mal hatte der Mörder in Verona zugeschlagen, 1984 – Mele hatte den Anblick von Morenos kleinem Körper und seinen Schwur nicht vergessen. Der letzte Mord der Ratte war in Udine begangen worden, zwei Jahre war das jetzt her, und wie immer hatten Ermittler sowie Bürger gehofft, mit dem Gemetzel dieses Perversen sei es nun endlich vorbei.

Trotzdem konnte er nicht ausschließen, dass seine Zweifel schon bald widerlegt würden, denn die Art der Entführung und das, was Kriminologen gemeinhin als «die Handschrift des Mörders» bezeichnen, schienen die gleichen wie immer: zuerst die Entführung, ein paar Tage der Qual, dann der Fund der Leiche.

«*Commissario* Mele, dürfte ich Sie einen Augenblick stören?», fragte einer der Gäste.

Mele sah den Mann mittleren Alters, der auf ihn zugekommen war, an, er kannte ihn nicht.

«Ich bin Inspektor Gennaro Ippoliti von der Verwaltungsbehörde», stellte sich der Mann vor.

«Angenehm.»

Ippoliti wurde ernst: «Sie leiten die Ermittlungen in der Entführung des Jungen aus San Bonifacio, nicht wahr?»

Mele nickte.

«Und Sie haben auch die Ermittlungen im Mordfall Moreno Luberti geleitet … Also hier sind alle fest davon überzeugt, dass die gestrige Entführung auf das Konto der Ratte geht.»

Wieder nickte Mele, diesmal leicht gereizt.

«Ich muss Ihnen etwas mitteilen. Vielleicht ist es völlig belanglos, aber ich finde, Sie sollten es wissen», sagte der Inspektor. «Zu der Zeit des Mordfalls De Caro arbeitete ich in Neapel. Das war 1985, wenn ich mich nicht irre. Sie erinnern sich bestimmt an den Fall.»

Mele stimmte mit einer unmerklichen Bewegung der Augen zu.

«Ich führte das Einsatzkommando an. Ein paar Tage nach dem Vorfall wurden wir abends ins Elternhaus des ermordeten Mädchens beordert.»

«Fahren Sie fort», sagte Mele, der jetzt aufmerksamer bei der Sache war.

Der andere räusperte sich. «Nun ja, wir gingen also zu den De Caros, und sie meinten, die Zwillingsschwester des ermordeten Mädchens – der Name fällt mir gerade nicht ein – habe den Mann wiedererkannt, der Donatella entführt und umgebracht hatte.»

Meles Hände waren, wie in einem Biss, um seine Knie gekrallt. Keine Silbe von dem, was Ippoliti ihm erzählt hatte, war ihm entgangen. Seine Augen hatten sich zu zwei Schlitzen zusammengezogen, als er den Mann fragte: «Was soll das heißen?»

«Die Kleine hatte im Fernsehen einen Mann gesehen, der ihrer Meinung nach der Mörder war.»

«Ach ja? Sehr interessant! Und wer war der Mann?»

Ippoliti drehte den Kopf leicht nach links in Richtung des Fernsehers, wo gerade eine Sondersendung zu den Wahlen lief, in der sich zwei Parlamentskandidaten in einem Duell herausforderten. «Er», sagte er.

«Wer, er?»

«Rode.»

«Welcher Rode?», fragte der Inspektor entnervt. «Drücken Sie sich bitte etwas klarer aus, mir ist nicht nach heiterem Rätselraten.»

«Wie viele Rodes sind denn gerade aktuell? Ist doch klar, der Bürgermeister! Na, der im Fernsehen eben!»

«Der Bürgermeister von Verona? So ein Quatsch.»

«Ehrlich gesagt kam es uns ja auch etwas abwegig vor. Jedenfalls wurde die Identifizierung durch das Kind zunächst sehr ernst genommen. Sie wissen ja, wie das ist, in bestimmten Fällen sollte man auch das auf den ersten Blick schwächste Indiz ernst nehmen. Der Oberstaatsanwalt von Neapel setzte Experten ein, die die Psyche des Mädchens eingehend analysierten. Ein paar Monate später stellte sich jedoch heraus, dass das Kind wegen der toten Zwillingsschwester geistig so verwirrt war, dass es sich eine Parallelwelt geschaffen hatte, die natürlich nicht existierte. Wie Sie wissen, ist Kindern unter dreizehn, vierzehn Jahren meistens nicht zu trauen. Na ja, jedenfalls waren wir schließlich alle der Ansicht, bei dieser Identifizierung handele es sich wohl eher um die traurige Erfindung eines vom Schmerz zerfressenen, kleinen Mädchens. Vielleicht ist es in Ihren Augen der reinste Blödsinn, aber ich wollte, dass Sie das wissen.»

«Nein, nein, es war richtig, mir das zu sagen. Vielen Dank», sagte Mele abschließend. Sie verabschiedeten sich voneinander, doch bevor Ippoliti verschwand, rief ihm Mele noch einmal hinterher.

«Ja, *Commissario*?», fragte er und wandte sich um.

«Ich nehme an, es gibt einen Bericht über diese Identifizierung durch das Mädchen …»

«In der Akte ist das Protokoll, das ich verfasst habe. Ich glaube, keiner hat dem jemals besondere Wichtigkeit beigemessen.»

Mele verabschiedete sich noch einmal von Ippoliti und blieb nachdenklich zurück. Er musste diese neue Information Laura Virga mitteilen, schließlich gab es eine Abmachung, und die wollte er auch einhalten. Außerdem hatte Ippoliti schon recht: Bei der Aufklärung eines Mordes könnte sich jedes, auch das banalste Detail plötzlich als wichtig erweisen. Zögerlich zog er das Handy aus der Tasche, scrollte in seinem Adressbuch bis zu LAURA, drückte die grüne Taste, und die Verbindung wurde aufgebaut. Es war erst viertel nach zehn, Laura dürfte noch wach sein.

Sie hob ab, und er erzählte ihr von der eben geführten Unterhaltung mit Ippoliti. Am Ende des Telefonats hatte der Beamte den Eindruck, dass die Stimme der Kollegin leicht zitterte.

«Laura? Ist alles in Ordnung?», fragte er.

Die junge Frau holte tief Luft. «Ja … alles in Ordnung.»

«Wir sollten uns auch noch einmal über dieses hypnotisierte Mädchen unterhalten», sagte der Polizist. Dann verabschiedeten sie sich und legten auf.

Laura Virga griff nach einem Notizblock und kritzelte «Emanuele Rode» darauf. Gott – die Ratte heißt doch auch Emanuele, dachte sie. Im Grunde hatte Carolina ihnen doch genau das neulich mitgeteilt.

41. Kapitel

Sara und Peter Pan saßen in einer Trattoria in Vomero vor zwei Tellern *Spaghetti alle Vongole*. Die Sonne war längst untergegangen, der Himmel zeigte sich grau, aber kalt war es nicht. Als der Mann aus dem Wagen gestiegen war, hatten sie sich sofort stürmisch begrüßt – dass sie sich sehr nahestanden, war nicht zu übersehen. Sara entschuldigte sich bei ihm; manchmal könne sie einfach nicht in aller Ruhe mit ihm telefonieren. Er verstand genau, was das Mädchen ihm durch die Blume mitteilen wollte, er wusste, sie prostituierte sich, und das machte ihn geradezu schmerzhaft wütend. Am besten, er kam gleich zur Sache. Sara saß abwartend da, sie war bereit für das, was er ihr zu sagen hatte.

Peter Pan teilte ihr alles mit, was er über Donatellas Mörder erfahren hatte; die Worte rasten durch die Nervenbahnen des Mädchens, das zuhörte, ohne eine Regung zu zeigen. Als Peter Pan fertig war, saß Sara gedankenversunken und wie erschlagen da.

Diese Idee, die sie hatte, um sich an Rode zu rächen, ohne sich zu outen … sollte sie ihm davon erzählen? Sollte sie ihm sagen, was für einen Plan sie ausgeheckt hatte? Einerseits war sie sicher, Peter Pan würde sie bitten, es nicht zu tun, denn so, wie sie sich das vorgestellt hatte, war es viel zu gefährlich. Andererseits könnte er sie vielleicht unterstützen, und überhaupt: Er war Peter Pan, der einzige Mensch, dem Sara vertraute. Etwas musste sie ihm schon sagen, vielleicht nicht alles, aber zumindest einen Teil.

Sie erzählte von ihrem Vorhaben: Sie würde sich als Rodes große Bewunderin ausgeben, die völlig fasziniert von ihm sei; sie würde ihm schreiben, um ihn um ein Treffen zu bitten. Gefährlich sei das nicht, weil Rode als möglicher Parlamentsabgeordneter und nicht als Mörder zu dem Date gehen werde, daher werde er ihr gar nichts anhaben können. Als Peter Pan fragte, warum sie denn so sicher sei, dass er sie überhaupt treffen wolle, meinte sie nur, darüber solle er sich mal keine Sorge machen. Sara wusste sehr genau, was Rode an Frauen mochte, Peter Pan hatte es ihr ja schon gesagt, und sie hatte einen perfekten Köder vorbereitet, dem würde er sicher nicht widerstehen können.

Peter Pan blieb dennoch skeptisch. «Es ist gefährlich, Glöckchen. Auch wenn du das Gegenteil behauptest, dein Plan ist riskant.»

Doch Sara ließ sich nicht davon abbringen, und er wusste, wie stur dieses Mädchen sein konnte, wenn es sich erst einmal etwas in den Kopf gesetzt hatte.

«Einverstanden, Sara. Dann sag einfach, was ich tun soll. Aber pass auf – ein falscher Schritt, und alles ist umsonst», sagte Peter Pan. Dann begleitete Sara ihn zum Wagen und küsste ihn auf die Wange. «Danke. Danke für alles … Ich rufe dich an, wenn's losgeht.»

Verona, 21. November 2000, 8:00 Uhr

Gregor Pozza lag noch im Bett, die Augen geschlossen, doch seine Gedanken kreisten um die Ereignisse der letzten Tage. Er nutzte den klaren Verstand, den man direkt nach dem Aufwachen noch hat, auch wenn die noch schlaftrunkenen Gedanken etwas langsamer flossen – langsamer, aber klarer. Plötzlich zwang ihn das Klingeln des Handys, seine Augen zu öffnen. Er sah aufs Display und ging ran.

«*Ciao,* Laura. Gibt's was Neues?»

«*Ciao* ... Ja, ziemlich wichtig, würde ich sagen.» Ihr Tonfall sagte bereits alles – musste ein richtig großes Ding sein!

«Bin gleich da, ich zieh mich nur kurz an.» Die Frau faszinierte ihn. Sie wusste, wie sie mit ihm reden musste, um an ihn heranzukommen. Doch er zog sich immer wieder zurück, aus Angst, er hätte das Interesse einer Frau gar nicht verdient. Die Sache mit Jacqueline hatte ihm schwer zugesetzt, und sein Leben hatte eine schlimme Wendung genommen. Doch jetzt merkte er, dass der Fall, in den er sich hatte verwickeln lassen, sein Interesse für all das wieder weckte, was längst verloren zu sein schien. An der Bar des *Due Cigni* genehmigte er sich noch schnell einen Espresso, dann ging er zügig in Richtung Lungadige Porta Vittoria, von da war es nur ein Katzensprung zum Präsidium. Bei der Wache angekommen, sagte er, er wolle zu Inspektorin Virga; als er das kleine Dienstzimmer betrat, war es neun Uhr. Ihm fiel auf, wie müde sie aussah.

«Gestern hat mich Mele noch spätabends angerufen, ganz außer sich, wie immer. Er sollte wirklich bald in Rente gehen. Jedenfalls hat er mir eine ziemlich absurde Geschichte erzählt», sagte Laura und berichtete ihm von der Zeugenaussage. Jahrelang hatte man diese Identifizierung komplett ignoriert, da man sie für die Ausgeburt der blühenden Phantasie eines verwirrten Kindes hielt, doch das Protokoll war noch immer in den Ermittlungsakten zu finden. Polizeileiter Gennaro Ippoliti hatte sich damals als äußerst gewissenhafter Mensch erwiesen.

«Und wen soll dieses Mädchen da im Fernsehen wiedererkannt haben?», fragte Pozza neugierig.

Laura sah ihn an. «Rode.»

«Rode?»

«Ja, *der* Rode! Der Bürgermeister.»

«Der, der Abgeordneter werden will?»

«Genau der!»

Pozza konnte es nicht glauben. «Das kann nicht sein, komm schon ... Der Bürgermeister! Der ist doch viel zu bekannt, das ist absurd! Wer hat denn diesen Mist in die Welt gesetzt, Laura? Wie kann man nur ...»

«Du hast recht, kaum zu glauben», unterbrach sie ihn. «Ich habe mir auch fast die ganze Nacht den Kopf zerbrochen. Heute Morgen habe ich sogar auf dem Präsidium in Neapel angerufen, weil ich sichergehen wollte, ob die Sache mit der Identifizierung auch wirklich stimmt, und sie haben es bestätigt. In dem Protokoll steht, dass die Schwester des Opfers Rode als den Mörder identifiziert hat, und um der Sache auf den Grund zu gehen, hat die Staatsanwaltschaft Neapel eine Expertengruppe losgeschickt, die die Behauptung des Mädchens überprüfen sollte. Im Endeffekt glaubte natürlich keiner der Kleinen. Du weißt ja, Kinder haben die große Gabe, ihre Phantasie in Wirklichkeit zu verwandeln und umgekehrt, so erfinden sie schnell mal die abwegigsten Dinge. Kinder sind keine besonders vertrauenswürdigen Zeugen, es sei denn, ihre Aussagen können durch Beweise oder zumindest irgendwelche konkreten Indizien gestützt werden. Aber ich schwöre dir, irgendetwas geht hier nicht mit rechten Dingen zu.»

Pozza wurde immer ernster und forderte sie auf, weiterzuerzählen.

«Gut. Wir wissen also, dass Carolinas leiblicher Vater die Ratte sein könnte oder, besser gesagt, die Ratte *ist*. In ihren Delirien hat sie uns sogar noch ein paar Informationen zur Person preisgegeben: den Namen und vielleicht auch den Beruf.» Die Polizistin sprach mit fester Stimme.

«Wir wissen, dass er Emanuele heißt, richtig? Rode heißt auch Emanuele. Außerdem wissen wir, dass die Ratte irgendetwas mit Zeitungen zu tun hat, und Rode …»

«… war Journalist. Das habe ich gestern irgendwo gelesen», warf Pozza ein.

«Exakt. Wie du siehst, stimmen die Angaben genau überein.»

«Das ist schon richtig, aber um ihn als Mörder abstempeln zu können, ist es noch ein ganzes Stück hin.»

«Warte, das ist noch nicht alles. Ich war gestern in der Bibliothek und habe mir kurz noch einmal die Mappe mit den Zeitungsartikeln über die Ratte vorgenommen. Dabei habe ich eine ziemlich beunruhigende Entdeckung gemacht.»

«Welche?»

«Rode hat sämtliche Artikel zum Fall Ratte in der Rubrik «Vermischtes» für den *Evento* geschrieben», sagte die Polizistin.

«Nein!», rief Pozza.

«Doch. Aber nur bis 1995. Alle, durch die Bank: Moreno Luberti, Donatella De Caro, Giovanni Levi, Giacomo Di Sapio, Michele Locascio, Luisella Rossi und Cristina Lanzetti. Alle bis auf Gerhardt Weberlutz und Maria Nonin. Und weißt du, warum er 1995 damit aufgehört hat?»

«Sag schon …», meinte er.

«Verstehst du denn nicht? Genau in diesem Jahr wird Rode zum Bürgermeister gewählt und hört auf, für den *Evento* zu schreiben. So ein Zufall, nicht?»

«Laura», meinte Pozza perplex, «willst du damit etwa sagen, dass der Bürgermeister dieser Stadt, der wahrscheinlich zum Abgeordneten gewählt wird … also, willst du mir gerade sagen, dass es sich bei dieser Person um den meistgesuchten Mörder Italiens handelt? Dass er die Ratte ist?»

Laura zupfte nervös an ihren Haaren.

«Nicht ich sage das, Gregor, sondern die Fakten. Warum ist das so unwahrscheinlich? Warum eigentlich?»

«Stimmt schon, wenn ich's mir recht überlege, entspricht er bei genauerer Betrachtung ziemlich exakt dem ewig Frustrierten mit einer gehörigen Portion Neid auf Frauen. Hast du sein Gesicht gesehen, leicht aufgedunsen und irgendwie so glatt? Und dann der ausweichende Blick, die feuchten Augen …»

Laura unterbrach ihn: «Feuchte Augen?»

«Ja», sagte er. «Um einen Menschen richtig zu verstehen, musst du dir immer die Augen anschauen. Meistens täuscht der erste Blick. Auch wenn man glaubt, jemanden schon lange zu kennen, kennt man ihn oft gar nicht richtig. Wenn jemand persönliche Probleme hat, sieht man das meistens an den feuchten, geröteten Augen. Ein fröhlicher Mensch dagegen hat trockene Augen. Als ich mich mit der Psychologie der Handschrift beschäftigt habe, war ich richtig vor den Kopf gestoßen: Leute, die völlig ausgeglichen wirken, leiden in Wirklichkeit oft ungeahnte innere Qualen. Manche hältst du für Heilige, dann siehst du ihre Schrift und stellst fest, das sind echte Bastarde. Aber zurück zu Rode …»

«… Ja?»

«Na ja, bei Emanuele Rode bin ich mir ziemlich sicher, wenn man dem die Hand drückt … Weißt du, was John Douglas, ein Spezialagent des FBI, der Serienmörder jagte, mal gesagt hat? Er sagte, er sei in der Lage, einen Pädophilen am Händedruck zu erkennen. Seiner Meinung nach ist die Hand schwammig und feucht. Weiß auch nicht, warum, aber ich bin mir sicher, Rodes Händedruck ist alles andere als trocken, männlich und fest. Was meinst du?»

«Keine Ahnung, aber wenn Douglas das sagt, wird's schon stimmen.»

«Okay, mal sehn, wohin uns das führt. Jedenfalls müssen wir noch mehr in der Hand haben – bei dem Kaliber, mit dem wir es da zu tun haben», sagte Pozza.

Das Telefon auf Lauras Schreibtisch läutete.

«Virga», sagte sie in professionellem Tonfall. Der Ausdruck in ihrem Gesicht änderte sich schlagartig; sie schloss die Augen und führte ihre Hand zur Stirn.

«Mein Gott …», ihre Stimme klang gebrochen. «O Gott … Und wo … hat man ihn gefunden?»

Pozza sah sie an, er hatte schon verstanden. Laura bedankte sich und beendete das Gespräch.

«Sie haben die Leiche von Paolino Da Sona gefunden. Auf einer Mülldeponie.»

Der Psychiater senkte den Blick. «Verdammt», murmelte er. Laura sah ihn mit leeren Augen an, allerdings war sie nicht der Typ, der resigniert die Hände in den Schoß legt.

«Wir dürfen jetzt nicht die Nerven verlieren, Gregor. Gib mir fünf Minuten zum Nachdenken, in meinem Kopf herrscht ein großes Durcheinander.»

Sie atmete einmal tief durch, griff zum Hörer und wählte eine interne Nummer. Am anderen Ende hob jemand ab.

«*Ciao,* Giuseppe. Ich bin's, Laura Virga … Ja, sehr gut. Hör mal, ich muss dich um einen Gefallen bitten, vielleicht steht mir das nicht zu …», begann sie mit fast schriller Stimme. «Es geht um Rode, den Bürgermeister. Ich bräuchte zwei Informationen. Erstens, die komplette Liste der Hotels, in denen er zwischen 1984 bis heute übernachtet hat. Dann wollte ich dich bitten, einen Blick ins Archiv zu werfen, um zu sehen, ob er jemals eine Ehefrau, Geliebte oder Ähnliches hatte. Ich arbeite gerade an einem alten Fall über Pflegekinder, Anerkennung der Vaterschaft, all so was», erklärte die junge Frau. Die Stimme des Kollegen klang zögernd, aber schließlich versicherte er ihr, er würde sich sofort um die entsprechenden Informationen kümmern.

Als sie auflegte, sagte sie: «Gar nicht einfach, so eine Show abzuziehen. Das war Grassi von der Antiterroreinheit *DIGOS*.»

42. Kapitel

«In dieser ganzen verdammten Geschichte gibt es im Moment nur eine konkrete Sache, die wir tun können.» Pozza sprach leise. Sie saßen in einer Crêperie auf der Piazza delle Erbe. «Wir müssen auf jeden Fall an Emanuele Rode dranbleiben. Es sei denn, die Computerrecherche deines Bekannten von der *DIGOS* mischt die Karten völlig neu.»

Laura schüttelte ihr Haar. «Wir brauchen Beweise. Deshalb müssen wir bei unseren Ermittlungen konstruktiver vorgehen.»

«Wie meinst du das?»

«Ich meine, dass wir ihn so schnell wie möglich hinter Gitter bringen sollten, wenn er wirklich der Killer ist. Und dass wir zum jetzigen Zeitpunkt ziemlich wenig in der Hand haben, um ihn vor Gericht zu schleppen. Natürlich wäre allein das eine große persönliche Genugtuung, aber Richter wollen Beweise, keine guten Absichten.»

«Und in der Zwischenzeit mordet er fröhlich weiter.»

«Genau, in der Zwischenzeit mordet er fröhlich weiter», wiederholte Laura gereizt. Der Kellner servierte zwei Portionen *Tagliata di Manzo*.

«Wir verlieren Terrain, wir müssen uns eine Strategie überlegen.»

«Vertraust du Mele?»

«Absolut. Er kann zwar manchmal etwas unangenehm werden, aber er ist ein sehr besonderer Mensch. Warum?»

«Er soll uns bei den Ermittlungen helfen. Wenn ich mich

nicht täusche, ist die Ratte für ihn fast schon zu so etwas wie einer Privatsache geworden. Mit ihm könnten wir einen guten Trumpf in der Hand haben, was meinst du?»

Laura wurde bitterernst. «Selbstverständlich ist die Ratte zu seiner privaten Angelegenheit geworden. Schließlich war er es, der hier vor Jahren Morenos zerstückelten Körper entdeckt und den Eltern die Nachricht überbracht hat. Er war auch im Leichenschauhaus bei der Identifizierung anwesend. So etwas vergisst man nicht so schnell, wie du dir denken kannst.»

«Ich weiß, Laura, solche Dinge können einen ganz schön verändern. Danach bist du nicht mehr der Alte.» Pozza berührte die Hand der Polizistin, sie erschauderte leicht.

«Vielleicht hast du recht. Vielleicht sollten wir Mele mit einbeziehen, bevor er in Rente geht. Und ohne die technische Unterstützung der Mordkommission kann man sowieso nicht vernünftig arbeiten. Er wird zwar schnell wütend, ist aber ein hervorragender Ermittler.»

«Moment mal.» Pozza war von Natur aus ein vorsichtiger Mensch, der immer im Voraus jeden einzelnen Schritt genau überlegte. «Und wenn er das Ganze, was wir uns mit Carolina erarbeitet haben, nur für das Werk zweier Spinner hält?»

Laura schüttelte den Kopf. «Schon möglich, ich weiß schon, was du meinst. Aber Mele ist kein Richter, er ist Kommissar. Ein Richter muss sich gezwungenermaßen mit Prozessen und Paragraphen herumschlagen, während ein Kommissar einen Fall manchmal nur mit Hilfe seiner Intuition löst. Er pfeift auf die Vorschriften des Strafverfahrens – natürlich nur bis zu einem bestimmten Punkt. Ein Polizist muss flexibel sein, sonst wäre er kein echter Bulle. Gut, wir beziehen ihn mit ein! Er ist Leiter der Kripo, wir können ihn gar nicht außen vor lassen. Und er könnte uns Türen öffnen, die wir ohne fremde Hilfe gar nicht aufstoßen könnten. Wir gehen zu ihm und erklären ihm den Fall. Vielleicht hat er ja eine gute Karte in der Hand, die er ausspielen kann.»

Laura griff nach ihrem Handy, fand Meles Namen im Adressbuch und rief ihn an, um ein Treffen zu vereinbaren.

Der Kommissar war gerade mit Paolinos Eltern im Leichenschauhaus zur Identifizierung der Leiche. Ein äußerst delikater Moment, entsprechend reserviert reagierte er auch auf Laura Virgas Anruf, gab ihr aber dennoch einen Termin für denselben Abend, zwanzig Uhr dreißig.

Sara war bei einem Freund, der als Fotograf arbeitete. Er hieß Edoardo. Draußen gewitterte es und goss in Strömen.

«Ich muss dich um einen Gefallen bitten, aber, wie du weißt, habe ich nicht viel Geld, und weil wir uns doch schon so gut kennen …», sagte sie und sah dabei zu Boden. «Na ja, ich dachte, vielleicht kannst du mir ein bisschen entgegenkommen.»

«Was brauchst du, Sara? Mach nicht so einen Zirkus und sag einfach, was du willst. Ich lasse sowieso nicht mit mir handeln.»

Peinlich berührt antwortete Sara: «Fotos.»

«Fotos? Was für Fotos?»

«Etwas speziellere Fotos.» Leicht verlegen erklärte sie ihm ihr Anliegen.

Der Fotograf stellte sein Studio zur Verfügung, das junge Mädchen verschwand in einer Kabine und kam in Stöckelschuhen, Minirock, Netzstrümpfen und einer sehr eng anliegenden, tief ausgeschnittenen weißen Bluse wieder heraus. Der Mann errötete: «Du bist echt eine Wucht», sagte er entzückt.

Sie meinte nur trocken: «Lass das – heute Abend hast du einen Job, nicht ich!»

Sie setzte sich an einen kleinen Tisch, auf dem ein Glas und eine Flasche Wein, die sie aus dem Kühlschrank geholt hatte, standen. Sie war bereit. Der Fotograf knipste die Halogenlampe an, und sie setzte sich in Positur.

«Fotografier mich mit übereinandergeschlagenen Beinen, während ich trinke. Sieh zu, dass du die Beine gut erwischst, sie dürfen nicht im Schatten sein», ermahnte sie Edoardo.

Sara schlug die Beine übereinander, nahm die Flasche und goss sich etwas Rotwein ins Glas. Dann trank sie, während der Fotograf ein paar Bilder schoss. Sie schlüpfte aus Rock und Bluse und posierte in einem blauen Seidenhemdchen vor ihm. «Los, mach schon.» Ihre Stimme klang entschlossen.

Am Ende des Shootings kleidete sich das Mädchen rasch wieder an und verschwand unter den verwunderten Blicken Edoardos. Im strömenden Regen rannte sie nach Hause, und als sie völlig durchnässt dort ankam, zog sie sich schnell aus, trocknete sich ab und kroch unter die Bettdecke, um sich etwas aufzuwärmen. Sie versuchte zu schlafen, was ihr allerdings nicht gelang.

«Ich war mit den Eltern des Jungen im Leichenschauhaus. Fürchterlich, du hast ja keine Ahnung, wie schlimm solche Situationen sind. So was muss man mit eigenen Augen gesehen haben. Ich kam mir vor wie damals, im Fall Luberti, erinnerst du dich?» Mele fand und fand keine Ruhe.

Seine Frau küsste ihn zärtlich. «Komm, iss doch ein wenig, du hast sicher Hunger.»

«Ich krieg keinen Bissen runter. Vorhin, kurz vor Dienstschluss, kam Laura Virga vom Jugenddezernat noch vorbei und hat mir eine Akte in die Hand gedrückt, die ich heute Nacht noch lesen soll. So ein Chaos!»

«Lass doch die Akte. Du gehst bald in Rente! Fang doch

schon mal an, dich von deinem Job zu lösen, sonst fällt dir der Ausstieg umso schwerer. Komm, iss etwas und geh schlafen, du musst dich ausruhen.»

Mele schüttelte den Kopf. «Ich kann nicht. Sie erwartet morgen früh eine Antwort. Wahrscheinlich steht wieder nur Schwachsinn drin, aber man kann ja nie wissen. Gibt's was Neues von Max?»

«Er hat vorhin angerufen und meinte, der Junge hat etwas Fieber. Sonst ist alles in Ordnung.»

Mele unterhielt sich noch ungefähr zehn Minuten lang mit seiner Frau, dann sah er ein bisschen fern, um sich abzulenken. Um elf Uhr abends verkroch er sich in sein Arbeitszimmer und öffnete die Mappe, die Laura Virga ihm gegeben hatte.

Er las bis zwei Uhr morgens, an diesem 22. November. Noch vier Tage bis zur Wahl eines vermeintlichen Mörders ins Abgeordnetenhaus, dachte er. Ernüchtert ließ er die ganze Palette an Niederlagen Revue passieren – vergangene, gegenwärtige und zukünftige Ermittlungen über die Ratte, allesamt erfolglos. Zu einer Verurteilung würde es wohl nie kommen. Seine Macht und seine Arroganz, doch vor allem die parlamentarische Immunität würden verhindern, dass die Gerechtigkeit siegte. Und bei der Beweislage war der Freispruch ohnehin vorprogrammiert, sofern man überhaupt noch etwas Brauchbares fände, um Rode vor einen Schwurgerichtshof zu zerren. Da also die Gerechtigkeit der Menschheit nur reines Trugbild war, lastete alle Hoffnung auf der göttlichen Gerechtigkeit, sofern es sie wirklich gab. Es war schon spät, und obwohl Mele versucht hatte, die Müdigkeit mit einem doppelten Espresso zu besiegen, war er zum Umfallen müde.

43. Kapitel

Der Himmel von Neapel war finster, aber wenigstens regnete es nicht. Sara war wieder zu Edoardo gegangen, um die Fotos abzuholen – gut waren sie geworden, genau so hatte sie sie sich vorgestellt. Sie sah sie kurz durch und dachte, trotz ihres üblen Lebenswandels war sie noch immer hübsch anzusehen.

«Wofür brauchst du die eigentlich?», fragte der junge Mann neugierig nach.

«Das ist meine Sache. Entschuldige …», antwortete Sara, verabschiedete sich von ihm, und weg war sie.

Auf dem Nachhauseweg hielt sie bei einem Tabakladen, kaufte ein großes, wattiertes Kuvert und Briefpapier, dann ging sie in eine Bar. Während sie ihren Cappuccino schlürfte, wählte sie aus den zweiundachtzig Fotos, die Edoardo von ihr geschossen hatte, die besten aus. Sie schrieb eine Adresse auf das Kuvert, dann ein paar Zeilen auf das Blatt Papier, faltete es zusammen und steckte es zusammen mit den Fotos in den Umschlag. Anschließend fuhr sie zur nächstgelegenen Postfiliale, füllte das Formular für Briefsendungen per Einschreiben aus und stellte sich in die Schlange. Als sie an der Reihe war, zögerte Sara kurz, bevor sie dem Mann am Schalter den gut verschlossenen Umschlag und das Formular hinschob. Als der Beamte die Adresse sah, stutzte er, musterte das Mädchen und nahm schließlich, ohne eine Miene zu verziehen, das Kuvert entgegen, das nun also seine Reise antrat. Mit einem Beleg in der Hand und großem Tumult im Kopf verließ sie das Postamt.

Sie nahm ihr Handy und wählte Peter Pans Nummer. Das Gespräch dauerte ein paar Minuten.

Rode hatte beschlossen, frühmorgens einen Spaziergang zu machen, und so beobachtete er um halb acht die Kinder auf ihrem Weg zur Schule und atmete die kalte, klare Luft der frühen Morgenstunden ein. Er wollte zu Fuß ins Büro, unterwegs hielt er in einer Bar zum Frühstücken. Mit einem euphorischen «Guten Morgen, Herr Bürgermeister!» begrüßte ihn der Kellner. Er stellte ihm ein Marmeladencroissant hin, und während er einen Cappuccino machte, plauderte er ein wenig mit Rode.

«Welche Ehre, Sie in meiner Bar, Herr Bürgermeister!»

«Ganz meinerseits. Mir war nach einem Spaziergang zumute, um die Luft dieser Stadt zu atmen», entgegnete Rode geschmeichelt von so viel Aufmerksamkeit. «Meine Pflichten halten mich oft von solchen Dingen ab, viel zu sehr, fürchte ich, am Ende vergesse ich darüber noch meine Freunde.»

«Wie den guten alten Gianni aus der *Bar del Viale*, stimmt's?»

«Genau, wie dich zum Beispiel. Wo bleibt mein Cappuccino? Ich habe einen anstrengenden Tag vor mir.»

«Kann ich mir vorstellen, Herr Bürgermeister, kann ich mir vorstellen. Bei dem ganzen Gesindel, das sich herumtreibt! Ich will Ihnen mal was sagen: Meiner Meinung gehören die alle umgebracht, am besten schon, wenn sie noch Kinder sind! Der Verrückte macht das schon ganz richtig, wenn er ein Kind nach dem anderen abmurkst.»

Rode wandte den Blick ab. «Pass auf, was du sagst, Gianni, immer mit der Ruhe.»

«Aber genau so jemanden bräuchten wir! Nur sollte der nicht arme, fromme Christen umlegen, sondern dieses ganze Pack, das uns die Arbeit wegnimmt.»

Rode gab daraufhin ein paar seiner üblichen Floskeln von sich, und als er wieder auf der Straße stand, dachte er noch einmal darüber nach, was der Kellner da so von sich gegeben hatte. Seine Worte hatten ihm einen Schlag in den Magen versetzt, und er versuchte, sie wieder abzuschütteln. Er sah auf die Uhr – acht! Zügig ging er in Richtung Piazza dei Signori und versuchte seine Gedanken auf die Aufgaben, die er vormittags zu erledigen hatte, zu konzentrieren sowie auf die bevorstehenden Wahlen. Aber schon wieder ging ihm seine letzte Mordtat durch den Kopf, über die alle Welt sprach. Geschickt hatte er die aufgebrachten Veroneser auf seine Seite gezogen; sollte er gewählt werden, würde er kompromisslos gegen die frei herumlaufenden Scheusale vorgehen und sich für härteste Strafen sowie für die Einführung der chemischen Kastration starkmachen. Ihm war klar, das war ein Ding der Unmöglichkeit, andererseits fühlte er sich mittlerweile allmächtig: Er musste nur ein Problem schaffen, dagegen wettern und eine Lösung vorschlagen.

Sollte er allerdings tatsächlich Parlamentsabgeordneter werden, würde er der Ratte adieu sagen müssen – zu viele Risiken, zu viel Rampenlicht. Er kannte sich nur allzu gut und wusste, er würde in der politischen Hierarchie immer höher aufsteigen wollen – bisher war es schließlich auch immer so gewesen.

Wollte er in der Politik wirklich weiterkommen, musste er Schritt für Schritt vorgehen. Wenn er es allzu eilig hatte, würde er womöglich alles zerstören. Überstürztes Vorgehen barg Gefahren, und zu diesem sensiblen, aber aussichtsreichen Zeitpunkt wäre es dumm, ein Risiko einzugehen. Da fiel ihm ein, er musste Lami anrufen, wegen des Interviews, das er am Vormittag über die Beziehungen zu den Vereinigten Staaten geben musste. Ein paar Aspekte waren ihm noch unklar, und darüber wollte er mit seinem *image maker* reden. Lami hatte immer gute Tipps und Lösungsvorschläge parat, ein vorzüglicher Berater, und so rief er ihn auf dem Handy an.

«Lami? Ich bin's.»

«Das Manuskript für das Interview ist fertig.»

«Ich hoffe, es ist kurz und bündig. Ich habe keine Zeit für Details.»

Lami ließ sich nicht beirren. «Selbstverständlich, es sind nur kurze Statements, die die Sache auf den Punkt bringen. Keine Sorge, eine halbe Stunde, und Sie haben alles im Kopf.»

Polizeimeister Giuseppe Grassi, zuständig für Internetkriminalität bei der Antiterroreinheit *DIGOS* in Verona, saß in dem schallisolierten Raum und wählte eine interne Nummer.

Als Laura Virga abhob, war es ungefähr elf Uhr vormittags.

«Ich habe die Daten, die du wolltest», sagte er.

«Danke. Ist etwas Brauchbares dabei?», fragte Laura.

«Ich habe alles streng vertraulich in einen Umschlag gesteckt, du hast ihn in fünf Minuten.»

«Danke, du bist ein Schatz, Giuseppe! Heute Abend auf einen Kaffee im *Classic*, hast du Lust? Geht auf meine Kosten.»

«Okay, dann sehen wir uns im *Classic*.» Sie beendeten das Telefonat, kurz darauf erschien ein Bote mit dem an sie adressierten Kuvert, auf dem POLIZEIPRÄSIDIUM VERONA – DIGOS stand. Sie öffnete es, zog den Bericht und ein paar Computerausdrucke heraus und las:

Verona, 22. November 2000

Emanuele Rode, geboren am 15. Oktober 1948 in Treviglio (Provinz Bergamo, Lombardei), Regierender Bürgermeister von Verona, Kandidat der Partei Rinascita della Nazione Popolare für die nächsten Wahlen des Abgeordnetenhauses, hatte den Akten zufolge Liebesbeziehungen zu folgenden Personen:

BIANCA DAL MASO, geboren am 5. September 1957 in Verona (Provinz Verona, Venetien), wohnhaft in Mantua, Piazza Giovanni Paolo II 2. Über besagte Person liegen keine weiteren Daten vor.

SILVIA PARATTINO, geboren am 23. Juni 1960 in Udine (Provinz Udine, Friaul-Julisch Venetien), kennengelernt. Keine weiteren Informationen vorhanden.

LISA BIASIOLO, geboren am 2. März 1959 in Arzignano (Provinz Vicenza, Venetien), wohnhaft in Verona, Via Carducci 12. Angestellte. Ledig.

Letztgenannte Beziehung unterhielt Rode nach Aktenlage in den Jahren 1980 bis 1989 und beendete sie aus unbekannten Motiven. Keine weiteren Informationen vorhanden.

Biasiolo. Ein One-Night-Stand, hatte Lisa ihnen gesagt. Falsches Biest! Lauras Finger ballten sich zusammen. Das hier entsprach genau ihren Ermittlungsergebnissen. Carolina war Jahrgang 88, ihre Geburt fiel also genau in die Zeit, als Rode mit der Biasiolo zusammen war. Noch ein Beweis, dass Rode der leibliche Vater des Mädchens war.

Zur Bestätigung blätterte sie jetzt auch nervös die Computerausdrucke durch. Das Datenverarbeitungszentrum des Innenministeriums hatte auf Anfrage der DIGOS Verona eine Liste aller Hotels erstellt, in denen Emanuele

Rode zwischen 1984 und 2000 übernachtet hatte. Das Dokument enthielt auch die Namen von circa hundert Unternehmen und eine Reihe von Daten, die auf den ersten Blick nutzlos zu sein schienen. Um sich schneller durch die Informationen zu kämpfen, suchte Laura zunächst nach den Daten, die mit den Tagen der Mordfälle zusammenfielen.

Und so stellte sie fest, dass Rode am 22. Mai 1984 im *Excelsior* in Neapel übernachtet hatte; am 3. November 1987 im *Parigi* in Varese; am 14. Juni 1988 im *Cicerone* in Roma; am 17. Oktober des Jahres 1990 im *Centrale* in Terni; am 9. Dezember 92 im *Bellavista* in Imperia; am 13. April 1994 im *Ritz* in Senigallia; am 20. Januar 1996 im *Jolly* in Mailand und am 21. März 1998 im *Da Rin* in Udine. Sie verglich die Daten mit Zeitpunkt und Tatort der Morde an De Caro, Levi, Di Sapio, Locascio, Luisella Rossi, Cristina Lanzetti, Weberlutz und Maria Nonin. Sie stimmten genau überein.

44. Kapitel

«Nun», sagte Mele und strich sich über den Bart. Er saß an seinem Schreibtisch und sah sehr nachdenklich aus. «Rode scheint also tatsächlich irgendwie in die Sache verwickelt zu sein.»

«Das ist aber noch nicht alles», fuhr die Inspektorin fort. «Diesmal haben wir konkrete Indizien: Rode hat immer genau an dem Tag in genau der Stadt übernachtet, in der die Ratte zugeschlagen hat. Für diese seltsamen Zufälle bräuchte er schon eine plausible Erklärung.»

Der Kommissar sah sie verwundert an. «Wenn ich jetzt so ein verdammter Anwalt wäre, würde ich entgegnen, Rode war Journalist, die Zeitung, für die er schrieb, schickte ihn jeweils vor Ort, um darüber zu berichten.»

«Ah, verstehe, Sie trauen unseren Ermittlungsergebnissen nicht, stimmt's? Ich fürchte, Sie müssen Ihre Meinung noch einmal überdenken. Hören Sie, der Junge aus Österreich und Maria Teresa Nonin wurden 1996 und 1998 ermordet, 1995 wurde Rode Bürgermeister dieser Stadt. Über diese letzten beiden Mordfälle hat er nichts geschrieben, und zwar aus dem einfachen Grund, dass er seinen Beruf gewechselt hatte. In den Hotels hat er aber trotzdem übernachtet – warum nur? Was zum Teufel hatte Veronas Bürgermeister am ...», sie warf einen Blick auf ihre Notizen, «... 20. Januar 1996 in Mailand und am 21. März 1998 in Udine zu suchen? Ausgerechnet, als Gerhardt Weberlutz und Maria Teresa Nonin ermordet wurden! Soll das ein Zufall sein? Wohl kaum. Und für einen Staatsanwalt wäre es das auch nicht, da können Sie

Gift drauf nehmen. Und noch etwas ...», fuhr sie fort. «Hätte ihn die Zeitung dorthin geschickt, hätte er erst einen Tag nach dem Mord in der Stadt sein dürfen. Aber er war schon am Abend zuvor da – so ein Zufall! Rode hat am 22. Mai in Neapel übernachtet, am selben Abend wurde Donatella De Caro entführt; am 3. November hat er in Varese übernachtet, abends verschwand Giovannino Live spurlos. Konnte er die Morde etwa voraussehen? In diesem Fall hätte Rode übersinnliche Fähigkeiten, oder aber jemand hätte ihm eine Kristallkugel geschenkt, die zum ersten Mal in der Geschichte der Menschheit auch tatsächlich funktioniert. Wir könnten aber auch einfach ehrlich sein und daraus schließen, dass Rode deshalb vor Ort war, weil er die Morde geplant hatte!»

Mele betrachtete Laura, überlegte kurz und sagte dann in leicht gereiztem Ton: «Hören Sie, Laura. Es ist ja nicht so, dass ich Ihre Indizien nicht ernst nehme, und auch ich gebe mich nicht so leicht geschlagen, das wissen Sie. Aber wir haben es hier mit einem Schwerverbrecher zu tun, der kein Erbarmen kennt und außerdem bald zum Abgeordneten gewählt wird. Und Abgeordnete werden von etwas geschützt, das sich ‹parlamentarische Immunität› nennt. Soll ich Ihnen mal sagen, wie die Sache ausgeht, wenn wir die ganze Geschichte vor Gericht bringen? Noch dazu bei den Indizien, die Sie für ‹völlig ausreichend› halten ... Es würde damit enden, dass er unbeschadet davonkommt, uns auslacht und wir wie die letzten Idioten dastehen. Wissen Sie, Laura, bei Ermittlungen gegen Personen von diesem Status müssen die Beweise absolut hieb- und stichfest sein. Wir sind mit unseren Indizien noch nicht annähernd so weit, dass man hier von so etwas wie einem ‹beweiskräftigen Konstrukt› sprechen könnte. Von einem DNA-Test will ich gar nicht erst reden. Das letzte Mal hat die Ratte verwertbare Spuren für einen Test 1989 hinterlassen, als die DNA-Analyse noch reine Utopie war. Und später hat der Herr peinlich genau darauf geachtet, seine Schweinereien auf saubere Art und Weise abzuwickeln, verstehen Sie?»

Laura wusste sehr genau, worauf der Kommissar hinauswollte. Ihre Zuversicht schwand. «*Commissario*, ich verstehe sehr wohl, aber ...»

«Jetzt hören Sie mir mal gut zu. Sie wissen, wie sehr ich Sie schätze», entgegnete der Leiter der Kripo. «Deshalb werde ich mir die Akte mit derselben Aufmerksamkeit durchlesen, wie ich es auch im Fall Carolina Rossi getan habe. Ich gebe sogar zu, dass ich vielleicht ... ja, vielleicht bin ich, wie auch Sie, der festen Überzeugung, dass Emanuele Rode die Ratte ist. Gleichzeitig muss ich Sie leider darauf hinweisen, dass wir ihm nichts anhaben können, verstehen Sie, Laura? Nichts! Aber ich sag's noch einmal: Ich verspreche Ihnen, wenn ich irgendetwas tun kann, um dieses fiese Schwein vor Gericht zu bringen, werde ich das tun!», versicherte Mele abschließend.

Am Dienstag, dem 28. November, waren die Würfel gefallen – das Land hatte ein neues Parlament. Die Nachrichten sendeten sofort erste Hochrechnungen der Wahlen, ein überwältigender Sieg der Koalition der Oppositionsparteien zeichnete sich ab. Jahrelang waren der «Partei der aufrichtigen und tüchtigen Italiener», wie sie sich selbst gern nannte, die Türen verschlossen gewesen, jetzt war es ihr endlich gelungen, sich die Mehrheit der Sitze zu sichern. Rode stand unter Hochspannung.

Er befand sich in seinem eleganten Apartment beim Ponte Vecchio und wartete auf das Ergebnis. Antonio Lami war bei ihm, beide schwiegen, es war ein vielsagendes Schweigen. Ein Teil seiner Zukunft – eines Lebens, wie er es sich schon als kleiner Junge erträumt hatte – war gerade dabei, wahr zu werden. Wir sind angetreten, um zu siegen, dachte er, während die Nachrichtensprecherin Lilli Gruber im Fernsehen gerade den möglichen Triumph der Koalition verkündete. Aber bin ich – Emanuele Rode – wirklich gewählt worden? Er hatte es vorgezogen, den großen Moment zu Hause, nicht in der Parteizentrale abzuwarten.

Als das Telefon klingelte, wusste er, es war die Nachricht, auf die er gewartet hatte. Er wechselte einen schnellen Blick mit Lami. In diesem Moment entschied sich, ob sein Lebenstraum sich erfüllen oder zerschlagen sollte: drinnen oder draußen, Machtzentrum Rom oder Provinznest Verona. Mit einem Glas Grappa Moscato in der Hand griff er nach dem Telefon. Seine Hand zitterte, als er abnahm. Im Zeitlupentempo näherte er sein Ohr dem Hörer.

«Ja?», sagte er mit schwacher Stimme.

«Emanuele ...»

Er erkannte die Stimme des Parteivorsitzenden, wahrscheinlich der zukünftige Ministerpräsident, und sein Hals war wie zugeschnürt. Er brachte keinen Ton heraus. O mein Gott, dachte er.

«Emanuele, Emanuele, die Auszählung ist beendet. Sie haben mich eben angerufen, und ... und ... du hast es geschafft! Du hast es geschafft!», brüllte er vom anderen Ende der Leitung. «Du hast es geschafft ... Herzlichen Glückwunsch! Du gehörst jetzt zu uns, Emanuele! Zu uns!»

Rode spürte, wie sich etwas in ihm löste, sein Magen, der seit Tagen völlig verkrampft war, beruhigte sich auf einen Schlag. Er stieß einen kurzen Freudenschrei aus und schlug Lami auf die Schulter, der seine typisch unterkühlte Haltung bewahrte. Er hatte es geschafft! Verona hatte ihn nach Rom gebracht, aufs Capitol, an die Macht.

1988, zwölf Jahre zuvor

Es ist warm. Lisa ist seit ein paar Tagen wieder zu Hause. Die Geburt ist gut verlaufen, doch sie hat Höllenqualen durchlitten. Die Schmerzen sind sofort wieder abgeklungen, die Schwestern von der Gynäkologie haben gesagt, bei einer Geburt leide man sehr, aber genauso schnell habe das Leiden auch ein Ende. Und so war es dann auch.

Ihre Tochter ist wunderschön, das sind Neugeborene für ihre Mütter ja immer. Sie haben sie Suaien genannt, ein thailändischer Name, der Emanuele so gut gefällt. Es ist schön, zu sehen, wie er Suaien ständig streichelt. Die Kleine schläft tagsüber, nachts ist sie wach, wie so oft bei Säuglingen. Um wenigstens etwas Schlaf zu finden, teilen sich sie und Emanuele, was zu tun ist; er hat ihr den lästigen Part abgenommen, nachts aufzustehen, um nach ihr zu sehen.

Heute Abend ist es furchtbar, Suaien muss ständig spucken, wahrscheinlich hat sie Krämpfe, wie Neugeborene sie oft haben. Lisa würde sich gerne vor dem Fernseher entspannen und sich mit der anspruchslosen Show *Indietro tutta* von Arbore und Frassica berieseln lassen, stattdessen hat sie die Kleine auf dem Arm und läuft in der Wohnung hin und her, um sie zu beruhigen. Sie kann nicht mehr! Als Suaien endlich die Augen schließt, legt sie sie in die Wiege und fällt erschöpft ins Bett. Emanuele hat gesagt, sie könne ruhig schlafen gehen. Sollte die Kleine aufwachen, wird er nach ihr sehen.

Nachts um zwei Uhr vierzig fängt Suaien an zu weinen. Im Schlaf nimmt Lisa nur vage das Schluchzen ihrer Tochter wahr, sofort macht sie sich große Sorgen, beruhigt sich aber gleich wieder, sie weiß ja, Emanuele ist da. Er wird schon aufstehen, ganz bestimmt. Kurz darauf hört sie Schritte, jemand nimmt die Kleine aus der Wiege.

«Ich werde dich jetzt wickeln, mein Schatz», sagt er.

Ein paar Minuten später wird Lisa im Halbschlaf von einem seltsamen Gefühl überfallen. Aus dem Badezimmer dringt Licht, sie weiß, Emanuele wickelt dort gerade ihre kleine Tochter. Sie steht auf und wankt in Pantoffeln zum Bad. Suaien wimmert. Emanuele ist über das Kind gebeugt, er bemerkt sie nicht. Lisa ist von dem Anblick ganz gerührt, sie tritt näher, berührt ihn an der Schulter, lächelt. Vor Schreck macht er einen Satz nach hinten. Was Lisa in diesem Moment zu Gesicht bekommt, wird sie nie vergessen: Emanuele stöhnt, er hat Hose und Unterhose nach unten geschoben. Er befindet sich eindeutig im Zustand höchster Erregung, die Hände hält er schützend vor seinen Penis.

Am Tag darauf betrachtet Lisa ihre schlafende Suaien, voller Hingabe streichelt sie sie zärtlich. Küsst sie. Sie wirkt traurig. Mach dir keine Sorgen, meine Kleine, denkt Lisa, ich werde dafür sorgen, dass du unter normalen Leuten aufwächst, Mama kümmert sich darum.

Mit schmerzverzerrtem Ausdruck im Gesicht gewöhnt sich Lisa Biasiolo allmählich an den Gedanken, sich für immer von ihrer Tochter zu verabschieden. Hätte sie das erst einmal hinter sich gebracht, würde sie ihre Sachen packen und aus dieser Wohnung ausziehen. In derselben Nacht packt sie Suaien schön warm ein, nimmt sie auf den Arm und fährt mit ihr in Richtung Borgo-Roma-Hospital.

Du perverses Schwein, dachte Lisa Biasiolo und schob dieses dunkle Kapitel ihrer Vergangenheit angewidert beiseite. Sie griff nach der Visitenkarte der jungen Inspektorin, die neulich bei ihr gewesen war, las die Telefonnummer. Lange starrte sie darauf, dann zerriss sie das Kärtchen, es hatte ja sowieso keinen Sinn. Ihre Tochter hatte sie schon vor langer Zeit verloren.

45. Kapitel

Die Woche war vollgestopft mit Terminen und Besuchen von Leuten, die ihm zum herausragenden Wahlsieg gratulieren wollten. Man musste sich unter anderem um Rodes Nachfolge im Bürgermeisteramt Veronas kümmern, er selbst hatte bereits seinen Rücktritt bekannt gegeben. In der Zwischenzeit arbeitete der frischgewählte Präsident mit seinen engsten Mitarbeitern an der Zusammensetzung der neuen Regierung, während die Leute ihre Weihnachtseinkäufe in den Straßen des Zentrums erledigten, in dem überall festlich geschmückte Schaufenster funkelten.

Antonio Lami hatte unglaublich viel zu tun. Dabei wusste er noch nicht einmal, was ihn künftig erwartete, jetzt, da Verona einen neuen Bürgermeister bekam. Er saß in seinem Sessel im Arbeitszimmer und hielt einen an den Bürgermeister adressierten Umschlag in der Hand. Dann stand er auf und ging in Garattis Büro.

«Das kam heute für unseren zukünftigen Abgeordneten mit der Post», sagte er. «Würdest du es ihm geben?»

Rodes persönlicher Sekretär nahm ihn entgegen und wog ihn prüfend in den Händen. Dann las er den Absender; eine gewisse Eleonora Grandinetti hatte mit einem Filzstift STRENG VERTRAULICH unter die Adresse geschrieben und dick unterstrichen.

«Es ist persönlich», sagte Garatti. «Sobald er aus Rom zurück ist, gebe ich ihm den Brief.»

«Eine heimliche Verehrerin?», wollte Lami wissen.

Garatti grinste ironisch. «Ja, ja, Regierungsgespräche können sehr anstrengend sein – in jeglicher Hinsicht!

Gut, ich leg's ihm in die Post.» Er steckte den Brief in eine braune Aktenmappe und legte sie auf Rodes Schreibtisch.

Laura Virga traf sich am 24. Dezember mit Pozza, sie wollten sich gegenseitig frohe Weihnachten wünschen. Sie spazierten über die menschenüberfüllte Piazza Bra und bewunderten den metallenen Weihnachtsstern vor der Arena.

«Wir waren ziemlich nah dran, stimmt's?», sagte der Psychiater unvermittelt.

«Und alles für die Katz!», antwortete sie verbittert. «Ich kann's echt nicht glauben.»

«Ich auch nicht. Wir haben die Ratte entlarvt und können nichts gegen sie unternehmen», fuhr Pozza fort.

«Tut mir leid, dass Fogliardi dich da mit hineingezogen hat», sagte die Inspektorin leise.

«Es war zumindest eine Erfahrung», sagte Pozza. «Außerdem hätte ich dich sonst nicht kennengelernt.»

Die eisige Kälte steckte ihnen in den Knochen, und ihr Atem kondensierte zu kleinen Dampfwolken. Sie suchten ein Café auf und bestellten Tee mit Zitrone und dazu Kekse, die Spezialität des Hauses.

«Darf ich dich fragen, warum du mir gegenüber immer so verhalten warst?», wollte Laura aus heiterem Himmel wissen. «Ich weiß von deinen Problemen, aber du hättest dich trotzdem ruhig etwas mehr öffnen können.»

Pozza schüttelte den Kopf. «Es ist einfach der falsche Moment, Laura. Du weißt das ja alles.» Er klang nervös.

«Es ist Weihnachten! Versuch doch wenigstens mal für ein paar Tage, nicht so viel zu grübeln.»

«Das kann ich nicht. Ich schaff es einfach nicht.»

Laura seufzte. «Du verlässt Verona wieder, stimmt's?»

Er sah sie an, plötzlich stand er auf und verlangte die Rechnung. «Ja, in ein paar Tagen.»

«Prima! Wirklich ausgezeichnet!», gab Laura spitz zurück. «Schön, dass mich meine Eltern zum Festmahl erwarten! Na dann – *ciao*. Und frohe Weihnachten auch …» Schnell drückte sie ihm einen Kuss auf die Wange und ließ ihn auf der Straße stehen.

Pozza sah ihr nach. «*Ciao*», flüsterte er, mehr zu sich selbst. Dann machte er sich in Richtung Hotel auf. Er zog das Handy aus der Tasche und rief Jacqueline an; er musste ihr und Davide doch frohe Weihnachten wünschen. Alles andere war unwichtig.

7. Januar 2001

Rode war in seiner Wohnung beim Ponte Vecchio, machte sich ausgehfertig und malte sich sein zukünftiges Leben als Minister aus. Selbstverständlich würde er keinen dieser lächerlichen Ministerposten annehmen, für die es nicht einmal einen Etat gab und die nur eingerichtet wurden, damit zweitrangige Politiker auch einen Job abbekamen. Doch er fürchtete, der designierte Präsident hatte genau dieses Schicksal für ihn ausersehen; ein paar Tage vor seiner Ernennung hatte er bereits so etwas angedeutet. Seitdem war Rode völlig deprimiert – ein etatloser Ministerposten, niemals!

Ganz abgesehen von der Phrasendrescherei – Honig um den Mund schmieren gehörte nun mal dazu –, hielt Rode ohnehin nicht sehr viel vom Präsidenten. Für ihn war er einfach nur ein primitiver Schaumschläger, der die Italiener mit ein paar Versprechungen, die er nie und nimmer einhalten konnte, ausgetrickst hatte.

Er musste ihn irgendwie unter Druck setzen, um an ein vernünftiges Ministerium zu kommen. Also suchte er ihn in seiner Villa in Turin auf, mitten im grünen Speckgürtel der piemontesischen Hauptstadt. Er wollte herausfinden, welches Amt der Mann für ihn vorgesehen hatte, und ihn von diesem Vorhaben abbringen. Um das zu erreichen, gibt es in manchen Kreisen nur eine Möglichkeit.

Der Premierminister ließ ihn in seinem Studio Platz nehmen.

«Gut, Emanuele, da wären wir. Was gibt's? Was führt dich zu mir?»

«Also, ich wollte mit dir über den Ministerposten sprechen, den du mir angeboten hast. Das Ministerium für die Beziehungen zur Allgemeinheit. Interessant! Was habe ich mir darunter vorzustellen?», fragte Rode.

«Na ja, wie du weißt, möchten wir uns nicht nur an junge Wähler richten, sondern an die gesamte Wählerschaft. Daher muss die neue Regierung geschickt und effektiv vorgehen, wenn sie zum Vermittler zwischen den Überbleibseln der alten Regierung und uns werden will.»

Richtig: *Der neue Fortschritt* – Scheißpolitikergewäsch, dachte Rode. «Schön. Ich fühle mich geehrt, dass du dabei an mich gedacht hast. Ich werde natürlich mein Bestes geben.»

«Daran besteht kein Zweifel … nicht der geringste Zweifel. Der richtige Mann am richtigen Ort, mein Freund!», sagte der designierte Premierminister und musterte ihn.

«Ich danke dir für dein Vertrauen. Aber ich wollte noch etwas sagen. Weißt du, gestern habe ich ein paar alte Unterlagen durchgesehen und bin auf eine gewisse Gemma Pavinato gestoßen. Der Name sagt mir zwar etwas, aber ich weiß nicht mehr genau, wer sie ist. Vielleicht kannst du mir ja auf die Sprünge helfen. Ich meine mich zu erinnern, dass du mit ihr mal zu tun hattest, oder täusche ich mich da?»

Der Ministerpräsident kniff die Augen zusammen, Rode fuhr fort.

«Ist nicht so wichtig … Ich meine ja nur. Vor ungefähr zehn Jahren hatte ich als Reporter zufällig erfahren, dass diese junge Frau, Gemma, behauptet hatte, sie wäre in einem Nachtclub in Ivrea vom Eigentümer eines großen Unternehmens belästigt worden – ich glaube, jemand aus der Stahlindustrie. Die Sache geriet in Vergessenheit, der Kerl war ziemlich einflussreich. Na ja, ich bin gerade dabei, etwas Licht in die Sache zu bringen, und ich weiß, dass dir der Industrielle wohl bekannt sein dürfte, oder liege ich da falsch?»

«Woher weißt du davon?», fragte ihn der Ministerpräsident, sein Gesicht war bleich.

«Keine Sorge, von mir erfährt keiner was. Wenn es herauskäme, hättest du richtigen Ärger mit der Opposition. Ganz zu schweigen von der Kirche mit ihrem ewigen moralischen Getue. Nein, sei ganz beruhigt. Ich hoffe nur, dass …»

«Was?», fragte der zukünftige Premier besorgt.

«Na ja, dass sich die Lage nicht zuspitzt. Sollte beispielsweise jemand in mein Arbeitszimmer einbrechen … In meiner Schreibtischschublade liegt eine Akte mit dem Vor- und Nachnamen dieser Frau, inklusive Telefonnummer, und ich finde leider den Schlüssel für die Schublade nicht mehr. Ich bin ja an Risiken gewöhnt …», erklärte Rode und sah ihm dabei fest in die Augen.

«Was willst du damit sagen?»

«Ich will damit sagen, wäre doch schade, wenn deine Karriere wegen so einer dummen Geschichte zerstört würde.» Rode nahm ihn ins Visier, er sprach jetzt leiser: «Aber wenn zum Beispiel so ein hübscher Posten als Innenminister frei würde …»

Der Premier reagierte sofort mit einem Kopfnicken. «Hm, verstehe. Gut, Emanuele, gib mir ein paar Tage, dann sprechen wir nochmal darüber. Ich rufe dich an.» Er klopfte ihm auf die Schulter. «Kann ich dir einen Whiskey anbieten?»

«Gerne. Pur», entgegnete Rode.

Während aus dem Fernseher die Meldungen der Abendnachrichten rieselten, lag Rode auf dem Sofa und sah die Post durch, die Garatti ihm nachmittags gegeben hatte.

Zwischen den Telegrammen mit den Glückwünschen aus ganz Verona befand sich ein dicker, fest verschlossener Umschlag, der Rodes Aufmerksamkeit auf sich zog. Er nahm den Brieföffner mit dem Griff aus Nussbaumholz, öffnete das Kuvert und zog einen handgeschriebenen Brief und einige Fotos heraus. Er betrachtete sie und zuckte zusammen; auf den Bildern war ein sehr hübsches blondes Mädchen zu sehen, das mit übereinandergeschlagenen Beinen an einem Tisch saß und sich Wein in ein Glas einschenkte. Wer zum Teufel war sie? Er schwitzte, auf seiner Stirn bildeten sich Schweißperlen, Lust stieg in ihm auf. Er musterte die flüssige, entschlossene Schrift und begann zu lesen.

Sehr geehrter Herr Rode,
wundern Sie sich nicht über diesen Brief. Ich möchte Ihnen nur mitteilen, dass Sie einen großen Reiz auf mich ausüben. Ich bin fasziniert von Ihrer Ausstrahlung und würde Sie gerne näher kennenlernen. Auf den beigelegten Fotos, das bin ich. Ich bin dreiundzwanzig Jahre alt – hoffentlich gefalle ich Ihnen ein bisschen. Wenn Sie möchten, rufen Sie mich doch an. Sie erreichen mich unter der Nummer: 01435739761. Sollten Sie noch mehr Fotos sehen wollen, melden Sie sich doch bitte, Sie können mich jederzeit anrufen.

Eleonora Grandinetti (Bergamo)

Rode betrachtete die Fotos, seine Erregung stieg. Er starrte auf die Schenkel des Mädchens, das diabolisch in die Kamera lächelte. Nach solchen Frauen war er ganz verrückt.

Aber er durfte sich nicht so ohne weiteres gehenlassen, und dann gleich bei der Erstbesten, die ihm schrieb, das wäre nicht besonders clever. Und wenn es eine Irre war? Oder eine Erpresserin? Oder eine, die seine politischen Ansichten verabscheute oder, noch schlimmer, eine Spionin? Er grübelte ein paar Minuten vor sich hin, dann rief er Lami an, der kurz darauf auch schon bei ihm war.

«Antonio, ich bräuchte ein paar Informationen über eine Person.»

«Ich höre», sagte Lami.

«Also, es geht um eine gewisse Eleonora Grandinetti, vermutlich aus Bergamo. Versuch bitte herauszubekommen, was sie beruflich macht, wie alt sie ist, wer ihr Vater ist, eben alles, was von Belang sein könnte.»

«Hast du noch mehr Angaben?»

«Was? Ach so, ja, eine Telefonnummer. Hier, schreib auf. 014...»

Rodes Handy klingelte. Der Ministerpräsident. «Einen Moment. Entschuldige bitte», sagte er zu Lami. Dann drückte er die grüne Taste und nahm das Gespräch an.

«Emanuele, ich habe Neuigkeiten für dich. Bist du bereit?» Rode war verwirrt – gedanklich war er noch immer bei Eleonora Grandinetti. Er sah zu Lami, der vor ihm saß.

«Was für Neuigkeiten?»

«Außenministerium, einverstanden?», sagte der Premier. Rode schwieg einen Augenblick, dann antwortete er schnell: «Klar, Außenministerium ist in Ordnung.» Er bedankte sich beim Premierminister, verabschiedete sich und legte auf.

«Entschuldigen Sie, Antonio, aber ich habe eben erfahren, dass ich das Außenministerium kriege.»

«Glückwunsch! Das ist ja auch das Mindeste – nach allem, was Sie für die getan haben!»

«Ja, ein wichtiger Posten. Natürlich wäre mir das Innenministerium lieber gewesen, aber ich kann wohl trotzdem zufrieden sein. Also, notieren Sie folgende Nummer: 01435739761. Ich hoffe, Sie liefern mir brauchbare Informationen, ich zähl auf Sie!»

Lami verließ den Raum, und Rode blieb mit seinen Gedanken allein zurück. Einerseits war er begeistert, als Außenminister hatte man doch eine verantwortungsvolle Aufgabe. Andererseits brauchte er sich gar nichts vorzumachen – wie oft schon hatte er sich als Innenminister gesehen, und die Tatsache, dass es nicht geklappt hatte, hinterließ einen bitteren Nachgeschmack.

Er schaltete den Computer ein und setzte sich an seinen Schreibtisch. Als Rode online war, klickte er auf FAVORITEN, dann auf *Mcm Chat Line*. Er gab User-ID und das Passwort «asterix» ein, dann sah er nach, wer gerade im Chat war. Er hatte Glück, ein anderes Mitglied, mit dem er sich oft unterhielt, war auch gerade online. Es hatte dieses seltsame Pseudonym: Aldesor.

ciao wie geht's?
Aldesor – gut. du?
geht so. ich hab ein paar hübsche fotos für dich.
Aldesor – was genau?
frischfleisch. man sieht was aber nicht alles
Aldesor – arsch beine titten?
beine und zwischen den beinen aber …
Aldesor – aber?
vor allem gesicht …
Aldesor – mmmmmhhhhh hübsch?

superhübsch
Aldesor – her damit
ok. moment
Aldesor – ich warte

Rode schaltete die Webcam ein, richtete sie auf die Fotos und tippte:

webcam ist an
Aldesor – oky doky! soll ich?
ja mach
Aldesor – meine fresse! so eine geile schlampe … mailst du mir die fotos?
geht nicht. hab sie nicht digital
Aldesor – scann sie ein und schick sie rüber dann wird schön gewichst
gut. aber du musst mir einen gefallen tun
Aldesor – was denn?
du kennst doch tausend pornoseiten
Aldesor – ja. und?
ich mail dir die fotos und du stellst sie ins netz. mach sie fertig!
Aldesor – ?????
mail ihre fotos wild durch die gegend ihr gesicht muss gut zu sehen sein
Aldesor – warum?
ich will, dass man sie im ganzen netz sieht. du bist doch anonym?
Aldesor – ja, das krieg ich hin
mach sie fertig!
Aldesor – wer ist sie eigentlich?
geht dich nichts an. irgend so eine schlampe eben. ich will dass ihre geschwister kinder onkel tanten sie sehen. alle sollen sie sehen

Aldesor – verstehe … du schwein!
stimmt. machst du's?
Aldesor – klar. geht mir doch am arsch vorbei wenn der alte seine tochter im netz sieht. mich kriegen die eh nicht. aber jetzt …
jetzt?
Aldesor – ich würd jetzt gern weitermachen ok?
klar nur zu! ich mach auch weiter …
Aldesor – dann machen wir's zusammen … madonna, ist das geil

Irgendwann verließ Rode den Chat wieder und ging ins Bad.

Jetzt war er ruhiger. Er hatte sich abreagiert.

46. Kapitel

Rom, 10. Januar 2001, 9:00 Uhr

Emanuele Rode, Antonio Lami, Massimiliano Garatti und der Kabinettsvorsitzende der Farnesina, Botschafter Egidio Costa Ragnetti, liefen eilig den Gang des Palazzo della Farnesina, Sitz des italienischen Außenministeriums, entlang, der das Büro des Außenministers vom Sitzungssaal trennte. Abgesehen vom Geräusch ihrer Schritte, das durch die hohen Decken des Flurs noch verstärkt wurde, herrschte absolute Stille.

Es war der Tag von Rodes Ernennung zum Außenminister; nachdem ihn der Kabinettschef am Eingang empfangen hatte, ging er nun, zusammen mit seinen Mitarbeitern, zum ersten Treffen mit den Ressortchefs des Ministeriums.

Costa Ragnetti, ein Mann mit Taktgefühl, der es ganz offenkundig gewohnt war, derart bedeutungsvolle Momente souveran zu meistern, gesellte sich am Eingang des Sitzungssaals zu ihnen. Er betrat ihn als Erster, gefolgt von Rode. Alle Anwesenden erhoben sich, und Costa Ragnetti schritt durch den Saal. Lami und Garatti blieben bei der Tür stehen.

«Meine sehr verehrten Damen und Herren», wandte sich der Vorsitzende der Farnesina mit seinem auffällig gerollten r an die Kabinettsmitglieder, «ich habe die Ehre und das Vergnügen, Ihnen den neuen Außenminister vorzustellen, *Onorevole* Emanuele Rode.» Der Minister trat einen Schritt nach vorn und deutete mit ungerührter

Miene einen Gruß an. Aus dem Saal erhob sich Applaus in seine Richtung. Rode wandte sich zu Lami und Garatti, die ihm unmerklich zunickten.

«Herr Minister Rode, ich möchte Ihnen Ihre wichtigsten Mitarbeiter vorstellen. Botschafter Pietro De Rojas Balbonetti, Regierungsbevollmächtigter und Generaldirektor der Farnesina.» Alle standen sie vor ihm, in diesem großen Saal voller Bilder und wertvoller Gobelins. Ehrenwerte Leute, dachte Rode, während er die gesetzten, tadellos gekleideten Männer betrachtete, die diese gewisse Noblesse besaßen, durch die sich Diplomaten immer auszeichneten. Er nickte anerkennend und streckte seinem neuen Mitarbeiter die Hand entgegen. «Das Vergnügen ist ganz meinerseits, Herr Botschafter», sagte er.

Costa Ragnetti fuhr mit der Vorstellungsrunde fort: Erst kam der Leiter des diplomatischen Korps im Ausland an die Reihe, dann der Leiter des technischen Sekretariats des Ministers und nach und nach alle anderen.

Rode ging zu Lami und Garatti, die sich bis jetzt im Hintergrund gehalten hatten, und wandte sich dabei an seinen Kabinettsleiter.

«Herr Botschafter, das ist Antonio Lami, mein persönlicher Vertrauter und Berater in allen Image-Fragen. Und Massimiliano Garatti, mein Sekretär. Warum sie hier sind, können Sie sich vielleicht denken – ich würde mir wünschen, dass sie Mitglieder meines Teams werden», merkte Rode an.

«Selbstverständlich, Herr Minister. Wir werden umgehend dafür sorgen, dass sie in Ihr Sekretariat aufgenommen werden. Sie können sich darauf verlassen.»

Nach weiteren Vorstellungen, Besichtigungen der verschiedenen Abteilungen der Farnesina und dem obligatorischen Umtrunk wurde Rode in sein Arbeitszimmer geleitet. Costa Ragnetti spielte den Cicerone und machte ihn mit unzähligen Schränken, Tresoren, Telefonkonsolen und Computerpasswörtern vertraut. Dann verabschiedete sich der Kabinettsvorsitzende und ließ Rode mit Lami und Garatti allein. Rode sah sich um. Alles in diesem Raum verströmte würdevolle Größe, von den Teppichen bis zum Edelholz des antiken Schreibtischs; vom multifunktionellen Telefon mit Hunderten von Tasten bis zu den zwei Dienst-Handys, die man ihm zuvor gegeben hatte; schließlich der kostbare OMAS-Füllfederhalter, zelluloidblau, nummeriert, von jeher Rüstzeug des Außenministeriums zum Unterschreiben von internationalen Abkommen und Verträgen. Der Anblick all dessen sättigte ihn so sehr, dass er gar keinen Hunger mehr verspürte. Er hatte gesiegt, er hatte es endlich geschafft.

Aber da war noch etwas, um das er sich – vor allem anderen – unbedingt noch kümmern wollte.

«Garatti, wenn Sie nichts dagegen haben, wäre ich gerne mit Herrn Lami kurz allein.»

Massimiliano Garatti hatte Verständnis und verließ den Raum. Rode sah zu Antonio Lami, der erwiderte den Blick.

«Antonio, erinnern Sie sich an diese Eleonora, die junge Frau aus Bergamo? Ich hatte Sie um ein paar Überprüfungen gebeten.»

Lami nickte. «Ich habe alle nötigen Informationen. Möchten Sie hier darüber sprechen?»

«Ja, hier.»

«Also, ich habe mit den Carabinieri aus Bergamo gesprochen. Eleonora Grandinetti ist fünfundzwanzig Jahre alt und arbeitet als Verkäuferin bei *Marilyn*, einem Geschäft für Dessous im Zentrum der Stadt. Keine Drogen, keine verlassenen Ehemänner; eine reizende Person, wie man mir sagte, wenn auch etwas eigen. Was das heißen soll, weiß ich nicht, aber so wurde sie mir beschrieben.»

«Gut, das reicht. Hören Sie, rufen Sie sie bitte an und vereinbaren Sie ein Treffen.»

«Für wann?»

«Je nachdem, wann sie Zeit hat. Hauptsache, das Treffen findet in Rom statt – abends.»

«Okay, das lässt sich bestimmt machen. Ich gebe Ihnen dann Bescheid.»

Am nächsten Tag, als Rode gerade eine kurze Pause machte, um sich von den ersten hektischen Momenten seines neuen Amts zu erholen, öffnete er eine Mappe, zog ein paar Blätter heraus und las noch einmal die drei Namen, die ihm Präfekt Carta, Leiter der Kriminalpolizei, genannt hatte: Carolina Rossi, zwölf Jahre alt, momentan wegen eines Unfalls im Borgo-Trento-Hospital Verona liegend. Laura Virga, Inspektorin der Staatspolizei, Jugenddezernat Verona. Gregor Pozza, Psychiater und Dozent an der medizinischen Fakultät, Universität Padua. Was für Ermittlungen mochten die zwei wohl durchführen? Und was hatte dieses Mädchen damit zu tun? Sie war zwölf – ungefähr so alt dürfte seine Tochter jetzt auch sein. Das Einzige, was er von ihr wusste, war, dass sie irgendwo in diesem Land lebte und einen anderen Nachnamen hatte. Er schnappte sich das Telefonbuch von Verona und suchte den Nachnamen Biasiolo. Es gab nur einen, der Vorname lautete Elisabetta. Er wählte die Nummer.

«Hallo?», antwortete nach dem dritten Klingeln eine weibliche Stimme.

«Lisa?»

«Wer spricht denn da?»

«Ich bin's, Emanuele.»

«Wer? Was ... was willst du?», gab die Frau zurück, ihr Ton war aggressiv.

Rode räusperte sich. «Wie geht es dir?», fragte er.

«Was zum Teufel willst du?», fauchte sie wütend.

«Ich will wissen, wie's der Kleinen geht. Wo ist sie?»

Lisa fiel der Besuch der Polizei wieder ein.

«Es geht dich nichts an, was meine Tochter macht und wo sie ist», antwortete sie.

«Ich muss es wissen.»

«Du widerst mich an! Jetzt bist du auch noch Minister, aber weißt du was, das geht mir am Arsch vorbei! Du bist einfach nur krank, immer schon gewesen. Du bist und bleibst ein schizophrenes Schwein!»

«Erzähl mir von der Kleinen», sagte Rode mit ruhiger Stimme.

«Du bist verrückt! Sie suchen dich, wusstest du das eigentlich?», fuhr Lisa ihn an.

«Sie suchen mich? Wer?»

«Die Polizei war hier und hat mich gefragt, wer Carolinas leiblicher Vater ist», sagte Lisa eisig.

Rode erstarrte. «Carolina?»

Lisa biss sich auf die Zunge.

«Ja, sie heißt Carolina. Aber ihren Nachnamen wirst du nie erfahren.» Den Nachnamen brauchte er auch gar nicht mehr, er wusste ja schon, dass er Rossi lautete.

«Warum war die Polizei bei dir?», fragte Rode.

«Sie wissen über dich Bescheid, sie wissen, dass du ihr etwas antun willst», gab sie zurück.

Dem Minister lief es kalt über den Rücken. «Lisa, hör mir gut zu ...»

«Krepieren sollst du, verdammtes Arschloch! Krepier doch endlich, hast du verstanden?», brüllte sie ins Telefon und knallte den Hörer auf die Gabel.

Rode war versteinert. Sein Herz raste. Sein Verstand

setzte aus. Jesus! Ruhig, ganz ruhig. Im selben Moment klingelte das Handy. Nervös klappte er es auf und sah aufs Display.

«Lami, was gibt's?», sagte er.

«Ich habe mit dem Mädchen aus Bergamo gesprochen, Eleonora. Sie ist einverstanden.»

Rode war noch immer durcheinander wegen des Gesprächs mit Lisa. «Ah ...»

«Nächsten Freitag, in Rom. Zum Abendessen, okay?»

Der Minister schaffte es sogar, sich nichts anmerken zu lassen. «Gut, ich denke, das lässt sich einrichten. Danke. Ich wusste, auf dich ist Verlass.» Diese Information lenkte ihn tatsächlich kurz ab.

«Das ist doch selbstverständlich.» Damit legte Lami auf. Er legte immer einfach so auf, ohne sich zu verabschieden. Und schon wurde Rode wieder nervös und grübelte über das nach, was Lisa ihm gesagt hatte. Plötzlich fiel ihm sein Mädchen wieder ein, klein, nackt und wehrlos. Ein kalter Schauer durchfuhr ihn, eisig, wie Schnee, der den Rücken hinunterrinnt.

Rom, Palazzo Chigi,
Amtssitz des italienischen Ministerpräsidenten
11. Januar 2001, 10:00 Uhr

«Wie komme ich zu der Ehre eines so unverhofften Besuchs meines Außenministers?», fragte der Premier und sah Rode dabei an wie ein sorgender Vater seinen schwierigen Sohn. Der Präsident, ein hochgewachsener, schlanker Mann mit graumeliertem, welligem Haar, war gut in Form, braun gebrannt, und wirkte dynamisch.

«Ich muss dich um einen Gefallen bitten. Ich hoffe, du kannst mir helfen.»

«Emanuele, mein Freund», entgegnete der Präsident. «Du weißt doch, wie sehr ich dich schätze und wie sehr ich deine Bewerbung um einen der wichtigsten Ministerposten unterstützt habe. Also, raus mit der Sprache, was hast du auf dem Herzen?»

«Ehrlich gesagt geht es um dreierlei. Um ein Mädchen, das in einem Krankenhaus in Verona liegt, im Borgo Trento; um eine Inspektorin vom Polizeipräsidium Verona und um einen Psychiater aus Padua.»

«Ich höre.»

Rode sprach mit gedämpfter Stimme, er erläuterte ihm die Angelegenheit, schrieb mit dem *OMAS*-Füller die drei Namen auf ein Blatt Papier und reichte es dem Präsidenten. Dieser wandte sich gelassen an ihn.

«Um die Polizistin und den Psychiater werde ich mich kümmern. Wegen des Mädchens kannst du dich direkt mit Claudio Saraceni, Leiter des Gesundheitsministeriums, in Verbindung setzen. Er gehört zu meinen Leuten, mach dir also keine Sorgen.»

Das Gespräch mit dem Präsidenten beruhigte Rode ein wenig. Dem Mann wurde nachgesagt, alles, wirklich alles zu erreichen, was er wollte.

Er bedankte sich bei ihm, und zur Verabschiedung umarmten sie sich wie gute alte Freunde. Der Außenminister verließ den Palazzo Chigi und stieg in den Wagen.

Der Chauffeur kämpfte sich durch den abendlichen Verkehr in Rom, und Rode war jetzt schon viel leichter zumute.

Gregor Pozza sah Laura Virga an und dachte, dass es wirklich an der Zeit war, Verona zu verlassen. Den Fall Carolina Rossi und ihre finsteren nächtlichen Welten würde er so schnell nicht vergessen.

«Entschuldige bitte wegen neulich. Ich bin gerade in

einem echten Tief, ich habe dir ja neulich davon erzählt. Und … um neun geht mein Zug.»

«Nein, ich muss mich bei dir entschuldigen, ich war wohl etwas schroff», sagte Laura hastig.

Sie standen vor dem *Due Cigni*, es war kalt, und es war sechs Uhr abends. Sie blickten sich in die Augen.

«Schwamm drüber», entgegnete der Psychiater. «Mir geht's wirklich nicht so gut, momentan ist alles etwas schwierig. Und dann auch noch unsere gescheiterte Aktion, das hat mir echt den Rest gegeben. Versuch mich zu verstehen, ich habe alles verloren, was mir im Leben wichtig war. Meine Frau, Davide. Und als ob das nicht genug wäre, stecke ich auch noch tief in Schulden.»

«Lass dich nicht unterkriegen, du schaffst das schon! Da bin ich sicher.»

«Hoffentlich. Ich werde mich bemühen, aber leicht wird es nicht sein. Ich hatte gehofft, wenn ich mich bei den Ermittlungen richtig reinhänge, würde es mir vielleicht bessergehen, aber jetzt geht es mir noch beschissener als vorher. Hör mal, ich muss gehen», sagte er schließlich trocken.

«Sehen wir uns wieder?»

Der Psychiater lächelte bitter. Sie schlenderten über die Piazza delle Erbe, vorbei an den kleinen Geschäften, die Souvenirs und Süßigkeiten verkauften. An einem Kiosk blieben sie stehen, und Pozza kaufte ihr ein Croissant mit Zuckerguss. Laura aß es halb, dann gab sie ihm die andere Hälfte. Als sie sah, wie er mit diesem gequälten, traurigen Ausdruck im Gesicht den süßen Geschmack kostete, zerriss es ihr fast das Herz.

Lami saß im bequemen Ledersessel seines neuen römischen Arbeitszimmers im zweiten Stock der Farnesina, hob den Hörer ab und ließ sich von der Zentrale mit

Doktor Claudio Saraceni, dem Leiter des Gesundheitsministeriums, verbinden.

«Guten Tag. Hier spricht Antonio Lami, Sprecher des Außenministeriums.»

«Guten Tag, *Dottor* Lami. Was kann ich für Sie tun?»

«Minister Rode hat mich gebeten, Sie zu kontaktieren.»

«Freut mich», antwortete Saraceni geschmeichelt. «Grüßen Sie ihn schön von mir. Wissen Sie, wir kennen uns schon lange, und ich schätze ihn wirklich sehr.»

«Das werde ich. Der Minister möchte Sie um einen Gefallen bitten.»

«Für den *Onorevole* tu ich alles, worum geht es?»

«In Verona, im Borgo-Trento-Krankenhaus liegt ein zwölfjähriges Mädchen. Sie heißt Carolina Rossi. Dem Minister liegt viel am Wohlbefinden Carolinas und möchte – wenn Sie das aufgrund Ihrer Position vielleicht veranlassen könnten –, dass sie in eine gut ausgestattete Klinik verlegt wird, möglichst weit weg von Verona.»

Saraceni war perplex. «Aber das Krankenhaus, in dem sie jetzt liegt, ist eines der besten Italiens! Ich sehe keinen Sinn darin, sie zu verlegen. Und dann auch noch außerhalb Veronas? Wenn sie aus Verona kommt, warum sollte sie dann nicht in ihrer Stadt bleiben?»

«Doktor Saraceni», warf Lami mit ruhiger Stimme ein, «der Ministerpräsident hat dem Außenminister versichert, es wäre gar kein Problem. Wenn Sie möchten, können wir *Onorevole* Rode kurz anrufen und ihm mitteilen, dass …»

«Nein, nein, schon in Ordnung, *Dottor* Lami. Ich habe verstanden. Sie können Herrn Rode mitteilen, dass ich seiner Bitte nachkommen werde.» Saraceni ließ sich noch einmal die Daten der jungen Patientin geben und schrieb sie auf einen Notizblock.

«Und bitte in Kürze», schickte Lami hinterher.

«So schnell wie möglich, keine Sorge. Grüßen Sie den Minister von mir.»

Etwa zur selben Zeit ließ sich der Ministerpräsident kurz hintereinander zuerst mit Pietro Angiolfi, dem Innenminister, dann mit dem Bildungsminister Giulio De Rogatis verbinden.

«Pietro, wie geht es dir? Könntest du mir einen Gefallen tun?»

«Ich höre ...»

«Also, es geht um Laura Virga, Inspektorin beim Polizeipräsidium Verona. Es wäre gut, sie an eine andere Dienststelle zu versetzen, lieber etwas weiter weg ... Sie ist zwar kompetent und tüchtig, durchaus, aber weißt du, manchmal ist Professionalität eben nicht alles, wenn du verstehst, was ich meine.»

«Hat sie sich etwas zuschulden kommen lassen?»

«Ich weiß nicht genau, was sie gemacht hat, aber die Person, die mich um den Gefallen gebeten hat, genießt höchstes Ansehen.»

«Aber ich kann doch nicht zum Polizeichef sagen ...»

«Befehl von oben, Pietro. Du bist schließlich Minister!»

«Einverstanden», sagte Angiolfi resigniert. «Gib mir ein bisschen Zeit, damit das Ganze zumindest einen Hauch von Legalität bekommt.» Angiolfis Antwort hatte etwas eindeutig Sarkastisches, was der Präsident aber gar nicht mehr registrierte, denn er hatte bereits aufgelegt, bevor der Würdenträger aus dem Innenministerium im Palazzo del Viminale seinen Satz beenden konnte.

Den Bildungsminister dagegen bat der Präsident, einen ehemaligen Dozenten für Medizin der Universität Padua wieder einzustellen, da seine Entlassung nicht nur voreilig, sondern auch aus äußerst nichtigen Gründen erfolgt war. Minister De Rogatis reagierte deutlich bereitwilliger auf das Anliegen als der Innenminister. Er notierte sich alles, und bei der Verabschiedung versicherte er ihm: «Ich werde mein Möglichstes tun.»

47. Kapitel

Der Eurostar 1134 erreichte die Stazione Termini, den römischen Hauptbahnhof, am Freitag, dem 12. Januar, um sechzehn Uhr drei. Mit einer dunkelroten Reisetasche in der Hand stieg Sara De Caro aus einem Wagen der zweiten Klasse aus. Vor der Verabredung, die sie abends mit Emanuele Rode hatte, wollte sie noch ein bisschen durchs Zentrum schlendern.

Sie wählte eine Nummer auf ihrem Handy. «Ich bin in Rom.»

«Gut. Wie geht's dir?»

«Wie soll es mir schon gehen?»

«Hör mir mal gut zu: Die Verabredung, zu der du jetzt gehst, ist sehr gefährlich. Der Mann ist ein Mörder, er könnte dich jederzeit töten, ohne jeden Skrupel.»

«Ich weiß. Ich pass auf mich auf, versprochen.»

«Na dann viel Glück. Wir telefonieren besser nicht mehr, aber du weißt ja, wenn irgendetwas ist, kannst du mich jederzeit anrufen. Ich hab dich lieb.»

«Ich dich auch. Ich hab dich auch lieb, Peter», flüsterte Sara, bevor sie auflegte. Hauptsache, sie hatten sich noch einmal kurz gesprochen.

Dann nahm sie die U-Bahn-Linie A, stieg an der Piazza di Spagna aus und drehte eine Runde auf dem Platz, der zu Recht als einer der schönsten Plätze der Welt gilt. Sie setzte sich auf die Stufen der Kirche Trinità dei Monti, sah sich ein bisschen um, dann stand sie wieder auf und ging die Via Condotti entlang, vorbei an Geschäften, bei denen man ins Schwärmen geriet – *Armani, Valentino …*

Um halb sieben betrat sie das völlig überfüllte *Caffè Greco*. Sie bestellte einen Tee und fragte nach der Toilette. In der geräumigen Kabine öffnete Sara ihre Tasche, nahm ein schwarzes, tief ausgeschnittenes Satinkleid heraus, zog es an, dann die schwarzen Netzstrümpfe und die Lackschuhe mit den hohen Absätzen. Jeans, Bluse und Jacke, die sie zuvor getragen hatte, stopfte sie in die Tasche. Sie schminkte sich dezent und steckte ihr Haar mit einer Haarspange von *Swarovski* hoch. Dann verließ sie die Toilette wieder, und der Kellner, der ihr zuvor den Weg gewiesen hatte, traute einen Moment lang seinen Augen nicht.

Beim Bezahlen spürte sie die Blicke der Männer auf sich – sie war zwar daran gewöhnt, aber seltsamerweise hatte sie diesmal ein gutes Gefühl dabei.

Sie hatten sich für acht Uhr abends an der Treppe auf der Piazza verabredet. Ein blauer Wagen wartete auf sie – genau wie Lami angekündigt hatte.

«Signorina Grandinetti?», fragte der Mann, als er Sara sah.

Sie zwang sich zu antworten: «Ja, das bin ich. Guten Abend.» Das Herz schlug ihr bis zum Hals.

Etwas verstört stieg sie in den Lancia Kappa des Ministers. Der Chauffeur nahm die Via del Babuino bis zur Piazza del Popolo, bog dann in die Via di Ripetta und fuhr bis zur Via della Scrofa weiter. Kurz darauf erreichten sie die Piazza Farnese, wo er vor dem *Camponeschi*, einem der angesagtesten Restaurants Roms, hielt.

Rode – elegant, etwas rundlich, mit Geheimratsecken und allzu glattem Gesicht – näherte sich dem Wagen, rückte dabei seine Brille zurecht und öffnete die hintere Tür. Sara spürte, wie ihre Brust vor Nervosität fast barst, doch sie ließ sich nichts anmerken. Sie sah ihn an.

«Freut mich», begann der Mann mit einem Handkuss.

«Die Freude ist ganz meinerseits», sagte Sara.

Sie betraten das Restaurant, und der Kellner führte sie an den für sie reservierten Tisch, wo sie Platz nahmen.

Rode bestellte zwei Bellini, dann reichte er ihr die Weinkarte, und sie wählte den erstbesten, der ihr unterkam, einen Chianti, 94er-Auslese.

Der Minister musterte sie eingehend, und wie er so Stück für Stück Saras Gesicht, Saras Körper betrachtete, verengten sich seine Augen allmählich zu zwei Schlitzen.

«Die Fotos, die du mir da geschickt hast, werden dir gar nicht gerecht …», sagte er.

«Danke», gab Sara zurück. Sie schauspielerte, wusste aber nicht, wie lange sie ihre instinktiven Reaktionen noch im Zaum halten konnte.

«Erzähl mir ein bisschen von dir, Eleonora.»

Sara senkte den Blick. «Ich bin in Bergamo geboren, aber aufgewachsen bin ich in Neapel.»

«Deshalb hast du keinen lombardischen Akzent. Und warum sind deine Eltern nach Süditalien gegangen? Normalerweise ist es doch umgekehrt.»

«Stimmt, aber mein Vater hat eine Neapolitanerin geheiratet – kommt vor! Und dann sind wir alle dorthin gezogen. Meine Schwester auch.»

«Und dann?», fragte er.

Sara sah ihm direkt in die Augen. Sie wollte ihn provozieren. Wie eine Katze, die mit der Maus spielt; sie spürte, sie hatte die Situation voll im Griff. «Dann ist meine Schwester … gestorben.»

«Oh, das tut mir leid, Eleonora. Das tut mir wirklich leid. Wie ist es passiert?», fragte er. Sara tastete nach dem scharfen Messer, das neben ihrem Teller lag, und umklammerte es fest.

«Sie hatte einen Unfall. Sie war acht Jahre alt. Ein paar Jahre später ist meine Mutter gestorben. An Krebs. Dann hat sich mein Vater umgebracht. Weißt du …», ihre Augen wurden feucht, schnell wischte sie mit der Hand ihre Tränen ab.

«Entschuldige, ich hätte nicht nachfragen sollen.» Rode starrte sie an.

«Weißt du, wenn dir jemand einfach so wegstirbt, bist du gebrandmarkt, für immer. Dein ganzes Umfeld sieht plötzlich anders aus, das Essen schmeckt anders. Du hast kein Ziel mehr vor Augen. Deswegen bin ich damals zurück nach Bergamo, zu einer Tante, und habe eine Stelle als Verkäuferin angenommen. Und jetzt bin ich hier.»

«Eleonora, entschuldige, aber ich muss dich einfach danach fragen, warum du mir geschrieben hast. Warum ausgerechnet mir?»

«Weil … weil du ein einflussreicher Mann bist. Reicht dir das als Antwort?»

«Tut mir leid, aber ich muss wirklich sehr vorsichtig sein, das verstehst du doch, oder? Aber als Antwort reicht mir das erst einmal. Danke.»

Das Abendessen nahm seinen Gang, es wurde Fisch serviert, sie redeten in Anspielungen, wobei Sara immer darauf achtete, so am Wein zu nippen, dass es möglichst verführerisch aussah. Rodes Blick klebte an ihrem Dekolleté, und auf seiner Stirn sammelten sich kleine Schweißperlen. Das hätten wir geschafft, dachte Sara. Du wirst ja schon geil, perverses Schwein!

Sara gab sich einen Ruck, als sie fragte: «Warum siehst du mich so an?»

«Man muss dich ganz einfach ansehen, Eleonora!» Rode hatte sichtlich Mühe beim Sprechen.

«Du bist sehr nett», sagte sie und rückte ein Stück vom Tisch weg, damit ihre Beine besser zur Geltung kamen. Sie schlug sie sehr, sehr langsam übereinander.

Er bekam glasige, feuchte Augen. Wie in Trance. «Ich,

nett? Nein, du bist attraktiv!», entgegnete er mit heiserer Stimme.

Sara sagte nichts, sondern sah zum Kellner und machte ihn mit einem Nicken auf sich aufmerksam.

Der kam fast schon ehrerbietig zu ihr. «*Signora,* Sie wünschen?»

Die anderen Gäste schenkten ihnen gerade keine Beachtung, und sie fragte: «Entschuldigen Sie, aber ich hätte gerne doch ein anderes Dessert, wäre das möglich?»

Sara fiel die Gabel recht weit neben dem Tisch auf den Boden, direkt vor die Füße des Obers; um sie aufzuheben, beugte sie sich langsam zu ihm vor, sodass er währenddessen in aller Ruhe ihre Brüste betrachten konnte. Der Kellner verzog keine Miene, doch seine Augen waren starr auf das Dekolleté gerichtet.

«Ich mach das schon, *Signora*», sagte er und bückte sich, um die Gabel aufzuheben. Im selben Moment drehte Sara ihre übereinandergeschlagenen Beine zur Seite und gab sie ganz den Blicken des Mannes frei. Dann fixierte sie ihn. «Wie freundlich von Ihnen, vielen Dank.»

Er sah kurz zu Rode, der die Szene reglos, doch schwer atmend beobachtet hatte.

Der Kellner nahm die Gabel mit, um sie auszutauschen, im Gehen warf er Sara noch einen kurzen Blick zu.

«Was hast du? Warum starrst du mich so an?», fragte sie, während sie an ihrem Weinglas nippte. Sie prostete ihm zu. «Alles klar bei dir?»

Er brachte keinen Ton heraus. Seine Muskeln waren nach diesem Schauspiel wie gelähmt.

«Ganz vorzüglich, dieser Wein!» Der Kellner kehrte mit einer sauberen Gabel zurück, sie sah ihn verschwörerisch an. «Danke.»

«Bitte schön, *Signora*. Keine Ursache.»

Rode stierte sie an. Er musste sie haben, um alles in der

Welt! Um alles in der Welt muss ich sie haben! Ein paar Minuten darauf ging er zur Toilette, zog ein Döschen aus Elfenbein hervor, entnahm ihm eine rautenförmige blaue Pille. Schluckte sie mit etwas Wasser – jetzt war er bereit für die Nacht.

Am Samstag, dem 13. Januar, um zehn Uhr zweiunddreißig traf im Borgo-Trento-Hospital in Verona ein Fax aus Rom ein, ein vom Gesundheitsminister Gatti unterzeichneter Beschluss, der anordnete, Carolina Rossi, geboren am 27. April 1988 in Verona, aus gegebenem Anlass so schnell wie möglich von ihrer momentanen Unterbringung in die Meraner Privatklinik *Schultz & Feller* zu verlegen; Kost und Logis wären auch für die Eltern frei. Ruggero und Giovanna Rossi, die umgehend informiert wurden, freuten sich zwar über die große Aufmerksamkeit, die ihnen da zuteil wurde, konnten aber nicht umhin, sich zugleich verwundert zu fragen, aus welchem Grund diese seltsame Maßnahme wohl getroffen wurde.

Am selben Morgen wurde Laura Virga im Polizeipräsidium Verona überraschend zu ihrem Vorgesetzten gerufen. Einige Minuten später stand sie dem Kommissar gegenüber.

«Inspektor Virga, zu unserem großen Bedauern muss ich Ihnen mitteilen, dass Sie ins Polizeipräsidium Rom versetzt wurden. Ihrem Antrag wurde stattgegeben. Vor einer Stunde traf die Verfügung der zentralen Personaldienststelle, Abteilung Öffentliche Sicherheit, ein.»

«Bitte? Aber ich …», rief Laura überrascht.

«Was haben Sie? Vor einiger Zeit hatten Sie doch einen Antrag auf Versetzung ins Polizeipräsidium Rom gestellt», hakte der Vorgesetzte nach.

«Schon, aber das ist vier Jahre her!», antwortete sie. «Ich dachte, das wäre längst in Vergessenheit geraten. Mittlerweile will ich gar nicht mehr aus Verona weg.» Laura war erschüttert; sie ahnte schon, was dahintersteckte, und besonders überzeugt schien ihr der Polizeichef auch nicht gerade zu sein.

«Sie hätten Ihre Anfrage zurückziehen müssen. Tut der Antragsteller dies nicht, gräbt das Ministerium sie irgendwann wieder aus, und die Versetzung ist so gut wie durch. Wissen Sie, Virga, manchmal eignen sich derartige Versäumnisse hervorragend als Vorwand, um andere Dinge zu kaschieren …»

Jedenfalls war der Kommissar mindestens genauso perplex gewesen, als er sich gezwungen sah, die Versetzung Virgas in ein anderes Präsidium zu unterschreiben. Vor allem hatte er die Dringlichkeit des Ganzen nicht verstanden – kein Telefonat mit der Betroffenen, nichts. Eine Erklärung hatte er aber auch nicht verlangen können. In diesen Räumen war jede Anweisung vom Ministerium ein ausdrücklicher Befehl.

Im Gegensatz zum Polizeichef war Professor Niccolò Pozza, Rector Magnificus der Universität Padua, höchst erfreut, als er den Beschluss des Bildungsministers las, durch den Professor Gregor Pozza, sein Sohn, wieder als Dozent in der medizinischen Fakultät zugelassen wurde; die vorangegangene Suspendierung wurde aufgehoben. Als er es Gregor mitteilte, verschlug es diesem regelrecht die Sprache, schließlich lächelte er. Es war ein sarkastisches Lächeln.

Als Sara aufwachte, war es schon beinahe Mittag. Ihre Muskeln schmerzten, was hieß, dass sie sich so schnell wie möglich etwas spritzen musste. Ihr Mund fühlte sich pelzig an, und große Übelkeit stieg in ihr auf; sie musste schleunigst den Geruch von diesem Schwein loswerden. Erschöpft wälzte sie sich in den Laken des zerwühlten

Bettes im Zimmer 111 des *Sheraton 2* in Rom, in dem Rode mit ihrem Körper das gemacht hatte, was er wollte. Sara war Profi – gar nicht einfach, es durchzuziehen, aber sie hatte es getan. Es war genau nach Plan verlaufen.

Auf dem Nachttisch lag die noch unberührte Schachtel Kondome. Sie hatte ihm erzählt, sie reagiere allergisch auf das Zeug, es verursache ihr einen solchen Juckreiz, dass sie womöglich ins Krankenhaus müsse.

«Wie ekelhaft!», brummte Sara, ging ins Bad und übergab sich. Das warme Wasser unter der Dusche verschaffte leichte Besserung, danach zog sie sich an und hinterließ Rode eine Notiz:

War schön mit dir. Hoffe, bald von dir zu hören.
Eleonora

Dann schickte sie Peter Pan eine SMS: «Alles okay.» Gleich danach nahm sie die SIM-Karte aus dem Handy, warf sie ins Klo und verließ das Zimmer. In der eleganten Eingangshalle grüßte sie den Pförtner, der selbstverständlich ihre Personalien nicht aufgenommen hatte – Geliebte von Ministern existieren in der Regel für Pförtner großer römischer Hotels gar nicht –, und nahm ein Taxi.

«Stazione Termini, bitte», sagte sie zum Fahrer.

Auf dem Weg dorthin gab sie keinen Ton von sich. Hätte der Taxifahrer im Rückspiegel einen Blick auf sie geworfen, hätte er gesehen, wie ihr Tränen übers Gesicht liefen.

48. Kapitel

14. Februar 2001, 2:20 Uhr
Chat line «Das verlorene Paradies»

Slurp – ciao
Kucciolo – ciao
Slurp – bist du ein welpe, hört sich so dein name an?
Kucciolo – nein, aber ich mag sie sehr
Slurp – warum magst du sie?
Kucciolo – hähähä … rate mal
Slurp – ich steh auch auf welpen
Kucciolo – mmmhhh … slurp!!!
Slurp – ich bin 31. du?
Kucciolo – 53
Slurp – perverse sau!!!
Kucciolo – und du erst …
Slurp – stimmt
Kucciolo – worauf stehst du?
Slurp – bist du bereit?
Kucciolo – ja
Slurp – ich treib's mit jungs
Kucciolo – ich auch, bin aber noch schlimmer. mit kindern
Slurp – geil. ich hol mir dabei immer einen runter und spritz auf sie ab
Kucciolo – hast du's mal mit einem getrieben?
Slurp – ja zwei und die haben nix gecheckt hähähähä
Kucciolo – war's gut?
Slurp – gut ist gar kein ausdruck. war irre. und du?

Kucciolo – nein leider nicht. hab aber viele videos

Slurp – mmmmhhhh du hast videos? normal oder special? oder super?

Kucciolo – wie jetzt?

Slurp – scheiße mann muss ich dir das hier wirklich erklären? normal ist einfach nur schweinskram. special ist mit gewalt und super ist wenn man sie umlegt hähähähähäh

Kucciolo – snuff movies

Slurp – genau. wo sie abkratzen. hast du so was da?

Kucciolo – nein

Slurp – komm sag schon

Kucciolo – ich hab was da aber ich hab schiss

Slurp – vor was?

Kucciolo – vor den bullen im netz

Slurp – sind sie gut … deine filmchen?

Kucciolo – unglaublich. eins ist echt bestialisch. da erhängen zwei typen einen 8- oder 9-jährigen und mama muss zuschaun

Slurp – krass! und sie?

Kucciolo – sie leidet wie ein schwein. dann nehmen die beiden sich die alte vor daneben baumelt der junge am galgen während sie heult und nach ihrem toten sohn schreit

Slurp – hör auf!!!! sonst komm ich noch. ich will es

Kucciolo – was?

Slurp – das video. sag mal stirbt der junge echt? wenn kein blut zu sehen ist woher weiß ich dann dass es nicht gestellt ist?

Kucciolo – scheiße mann das ist doch nicht krieg der sterne mit spezialeffekten und so. merkt man weil der junge ein gebrochenes genick hat

Slurp – woher kommen die kinder?

Kucciolo – sind wohl russen oder slawen

Slurp – verkaufst du die auch? wie viel willst du wenn du mir einen schickst?
Kucciolo – ich verkauf ziemlich viele. der hier kostet 5 millionen. aber von wegen schicken … einen scheiß werd ich tun. du bist ein bulle
Slurp – quatsch. rein privat. keine sorge
Kucciolo – nein du bist ein bulle. das spür ich
Slurp – schau doch morgen mal ins telefonbuch von rom. ruf bei «fabbrini mobili» an und frag nach pasquale. dort werden sie dir sagen dass ich beim zahnarzt bin. nix bulle
Kucciolo – klingt verdammt nach dreckigem süditaliener
Slurp – und du?
Kucciolo – aus busta arsizio
Slurp – scheiß auf dich und deine scheiß lega nord. aber egal. ruf morgen einfach an dann weißt du dass ich kein bulle bin. wär ja noch schöner
Kucciolo – gut. ciao itaker
Kucciolo hat sich vom Chat abgemeldet

Um drei Uhr morgens rieb sich Maurizio alias Slurp die Augen, die vom stundenlangen Sitzen vor dem *PC Toshiba Satellite* der neuesten Generation müde waren. Er sah zu Francesco, schwieg einen Moment, dann fragte er:

«Was meinst du?»

«Wir haben gute Arbeit geleistet. Diesmal ist uns der Dreckskerl in die Falle gegangen», gab Francesco zurück.

«Scheiße, Mann, das ist echt widerlich! Wir dürfen nicht vergessen, morgen früh bei Fabbrini anzurufen und Bescheid zu sagen, dass im Laufe des Tages ein Typ mit norditalienischem Akzent anruft und nach Pasquale fragt.»

«Ich kümmere mich darum», sagte Francesco.

In der darauffolgenden Nacht arbeiteten sich Maurizio und Francesco durch die Newsgroup *alt.binaries.erotica.bizarre*, von dort suchten sie nach der E-Mail mit der Betreffzeile «kleine gefälligkeiten für freunde». Nach einer Reihe von Sicherheitshindernissen, die die beiden Informatikprofis mühelos überwanden, stießen sie auf den Chatroom *Das verlorene Paradies* – spezialisiert auf Kinderpornos im Internet. Es war einiges los. Wieder machten sie sich auf die Suche nach Kucciolo. Er war online.

Slurp – und?
Kucciolo – ich hab heute morgen angerufen. sie meinten du bist nicht da weil du zahnweh hast
Slurp – hab ich doch gesagt. also?
Kucciolo – okay. deine adresse?
Slurp – erst möchte ich ein paar fotos von dem kleinen hängenden schinken. das ist so scheiß teuer da will ich schon auf nummer sicher gehen
Kucciolo – was zum teufel für ein schinken?
Slurp – der kleine furzer der am galgen hängt hähähähähä
Kucciolo – na du hast's ja raus. o. k. ein paar bilder hab ich schon da. wo soll ich sie hinschicken?
Slurp – slurp@elementodintesa.it
Kucciolo – als e-mail? traust du dem ganzen?
Slurp – klar trau ich dem. ist 'ne sichere sache. beeil dich
Kucciolo – soll ich dem trauen? soll ich soll ich soll ich dem trauen?
Slurp – was soll der scheiß? bist du 'n spasti? vertrau einfach und basta. ok?
Kucciolo – hör mal spaghettifresser: weißt du was dir blüht wenn ich rauskrieg dass du mich verarschen willst? vor allem dir als itaker …

Slurp – was denn?
Kucciolo – ich bring dich um
Slurp – perfekt! und das ganze nehmen wir dann mit der kamera auf für so perverse schweine wie uns hähähähähä. jetzt mach schon herr lega nord. ich halt's nicht mehr aus … hab schon nen riesenständer
Kucciolo – okay okay ich schick sie dir

Ein paar Minuten später lag in Slurps Posteingang eine E-Mail von Kucciolo mit vier Fotos im Anhang. Maurizio und Francesco starrten sie fassungslos an, für ein paar Sekunden versanken sie in absolutes Schweigen, dann vergrub Maurizio sein Gesicht in den Händen.

«Jesus!», stieß er mit zitternder Stimme hervor, den Kopf gesenkt.

Francesco war bleich. «Diese perversen Schweine!»

«Schau mal die Schrift, das ist Kyrillisch. Bulgaren, Serben. Vielleicht auch Russen.»

«Wusstest du, dass … Erst gestern hat ein Kollege davon erzählt, sind wohl Russen. Zusammen mit anderen arbeitet er schon länger an dieser Scheiße. Sie haben schon mehr als hundert Mann von der Internetfahndung eingesetzt.»

«Wie viele User sind dort angemeldet?»

«Soviel ich weiß, mehr als dreitausend weltweit, inklusive Italien. Die Aktion wird von der Staatsanwaltschaft Palermo geleitet, die die Sache ziemlich ernst nimmt. Sie haben sogar eine Internetseite als Köder eingerichtet und geben sich als Partner der Russen aus, um die Dreckskerle zu schnappen. In null Komma nichts sind bei denen Hunderte von Anmeldungen eingetroffen. Unglaublich! Die Bullen wollen sie alle auf einen Schlag fassen und hinter Gitter bringen.»

Maurizio starrte ihn an. «Dann arbeitet dieser Scheiß-Kucciolo also für die Russen.»

«Das Unternehmen heißt *Old Granny Video* – ‹Groß-mütterchens Video› – so ein Schwachsinn!», erklärte Francesco. «Die verkaufen in der ganzen Welt Sadomaso-Videos für Pädophile. Du bestellst einen Film mit deinen Sonderwünschen, und sie schicken ihn dir direkt nach Hause. Da findet ein Kindermassenmord statt.»

«Kostet sicher ein Vermögen», vermutete Maurizio.

«Die haben Finanzgesellschaften ihres Vertrauens, die Kredite gewähren, damit man diesen widerlichen Schund kaufen kann. In Italien übrigens auch – die Gesellschaften sind völlig unverdächtig.»

Maurizio kniff die Augen zusammen. «Kredite, um Videos von gefolterten und getöteten Kindern zu kaufen? Aber das ist …»

«Verrückt, ich weiß. Echt das Letzte! Und natürlich wissen die Gesellschaften ganz genau, wen sie da finanzieren.»

«Jesus, am besten, man wird gar nicht erst geboren! Hör mal, Francesco», sagte Maurizio und senkte den Blick, «weißt du auch, wann die mit ihrer Fahndung ungefähr durch sind?»

«Das kann dauern. Es ist ziemlich viel Arbeit, und die russischen Behörden sind nicht besonders kooperativ.»

«Dann arbeitet Kucciolo also für diese Schweine … aber wir haben ihn ja praktisch schon geschnappt, richtig?»

«Korrekt. Und?»

Maurizio sprach stockend: «Bevor die ihm also Handschellen anlegen, nehmen wir ihn uns erst mal vor.»

«So wie es sich gehört?»

«So wie es sich gehört.»

Francesco nickte entschlossen, dann glitt sein Blick noch einmal zum Monitor. Er suchte nach Kucciolos

E-Mail, klickte mit der rechten Maustaste auf die Nachricht und öffnete das Fenster DETAILS. Er arbeitete professionell. Diesmal machen wir dich fertig, Kucciolo, du Wichser. Der Gedanke spornte ihn richtig an.

«Hat er ADSL?», wollte Maurizio wissen.

«Kein ADSL, das haben wir schon überprüft. Sind noch immer recht wenige, die das haben.»

«Und was macht der Arsch dann mit den großen Anhängen?»

«Das ist relativ», meinte Francesco. «Die Clips, die er übers Netz verschickt, sind klein. Die Fotos auch. Und die Filme verkauft er ja als Videokassetten und verschickt sie anonym.»

Sie suchten nach der IP-Adresse des Computers, von der Kucciolo die E-Mail gesendet hatte. Hauptsache, er nutzte kein ADSL. Bei dieser Anschlusstechnik wechselte das IP nämlich ständig, und eine Rückverfolgung war praktisch unmöglich. Jeder Computer hat eine persönliche IP-Nummer, vergleichbar mit dem Nummernschild eines Autos; der Telefonanbieter, durch den die Nachricht gesendet wurde, ist also sofort erkennbar. Von da gelangt man zu Name, Nachname und Adresse des Absenders. Maurizio und Francesco würden die Nummer mit Sicherheit herausbekommen, beide hatten ihr Elektroingenieursstudium mit Auszeichnung abgeschlossen und sich dann auf Informatik spezialisiert. Um die Spur einer E-Mail zu verfolgen, brauchte man allerdings eine Genehmigung von der Staatsanwaltschaft, doch die zwei jungen Computerspezialisten arbeiteten nicht für den Justizapparat – sie hatten Besseres zu tun. Aber von alldem wusste Kucciolo natürlich nichts.

Eines war klar: Sie musste es tun! Sara wusste, der Mann hatte mit dem Mörder ihrer Schwester gesprochen, und sie musste unbedingt erfahren, was er herausbekommen hatte. Peter Pan hatte ihr erzählt, die Ratte habe durch den Mund eines Mädchens gesprochen und die Person, zu der sie jetzt fuhr, wisse Näheres.

Sie saß in einer Bar im Zentrum von Neapel, aß ein Sandwich und hatte plötzlich einen Flashback – ganz deutlich sah sie Donatella vor sich. Jedes Mal, wenn sich Sara irgendwo spiegelte, erschien ihr ihre Schwester, die sie umarmte und mit ihr redete.

Sie fragte sich, ob es tatsächlich eine gute Idee gewesen war, sich mit dem Mann zu verabreden, aber im Nu waren ihre Zweifel wieder verflogen. Natürlich war es gut, und wie! Vielleicht würde sie so mehr über Donatellas Tod erfahren. Ihre letzten Worte vielleicht …

Einen Tag später, es war elf Uhr dreiundfünfzig, nahm Sara den Zug nach Padua. Am Hauptbahnhof stieg sie aus, winkte einem Taxi und ließ sich in einen sehr hübschen Stadtteil, gleich hinter der Piazza Prato della Valle, fahren. Die Septemberluft duftete nach Blumen.

49. Kapitel

28. Februar 2001, Donnerstag
Rom

Seit ein paar Tagen war Laura Virga jetzt schon in der Stadt. Neben der Wohnungssuche waren da noch die Probleme, die mit ihrem neuen Aufgabengebiet zusammenhingen. In Verona hatte sie Jagd auf Eltern gemacht, die ihre Kinder missbrauchten, auf Brüder, die ihre Schwestern vergewaltigten, auf Kinder, die verschwunden waren – und auf die Ratte.

Jetzt saß sie hinter einem Schreibtisch im Präsidium und nahm Strafanzeigen entgegen: Wohnungseinbrüche, Familienstreitereien, lauter langweiliges Zeug. Im Moment wartete Laura gerade auf Signora Adele Auriemma, in deren Wohnung, Via Nomentana 322, eingebrochen worden war. Die Frau hatte gerade die 113 angerufen, daraufhin hatte die Zentrale der neuen Inspektorin mitgeteilt, in Kürze würde eine Signora auftauchen, um Anzeige zu erstatten. Heute hatte Laura von dreizehn bis neunzehn Uhr Dienst, und diese sechs Stunden verbrachte sie mit nichts anderem als diversen Anzeigen und Protokollen. Sie hatte gar keine Zeit zum Grübeln gehabt, was im Grunde auch besser war. Adele Auriemma betrat den Raum und nahm vor Laura Platz, die sich übers Haar strich, eine Zigarette anzündete und mit geduldiger Stimme sagte: «Also, *Signora*, erzählen Sie mir alles von Anfang an …»

Verona

Carolina Rossi lag entspannt zu Hause auf dem Sofa. Sie war erst seit kurzem aus der Schule zurück.

«Mama, ich hab Hunger», rief sie.

«Ja, mein Schatz, bin gleich da», erwiderte Giovanna.

Dann schaltete Carolina den Fernseher ein und ließ sich von einem dieser japanischen Zeichentrickfilme verzaubern, die ihre Mutter so absurd fand und die Carolina so sehr mochte – wie den Jungen, der in der sechsten Klasse zwei Reihen hinter ihr saß, Marco. Er sah *Ken the Warrior* ähnlich. Und er war genauso schön wie er.

Padua

Gregor Pozza sah den jungen Mann vor sich an.

«Mehr als zwanzig kann ich Ihnen nicht geben», sagte er zu dem Studenten. «In Ihrer Arbeit fehlen grundlegende Konzepte der Jung'schen Psychoanalyse.» Dieser schüttelte ungläubig den Kopf; sonst hatte er immer fünfundzwanzig Punkte, diese Note würde ihm seinen Schnitt verderben.

«Damit bin ich nicht einverstanden.»

Pozza gab ihm wortlos das Heft mit der Aufschrift UNIVERSITÄT PADUA/MEDIZINISCHE FAKULTÄT zurück. Dann erhob sich der Student, verabschiedete sich mit ironisch übertriebener Demut und ging.

«Psychiatrie ist eine ernste Angelegenheit», sagte der Professor zu seinem Assistenten. «Der Nächste …»

Nach den Prüfungen, die sich bis in den Nachmittag hingezogen hatten, trank Pozza in der Cafeteria der Universität eine Orangenlimonade, dann fuhr er nach Hause. Im Großen und Ganzen tat es ihm gut, wieder Prüfungen abzunehmen. Die depressiven Schübe, die ihn in letzter Zeit immer wieder überrollt hatten, nahmen ab. Nicht dass er keine mehr hatte, aber sie waren nicht mehr ganz so massiv, er konnte ganz gut mit ihnen leben.

Eine Stunde später, gegen sechs, läutete es an der Tür. Es war eine Patientin, die er schon erwartete. Er warf noch einen schnellen Blick auf den Zettel auf dem Tisch, dann stand er auf und öffnete.

«Guten Abend. Sara De Caro, richtig?»

Sie nickte. «Ja, das bin ich.»

Pozza führte sie in sein Praxiszimmer und ließ sie auf dem schwarzen Ledersessel Platz nehmen. Wie das ganze Haus war auch dieser Raum mit seinen wertvollen antiken Möbeln von ausgesuchter Eleganz.

Er musterte sie. «Was kann ich für Sie tun?»

«Ich weiß gar nicht, wo ich anfangen soll … Ich habe viele Probleme in letzter Zeit und ich … na ja, ich brauche Hilfe», brachte das Mädchen zögerlich hervor.

«Der erste Schritt ist immer am schwersten, machen Sie sich keine Sorgen. Wie alt sind Sie?»

«Vierundzwanzig.»

«Noch so jung!», sagte er, dabei strich er sich über den Bart. «Sie sind nicht von hier, stimmt's?»

Sara schüttelte den Kopf. «Ich bin aus Neapel.»

«Wohnen Sie in Neapel oder hier in Padua?»

«In Neapel.»

«Und warum sind Sie nach Padua gekommen? Ist ja nicht gerade um die Ecke, würde ich sagen. Neapel ist voller Psychoanalytiker, die besser sind als ich.»

Sara senkte den Blick. Auf so eine Frage war sie nicht gefasst gewesen, sie hatte keine Antwort parat.

«Ich bin hier, weil … nun, das ist eine lange Geschichte. Mein Ex hat damit zu tun, aber darüber möchte ich jetzt nicht reden.»

«In Ordnung, nicht so wichtig. Erzählen Sie mir ein bisschen von sich. Also, Sara …»

«De Caro.»

Stille. Sara wartete, dass Pozza etwas sagte, doch der Professor sah sie nur an und strich sich weiter über den Bart. Hektisch zupfte sie an ihrem Haar herum, dann, nach etwa einminütigem Schweigen, sagte sie:

«Was wollen Sie denn hören? Ich hasse Schweigen.» Sara atmete tief ein und nervös wieder aus. Pozza beobachtete schweigend, wie sie anfing, ihr Haar um ihre Finger zu wickeln. Nach einer Weile stieß sie hervor: «Ich hatte mal eine Zwillingsschwester, vor vielen Jahren …» Sie brach ab, war nicht in der Lage weiterzusprechen, dann: «Seit meine Zwillingsschwester tot ist, fühle ich mich, als wäre ich mit ihr gestorben.»

«Wie alt war sie?»

«Wir waren acht, *Dottore*. Acht Jahre alt.»

Pozza spürte, wie sich sein Magen zusammenzog. Schon wieder Tote. Schon wieder tote Kinder, als hätte er bei den Ermittlungen über die Ratte nicht schon genug gelitten.

«Und … wie ist es passiert, erzählen Sie mir davon? Natürlich nur, wenn Sie wollen.»

«Es war ein Unfall», gab Sara zurück, fuhr sich übers Kinn und senkte den Blick. Sie sagt nicht die Wahrheit, dachte Pozza.

Die junge Frau fuhr fort: «Aber das ist noch nicht alles. Ein paar Jahre später bekam meine Mutter Krebs und starb. Der Kummer hat sie umgebracht.»

«Verstehe», murmelte Pozza.

«Am Tag ihrer Beerdigung haben sie meinen Vater im Wald gefunden – erhängt. Er konnte einfach nicht mehr.»

«Und Sie? Was haben Sie getan?»

Sara antwortete verbittert: «Ich jage mir zwei Gramm Heroin in die Venen, jeden Tag, seit ich achtzehn bin. Was blieb mir denn anderes übrig? Hätte ich in die Kirche gehen und beten sollen?»

«Sara», wandte sich Pozza an seine Patientin, «was war das für ein Unfall, den Ihre Schwester hatte?»

Sara verzog das Gesicht und stand auf: «Ein Fahrradunfall, okay? Was tut das denn zur Sache, wie Donatella umgekommen ist, verdammt nochmal! Ich will über mich reden!»

Pozzas Magen verkrampfte sich, aber er konnte sich beherrschen. Ohne eine Miene zu verziehen, sah er sie an.

«Hören Sie, Sara, Sie sind gerade sehr angespannt, lassen Sie es uns auf die nächste Sitzung verschieben, dann fangen wir nochmal von vorn an. Das wird das Beste sein. Einverstanden?»

Im gleichen Moment klingelte Pozzas Handy; auf dem Display erkannte er Laura Virgas Nummer wieder. Er ging ran und sagte ihr, er würde sie später zurückrufen, er sei gerade in einer Sitzung.

Sara hatte sich beruhigt. «Entschuldigen Sie, *Professore*, Sie haben recht. Es ist nur ... so ein Chaos, das totale Chaos. Wir versuchen es ein andermal.»

«Gut. Ein wenig haben wir uns ja kennengelernt.»

«Allerdings ... natürlich ...», antwortete Sara hastig.

Sie vereinbarten einen weiteren Termin für den kommenden Dienstag, und die junge Frau verließ die Praxis. Pozza dachte noch eine Weile über die Sitzung nach, dann rief er Laura zurück. Sie meldete sich mit schläfriger Stimme.

«*Ciao.* Wie geht es dir? Entschuldige wegen vorhin, aber ich hatte gerade jemanden hier.»

«Entschuldige, ich wollte nicht stören.»

«Nein, nein, kein Problem, sie ist nicht in fester Behandlung bei mir, ich habe sie heute das erste Mal gesehen. Ich weiß gar nicht, ob sie überhaupt wiederkommt.»

«Warum?»

«Komplizierte Geschichte. Ihre Schwester ist gestorben …»

«Ah …»

«Zwillingsschwester noch dazu.»

«Verdammt! Wie heißt sie?»

«Ich glaube …» Er warf einen Blick auf das vor ihm liegende Blatt, auf dem er sich den Namen der Patientin notiert hatte. «Sara … genau, Sara.»

50. Kapitel

Rom, Forte Braschi,
Sitz des italienischen
Militärgeheimdienstes SISMI
Im Büro des Leiters

Genüsslich wie immer zog Alfa an seiner Pfeife. Es war zwanzig Uhr dreißig, er war spät dran, gleich war die Sitzung mit den in Rom ansässigen Vertretern des Mossad, der CIA und des MI5. Die Angst vor Anschlägen war groß in diesen Tagen, und die Hinweise, die über die ausländischen Geheimdienste einliefen, deckten sich mit den Erkenntnissen des SISMI. Die Gefahr eines großen Knalls, wie man so schön sagte, schien also begründet zu sein. Die undurchsichtige Welt der Terrororganisationen war am Brodeln, und das verhieß nichts Gutes. Al-Qaida war gerade dabei, etwas Epochales auszuhecken. Alle machten sich große Sorgen, auch der Leiter der SISMI.

General Adinolfi öffnete die Mappe mit der Presseschau und stellte fest, dass Meldungen aus dem Ausland die ersten Seiten der Zeitungen füllten. Doch etwas anderes, eine Meldung ganz am Rande, erregte seine Aufmerksamkeit, ein Artikel, der noch einmal einen früheren Mord der Ratte aufgriff. Es ging um das zehnte Opfer, den Jungen aus San Bonifacio. Alfa warf einen Blick auf die rote Aktenmappe mit der Aufschrift: STRENG VERTRAULICH: FALL RATTE. Er las sich Carolina Rossis Aussagen durch. Der Geheimdienst hatte außerdem Einsicht in die Akte zu Ermittlungen, die ein Arzt und eine Polizistin in Verona durchgeführt hatten; erst auf ausdrückliche Bitte hin hatte die Kripo Rom sie ihm zukommen lassen.

Er hörte ein Geräusch, jemand hatte an seine Tür geklopft. Er sah auf den Monitor der Videosprechanlage und erkannte Beta, Deckname der zweitwichtigsten Person beim Geheimdienst, seinen Stellvertreter. Umgehend ließ er die rote Mappe in der Schreibtischschublade verschwinden und drückte auf den Türöffner. Beta kam betont dynamisch zur Tür herein, doch auch ihm war die Anspannung anzusehen.

«Ziemlich üble Stimmung», begann General Turchetti.

«Allerdings», antwortete Alfa. «Extrem übel, würde ich sagen. Ich fürchte fast, es wird in absehbarer Zeit ein Blutbad geben. Machen wir uns auf etwas gefasst.»

«Den Meldungen zufolge haben sie es auf die Vereinigten Staaten abgesehen. Und wie ich den Präsidenten einschätze, hat der Bursche bestimmt schon so drastische Vorsichtsmaßnahmen getroffen, dass sich nicht mal ein kleines Schlauchboot der Küste nähern darf, ohne sich vorher zu identifizieren. Aber nichts von dem, was die Leute befürchten, wird eintreten», bemerkte der Vizeleiter des Geheimdienstes. «Noch nie war Amerika Zielscheibe eines Anschlags, natürlich abgesehen von dem auf das World Trade Center vor ein paar Jahren! Aber darin war ja auch der Milliardär aus Saudi-Arabien verwickelt. Heutzutage wäre das geradezu unzeitgemäß, würde ich sagen.»

Da bemerkte Beta, dass Alfa eine Pressemeldung über den Mordfall in Verona vor sich liegen hatte.

«Die Ratte … schon wieder dieses Schwein», sagte der General und warf einen Blick auf den Artikel.

«Ja, oder vielmehr immer noch. Der ist ja fast schon allmächtig. Ich habe den Eindruck, den kriegen wir nie.»

Als Beta wieder zurück in sein Büro ging, griff Adinolfi nach dem Telefon und wählte eine Handynummer.

«Guten Tag, *Signore*», meldete sich eine Stimme.

Rode, Lami und Garatti saßen in den Jugendstilsesseln im Büro des Außenministers und unterhielten sich leise.

Rode war nicht gerade bester Laune. «Entschuldigt, meine Rede war ziemlich schwach. Ich war viel zu konfus. Und dann auch noch eine Liveübertragung! Kann ich die Aufzeichnung mal sehen?»

«Ja, sie machen uns gerade eine Kopie», sagte Lami. «Aber keine Sorge, Sie haben nichts Ungewöhnliches gesagt.»

«Natürlich nicht ... Nur, dass Italien seinem amerikanischen Freund in einer brüderlichen Umarmung begegnen muss ... Aber ich war so nervös beim Sprechen. Hab richtig gezittert, verdammt! Wir dürfen auf keinen Fall unsere Unruhe und Befürchtungen auf die Bürger übertragen.»

Rode hustete, dann sah er auf die Uhr. Lami musterte ihn eindringlich.

«Brauchen Sie etwas? Wie geht es Ihnen?»

«Nicht gut, überhaupt nicht gut. Das fehlte mir gerade noch!»

«Sie haben einen ganz roten Kopf und glasige Augen. Warum legen Sie sich nicht ein wenig hin?»

«Ja, ich glaube, das werde ich tun, Lami. Ich bin wirklich am Ende. Vielleicht geht's mir nach einem Nickerchen besser.»

Lami und Garatti verabschiedeten sich von ihm und verließen den Raum. Der Minister empfing die Vertreter der Angestelltengewerkschaft des Ministeriums, um drei Uhr ging er nach Hause, um etwas zu essen. Er machte sich nur eine Kleinigkeit, denn am Abend zuvor, wie an den vorangegangenen Abenden auch, hatte er es ein wenig übertrieben. Ein Arbeitsessen nach dem anderen – ein echter Angriff auf die schlanke Linie. Trotzdem hatte er kaum zugenommen. Ganz im Gegenteil, in letzter Zeit brachte er sogar eher ein paar Kilos weniger auf die Waage. Seltsam.

Wie soll ich nur Kanada überstehen?, fragte er sich. Zehn Stunden Flug, unzählige Treffen und Diskussionen. In einem Monat geht's nach Toronto, hatte der Premierminister gesagt. Er sah sich schon vor einem italo-kanadischen Publikum stehen, die Einladung konnte er unmöglich ausschlagen. Aber er fühlte sich wirklich sehr schwach, als würde ihm sein Körper nicht mehr gehorchen. In diesem Zustand konnte er doch nicht mit dem Ministerpräsidenten nach Kanada!

Pozza spazierte unter den Platanen der Via Cavalletto entlang. Es war schon März, doch die Luft Paduas war noch immer schneidend kalt. Das Handy klingelte.

«Gregor», begann Laura bedrückt.

«*Ciao.* Warum so ernst?»

«Hör mal, Gregor, erinnerst du dich an das Mädchen, das du in Behandlung hattest … Sara? Du hattest sie vor zwei Monaten mal erwähnt.»

«Ja, natürlich …»

«Kommt sie aus Neapel?»

«Ja.» Pozza konnte die Aufregung der Polizistin nicht so recht nachvollziehen.

«Wie alt ist sie?»

«Um die zwanzig, würde ich sagen.»

«Denk mal genau nach, los!»

«Weiß nicht … vierundzwanzig. Ja, ich glaube vierundzwanzig.»

«Wie alt war sie, als sie ihre Zwillingsschwester verlor?»

«Acht, glaube ich. Genau, sie meinte, sie war damals acht. Würdest du mir bitte erklären, warum du so nervös bist?»

«Vierundzwanzig minus acht macht sechzehn. Das war 1985. Saras Zwillingsschwester ist 1985 gestorben. Hat sie dir auch gesagt, wie sie umgekommen ist?»

«Ein Fahrradunfall.»

«Dann hat sie gelogen. Erinnerst du dich an den Namen der Schwester? Hat sie den genannt?»

«Antonella, so was in der Art ...»

«Antonella. Bist du sicher?»

«Nein, ich ... Aber sie hat mir den Nachnamen genannt.»

«Den Nachnamen? Und der wäre?», fragte Laura drängend.

«De Chiara oder so ähnlich. Antonella De Chiara.»

Laura schwieg ein paar Sekunden, bevor sie weitersprach. «Könnte es auch Donatella De Caro sein, Gregor?»

Verona, 10. März, 3:30 Uhr

Im Hause von Ruggero und Giovanna Rossi herrschte absolute Stille, einzig das Ticken der Küchenuhr störte die Ruhe. Giovanna erhob sich, ging langsam in Carolinas Zimmer, es war mit Postern von Pietro Taricone, einem TV-Star, tapeziert, und überall lagen Plüschtiere und Spielsachen verstreut.

Carolina schlief, die Mutter streichelte sanft ihre Stirn. Das ewige Herumliegen im Krankenhaus war vorbei, die Behandlung positiv verlaufen, auch wenn das Mädchen jetzt keine Milz mehr hatte. In Bozen hatte man sie gut versorgt, sie war sogar psychologisch betreut worden, damit sie ihr Trauma besser verarbeiten konnte.

Carolina stöhnte leise, öffnete die Augen, richtete sie auf ihre Mutter, die ihr Haar streichelte, und auch dann nicht damit aufhörte, als sich das Mädchen aufrecht hinsetzte. Sie starrte weiterhin auf Giovanna, doch ihr Blick war abwesend. Sie sah sie an, ohne sie zu sehen.

«Was hast du, mein Schatz? Ich bin's ...»

«Ja ... ich bin da ...»

«Sprich, ich höre dir zu.»

«Sie waren so hübsch ... blond», seufzte sie. «Und ... ich habe sie getötet ... eine ... aber nur eine ...»

Giovanna Rossi senkte den Kopf. Sie verstand nichts von Trance oder Schlafwandeln, aber eine Mutter – auch eine Adoptivmutter – entwickelt einen sechsten Sinn. Sie hatte schon verstanden. Sie wusste, die, die sie da seit der Entlassung aus der Bozener Klinik nachts vor sich hatte, war nicht Carolina. Sie hatte keine Ahnung, wer sie war, aber Carolina war das jedenfalls nicht. Professor Gartner hatte noch gesagt: «Lassen Sie sie nicht allein, *Signora,* das Mädchen spricht nachts ab und zu, kein Grund zur Sorge, so was kommt manchmal vor.»

Und Giovanna Rossi war nachts – wie jede Mutter das tun würde – bei ihr, Nacht für Nacht, Monat für Monat, Jahr für Jahr.

«Donatella De Caro?», fragte Pozza, der den Hörer fest umklammert hielt.

«Denk mal genau nach», erwiderte Laura.

«Ja, stimmt, sie hieß Sara De Caro und ihre Schwester Donatella und ... aber Moment mal ...»

«Verstehst du jetzt?»

«Jesus! War Donatella De Caro ... war sie nicht das zweite Opfer der Ratte?»

«Genau das war sie! Dass dir das nicht schon früher aufgefallen ist!»

«Ich weiß auch nicht … Auf die Idee bin ich gar nicht gekommen, ich Idiot.»

«Ich habe gestern Abend ferngesehen, *TG1* brachte eine Sondersendung über die Ratte, da bin ich natürlich wach geblieben und hab sie mir angeschaut. Die haben sich gefragt, was eigentlich aus den Ermittlungen in dem Fall geworden ist. Sie haben sich über Polizei und Justiz lustig gemacht und dabei auch ziemlich viel Mist erzählt. Jedenfalls ging es unter anderem um die Auslöschung der Familie De Caro: erst die getötete Tochter, dann die ganze Geschichte von der Zwillingsschwester, die entkommen konnte, dann der Tumor der Mutter und der Selbstmord des Vaters. Und plötzlich fiel es mir wie Schuppen von den Augen.»

«Deshalb war sie bei mir! Sie weiß, dass ich irgendwas mit dem Fall zu tun hatte.»

«Wann kommt sie wieder?», fragte Laura.

«Ich weiß ja nicht mal, ob sie überhaupt wiederkommt. Sie ist so … so …»

«Mist! Aber wann habt ihr euren nächsten Termin?»

«Da muss ich nachsehen, ich habe ja nicht meinen ganzen Terminkalender im Kopf …»

Laura sagte fordernd: «Okay, schau nach und gib mir dann Bescheid. Ich will dabei sein, wenn du mit ihr sprichst. Ruf mich an, okay?»

«Okay», gab Pozza ernst zurück. «Ich rufe dich an.»

51. Kapitel

Padua, 11:45 Uhr

«*Ciao, Professore*. Darf ich?»

«Kommen Sie rein, Sara. Lassen Sie uns rübergehen.» Sara folgte ihm und sah zerstreut zu einer Frau hinüber, die mit dem Rücken zu ihnen stand und sich am Wasserspender einen Pappbecher füllte.

«Tut mir leid wegen neulich, ich war wohl etwas ruppig.»

«Machen Sie sich deswegen keinen Kopf, das ist normal. Es liegt an diesem Ort, da kommen schon mal Aggressionen hoch.» Es folgte ein langes Schweigen. Die Situation war zum Zerreißen gespannt.

«So geht das nicht ... Ich halte dieses ewige Schweigen nicht aus. Sorry.» Sara stand auf.

«Warten Sie», rief Pozza schnell. «Sie haben recht, wir haben genug geschwiegen. Lassen Sie uns reden. Es ist kein Zufall, dass Sie zu mir gekommen sind, stimmt's?»

«Nein.»

«Und Sie wissen auch, wer Laura Virga ist.»

«Vielleicht.»

Pozza stand auf und öffnete die Tür.

«Du kannst reinkommen», sagte er. Man hörte das Klappern von Absätzen, dann trat die Frau ein.

«*Ciao.* Ich bin Laura.»

Ein paar Sekunden lang sagte Sara nichts. «Gut, dann wissen Sie ja Bescheid», meinte sie schließlich. «Sie wissen also, wer ich bin.» Sie begann leise zu schluchzen, dann zu weinen, ein unterdrücktes Weinen, das immer stärker wurde, bis zum Weinkrampf.

«Helfen Sie mir, bitte …» Pozza ging zu seinem Schreibtisch, öffnete eine Schublade und holte ein Fläschchen Lexotan heraus. Laura, die noch immer in der Tür gestanden hatte, verschwand in den Flur und kam mit einem Glas Wasser wieder.

«Hier», sagte sie und reichte Pozza das Glas, der fünfzehn Tropfen abzählte. Er ging zu Sara und gab es ihr. Während das Mädchen trank, tauschten Pozza und Laura ein paar Blicke.

«Von dem Zeug hier könnte ich zehn Liter gut gebrauchen.»

«Hören Sie, Sara», setzte der Psychiater an. «Möchten Sie uns nicht sagen …»

«Ich werde Ihnen überhaupt nichts sagen. Sagen Sie mir lieber, warum dieser Scheißkerl noch immer frei herumläuft!»

«Weil das, was wir herausbekommen haben, nicht ausreichte, um ihn vor Gericht zu bringen, Sara. Die Richter hätten uns ausgelacht, wenn wir als Beweis ein Mädchen aus Verona angeführt hätten, das uns während ein paar Hypnosesitzungen von einschneidenden Erinnerungen ihres Vaters erzählte. Das wäre uns teuer zu stehen gekommen, Laura und mir, und wir hatten keine Lust, einfach so unser Leben wegzuwerfen.»

«Warum hätten sie Sie ausgelacht? Sie sind doch Psy…»

«Um einen Mörder zu überführen, braucht man Beweise», warf Laura ein. «Fakten eben. Digitale Fingerabdrücke, abgehörte Telefonate, jemand, der ihn gesehen hat, lauter solche Sachen, verstehen Sie? Was die Ratte betrifft, haben wir nichts in der Hand. Das organische Beweismaterial ist viele Jahre alt, und damals war es nicht möglich, es einer DNA-Analyse zu unterziehen, weil die Technik noch nicht so weit entwickelt war. Später war er schlau genug, keine solchen Spuren mehr zu hinterlassen. Das Einzige, was wir in der Hand haben, ist eine Theorie, die wahr oder falsch sein kann und die niemals bewiesen wurde, aber an die wir persönlich glauben, weil wir eindeutige Bestätigungen bekommen haben. Aber würde uns ein Richter glauben? Nein! Mit dem dürftigen Beweismaterial würde ein Richter uns für verrückt erklären. Verstehst du jetzt?»

Sara hatte sich ein wenig beruhigt, sie seufzte und wollte wissen, was die Ratte unter Hypnose gesagt hatte. Die beiden taten ihr den Gefallen und fingen an zu erzählen, allerdings ohne dabei ins Detail zu gehen – sie war sowieso schon so aufgewühlt.

Sie tranken noch etwas zusammen, dann zog sich Sara die Jacke über, und bevor sie ging, drehte sie sich noch einmal um und meinte: «Sie haben sich bestimmt gefragt, wie ich auf Sie gekommen bin, stimmt's? Das kann ich Ihnen leider nicht verraten. Aber ich will Ihnen etwas anderes sagen: Seit sieben Jahren habe ich meine Tage nicht mehr. Ich bin vierundzwanzig und schon jetzt in den Wechseljahren. Deswegen durfte das Arschloch, als wir gefickt haben, auch in mir kommen. Wahrscheinlich verstehen Sie nur Bahnhof – ist auch besser so. Sie werden schon noch verstehen, was ich damit meine, ganz sicher werden Sie das noch verstehen. Und jetzt … *ciao*.»

Noch bevor die beiden auch nur den Mund aufmachen konnten, glitt sie hinaus und schloss die Tür hinter sich.

Es war Abend. Lustlos und müde sah Rode die Post durch. Eigentlich müsste er in Hochform sein, um sich den Verpflichtungen der kommenden Tage stellen zu können, stattdessen fühlte er sich erschöpft und fiebrig. Er hatte

Schweißausbrüche und konnte sich kaum auf den Beinen halten. Was er da gerade durchmachte, war ein harter Test seiner körperlichen Abwehrkräfte. Wegen der tausend Termine in seinem Kalender, der internationalen Probleme und unerträglichen Streitereien zwischen Ministerium, Konsulat und Botschaften stand er permanent unter Druck.

Ihm fiel die bevorstehende Toronto-Konferenz wieder ein. Kein leichter Job, der ihn da erwartete. Er würde die politische Linie verteidigen müssen, die Italien zugunsten der Entwicklungsländer vertrat. Aber er schaffte es einfach nicht, sich auf seine Arbeit zu konzentrieren. Eigentlich sollte er seinen Vortrag noch einmal durchlesen und auswendig lernen, doch er war müde, nach einer schlaflosen Nacht war er um sechs Uhr in der Früh, als es noch dunkel war, aufgewacht. In letzter Zeit war er morgens immer völlig gerädert.

Nachdem Rode unter Mühen den Nachmittag im Büro hinter sich gebracht hatte, saß er jetzt endlich im Morgenmantel zu Hause an seinem Schreibtisch. Er wollte sich die Aufzeichnungen von Lami und Garatti durchsehen, aber die Kopfschmerzen umklammerten sein Gehirn wie ein Schraubstock. Es gelang ihm nicht, das, was seine Augen sahen, auch zu verstehen. Um acht Uhr griff er nach dem Telefon und wählte die interne Nummer des Ministeriums.

«Garatti, entschuldigen Sie, wenn ich störe, aber mir ist nicht gut. Würden Sie bitte Doktor Guarducci anrufen und ihn bitten, sofort zu mir zu kommen?»

«Natürlich, Herr Minister, ich kümmere mich darum.»

«Bitte beeilen Sie sich, Massimiliano. Mir geht's wirklich nicht gut, ich habe hohes Fieber», flüsterte er.

«Ich rufe ihn an, Herr Minister. Hoffentlich erreiche ich ihn gleich.»

«Ja … Bis später.»

Keine fünfzehn Minuten, und der Verantwortliche des medizinischen Dienstes stand vor Rode.

«Herr Minister, guten Abend.»

Rode hustete, es war ein trockenes, heftiges Husten. «Vielen Dank, dass Sie gekommen sind, Paolo», sagte er. «Ich bin in letzter Zeit ständig furchtbar erschöpft, das kenne ich gar nicht von mir. Ich wollte Ihre Meinung dazu hören.»

«Wir werden gleich mal nachsehen, was da nicht stimmt. Ich messe jetzt Ihre Temperatur. Wenn Sie sich bitte oben freimachen würden», sagte der Arzt, holte ein elektronisches Fieberthermometer aus der Tasche und schob es unter Rodes Achsel. Als das Gerät einen leisen Ton von sich gab, zog Guarducci es wieder heraus und las die Temperatur ab. Knapp achtunddreißig. Der Arzt untersuchte Herz, Rücken, Bronchien. Dann legte er das Stethoskop wieder beiseite.

«Was hab ich, Herr Doktor?»

«Was Herz und Bronchien angeht, konnte ich nichts Ungewöhnliches feststellen, Herr Minister», antwortete der Arzt.

«Zum Glück! Endlich mal eine gute Nachricht.»

«Seit wann haben Sie diese Schweißausbrüche und das Fieber?»

Rode überlegte kurz. «Seit ein paar Monaten, Ende Januar, Anfang Februar, so um den Dreh.»

Guarducci sah ihn eindringlich an. «Haben Sie sich seitdem von einem anderen Arzt untersuchen lassen?»

«Ja, die haben immer nur eine banale Grippe festgestellt», gab der Minister trocken zurück. «Aber dauert so etwas gleich zwei Monate?»

«Welche Medikamente hat man Ihnen verschrieben?»

«Das Übliche», sagte Rode. «Aspirin, Zerinol, Tachipirina, ein paar Antibiotika. Diese Mittelchen haben mir sämtliche Energien geraubt. Ich kippe schon um, wenn mich jemand nur anpustet.»

«Verstehe. Und keines hat gewirkt, auch nicht ein bisschen?»

«Keine Spur von Besserung, nichts. Ich hatte vorher knapp achtunddreißig, jetzt habe ich auch knapp achtunddreißig, verdammt! Warum fragen Sie, *Dottore*?»

Guarducci sah ihn ein paar Sekunden ernst an. «Nur so, reine Routine. Das Ganze ist etwas seltsam, und natürlich sollten wir der Sache nachgehen, Herr Minister. Fürs Erste nehmen Sie das Tachipirina weiter. Wir werden ein paar Tests machen, um herauszufinden, welche Krankheit sich hinter den Symptomen verbirgt, und eine geeignete Therapie finden. Ich bitte Sie, möglichst bald eine umfassende Blutuntersuchung durchführen zu lassen. Dann sehen wir weiter.»

«Und wenn es keine Grippe ist, was könnte es dann sein?» Rode rückte seine Brille zurecht.

«Ich weiß es nicht, Herr Minister. Ein paar Vermutungen hätte ich schon, aber da ich nichts Konkretes in der Hand habe, würde ich mich lieber erst dazu äußern, wenn die Laborergebnisse vorliegen. Tatsache ist, Sie haben einfach nur eine starke Grippe, etwas ungewöhnlich vielleicht, aber kein Grund zur Sorge», versicherte ihm der Arzt.

«Na hoffentlich! Aber Sie sprachen vorher von Vermutungen. Was sind denn das für Vermutungen?»

«Herr Minister, warten wir die Ergebnisse ab, dann sehen wir weiter. Wie ich schon sagte, wahrscheinlich ist es völlig harmlos.»

«Gut … wahrscheinlich ist es harmlos. Auf Wiedersehen und vielen Dank, *Dottore*.»

«Auf Wiedersehen, Herr Minister. Machen Sie sich keine Sorgen.»

Um elf Uhr fünfundvierzig begleitete Lami Rode in den Sitzungssaal im zweiten Stock des Ministeriums. Dort sollte die Konferenz mit den Botschaftern aus Kuba und China stattfinden, was ihm wie eine kaum zu bewältigende Aufgabe vorkam. Er schien um zehn Jahre gealtert.

«Kaum zu glauben, Lami, ich bin jetzt Außenminister! Das ist der wichtigste Ministerposten, vielleicht noch wichtiger als der des Innenministers. Aber ich hab's mir auch wirklich verdient, nicht?», sagte er, wobei er unaufhörlich hustete.

«Sie haben es sich deshalb verdient, weil Sie einfach besser als die anderen sind, Herr Minister», gab Lami zurück, während sie den Flur entlanggingen.

«Antonio, wissen Sie noch, als ich Bürgermeister von Verona war? Das war ja wirklich etwas ganz anderes! Provinziell und unbedeutend! Hier dagegen – spüren Sie, wie die Macht durch diese Räume schwebt?»

«Ich kann mich noch gut an Verona erinnern, Herr Minister. Das war eine schöne Zeit damals.»

Wegen der ständigen Hustenanfälle tat sich Rode mit dem Sprechen schwer. «Ich verstehe das nicht ... Je mehr ich huste, desto schlimmer wird der Husten. Ich muss unbedingt zu dieser blöden Kontrolle. Vereinbaren Sie doch bitte sofort einen Termin mit irgendeinem Chefarzt – er sollte die Untersuchung aber möglichst bald durchführen, und diskret sollte er auch sein. Ich will nicht, dass man davon erfährt.»

Sie betraten den Konferenzraum, die beiden Gäste aus dem Ausland erhoben sich und kamen dem Minister entgegen. Rode schwitzte, Lami stützte ihn, zitternd drückte er die Hand der beiden Botschafter. Die Dolmetscherinnen – zwei elegante Damen, eine der beiden hatte einen Brillanten als Nasen-Piercing – lächelten höflich. Er ließ alle Platz nehmen.

«Ich möchte mich vorab dafür entschuldigen, wenn ich mich kurz fassen werde, leider geht es mir nicht gut, wie Sie ... wie Sie vielleicht schon bemerkt haben. Aber lassen Sie uns jetzt anfangen», sagte der Minister, dem man in der Tat ansah, wie schlecht es ihm ging, an die beiden Diplomaten gewandt.

Zwei Stunden später verabschiedete sich Rode von Ferdinando Pedro Rodriguez und Ling Chow Wung und bat Lami, den Chauffeur zu rufen. Er konnte sich kaum auf den Beinen halten und wollte endlich dieses verdammte Fieber loswerden. Das Mittagessen ließ er ausfallen, stattdessen sank er erschöpft in den Sessel. Es war zwei Uhr nachmittags, und er brauchte dringend eine kleine Aufmunterung. Er fuhr den Computer hoch und ging wie üblich vor: gab das Passwort «asterix» ein, ging zu *alt.binaries.erotica.bizarre*, dann zur E-Mail mit der Betreffzeile «kleine gefälligkeiten für freunde». Als Antwort schrieb er «Das Übliche» und schickte die Nachricht ab, dann ging er zurück zur Homepage von Timenet. Ein paar Minuten später öffnete er wieder Outlook Express und checkte den Posteingang. Die Antwort war schon eingetroffen. Wie immer verwies sie auf eine russische Internetseite, diesmal stand in der Nachricht aber zusätzlich: «neue Produktion von Old Granny Video, ziemlich interessante necros special. Kucciolo.»

Rode klickte auf den Link und kam so auf die Internetseiten mit *extreme Sadomaso und Kinderpornos*, er gab Kucciolo als Pseudonym ein und sah, dass er ihm tatsächlich Fotos aus einem der empfohlenen Videos geschickt hatte: Ein Junge baumelte an einem Seil, eine gefesselte Frau hatte den Mund zu einem Schrei verzerrt, während zwei Typen sie vergewaltigten. Gähnend tippte Rode die Nummer seiner *Nacardage-2000*-Karte in ein Kästchen, klickte auf OK und wartete.

Noch nie hatte er befürchtet, Internetfahnder könnten seine erotischen Online-Spielereien mitverfolgen, denn die Verbindung seines persönlichen Rechners war absolut dicht, wie ihm die zwei Experten des Militärgeheimdienstes SISMI versichert hatten, die vor Lamis Augen den kompletten Internetzugang sowohl in seinem Büro als auch zu Hause installiert hatten. Sie war sicher vor Spyware-Angriffen, Festplatten-Kloning und Download-Chronik, das hatten die beiden Superexperten zumindest behauptet.

Als der Clip fertig heruntergeladen war, öffnete Rode ihn und sah sich das Video bis zum Ende an – aber bei ihm rührte sich nichts. Er fand es zwar erregend, das schon, wie Kucciolo es ihm versprochen hatte, aber so richtigen Spaß wie sonst hatte er nicht. Sein Körper reagierte nicht, das Fieber hatte ihn selbst für *Super Extreme Snuff Movies* unempfänglich gemacht. Sie lösten nichts mehr in ihm aus.

52. Kapitel

«Herr Minister, ich bin Professor Ceccarelli, Leiter des medizinischen Labors. Es ist mir eine Ehre. Bitte folgen Sie mir», sagte der Chefarzt zu Rode, dann führte er ihn durch die endlosen Gänge des Krankenhauses bis zu seinem Sprechzimmer.

«Bitte», sagte Ceccarelli, «nehmen Sie Platz. Legen Sie doch ab. Gut … Wenn Sie jetzt Ihren linken Arm freimachen würden … Genau … drücken Sie fest Ihre Faust zu.» Während der Arzt Rodes Arm auf der Suche nach einer geeigneten Vene abklopfte, hielt dieser die Augen geschlossen.

«Die ist gut …», sagte er schließlich und strich mit einem alkoholgetränkten Wattebausch über die Haut. Als die Nadel in die Ader eindrang, verspürte Rode ein leichtes Brennen. Der Chefarzt hatte die Blutprobe entnommen und sagte: «Die Laborergebnisse werden in Kürze vorliegen, Herr Minister.»

«Haben Sie vielen Dank, *Professore*», gab der Minister zurück. «Vielen Dank für Ihre Bemühungen. Ich verlasse mich auf Ihre Diskretion …» Dann begleitete ihn der Chefarzt wieder zum Parkplatz, wo der Chauffeur schon auf ihn wartete.

Rode saß zitternd auf dem Rücksitz des blauen Lancia Kappa, Fahrziel Farnesina, seine Augen waren starr auf den Bürgersteig gerichtet, der draußen an ihm vorbeirauschte.

Vollgepumpt mit fiebersenkenden Mitteln, machte sich der Minister wieder an seine Arbeit, die er unter den besorgten Blicken seiner engsten Mitarbeiter möglichst gut erledigen wollte. Lami, Garatti, Botschafter Costa Ragnetti und die leitenden Beamten des Ministeriums hatten einst einen aggressiven und vitalen Mann kennengelernt, jetzt sahen sie einen erschöpften, labilen und ängstlichen Menschen vor sich. Und einen fiebrigen.

Am nächsten Tag saß Professor Ceccarelli im Labor und analysierte die vierzig Milliliter Blut aus dem rechten Arm von Emanuele Rode. Der Immunologe trug einen sterilen Mundschutz und war bereit für die letzte Analyse. Weder die Hämoglobinmenge noch die Zahlen der roten und weißen Blutzellen sowie der Blutplättchen, die mit Hilfe des Differenziergeräts ermittelt worden waren, hatten irgendwelche Auffälligkeiten aufgewiesen. Dann hatte er noch einen Blutstropfen auf einem Objektträger für eine morphologische Begutachtung der Blutzellen ausgestrichen – alles im Normbereich, wie auch die Werte für Blutzucker, Bilirubin und für die Transaminasen.

Jetzt stand nur noch der gefürchtete ELISA-Test auf das HI-Virus an.

Er führte ihn durch.

Nach dem Test stand dem Immunologen der Schweiß auf der Stirn, für kurze Zeit hielt er den Atem an.

Professor Ceccarelli ließ sich beim Minister ankündigen. Er hatte das Ergebnis der Bluttests bei sich, und als Lami ihn in der Farnesina empfing, war dem Arzt anzusehen, dass er keine guten Nachrichten hatte.

«Neuigkeiten?», fragte er aufgeregt.

«Ja, aber ich muss persönlich mit dem Minister sprechen. Die Sache ist vertraulich.»

Lami nickte und führte ihn zum Minister. Dieser war blass und höchst unruhig.

«Guten Tag, *Professore.* Und?»

«Ich habe die Ergebnisse der Tests.»

Rode fuhr ungeduldig hoch: «Ich weiß, ich weiß, sagen Sie schon ...»

Ceccarelli zog ein Blatt Papier aus der Jackentasche.

«So, hier ... Blutfarbstoffe, Blutgase, Blutzucker, Kreatininspiegel und die übrigen Werte liegen im Normbereich, Herr Minister, aber ...», er unterbrach sich, «aber das Ergebnis des HIV-Tests ist leider positiv.»

Emanuele Rode riss die Augen auf. Ein paar Sekunden lang schwieg er völlig verstört. Schließlich fand er die Kraft, um die Worte auszusprechen: «Was reden Sie denn da ... HIV ist doch ... ist das nicht ...» Er sprach sehr leise, fast flüsterte er.

«Ja, Herr Minister. HIV ist das Retrovirus, das zu Aids führt.»

Rodes Blick war entsetzt. «Jesus, und das sagen Sie mir so seelenruhig?»

«Ich glaube, Sie verstehen da etwas falsch. Sie sind zwar HIV-positiv, haben also das HI-Virus, aber kein Aids. Das ist ein Unterschied. Bei diesem Krankheitsbild könnte die Krankheit eines Tages vielleicht ausbrechen, aber das ist nicht gesagt. Sie müssen erst einmal behandelt werden, dann sehen wir weiter.»

Rode lief kopfschüttelnd im Zimmer auf und ab, sein Gesicht hatte einen gespenstischen Ausdruck angenommen.

«Mein Gott, das war's dann wohl ... Gibt es ein Medikament? Jetzt sagen Sie doch endlich etwas, bitte!», flehte Rode ihn an.

«Nun ja, sollte sich das HI-Virus tatsächlich zu Aids entwickeln ... Ja, in diesem Fall ... ließe sich mit 95%iger Wahrscheinlichkeit eine Krise schwerlich überstehen.»

Rode blickte ihn an. «Aber ich muss arbeiten, ich habe ein Ministerium unter mir! Ich ... ich habe eine Mission zu erfüllen. Was soll ich denn jetzt tun? Ausgerechnet ich, der ich immer so gegen Junkies, Aids-Kranke und Homosexuelle gewettert habe … Ausgerechnet mir muss das passieren?»

Rode verabschiedete Professor Ceccarelli, schloss die Tür hinter sich und ließ sich wie ein leerer Sack auf einen Stuhl plumpsen.

HIV-positiv. Wie eine Spirale bohrte sich dieses Wort in seinen Kopf, immer schneller und schneller jagten sich die Gedanken. Wie hieß dieses Mädchen aus Bergamo gleich? Elena? Nein, Eleonora, glaub ich. Scheiße … aber Lami hatte doch Erkundigungen über sie eingeholt! Hatte er nicht gesagt, sie sei sauber, sie verkehre nicht in schlechten Kreisen? Scheiße, Lami, wo steckst du bloß? Ich muss Lami Bescheid geben, er muss sie finden, ich verstehe das nicht, ich muss es unbedingt verstehen! Ihr Schweine, ich bring euch um, alle zusammen! Verdammte Wichser, ich schlitz euch die Kehle auf. Du hast mich verarscht, du Schlampe! Ihr habt mich alle verarscht, verdammte Drecksschweine!

Ein paar Tage später kontaktierte die Farnesina sehr diskret das Lazzaro-Spallanzani-Hospital in Rom, das auf Infektionskrankheiten spezialisiert war.

Seit Monaten schon war Rode nicht mehr im Ministerium. Der Staatssekretär im Präsidialamt Renzilli dachte, so langsam bekäme man im Außenministerium durchaus zu spüren, dass der Posten nicht besetzt war. Renzilli verließ sein Büro, mit sicheren Schritten steuerte er auf das Arbeitszimmer des Ministerpräsidenten zu.

«Ich denke, wir sollten uns langsam ernsthaft überlegen, wie mit Herrn Rode zu verfahren ist», begann Renzilli, als er vor dem Premier stand.

«Das denke ich auch, Gaetano. Lass uns darüber reden!»

«Ich fürchte, wir müssen uns eine gute Ausrede für die Presse einfallen lassen, um sein permanentes Fehlen zu rechtfertigen.»

«Es ist also an der Zeit. Ist es nicht so?», fragte der Präsident alarmiert.

Renzilli breitete in einer hilflosen Geste die Arme aus. «Wie sollen wir die Situation denn noch länger geheim halten? Das ist unmöglich. Es hat sich längst herumgesprochen, und die Opposition hat die Messer schon gewetzt. Wir können uns einen Skandal solchen Ausmaßes nicht leisten. Wir müssen öffentlich erklären, dass Rode irgendeine seltsame Krankheit hat ... ich weiß ja auch nicht, eine seltene Art von Leukämie vielleicht. Alle Ärzte und Angestellte aus dem Spallanzani-Hospital müssen wir der Schweigepflicht unterstellen. Wir setzen eine Presseerklärung auf, genau! Dann suchen wir uns einen Arzt, der in allen Einzelheiten die Symptome dieser Krankheit darlegt. Auf diese Weise könnte Rode sogar noch zum Helden werden.»

«Also, wir sagen, er war im Ausland und hat sich dort die Krankheit eingefangen.»

«Das machen wir! Niemand wird dahinterkommen. Und weißt du, warum? Wir werden ihnen drohen. Wir werden allen drohen, damit sie ja ihren Mund halten. Wir werden den Ärzten und der gesamten Belegschaft des Krankenhauses drohen. Wir werden denen aus der Farnesina drohen.»

Der Premier sah ihn erleichtert an. «Ja, so machen wir's. Kümmer dich bitte darum. Wir haben schon genug Probleme mit diesem Perversen, der ein Kind nach dem anderen abschlachtet, da können wir uns nicht auch noch um Emanuele Rode kümmern.»

53. Kapitel

Rom, Lazzaro-Spallanzani-Hospital

Um ein Uhr morgens war dem abgemagerten, schweißgebadeten Rode klar, dass seine Tage gezählt waren.

Aus dem Nebel seines Bewusstseins tauchten wie in einem schwarzgefärbten Traum eins, zwei, drei, vier Gesichter auf. Dann noch weitere. Es waren Gesichter von Kindern, zehn Kinder, denen er in seinem Leben begegnet war. Maria Nonin, Gerhardt, der Österreicher, Cristina, das Mädchen aus Senigallia. Wie Geister schwirrten sie in seinem Kopf herum und verhöhnten ihn. Moreno, der Kleine aus dem Zoo in Verona, Giacomino, Michele, Luisella, Giovannino. Und Paolo, aus dem Wald. Schließlich sah er auch Donatella De Caro mit ihren weichen, langen blonden Haaren und den großen Augen.

Rode dachte, wenn er dann irgendwann tot wäre, würden diese Kinder schon an der Eingangspforte auf ihn warten, und das war kein angenehmer Gedanke – zu viel Leid hatte er ihnen angetan. Er dachte auch an all die Kinder aus den heruntergeladenen *Snuff Movies,* die er hatte krepieren sehen. Viele, unglaublich viele. Durch Gesten bat er den Pfleger um einen Stift und ein Blatt Papier, darauf schrieb er langsam und unter Mühen etwas in Druckschrift, gab es dem Pfleger und blickte durch die Glasscheibe in Lamis Richtung, der ihn, ohne eine Miene zu verziehen, fixierte.

Auch an den Traum, den er vor vielen Jahren in Hamburg gehabt hatte, musste er jetzt denken. An seine Mutter, die ihn umarmte und dabei mit einem Messer seine Seite durchbohrte. An den alten, blinden Pfarrer Thomas Kreuzberg und an die Worte auf Deutsch … Gott mit uns. Gott ist mit uns, hatte der Alte gesagt. Ja, hier bin ich, Gott, ich bin auf dem Weg zu dir. Aber was willst du mit mir schon anfangen, Gott, mit einem Wesen, das nur auf die Welt gekommen ist, um anderen Menschen Leid zuzufügen … Kindern, Eltern. Ich weiß, mich trifft keine Schuld, stimmt schon. So hast du mich nun mal erschaffen. Aber die Hände, die töteten, die Hände, die zerhackten, die Hände, die vor den Überresten der kleinen Kadaver masturbierten, das waren meine Hände. Ich hätte sie zurückhalten können, wenn ich nur gewollt hätte. Aber ich habe es nicht getan.

Ich habe getötet, ich bin ein Mann der Macht geworden, dachte Rode, während sich seine Seele in Krämpfen wand und seinen Körper jeden Moment verlassen würde. Ich war so mächtig, dass ich über Leben oder Tod bestimmen konnte, so mächtig, dass ich über andere entscheiden konnte. Gott, wenn es dich gibt, dann nimm mich zu dir.

Ich weiß schon, wie ich enden werde. Ich hätte mir das früher überlegen sollen, früher überlegen sollen … Mama, Mama …

In der Mailänder Ausgabe der *Repubblica* vom 6. August 2001 erschien in der Rubrik «Vermischtes» eine Meldung über einen Mord. In der Nacht zuvor war in Busto Arsizio der Hausmeister der Carducci-Grundschule mit einem Messerstich ins Herz getötet worden. Bei dem Mann handelte es sich um Giansiro Brambilla, er war dreiundfünfzig Jahre alt und bei den Kindern sehr beliebt. Der Chef der Carabinieri, Salvatore Di Menna, Kommandant der Truppe aus Busto Arsizio – nach Varese die größte in der Provinz –, war ratlos.

Der Mann hatte den Abend in der Bahnhofskneipe *Stella* verbracht, auf dem Nachhauseweg wurde er von einem Übeltäter überfallen, der ihm das bisschen Geld, das er bei sich hatte, klaute. Und tatsächlich wurde bei der Leiche keine Brieftasche gefunden. Aber warum sollte jemand ausgerechnet den Hausmeister einer Grundschule überfallen? Und ihn mit einem einzigen, zudem noch äußerst exakten Stich ins Herz töten? Fragen, auf die es keine Antwort geben würde. Als Di Menna am nächsten Tag Giansiro Brambillas Ehefrau und Kinder in die Kaserne rief, stellte er mit einiger Verwunderung fest, dass der Mann drei Wohnungen in Busto besaß – die, in der er mit seiner Familie wohnte, mitgerechnet. Woher kam das ganze Geld?

Am Nachmittag des 6. August nahm Enzo, ein Freund von Brambilla, der als Automechaniker arbeitete, sein Handy und wählte mit zittriger Hand eine Nummer. Nach ein paar Mal Läuten hob jemand ab.

«Da?»

«Dimitri, ich bin's, Enzo, aus Italien. Ich arbeite mit Giansiro zusammen, erinnerst du dich?»

«Ah, ja. Sag, was willst du?», fragte der Russe ungeduldig.

«Ich wollte dir nur sagen, dass sie gestern Giansiro umgelegt haben.»

Schweigen am anderen Ende der Leitung. Enzo fuhr fort: «Ein Überfall, heißt es. Aber die Carabinieri glauben nicht so recht daran, sie denken, dahinter steckt etwas ganz anderes. Ich …»

«Okay, kein Problem. Nimm alles Material und verbrenn es, verstanden?»

«Ja, gut, werde ich gleich tun», antwortete der Italiener nervös. «Wart ihr das?»

«Was sagst du da, Itaker? Wir nichts damit zu tun, er war guter Vermittler», gab Dimitri zurück.

Enzo wusste nicht so recht, was er davon halten sollte. «Dann war es wohl der Vater irgendeines Schülers oder vielleicht einer, der uns …»

«Still, Dummkopf! Geschäfte laufen gut und in Moskau keine Probleme. Sei ruhig und mach, was ich gesagt habe. Verbrenn alles Material und geh nach Hause. Verstanden?»

Nach dem Telefonat mit dem Russen ging Enzo in Giansiros Garage und holte einen Laptop und unzählige Videokassetten aus einem riesigen Panzerschrank. Er stopfte alles in drei Plastiksäcke, stieg wieder in seinen Wagen, fuhr zu einer Brücke in der Nähe der Staatsstraße Richtung Varese und verbrannte den ganzen Kram.

Maura, die Frau des Opfers, war untröstlich. Sie wusste nicht, dass ihr Mann seltsamen Handel mit russischen Gesellschaften betrieb, ebenso wenig wusste sie, dass er sich nachts im Chatroom *Das verlorene Paradies* für Pädophile ein Pseudonym zugelegt hatte: Kucciolo, der Welpe.

Professor Dettori, Chefarzt der Abteilung Infektionskrankheiten des Spallanzani-Hospitals, betrat das Krankenzimmer des Ministers und tuschelte mit seinem Assistenten. Er warf einen Blick auf ein paar Tabellen und das EKG, verließ den Raum wieder und ging zu Lami.

«Ich muss mit Ihnen reden. Würden Sie mir bitte folgen?»

«Natürlich, *Professore*», sagte Lami. Dettori führte Rodes Mitarbeiter in sein Büro, ließ ihn Platz nehmen, er selbst stand lässig gegen seinen Schreibtisch gelehnt da.

«Es gibt Neuigkeiten. Der Patient hat nach Essen verlangt, das Fieber ist gesunken, der Organismus scheint sich zu erholen. Sein Zustand könnte sich verbessern.»

«Sich verbessern? Was heißt das?», fragte Lami.

«Das heißt, die Kraft des HIV-Erregers hat nach wochenlanger Virulenz etwas nachgelassen. Es ist natürlich zu früh, um voreilige Schlüsse zu ziehen, aber Tatsache ist, dass die Temperatur gesunken ist und dass es dem Patienten allgemein bessergeht. Kurzum, es ist nicht ausgeschlossen, dass er wieder auf die Beine kommt», erklärte Professor Dettori.

Lami traute seinen Ohren nicht. «Was? Aber ... Wie ist das möglich?»

«So etwas ist durchaus möglich. Nach einer HIV-Infektion kann es schon vorkommen, dass sich der Patient nach einer gewissen Zeit – ein paar Wochen oder Monaten – wieder erholt. Im Moment können wir nur abwarten, ob er sich tatsächlich auf dem Weg der Besserung befindet oder ob es nur vorübergehend ist.»

«Ich dachte immer, wenn jemand Aids hat, gibt es keine Rettung.»

«Das kann man so pauschal nicht sagen. Ich wiederhole, der Minister hat kein Aids, vergessen Sie das nicht, Signore Lami!», erklärte der Arzt. «Wenn sich jemand mit dem Aids-Virus infiziert hat, ist er zwar HIV-positiv, aber das Virus hat sein zerstörerisches Werk noch nicht begonnen. Irgendwann könnte der HIV-Erreger jedoch auch die Immunabwehr lahmlegen und es dadurch jedem anderen Erreger, auch einem Grippeerreger, ermöglichen, den Körper zu attackieren – bis hin zur Zerstörung. Deshalb spricht man in diesem Zusammenhang auch von ‹opportunistischen› Krankheiten. Das eigentliche Drama im Verlauf einer HIV-Infektion nimmt da erst seinen Anfang: Jetzt tritt die Krankheit in eine schwierige Phase, und die kann zehn Jahre und länger dauern. Schon möglich, dass sich der Infizierte voll und ganz vom Fieber und den anderen Symptomen erholt und ein absolut normales Leben führen kann. Hören Sie ... wenn Sie mich jetzt entschuldigen würden, man erwartet mich im OP. In ein paar Tagen können wir Ihnen mehr sagen.»

Lami war jetzt allein. Er könnte noch einmal davonkommen? Das kann nicht sein, dachte er. Er ging den Gang entlang, bis er vor dem Zimmer stand. Durch die Glasscheibe hindurch sah er Rode, die Augen geschlossen, den Kopf auf zwei Kissen gebettet. Lami kramte in seiner Tasche, zog einen zerknüllten Zettel heraus und las den Satz, den der Minister kurz zuvor in zittriger Schrift aufgeschrieben hatte: ICH BIN BÖSE.

Am 9. August verschickte der Vorsitz des Ministerrats folgende knapp gehaltene Mitteilung an die Presseagenturen:

Der Gesundheitszustand des Außenministers, Onorevole Emanuele Rode, der kürzlich aufgrund einer seltenen Form tropischer Leukämie Anlass zu Besorgnis gab, hat sich inzwischen weiter stabilisiert. Das Pflegepersonal, bei dem er gestern nach Essen verlangt hat, äußert sich höchst zufrieden über den Erfolg der angewandten Therapie und hofft, dass der derzeitige kritische Zustand rasch überwunden werden kann und in Kürze eine so deutliche Erholung eintritt, dass dem Onorevole die uneingeschränkte Wiederaufnahme der Regierungsgeschäfte möglich ist. Der Ministerpräsident und alle Mitglieder des Exekutivrats wünschen dem Freund und Kollegen Rode, die Hoffnungen der Ärzte mögen sich in Kürze in der Praxis bestätigen.

In den Abendnachrichten wurde auf allen Sendern berichtet, der Außenminister habe die Pfleger des Spallanzani-Hospitals um Essen gebeten; er liege dort zur Beobachtung wegen einer tropischen Form von Leukämie, die sich jedoch als harmlos herausgestellt habe. Natürlich glaubten nicht alle Italiener an die Geschichte, und natürlich gab jeder seinen persönlichen Kommentar dazu ab. Tatsache war: Rode ging es besser, und schon bald würde er wieder durch die langen Flure in der Farnesina schreiten.

54. Kapitel

Neapel, 10. August 2001

Sara De Caro hielt zitternd eine Zeitung in den Händen. Sie schwitzte, wegen der Hitze und vor Anspannung. Auf der ersten Seite, unten rechts, stand eine Meldung über Emanuele Rode und seinen sich zusehends verbessernden Gesundheitszustand. Sara las sie aufmerksam und spürte, wie die Wut über die Niederlage in ihr anschwoll. Sie hatte es versucht! Mit blutendem Herzen war sie in eine Rolle geschlüpft und hatte sich von diesem Scheusal von einem Menschen berühren lassen, sogar ins Bett war sie mit ihm gegangen. Alles umsonst. Und ebenso umsonst war sie ein großes Risiko eingegangen. Hätte Rode geahnt, wer sie war, hätte er sie umgelegt, da war sie sicher. Aber sie hatte ihre Sache gut gemacht. Es war ihr gelungen, ihn anzustecken, nur hatte dieses Scheißvirus nicht den Mumm gehabt, es durchzuziehen und ihn plattzumachen, ein für alle Mal. Natürlich, es war nicht ausgeschlossen, dass Rode in den nächsten zehn Jahren doch noch auf dem Friedhof landen würde, sie wusste sehr genau, wie langsam Aids voranschreitet und ganz allmählich tötet. Dennoch fürchtete sie, er könnte womöglich davonkommen.

Gregor Pozza starrte lange auf seine Hände. Er saß auf einer alten Bank im Parco delle Due Querce in Padua und atmete schwer, fast schnappte er nach Luft. Es war unglaublich schwül, die Luftfeuchtigkeit hoch, doch hier unter dem Baum knallte wenigstens die Sonne nicht so.

Seine geröteten Augen blickten zu Boden. Er hielt den Kopf zwischen den Händen, dann fuhr er sich durchs nassgeschwitzte Haar.

Er beobachtete ein paar Kinder beim Spielen und begann leise zu schluchzen. Ein Mann mit einem kleinen Mädchen an der Hand kam vorbei; als er die Gestalt mit dem zerzausten Haar sah, den Kopf in den Händen vergraben und zu Boden starrend, zog er die Kleine am Arm fort. «Widerlich, diese Besoffenen!», sagte er. «Und die Polizei schaut mal wieder nur zu …»

Pozza rieb sich seine geröteten, feuchten Augen, die jetzt noch mehr brannten.

Sara, Donatella, Moreno … Davide … mein Gott, wo seid ihr? Warum das alles? Warum? Gibt es denn keinen Gott da oben oder wo auch immer? Gibt es niemanden, der uns beschützt, oder zumindest unsere Kinder?

Eine alte Frau spazierte mit einem ungefähr sechsjährigen Jungen vorbei, und als sie ihn so sitzen sah, näherte sie sich ihm besorgt.

«*Signore,* geht es Ihnen nicht gut? Ist etwas passiert?», fragte die Frau.

Pozza hob sein verstörtes Gesicht. Er riss sich zusammen und entgegnete: «Nein, Signora, es ist nur … Ich bin nur ein bisschen niedergeschlagen. So was kommt vor.»

«Brauchen Sie etwas? Soll ich jemanden rufen?»

«Nein, nein, schon in Ordnung, machen Sie sich keine Sorgen. Haben Sie vielen Dank, *Signora.* Danke», sagte er und sah sie dabei an.

Die Frau verabschiedete sich und wandte sich zum Gehen, doch der Junge hielt sie zurück. «Oma, warte», sagte er. Sie blieb stehen. Der Kleine ging zu Pozza, blickte ihn an, dann streichelte er ihm übers Haar. Pozza gab ihm einen freundlichen Klaps auf die Wange.

«Danke», sagte er. «Wie heißt du?»

Der Junge sah zu seiner Oma.

«Na los, sag dem Mann, wie du heißt», meinte sie.

«Davide», gab der Kleine zurück. Und wieder bekam Pozza feuchte Augen.

Die Frau legte ihre Hand auf die Schultern des Enkels. «Komm, Davide, wir gehen, es ist schon spät. Verabschiede dich von dem *Signore*.»

«Ciao, Signore.»

«*Ciao*, Davide … *Ciao*.»

Der Junge und seine Oma entfernten sich, Pozza stand auf und schlug die entgegengesetzte Richtung ein. Er wusste nicht, wohin er ging; den Schweiß, der ihm von der Stirn lief, bemerkte er nicht einmal.

Er ging der untergehenden Sonne entgegen.

Um vierzehn Uhr dreißig an einem Nachmittag Ende August wartete Staatssekretär Renzilli geduldig, bis sich der Ministerpräsident von ein paar Präfekten verabschiedet hatte, um mit ihm bei *Livia* in der Via Borgognona zu Mittag zu essen. Es war eines der meistbesuchten Restaurants des politischen Establishments Roms, hier würde sich keiner wundern, den Premier vor einem Teller Spaghetti sitzen zu sehen. Gegen dreizehn Uhr hatte der Präsident dann Renzilli angerufen.

«Gaetano, wollen wir zusammen etwas essen?», hatte er gefragt. «Ich könnte eine Pause vertragen.» Renzilli hatte selbstverständlich zugesagt und einen Tisch reserviert. Hunger hatte er keinen, zu viele Sorgen schwirrten durch seinen Kopf, doch vielleicht würde er die Pause für ein etwas persönlicheres Gespräch nutzen können.

Gegen fünfzehn Uhr tauchte der Premier auf, sah den Staatssekretär im Vorzimmer warten und klopfte ihm auf die Schulter.

«Seit ich mit diesen ganzen Staatsbeamten zu tun habe,

weiß ich auch, warum es bei den öffentlichen Einrichtungen vorn und hinten nicht klappt», schimpfte er leise. «Lauter Bürokraten, die nur an ihrer Karriere interessiert sind und an dem bisschen Macht, das sie haben. Als Unternehmer, die sich mit Personalabbau oder negativen Bilanzen herumschlagen müssen, würden die keinen Monat durchstehen! Aber lass uns jetzt essen gehen, ich habe einen Riesenhunger.» Oberleutnant Cavallotti, Kommandant des GIS, des Geleitschutzes für den Präsidenten, gab den anderen Militärs in Zivil eine ganze Reihe von Zeichen, und sofort positionierten die Carabinieri sich geschickt um das Schutzobjekt. Der Präsident beobachtete dies mit einiger Genugtuung – Männer aus Stahl!

Zusammen mit Renzilli und der Sechs-Mann-Eskorte verließ er den Palazzo Chigi. Drückende Hitze schlug ihnen entgegen. Sie überquerten die Via del Corso und gingen in Richtung Via Borgognona. Der Restaurantbesitzer wartete am Eingang auf sie; dass sie erst so spät kamen, machte ihm ganz offensichtlich gar nichts: Er grüßte die beiden Politiker mit Ehrerbietung und führte sie in den kleinen rustikalen Speisesaal.

«Viel Stress heute?», fragte Renzilli den Premier.

«Wie immer. Hast du gestern die Erklärungen der Fraktionsvorsitzenden von der Opposition gehört? Ich sei ein ‹Anti-Italiener›. Das ist echt das Letzte!»

Renzilli wurde ernst. «Lass sie doch reden! Hör mal, ich würde gerne etwas mit dir besprechen, das dringend erledigt werden müsste.»

«Verstehe … schon wieder Probleme. Schieß los.»

«Ich denke, wir sollten bald entscheiden, wie mit Emanuele Rode vorzugehen ist», begann der Staatssekretär.

«Das hatte ich fast vergessen. Gibt's was Neues?»

«Nicht wirklich. Nur das, was allgemein bekannt ist. Es geht ihm besser, aber …»

«Aber?»

«Na ja, ich habe ein bisschen recherchiert.»

«Worüber?»

«Über sein Leben. Und da habe ich etwas über seine sexuellen Vorlieben herausgefunden, was mir ganz und gar nicht gefällt!», erklärte Renzilli.

«Und das wäre?»

Der Staatssekretär räusperte sich. «Sagen wir mal so, er scheint etwas speziellere Vorlieben zu haben.»

«Großartig! Das hat uns ja gerade noch gefehlt! Ist er schwul? Begrapscht er seine Kolleginnen?»

«Nein. Er scheint auf kleine Jungs zu stehen oder, besser gesagt, auf Kinder.»

Der Premier riss die Augen auf. «Auf Kinder?»

«Zumindest erzählt man sich das. Richtige Beweise konnte mir keiner liefern, aber die Gerüchte kamen von mehreren Seiten. Und hinter jedem Gerücht steckt schließlich ein Funken Wahrheit. Daher würde ich das nicht auf die leichte Schulter nehmen.»

Der Kellner brachte zwei Teller *Rigatoni all'Amatriciana*. Renzilli nahm seine Gabel und kostete.

«Perfekt! Und so schön *al dente*. Ich kann dir nur raten, iss auch was! Und entspann dich mal!»

«Ein Pädophiler … Auch das noch! Abscheulich! Wenn das wirklich stimmt, schaffen wir ihn uns so schnell wie möglich vom Hals, sonst haben wir ein echtes Problem.»

«Stimmt, aber wir sollten noch etwas warten. Wir haben ganz schöne Lügengeschichten über seine Krankheit verbreitet, die hat uns wahrscheinlich sowieso kein Mensch abgenommen. Aber ein paar glauben wirklich, Rode sei an einer seltsamen Form von Leukämie erkrankt, und wenn wir ihn jetzt rausschmeißen, haben wir keine plausible Begründung für seine Amtsenthebung.»

«Aber so einen will ich nicht bei den Sitzungen dabeihaben! Dem spucke ich mitten ins Gesicht, vor allen, ich kenn mich doch … Was schlägst du vor?»

«Ich weiß auch nicht. Warten wir erst mal ab, wie's ihm gesundheitlich geht und ob sich sein Zustand verbessert oder nicht. Wenn er alles heil übersteht, soll er für ein paar Monate ruhig noch den Minister spielen, und dann müssen wir uns bedauerlicherweise von ihm verabschieden, uns wird leider gar nichts anderes übrigbleiben, wir bitten um Verständnis …»

Der Premier sah ihn prüfend an. «Gut, ich überlasse dir den Fall Rode.» Da fiel ihm die alte Geschichte mit Gemma Pavinato wieder ein. Vorsicht war geboten, Rode wusste zu viel. Allzu großes Taktgefühl war jetzt fehl am Platz. Man musste ihn zerstören, sein Image zertrümmern, damit er seine Glaubwürdigkeit verlor.

«Wer hat dir eigentlich die Sachen über ihn erzählt?», wollte er wissen.

«Ach, weißt du, ich habe ein wenig nachgehakt, bei seinen Mitarbeitern, Ärzten, Leuten aus Verona. Also meiner Meinung nach solltest du Folgendes tun: Bestell ihn zu dir und sag ihm, wie sehr du dich über seine Rückkehr freust, auch darüber, dass er wieder voll einsteigt, bla bla bla. Er darf keinesfalls mitbekommen, was du mit ihm vorhast.»

«Du hast recht. So werd ich's machen. Aber du musst dir schon noch etwas richtig Gutes einfallen lassen, verstehst du? Wir müssen ihm das Rückgrat brechen. Ich kenne ihn, er wird versuchen, sich zu rächen und mich fertigzumachen. Er würde sich fieses Zeug ausdenken», sagte der Premierminister. «Aber bevor wir ihn rausschmeißen, will ich noch ein ernstes Wörtchen mit ihm reden. Ich will mit eigenen Ohren hören, was er zu dieser ganzen Geschichte zu sagen hat. Erst dann wird gehandelt.»

Sie aßen zu Ende und verließen das Restaurant. Der Präsident musste sofort zu einem Treffen mit dem norwegischen Premierminister. Die sechs Männer vom GIS hielten den Verkehr in der Via del Corso kurz an, damit der Ministerpräsident zum Palazzo Chigi gelangen konnte. Nachdem sich die beiden Politiker voneinander verabschiedet hatten, schaltete Renzilli das Handy ein und rief seine Sekretärin an.

«Ja, *Ingegnere?*», meldete sich Franca Targutti, die Sekretärin.

«Würden Sie bitte den Leiter des SISMI zu mir bestellen? Sagen wir heute, siebzehn Uhr», ordnete der Staatssekretär an.

«Gut, *Ingegnere*», gab die Targutti sofort zurück.

Der SISMI wird ja wohl wissen, wie man Rode, diesen Wahnsinnigen, am besten loswird, dachte er.

55. Kapitel

Mit Emanuele Rode aber ging es stetig bergauf, und ein paar Wochen später wurde der Minister aus dem Spallanzani-Hospital entlassen. Er war abgemagert, das Fieber hatte ihm schwer zugesetzt, doch er hatte überlebt. Langsam kam er wieder zu Kräften, in ein paar Tagen würde er sich wieder der italienischen Außenpolitik widmen können. Während des Krankenhausaufenthalts hatte er viel nachgedacht und einige Entscheidungen getroffen. Er schaltete den Fernseher ein, setzte sich an den Computer und rief die russische Website auf, um zu sehen, was es Neues aus der Welt der *Snuff Movies* gab. Um wieder auf die Beine zu kommen, brauchte er jetzt richtig harte Kost, ein *Extreme-Hardcore-Video,* gerne auch etwas innovativer, etwas, was einem in normalen *Snuff Movies* nicht so leicht geboten wird.

Während Rode vor dem Computer saß, hörte er mit halbem Ohr den Jingle des *TG1* und danach sofort die metallische Stimme des Nachrichtensprechers, der mit den wichtigsten Meldungen des Tages begann.

Im Rahmen der von der Staatsanwaltschaft Palermo geleiteten Suche, an der mehr als hundert Informatikexperten der Internetfahndung beteiligt waren, stieß man auf die Homepage einer russischen Organisation, die unter dem Namen ‹Old Granny Video› weltweit pädophile Videos von nie gekannter Gewalttätigkeit vertreibt.

Sofort drehte sich Rode zum Fernseher. Die Augen zusammengekniffen, hörte er sich den Rest an.

Die Ermittlungen führten gestern zur Verhaftung von acht verdächtigen Italienern und drei Russen; vierhundertfünfundneunzig Personen, darunter achtzehn Minderjährige, bekamen einen Ermittlungsbescheid. Weitere tausendsechshundertzweiundneunzig Personen stehen auf der Liste. Die russische Gesellschaft, mit mehreren tausend Kunden weltweit, produziert und vertreibt Videokassetten und Clips zum Herunterladen aus dem Netz. Hunderte von Kindern im Alter zwischen sechs Monaten und zwölf Jahren – die meisten von ihnen mutmaßlich aus russischen Waisenhäusern entführt – wurden dabei gefilmt, wie sie auf unvorstellbar grausame Weise sexuell missbraucht wurden. Die Aufnahmen als schockierend zu bezeichnen wäre maßlos untertrieben. Denn viele der Videos enden mit der Tötung der Opfer; aufgezeichnet wurde, wie sie gefoltert wurden und mit dem Tod rangen. Der Umsatz der kriminellen russischen Organisation beläuft sich auf sechshundert Millionen Dollar, zehn Prozent davon stammen von Kunden aus Italien. Die Gewinne aus diesem abscheulichen Geschäft wurden auf Konten großer russischer Banken überwiesen. Die immensen Ausmaße dieser Geldströme lassen sich leicht erklären, wenn man bedenkt, dass die Kassetten mit den extremsten Inhalten bis zu zehn Millionen Lire kosten. Die Videos, in denen Hunderte, vielleicht Tausende von Kindern missbraucht wurden, wurden in einer Villa eines der Chefs von Old Granny Video *in der Peripherie von Moskau gedreht. Um die Filme erwerben zu können, verwies die Gesellschaft ihre*

Kunden an einige Geldinstitute – an vierzehn, um genau zu sein, darunter zwei italienische – zur Aufnahme eines Kredits …

Rodes Herz begann zu rasen. Der Nachrichtensprecher hielt kurz inne und hustete verlegen. Manchmal war es wirklich ein harter Job, und am liebsten hätte er die Meldung nicht zu Ende gelesen, was er aber natürlich tat. Die Show musste weitergehen.

Unter den zweitausendachthundertsechzig Videokassetten, die die italienische Polizei bei sechshundert Verdächtigen beschlagnahmt hatte, befanden sich Aufnahmen von Kindern, die auf brutalste Art und Weise umgebracht worden waren.

Weiß ich, weiß ich, dachte Rode. Hübsch in Szene gesetzt, in der Tat. Erhängt und zerhackt. Auch gepfählt. Dann folgte er wieder aufmerksam den Nachrichten.

Die Ermittlungen begannen vor zwei Jahren im November 1999, nachdem bei der Abteilung für Internetkriminalität ein anonymer Hinweis vonseiten eines reuigen Pädophilen eingegangen war. Im Laufe der Nachforschungen hat die Fahndungspolizei eine getarnte Internetseite aufgebaut, um einige der Italiener, die in Kontakt mit der russischen Gesellschaft standen, zu entlarven. Etliche der Verdächtigen wurden durch Polizisten identifiziert; diese hatten sich als Postboten verkleidet und den Kunden die bei der russischen Gesellschaft bestellten Videokassetten geliefert. Die Staatsanwaltschaft Palermo hat …

So also hatten sie sie identifiziert. Die Polizei war ihnen auf die Schliche gekommen. Nein, ich habe keine Angst, dachte Rode. Ich genieße parlamentarische Immunität, sie garantiert mir Straffreiheit, außerdem hat man mir glaubhaft versichert, dass mein Computer geschützt ist, sie können unmöglich bis zu mir vorgedrungen sein.

Außerdem war da ja noch der Leiter der Kripo – einer seiner Männer –, der würde ihm ohnehin sämtliche Informationen in der Angelegenheit zukommen lassen.

Jetzt hieß es Ruhe bewahren, er durfte sich nicht aufregen. Es ist alles gut, alles ist gut, verdammte Scheiße. Gar kein Problem.

Er schaltete den Fernseher aus und starrte gedankenversunken vor sich hin; als es an der Tür klingelte, fuhr er vor Schreck hoch. Schwerfällig stand er auf, schleppte sich in den Flur, sah nach, wer es war, und öffnete. Noch immer pochte sein Herz heftig.

«Guten Abend, Herr Minister. Störe ich?»

«Nein, Lami, Sie stören nicht. Aber fassen Sie sich bitte kurz, ich habe zu tun.»

«Wenn die Sache nicht von höchster Wichtigkeit wäre, würde ich Sie nicht belästigen», fuhr er fort. «Seit Jahren arbeite ich nun schon für Sie, Herr Minister, Seite an Seite, Sie müssten mich langsam kennen.»

«Natürlich, Lami. Natürlich.»

«Also, weswegen ich hier bin ... Die Ereignisse der letzten Zeit haben mich ziemlich mitgenommen. Ich habe viel durchgemacht und bin nervlich völlig am Ende und ... und da wollte ich Sie fragen, ob ich eine Zeitlang aussetzen könnte, um mich in einer Spezialklinik bei Meran zu erholen.»

«In Ordnung, Lami. Das geht in Ordnung. Aber jetzt ...»

«Das ist noch nicht alles, Herr Minister. Heute Morgen

hat mein Bruder angerufen und mir mitgeteilt, dass meine Mutter schwer krank ist.»

Rode verstand nicht recht. «Das tut mir leid. Was heißt das?»

«Das heißt, dass ich kündige.»

«Was?», rief Rode laut. «Sie wollen eine Stellung wie die Ihre einfach so aufgeben? Sind Sie verrückt geworden?»

«Nein, ich bin nicht verrückt geworden. Ich muss mich um meine Mutter kümmern.»

«Aber das können Sie doch trotzdem.»

«Meine Mutter lebt in Perth, in Australien.»

«Und Sie sind wirklich ganz sicher? Wenn ich Ihnen etwas Geld anbieten würde, vielleicht …»

«Nein danke. Ich habe mich bereits entschieden.»

«Na gut. Das ist ein harter Schlag für mich, aber … schon gut, ich verstehe. Doch ich muss Sie um einen letzten Gefallen bitten. Um etwas, das nur Sie für mich tun können.»

«Ich fühle mich geschmeichelt, Herr Minister. Worum geht es?»

Rode räusperte sich. «Sie müssen Eleonora Grandinetti finden und mir sagen, wo sie ist. Danach können Sie ruhigen Gewissens gehen.»

Sara verließ ihre Wohnung und machte sich eilig auf den Weg zu Mario, dem sie eine dreifache Portion syrischen Heroins abkaufen wollte. Sie zahlte einen horrenden Preis – aber Geld interessierte sie jetzt nicht mehr. Von dort ging sie zur Kirche und fragte nach Don Luigi. Als er zu ihr kam, streckte sie ihm ein Päckchen hin, bat ihn um einen Gefallen und erinnerte den Pfarrer an das Versprechen, das er ihr ein Jahr zuvor gegeben hatte. Er nickte und nahm das Päckchen entgegen. Dann stieg Sara in einen Bus und fuhr zum Strand. Mit entschlossenen

Schritten ging sie zu den Felsen. Sie zog einen Löffel aus der Tasche, ein Feuerzeug und eine Zitronenscheibe, die sie sich zwischen die Zähne klemmte. Dann nahm sie eine sterile Spritze und legte sie rechts neben sich auf einen Felsen. Nachdem alles vorbereitet war, zog sie das gesamte Heroin auf, das sie sich besorgt hatte, schnürte einen Riemen um ihren linken Arm und setzte die Nadelspitze an der Vene an, die unter dem Druck angeschwollen war. In vollen Zügen atmete sie die frische Meeresluft Neapels, betrachtete den Vesuv und die schönen Palmen an der Strandpromenade von Mergellina. Dann drückte sie die Nadel in die Vene.

Ein junges Liebespärchen, das sich auf den Felsen küsste, fand vier Stunden später die Leiche Sara De Caros. Überdosis – so das Fazit des Chefs der Carabinieri vor Ort.

Sie wurde in Neapel beigesetzt, im Familiengrab De Caro, bei ihrer Zwillingsschwester Donatella, die im Alter von acht Jahren von einem Psychopathen, den alle die Ratte nannten, ermordet worden war; bei ihrer Mutter Cristina, die sechs Jahre nach dem Mord an Donatella an Krebs gestorben war; bei ihrem Vater Vincenzo, der nach dem Tod seiner Frau Selbstmord begangen hatte.

«Haben Sie schon gehört? Der Scheißkerl ist nochmal davongekommen!», sagte Paolo Mele, als er mit Laura Virga telefonierte. Der Kriminalbeamte war mittlerweile im Ruhestand, und Laura hatte ihn mit ihrem Anruf überraschen wollen. Er wird sich sicher freuen, hatte sie gedacht. Schon eine ganze Weile hatte sie sich nicht mehr bei ihm gemeldet.

«Ja, *Dottore*, ich weiß. Das perverse Schwein lebt noch immer.»

«Wir haben es nicht geschafft, und das Schicksal hat

es auch nicht geschafft», sagte der ehemalige Kommissar voller Zorn.

«Leider. Ich hatte ja darauf gehofft ...»

«Wissen Sie, was mich so wütend macht?», fuhr Mele fort. «Ich bin wütend, weil nie jemand erfahren wird, dass er die Ratte ist. Ich bin wütend, weil die Eltern nie erfahren werden, wie dieses fiese Schwein aussieht, das ihre Kinder ermordet hat. Ich bin wütend, weil die Tochter eines Freundes mit dreizehn bei einem Autounfall ums Leben kam, während Rode nie etwas passiert ist und weitere Gräueltaten nicht verhindert werden konnten. Und ich bin wütend, weil wir nichts machen konnten, um dieses Scheusal vor ein Schwurgericht zu zerren und es vor dem ganzen Land bloßzustellen, verstehen Sie, Laura?»

«Das ist alles so absurd, zumal man immer denkt, so ein Schwerverbrecher ist ein richtiges Monster, ein verabscheuungswürdiges Wesen, auch vom Verhalten her. Und dann stellt man fest, dass der Typ ganz normal wirkt ... Ein ganz gewöhnlicher Mensch, grau und fad, wie so viele», sagte sie. «Dabei ist er ein Mörder!»

«Stimmt», meinte Mele kopfschüttelnd. «Ein ganz gewöhnlicher Mörder.»

«Wissen Sie was?» Lauras Stimme klang verbittert. «Pozza hat seinen Job an den Nagel gehangt, hat er mir selbst erzählt. Er ist in ein totales Loch gefallen, und das gefällt mir ganz und gar nicht!»

«Sehen Sie, auch ihn hat das Schwein fertiggemacht! Wo bleibt da die Gerechtigkeit, Laura? Es gibt gar keine – hier zumindest nicht! Und wer das Gegenteil behauptet, redet Mist. Diese Sache hier ist doch der beste Beweis dafür.»

«Ja, vielleicht haben Sie recht. Jedenfalls ist Gregor jetzt in psychiatrischer Behandlung.»

«Wie absurd! Ausgerechnet er ... Geht es ihm sehr schlecht?»

«Nun ja, er sieht sich als Versager. Schon damals, als er anfing, mit mir zusammenzuarbeiten, ging es ihm nicht besonders gut. Er hatte eine ziemlich schwierige Zeit hinter sich, privat, und steckte tief in der Krise. Aber neulich meinte er, er spreche auf die Therapie an und es gehe schon wieder bergauf. Hoffen wir das Beste.»

«Noch ein Opfer dieses Ungeheuers», schickte Mele hinterher. Dann verabschiedeten sie sich in düsterer Stimmung und legten auf.

56. Kapitel

Rom, September

Emanuele Rode verabschiedete sich vom Botschafter Costa Ragnetti und verließ die Farnesina; müde und höflich grüßte er auch die anderen Angestellten und Funktionäre, an denen er vorbeiging. Es war fünfzehn Uhr dreißig, als er in die dunkelblaue Audi-Limousine stieg. Die Eskorte der polizeilichen Spezialeinsatztruppe NOCS nahm in zwei Alfa Romeos Platz, der eine sollte vor, der andere hinter dem Wagen des Ministers fahren. Rode winkte den Chef des Geleitschutzes zu sich, einen Inspektor mit der Figur eines Ringers.

«Ja, Herr Minister?», fragte der Polizist.

«Ich möchte ein bisschen allein sein und ein paar Schritte gehen. Lassen Sie uns irgendwo hinfahren, wo es ruhig ist und ich spazieren gehen kann.»

«Kein Problem, aber wie Sie wissen, dürfen wir Sie nicht allzu lange unbeaufsichtigt lassen. Es ist unsere Pflicht, Ihnen auf Schritt und Tritt zu folgen … eigentlich dürften wir Sie gar nicht allein herumlaufen lassen.» Der Chef der Eskorte hielt kurz inne, schließlich sagte er grinsend: «Aber ich denke, wir können da schon mal eine Ausnahme machen. Reicht Ihnen eine halbe Stunde?»

«Ja, natürlich … eine halbe Stunde. Danke.»

Der Konvoi setzte sich rasch in Bewegung und steuerte auf den Stadtteil Prati zu. Die Wagen parkten auf der Piazza Mazzini. Rode stieg aus, tauschte seine normale

Brille gegen eine in seiner Stärke geschliffene Sonnenbrille aus und streifte sich die Jacke ab. Es war ein ungewöhnlich warmer September – nicht gerade angenehm, den klimatisierten Wagen zu verlassen, um sich der schwülen Hitze draußen zu stellen. Er ging langsam und dachte an seine Krankheit. Er dachte an Eleonora, und sofort überfielen ihn Rachegelüste. Dass sie die Zwillingsschwester eines achtjährigen Mädchens war, das er vor vielen Jahren umgebracht hatte, war ihm längst klar, aber das kümmerte ihn nicht. Dinge wie Gnade hatte er schon lange aus seinem Leben gestrichen. Dann dachte er an den Präsidenten und an das unterkühlte Telefongespräch, in dem ihm dieser alles Gute für die Wiederaufnahme der Arbeit im Außenministerium gewünscht hatte. Auch Lami fiel ihm wieder ein, der jetzt, nach Jahren engster Zusammenarbeit, einfach wegging.

Rode sah eine Gruppe von Leuten – vor allem junge Frauen –, die am Ausgang der Schule auf ihre Kinder warteten. Er blieb stehen, betrachtete sie, mit einer Hand wischte er sich den Schweiß vom Gesicht. Um Punkt vier strömten die Kinder aus der Grundschule Col di Lana, unter den stolzen Blicken der lachenden Eltern brüllten sie wie kleine Wilde. Er beobachtete sie. Jetzt, wo sie draußen waren, hielten sie Ausschau nach ihren Müttern. Ein Junge wirkte verloren, er war dunkelhäutig, vermutlich Sohn von Immigranten. Rode näherte sich ihm bis auf einen Meter Entfernung und bemerkte, wie sein Speichelfluss stärker wurde.

Die Mutter des Kleinen war nicht da; ängstlich blickte er um sich, während sich die fröhliche Menge nach und nach auflöste. Emanuele Rode starrte ihn an, die Augen glasig, die Hände zu Fäusten geballt. In einem Flashback sah er im weißen Dunst den Henker von Hamburg wieder vor sich. Er sah Moreno Luberti wieder. In seinen Händen spürte er erneut den eisigen, blutüberströmten Körper von Donatella De Caro. Er ballte seine Hände so heftig zu Fäusten, dass sich die Fingernägel schmerzhaft in die Handflächen bohrten.

Wütend zog er das Handy aus der Tasche und drückte die Taste 3.

«Herr Minister?», meldete sich der Leiter der Spezialeskorte NOCS.

«Holt mich ab. Bitte sofort.»

«Schwierigkeiten, Herr Minister? Wo sind Sie?»

Rode hielt nach dem Namen der Schule Ausschau. «Nein, keine Schwierigkeiten, ich bin nur ein bisschen müde. Ich bin bei der Col-di-Lana-Schule, gegenüber von der Bar *Da Vanni.*»

«Gut, wir sind gleich da.»

Die drei Wagen fuhren los und holten Rode vor der Schule ab. Er stieg in den Audi, bleich im Gesicht, und sah sich nach dem Jungen um, der noch immer allein war.

«Los, sofort ins Ministerium», wies er den Fahrer an. Dieser raste mit hoher Geschwindigkeit in Richtung Farnesina. Politiker-Marotten, dachte der Beamte.

Als sie die Garage erreicht hatten, stieg Rode aus, nahm den Fahrstuhl bis zu seiner Wohnung; obwohl er so schwitzte, zog er nicht einmal die Jacke aus, sondern schaltete sofort die Klimaanlage ein und fuhr den Computer hoch. Er ging ins Internet und überprüfte, wer im *Verlorenen Paradies* gerade am Chatten war, aber Kucciolo konnte er nicht finden. Schon eine ganze Weile hatte sich sein wichtigster Ansprechpartner in puncto *Snuff Movies* nicht mehr im Chat blicken lassen, und so langsam machte er sich Sorgen. War er womöglich von den Ermittlungen der sizilianischen Staatsanwaltschaft betroffen? Hatten die Internetfahnder ihn festgenommen? Nachdem die Symptome seiner Aids-Erkrankung zurückgegangen waren, fürchtete er jetzt nur noch die Ermittlungen gegen die Russen, obwohl er wusste, dass sein Computer nicht identifiziert werden konnte, ganz sicher nicht, das hatten ihm die Experten ja gesagt.

Was er an diesem Abend brauchte, war harter Stoff. Der verschreckte Junge vor der Schule hatte empfindliche Stellen seiner Psyche berührt, die wegen seiner Krankheit vorübergehend eingeschlafen zu sein schienen.

Da fiel ihm ein, dass er vor geraumer Zeit einen Typen angechattet hatte, der ihm in Sachen Sadomaso einigermaßen kompetent erschienen war, und weil Kucciolo nicht da war, suchte er stattdessen ihn unter den aktiven Kontakten. Der Name war so seltsam, dass er ganz einfach zu finden war. Sein Pseudonym lautete Pigman, er war gerade online. Rode klickte auf den Kontakt, ein Fenster öffnete sich, und er tippte «Ciao» in die Betreffzeile.

Pigman – ciao, wer bist du?
wir haben mal gechattet. ist schon länger her
Pigman – kann mich nicht erinnern. was willst du?
reden
Pigman – bist du ein typ oder eine tussi?
typ
Pigman – jung?
ja
Pigman – gay?
nein
Pigman – was willst du dann von mir?
hast du fieses zeug?
Pigman – ich bin der master! ich bestimme die spielregeln. was willst du?
fiese filme
Pigman – folter?
hast du was extremes?

Pigman – verstehe. so was hab ich nicht. hast du das von den russen nicht mitbekommen? viel zu gefährlich. ciao.
hast du anderes fieses zeug?
Pigman – verdammt was willst du noch?
Pigman – warte ich hab was neues
das wäre?
Pigman – ultra-p
was ist das?
Pigman – ultraschall. das «p» verstehst du ja hähä
meinst du den ultraschall von den gynäkologen?
Pigman – ja. was ganz neues. kostet ziemlich. hab was da
ultra-p interessiert mich nicht. hast du was anderes da?
Pigman – aber es ist heftig. brandneu. du siehst wie sie sich im bauch bewegen und holst dir dabei einen runter.
interessiert mich nicht. ciao.
Pigman – nein warte. ich hab ein ultra-p special
das wäre?
Pigman – kann ich hier nicht sagen. ich umschreibs dir
ok
Pigman – wenn so eine junge schlampe schwanger wird aber das kind nicht will was macht sie dann?
Pigman – schon klar oder?
Pigman – hey bist du noch da?
sie lässt sich's wegmachen
Pigman – genau. du hast's geschnallt
und du hast nen ultraschall von … du weißt schon
Pigman – genau
das kann nicht sein
Pigman – kann schon sein. in brasilien verkaufen die

heute sogar ihren arsch um an geld zu kommen. warum sollte ein frauenarzt nicht einen ultraschall von einer «du weißt schon» verkaufen?

haben die russen damit zu tun?

Pigman – nein nein keine sorge

kann ich mal sehn?

hast du adsl?

nein

Pigman – der anhang ist groß. ohne adsl dauert das mind. 1 std

mail's mir an: pupetto67@synetx.it. dann sehen wir weiter

Pigman – wir schauens uns gleichzeitig an und holen uns dabei einen runter. ok?

mach schon!

Rode verließ den Chat und öffnete eines seiner vielen E-Mail-Postfächer. Während er wartete, bis Pigman die Datei hochgeladen hatte, um sie zu senden, tigerte er nervös durch seine Wohnung. Er ging ins Bad, wusch sich die Hände und betrachtete sich im Spiegel. Er sah seine erloschenen Augen hinter der dicken Hornbrille, die Augen der Ratte.

Ein Ultraschall von einer Abtreibung – könnte wirklich interessant sein. Jedenfalls mal was Neues, wenn es nicht doch ein Reinfall war.

Nach einer Weile ging er wieder zum Computer und sah, dass eine E-Mail mit sehr großem Anhang eingetroffen war. Er öffnete die Nachricht und begann mit dem Download. Das Dokument hieß *Happy_End,* und als Rode das las, beschleunigte sich sein Puls.

Noch bevor er den Anhang vollständig heruntergeladen hatte, schrieb er Pigman.

ist unterwegs
Pigman – ok
sieht man den fötus auch richtig?
Pigman – ja
leidet er sehr?
Pigman – ja aber jetzt halt die klappe. du sollst hier nicht so viel mist erzählen. schau's dir einfach an

Der Download des Videos war jetzt abgeschlossen, und Rode öffnete es. Auf dem Monitor sah man verschwommene Bilder mit einem weißlich-durchsichtigen Kern in der Mitte, der ein paar seiner Anhängsel bewegte. Ein Fötus.

In der Brust war ein schlagendes Herz zu erkennen, ein kleiner schwarzer Punkt, der in rhythmischen Abständen auftauchte und wieder verschwand, auftauchte und wieder verschwand. Die Nabelschnur war um den Körper des Fötus gewickelt, deutlich erkennbar war auch die gekrümmte Wirbelsäule, die sich schlangenartig bewegte. Rode folgte der Szene aufmerksam.

Pigman – krass oder?
warte, lass mich erst mal sehen

Aus einem weißen Schriftzug rechts unten ging hervor, dass der Ultraschall in der sechzehnten Schwangerschaftswoche der Frau durchgeführt worden war. Vier Monate. Sie war im fünften Monat schwanger. Der Embryo war ziemlich groß, er sah schon fast aus wie ein Säugling.

Plötzlich sah Rode in der unteren Bildschirmhälfte einen leicht gekrümmten, zylindrisch geformten Gegenstand, der in den vorderen Teil der Gebärmutter eindrang. Sein Magen zog sich in schnellen Zuckungen zusammen.

was ist das ding das da rein sticht?
Pigman – ein dilatator für den gebärmutterhals
du bist ja richtiger profi
Pigman – hähähä gefällt's dir?
ja
Pigman – sollen wir gleichzeitig loslegen?
ja, legen wir los

Rode begann zu schwitzen, er atmete schwer, sein Speichel floss stärker. Kurz darauf – natürlich war das Video geschnitten, um die langatmigen Abschnitte des Eingriffs auszublenden – sah er wieder einen länglichen Gegenstand, diesmal mit zwei langen steifen Armen, die nach etwas zu greifen schienen. Als die beiden Arme den Embryo berührten, zuckte dieser zusammen, und die Wirbelsäule krümmte sich augenblicklich. Rode hatte verstanden, es war eine Art Pinzette, mit der der Chirurg den Embryo greifen und aus der Gebärmutter ziehen wollte. Er drückte die Pausentaste.

jetzt kommt er mit der pinzette. ich hab auf pause gedrückt. geh doch auch an die stelle
Pigman – jetzt kommt das beste
jetzt windet und krümmt er sich
Pigman – er windet und krümmt sich wie verrückt hähähä wenn es noch ein mikro geben würde könnte man das schreien hören!!!
darauf steh ich
Pigman – du schwein … bist du bereit? komm schon jetzt brüllt er
ja auf so was steh ich. ich will jetzt weiterschaun
Pigman – ich auch. los

Rode drückte also auf PLAY, und der Film ging weiter.

Neapel, 18. September 2001, 18:00 Uhr

Es war warm am Abend des 18. Septembers 2001, und ziemlich schwül. Ernst und grüblerisch schritt Antonio Lami langsam den von Zypressen gesäumten Weg zwischen Grabsteinen und Marmortafeln entlang. Das Handy klingelte.

«Guten Abend, Herr Minister.»

«Guten Abend, Antonio. Sind Sie schon unterwegs nach Australien?», fragte Rode.

Lami biss sich auf die Lippen, bevor er antwortete.

«Noch nicht, Herr Minister. In ein paar Tagen geht's los. Wie geht es Ihnen?»

«Viel besser, danke. In gewisser Hinsicht fühle ich mich wie neugeboren. Nach dieser schrecklichen Zeit kommt mir jetzt alles wunderbar vor.»

«Verstehe, Herr Minister», entgegnete Lami.

«Ich bedaure es zutiefst, dass ich momentan nicht auf Sie zählen kann, Sie wären mir eine große Hilfe. Aber melden Sie sich doch nochmal vor Ihrer Abreise. Und falls Sie es sich noch anders überlegen sollten, können Sie natürlich auf mich zählen. Auf Wiederhör'n.»

«In Ordnung, Herr Minister. Und haben Sie vielen Dank.»

Während Lami das Handy wieder einsteckte, sah er in einiger Entfernung einige Leute stehen. Ein älterer Mann verließ die Gruppe und kam mit tränenden Augen und unsicheren Schritten auf ihn zu. Lami deutete kopfnickend einen Gruß an.

«*Salve,* ich hatte Sie schon gesucht», sagte der alte Mann.

Lami musterte ihn wortlos. Dann unterhielten sie sich ein paar Minuten, und der Alte streckte ihm ein Päckchen entgegen. «Sie hat mich gebeten, Ihnen das zu geben.»

«Für Peter» stand darauf geschrieben.

Einige Sekunden lang sagte Antonio Lami keinen Ton, dann öffnete er es behutsam. Eine Stoffpuppe. Er wusste sofort, was das zu bedeuten hatte, stellte dem Mann eine Frage, der daraufhin nickte. Dann verabschiedeten sie sich.

Die schwüle Hitze trieb Lami den Schweiß aus den Poren, mit gequältem Gesichtsausdruck ging er weiter. Wieder klingelte das Handy.

«Lami?», fragte Alfa alias General Adinolfi.

«Ja», antwortete er mit einiger Mühe.

«Und?», hakte Alfa nervös nach.

«Ich habe eben erfahren, dass Sara De Caro Selbstmord begangen hat.» Lami sprach mit gebrochener Stimme; in seinem Kopf spulten sich noch einmal die Bilder einer Videokassette ab, die er ungefähr ein Jahr zuvor auf dem Schreibtisch des Bürgermeisters von Verona gefunden hatte.

«Oh ... Das tut mir leid. Es tut mir aufrichtig leid.» Alfa klang ebenfalls verstört, schlug aber sofort wieder den gewohnt autoritären Offizierston an. «Hören Sie mir jetzt bitte gut zu, Lami. Die ganze Geschichte hier ist nie passiert, das versteht sich wohl von selbst!», sagte Alfa, während er in seinem Arbeitszimmer im Forte Braschi, dem Sitz des Geheimdienstes SISMI, eine rote Mappe mit der Aufschrift STRENG VERTRAULICH: FALL RATTE in den Aktenvernichter schob. Darin befand sich auch die Kopie eines ärztlichen Befundes aus dem Cardelli-Hospital Neapel, Abteilung Infektionskrankheiten.

«Selbstverständlich», antwortete Lami, während er mit schleppenden Schritten den Kiesweg weiterging.

«Und noch etwas», begann der Chef des SISMI erneut. «Dieser langwierige und heikle Fall gehörte nicht zu unseren Aufgaben. Die ganze Sache ist unglücklich verlaufen, aber – wie wir alle wissen, kommt nicht immer alles so, wie wir es gerne hätten. Aber wenigstens haben wir bei der Internetfahndung einiges erreicht, um es mal so auszudrücken.» In Alfas Stimme schwang leise Verlegenheit mit. «Sie wissen ja, wovon ich spreche: die Sache mit Kucciolo. Er war der Mittelsmann für die *Old Granny*, diese russische Firma, die die Videokassetten vertrieb. Wir haben unseren Job gemacht.»

«Und was sagen die russischen Behörden dazu?»

«Die sagen, ihnen seien die Hände gebunden. Heute brachte die Nachrichtenagentur ANSA eine Presseerklärung von der Moskauer Justiz. Anscheinend können sie die Gesellschaften, die den Erlös aus dem Verkauf der Kinderpornos kassieren, nicht schließen, weil sie Engpässe bei den ‹Beschäftigten› haben. Wenn jetzt sogar schon Richter solche Dinge von sich geben, ist es um unsere Welt wirklich schlecht bestellt.»

Lami schüttelte den Kopf. «Darf ich noch etwas anmerken, *Signore*?»

«Bitte. Aber schnell, ich muss zu einer Sitzung.»

«Ich bin mir nicht sicher, ob ich richtig gehandelt habe, ich meine in moralischer Hinsicht. Sara war krank. Wenn ich sie von ihrem Plan abgebracht hätte, wäre die Sache vielleicht anders ausgegangen.» Obwohl Lami noch immer erschüttert war, konnte er den unterkühlten Ton seiner Stimme halten. Der General überlegte kurz, bevor er antwortete.

«Ich denke, es war notwendig. Etwas brutal vielleicht, aber notwendig. Wahrscheinlich geht es Sara jetzt besser. Wenn Sie mich nun entschuldigen, ich habe viel zu tun. Aber hören Sie, Lami, versuchen Sie, sich abzulenken. Und kommen Sie bei mir vorbei, sobald Sie können.» Mit diesen Worten beendete der Leiter des SISMI das Telefonat.

Lami blieb noch einen Moment mit dem Handy am Ohr stehen, dann schaltete er es aus. Ihm war heiß, als er sich Saras Grabstelle näherte, gleich neben der von Donatella. Vincenzo und Cristina De Caro ruhten in den darüberliegenden Nischen.

Wie in einem Traum sah Lami wieder diesen sonnigen Tag an der Strandpromenade Mergellina vor sich, als das Mädchen gesagt hatte: «Die Erwachsenen sind böse, du darfst nicht groß werden. Du musst so bleiben wie Peter Pan.»

Lami strich über das Foto mit Saras hübschem Gesicht auf der Grabtafel.

«*Ciao,* Glöckchen», sagte er leise. Er deutete ein Lächeln an und flüsterte unverständlich ein Wort. Ihm war noch immer heiß, und er war todmüde. Mit gesenktem Kopf ging er schließlich zu seinem am Friedhofseingang geparkten Wagen.

Der Ministerpräsident saß im Sessel seines Arbeitszimmers, räusperte sich und warf Staatssekretär Renzilli zu seiner Rechten einen vielsagenden Blick zu, es war ein Blick gegenseitigen Einverständnisses. Links von ihm saß Emanuele Rode, sichtlich angespannt – dieser unvermittelte Anruf wollte ihm nicht so recht gefallen. Der Präsident steckte anscheinend in Schwierigkeiten. Es gab Probleme, so viel war klar.

«Emanuele, du weißt, ich habe dich im Wahlkampf voll unterstützt und mich dafür eingesetzt, damit du das Außenministerium bekommst, nicht?», begann der Premier. Rode antwortete nicht, er sah seinem Gesprächspartner lediglich fest in die Augen. «Und du weißt auch, wie wichtig mir ist, dass wir offen miteinander reden. Deshalb habe ich dich hierher gebeten. Ich möchte dir ein paar Fragen stellen, auf die ich gerne ehrliche Antworten hätte.»

Rode senkte den Blick. «Einverstanden.»

«Emanuele, wie hast du dich mit Aids angesteckt?»

«Ich habe kein Aids, sondern nur das HI-Virus. Das ist ein Unterschied.»

«Nicht ablenken, Emanuele. Ich habe dich gefragt, wie du dich angesteckt hast, und erwarte eine Antwort. Auf der Stelle.»

«Ich war vor einiger Zeit bei einer Prostituierten», murmelte er. «Da ist es passiert.»

Staatssekretär Renzilli schaltete sich ein: «Emanuele, hör mal … Warum hast du nie geheiratet?»

«Was sollen diese ganzen Fragen? Was wollt ihr eigentlich von mir?»

Der Premier tauschte einen Blick mit Renzilli. «Wir haben ein paar Informationen über dich bekommen. Wahrscheinlich lauter Unsinn, aber ich möchte, dass du persönlich dazu Stellung nimmst. Emanuele, bist du pädophil?»

Rode riss die Augen auf. «Was? Was bildest du dir eigentlich ein!»

«Stehst du auf kleine Kinder, Emanuele, ja oder nein?» Der Premierminister ließ nicht locker. «Also? Ja oder nein?»

Rode spürte, wie sein Puls raste, einen Moment lang bekam er keine Luft. Mein Leben, mein verficktes Leben geht gerade in die Brüche, dachte er. Er rückte seine Brille zurecht, zog den Knoten der Krawatte fester und richtete sich im Sessel auf.

Sein Mund war so trocken, dass er kaum sprechen konnte. Es war zwecklos, ihnen etwas vorzuspielen oder irgendwelche Rechtfertigungen vorzubringen, die es gar nicht gab, dadurch würde er sich nur noch tiefer in die Sache hineinreiten. Er räusperte sich, alles in ihm hatte sich zusammengezogen, und nur mit Mühe konnte er die wenigen Worte hervorbringen.

«Ja, ich steh auf kleine Kinder. Ich bin pädophil.»

Rode blieb noch kurz vor den beiden Männern sitzen, die ihn wortlos anstarrten. Dann erhob er sich langsam aus dem Sessel und wandte sich an den Präsidenten:

«Wenn du mich jetzt entschuldigen würdest ... du brauchst mich ja nicht mehr. Ich möchte zurück ins Ministerium.»

Unter den verwunderten Blicken des Premiers und Renzillis durchquerte Rode auf wackeligen Beinen das Zimmer, öffnete die Tür und ging hinaus.

57. Kapitel

Rom, einen Monat später.
Forte Braschi, Sitz des SISMI

Antonio Lami saß in seinem Büro am Ende des Flurs der ihm unterstehenden Geheimdienstabteilung und sah sich die Unterlagen aus der Akte durch, die über den ganzen Schreibtisch verteilt waren: Aufzeichnungen von Carolinas Hypnosesitzungen, Protokolle der Aussagen der kleinen Sara sowie die Gutachten der Polizei, die Ausführungen des Psychiaters aus Padua und Laura Virgas. Auch die Kopie einer Videokassette, die man eines Tages im Amtszimmer des Bürgermeisters von Verona gefunden hatte, war darunter.

Lami sah für einen Moment sein Gesicht in der Glasscheibe des alten Bücherschranks gespiegelt. Erschöpft sah er aus, fand er, und ausgezehrt. Jahrelang hatte er für sein Land gearbeitet, und vor allem die letzten Jahre bei Rode, als er versucht hatte, ihn zu überführen, hatten ihm schwer zugesetzt. Die Welt war viel zu verlogen und falsch. Jeden Tag aufs Neue, Monat für Monat, hatte er etwas vorgetäuscht, hatte geheuchelt. Ja, Herr Minister, nein, Herr Minister, selbstverständlich, Herr Minister.

Und dann Sara – machtlos hatte er ihrem körperlichen und seelischen Verfall zugesehen.

Um sich selbst machte er sich ehrlich gesagt auch Sorgen. Mittlerweile hatten ihn schon so viele aus unterschiedlichen Gründen in den Räumen der Macht kennengelernt; er durfte sich nicht allzu oft blicken lassen. Wobei er immer noch sagen könnte, der Geheimdienst hätte ihn nach ein paar Monaten Aufenthalt bei seiner Mutter in Australien wieder zurückbeordert und ihm einen neuen Auftrag erteilt. Im Grunde nichts Außergewöhnliches – solche Instruktionen kamen in diesem Bereich häufig auf ziemlich undurchsichtige Weise zustande. Aber er sollte dennoch besser ein paar Vorsichtsmaßnahmen ergreifen und sich eine plausible Geschichte ausdenken.

Voller Abscheu sah er sich die vor ihm liegenden Unterlagen durch. Alfa hatte sie ihm ein paar Tage zuvor gegeben.

Der General hatte den Fall in zwei verschiedene Vorgänge unterteilt. Der eine, den Alfa «Undercover» genannt hatte, dokumentierte alles, was Lami, als er Seite an Seite mit der Ratte arbeitete, getan und herausgefunden hatte. So manche dieser Dokumente hätten besser gar nicht existiert – früher oder später würde man sie noch ins Gefängnis stecken. Aber General Adinolfi hatte eine radikale Lösung für das Problem gefunden: Die Berichte über die verdeckten Ermittlungen sollten im Aktenvernichter landen.

Im anderen Dossier hatte Alfa dagegen fein säuberlich das gesamte Material der von Pozza und Virga durchgeführten Ermittlungen durch Hypnose gesammelt: Sitzungsprotokolle, Berichte und sonstige Aufzeichnungen. Eine wichtige Informationsquelle aus den Reihen der Polizei hatte Rode – und damit, ohne es zu wissen, auch Lami – über die jeweiligen Fortschritte in den Ermittlungen auf dem Laufenden gehalten. Auch das war brisantes Material, betraf aber nicht die direkt vom SISMI durchgeführten Aktionen, und so musste es auch nicht vernichtet werden.

«Und jetzt hören Sie mir mal bitte gut zu, Lami», hatte der Leiter des Geheimdienstes während der Unterredung in seinem Büro gesagt. «Sollte die wahre Identität der Ratte jemals nach außen dringen, wäre das ein gefundenes Fressen für die Medien – eine Katastrophe. Wir haben es versucht, Lami! Sollte jemals etwas aus diesen Dokumenten einem Außenstehenden zu Gesicht kommen, hätte das verheerende politische Folgen. Durch derartige Entlarvungen kann der Regierungskoalition auf einen Schlag der Garaus gemacht werden, und wir können es uns nicht erlauben, mit dem Feuer zu spielen – im Moment jedenfalls nicht! Leider haben wir unseren Auftrag nicht erfolgreich zu Ende geführt. Wir haben keinen einzigen Beweis für die Schuld dieser Bestie in der Hand! Nur Indizien. Bei einem Politiker dieses Kalibers braucht man schon unumstößliche Beweise. Wir hatten Pech. So was kommt vor.»

Nach einer kurzen Pause hatte Alfa weitergesprochen: «Wenn Rode nicht mehr zuschlägt, werden die Leute glauben, die Ratte sei tot oder werde nicht mehr rückfällig. Wird der Kerl allerdings weiterhin zuschlagen, darf nie jemand die Wahrheit erfahren! Haben wir uns verstanden? Wir werden ihn schon irgendwie unter Kontrolle bekommen. Und jetzt nehmen Sie diesen Kram an sich, Lami!», hatte der General abschließend gesagt und dem Leiter des Sonderkommandos die Mappe mit den Ermittlungen aus Verona in die Hand gedrückt. «Bleiben Sie am Ball! Aber vernichten Sie das, werfen Sie es zu dem anderen Müll im Archiv, und sollte Sie jemand fragen, warum Sie das tun, sagen Sie ihm, er soll seine Nase nicht in Dinge stecken, die in meinen Entscheidungsbereich fallen.»

Doch die Akten waren noch vollständig. Lami hatte sie nicht vernichtet. Sollten etwa all die Jahre umsonst gewesen sein, all die Risiken, die er eingegangen war? Für nichts und wieder nichts?

Lami starrte auf die Holzmaserung des Schreibtischs. In seinem Kopf begann langsam eine Idee Gestalt anzunehmen. Er stand auf und holte sich einen Kaffee aus dem Automaten im Flur. Er musste sich das gut überlegen. Manche Entscheidungen sind nicht einfach, und die Gefahr, das Falsche zu tun, war groß. Er musste sichergehen, dass er keine Fehler machte.

Während Antonio Lami seinen Kaffee trank, hörte er das Echo seiner Versprechungen während des Wahlkampfs gegenüber Rode, dem Ministerpräsidenten und anderen Mitarbeitern der Regierungskoalition. Doch sein Entschluss stand fest: Ein paar lächerliche, banale Informationen, die nach außen sickern, das wäre schon machbar ... In diesem Land kommt so etwas durchaus mal vor, dachte er. Das würde keinem auffallen.

Fest entschlossen griff er nach seinem Adressbuch und suchte nach einer Handynummer. Da er sie nicht finden konnte, wählte er die 02. Er tat das mit großer Ruhe und Sicherheit, am anderen Ende meldete sich jemand aus Mailand.

«*Orizzonte,* was kann ich für Sie tun?»

Lami holte tief Luft. «Guten Tag, ich hätte gerne den Chefredakteur gesprochen.»

«Erwartet er Ihren Anruf?»

«Nein.»

«Dann kann ich Sie leider nicht verbinden. Er ist sehr beschäftigt und ...»

«Sagen Sie ihm bitte, Antonio Lami ist am Apparat.»

«Ich hatte doch bereits ...»

«Sagen Sie's ihm einfach.»

Ein paar Sekunden später hatte Lami eine ihm vertraute Stimme am Telefon. «Antonio? Bist du's wirklich? Kaum zu glauben ... Ich hab ja schon ewig nichts mehr von dir gehört.»

«Wie geht es dir?»

«Gut, würde ich sagen. *Orizzonte* ist das auflagenstärkste Nachrichtenmagazin Italiens, und über die Konkurrenz können wir nur lachen! Wir haben also allen Grund, zufrieden zu sein. Aber erzähl mir lieber von dir. Wo hast du dich all die Jahre herumgetrieben? Hast du nach dem Fall der Berliner Mauer deinen Job verloren?»

«Nein, ich habe weitergearbeitet.»

«Also, wenn ich deine Stimme so höre, scheint mir, du steckst in Schwierigkeiten – arbeitest du noch für die Firma?»

«Ja, noch immer für dieselbe. Und du? Ich hoffe, du hast deine Linie nicht geändert.»

«Natürlich nicht. Du weißt doch, ich bin treu. Sag mal, Antonio, in was bist du denn gerade verwickelt?»

Lami überlegte kurz, antwortete aber nicht.

«Sehr verdächtig, dieses Schweigen! Hört sich nach was richtig Großem an. Und … warum rufst du an?»

«Wir müssen uns treffen», murmelte Lami in den Hörer.

«Komm vorbei, wann du willst. Du weißt ja, wo du mich findest.» Der Journalist spürte eine seltsame Aufregung in sich aufsteigen.

«Nein, wir müssen uns woanders treffen, nicht in der Redaktion», erwiderte Lami, während er im Dossier über die Ratte, das er hätte entsorgen sollen, blätterte.

«Gut, wie du willst. Dann sehen wir uns im *Cavour,* auf der Galerie, sagen wir nächsten Freitag, fünfzehn Uhr? Du weißt ja noch, wo es ist, oder? Passt dir das?»

«Ist gut.»

«Hör mal, nimm's mir nicht übel, wenn ich so neugierig bin, ich bin schließlich Journalist. Aber warum willst du dich mit mir treffen?»

Lami dachte an Sara und all die anderen Opfer von Rode, an all die Kinder.

«Antonio? Bist du noch dran?»

«Ja.»

«Verrätst du mir, warum du mich sehen willst?», bohrte der Journalist weiter. «Du willst ja wohl kaum nur Kaffee mit mir trinken, oder?»

Lami sah auf eine Videokassette vor sich, seine Finger berührten das Dossier. Er biss sich auf die Unterlippe.

Er sagte nur: «Wir müssen reden.»

Danksagung

Ich möchte mich bei einer Reihe von Personen bedanken, die mich auf unterschiedliche Art und Weise bei diesem nicht ganz einfachen Buch unterstützt haben.

Zuerst gilt mein Dank jenen, ohne deren grundlegende Hilfe dieser Roman nie entstanden wäre: an erster Stelle meinem Kollegen Silio Bozzi, Experte für Kriminaltechnik und Berater bekannter Kriminalautoren. Dann Elido Fazi, dem ebenso engagierten wie gebildeten Gründer des gleichnamigen Verlags, sowie Massimiliano Governi, dem feinfühligen Schriftsteller und Lektor für italienische Literatur beim Verlag Fazi Editore. Außerdem danke ich meiner Kollegin Marilina Giaquinta vom Polizeipräsidium Catania.

Alessia Polli, junge Lektorin bei Fazi, hat mit großem Engagement und hoher Motivation den Krimi lektoriert – danke, Alessia. Ein Dankeschön geht auch an Christian Soddu vom Verlag Fazi, der den Text redaktionell überarbeitet hat.

Einen wichtigen wissenschaftlichen Beitrag lieferte Pasquale Vaira, Arzt und Spezialist für Anästhesie und Reanimation. Domenico Nasini, Giuseppe D'Emilio und Luigi Biasco haben mir mit bewundernswerter Kompetenz bei den abschließenden Korrekturen geholfen. Danke ist das Mindeste, was ich ihnen sagen kann.

Caterina Carusillo, Fabio Silvis, Elena Carusillo, Valeria Garzoni und Lucia Biondi haben mir Ratschläge gegeben, die Gold wert waren. Danke!

Dank schulde ich meinem Freund, dem Strafverteidiger

Paolo Mele, für seine Unterstützung bei einigen technisch-juristischen Recherchen. Sowohl ihm als auch meinem Freund Roberto Fogliardi, einem großen Informatikexperten und ebenfalls Schriftsteller, möchte ich dafür danken, dass ich ihre Namen für Figuren des Romans benutzen durfte.

Alle oben Genannten haben mir kluge und wertvolle Ratschläge gegeben. Eventuelle Fehler sind also ausschließlich dem Autor zuzuschreiben.

Ancona, Januar 2006

P. S. Wer immer den Verdacht hat, auf eine Internetseite mit Kinderpornographie gestoßen zu sein, wende sich ohne Scheu an die nächste Polizeidienststelle oder die zuständige Staatsanwaltschaft.

Sollte es Schwierigkeiten geben, finden Sie in Italien Hilfe bei: www.poliziadistato.it. Andere nützliche Adressen finden sich auf meiner persönlichen Website: www.piernicolasilvis.com.

Meine Leser aus Deutschland finden Hilfe auf der Webseite:

www.polizei-beratung.de/aktionen/kinderpornografie.

Dort finden Sie auch eine Linksammlung zu weiteren Hilfseinrichtungen und Ansprechpartnern.

Die Polizei in der Schweiz informiert auf der Seite www.fedpol.admin.ch über Kinderpornographie, in Österreich ist die Meldestelle für Kinderpornographie unter www.bmi.gv.at/meldestellen zu finden.

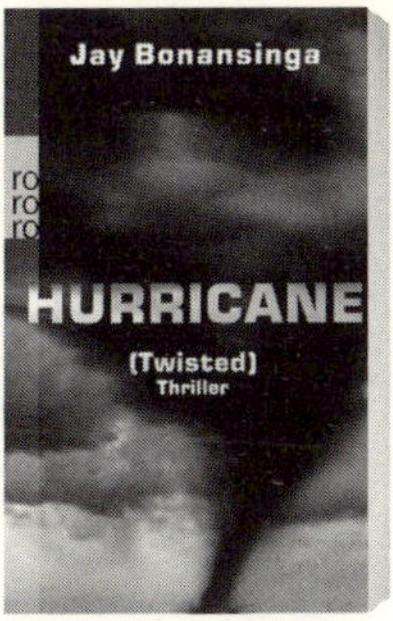
Jay Bonansinga
HURRICANE
[Twisted]
Thriller

NANCY PICKARD
Schnee
blüte
THRILLER

PIERO
DEGLI ANTONI
EISES-
STILLE
THRILLER